NARRATORI MODERNI

Della stessa autrice in edizione Garzanti:
Le sorelle del mare del Nord

ANNE PRETTIN

IL SALICE DELLA FAMIGLIA BLUME

Traduzione di
PAOLA RUMI

Garzanti

Prima edizione: gennaio 2024

Per essere informato sulle novità del Gruppo editoriale Mauri Spagnol visita:
www.illibraio.it

Traduzione dal tedesco di
Paola Rumi

Titolo originale dell'opera:
Der Ruf des Eisvogels

ISBN 978-88-11-01145-3

Finito di stampare nel mese di gennaio 2024
presso ELCOGRAF S.p.A. Stabilimento di Cles (TN)

Printed in Italy

www.garzanti.it

IL SALICE DELLA FAMIGLIA BLUME

In memoria del mio caro padre
Jochen Prettin
Un medico, un po' come Pa

«Voci, traccia
su acqua verde scalfita.
Quando si tuffa il martin-pescatore,
sussurra l'istante: [...]»
PAUL CELAN

PROLOGO

1° APRILE 1925, GINSTERBURG

L'infelicità arrivò tanto improvvisa quanto la felicità.

Nello stesso istante in cui Olga lanciava il suo primo strillo salutando la vita, Elli Blume emetteva il suo ultimo, silenzioso grido, con il viso scavato rivolto verso il marito, quasi in un muto gesto d'accusa. Otto aveva dovuto stare a guardare come il suo respiro si faceva sempre più leggero e le sue braccia cadevano, mentre gli occhi vuoti, del colore dell'ambra, rimanevano spalancati come quelli di una bambola. Tuttavia lui si rifiutava di ammettere, a sé stesso e davanti al mondo, che era stato lui a rovinare tutto. Che sua moglie era morta, e che quel rimprovero nel suo ultimo sguardo era per lui. Come forse anche il primo vagito della figlia, che pochi minuti prima, credendola morta, aveva posato sul davanzale interno della finestra, senza nemmeno guardarla bene. E che ora, illuminata dal sole d'aprile, lentamente ritornava alla vita. Come bimba orfana di madre.

Ma il dottor Blume prestava attenzione solo alla moglie, che giaceva immobile nella pozza del suo stesso sangue. Negli occhi di Elli non vedeva la sua fine. Non vi leggeva neppure la disperazione per il fatto che lui, atteggiandosi a semidio in camice bianco, aveva irriso i suoi timori quando lei, dopo trentasei ore di contrazioni, dieci delle quali di travaglio, con voce flebile lo aveva implorato di andare a prendere suo padre o la levatrice, o per lo meno di tirar fuori il bambino, anche col forcipe, se necessario. Tra un sorso di tè e l'altro, lui le aveva chiesto cosa ci fosse di male nell'affidarsi alle forze della natura e, mentre lei si contorceva di nuovo per il dolore, l'aveva rassicurata: «Credimi, i bambini conoscono la via d'uscita più facile!».

«Insomma, prendi il forcipe!» aveva urlato Elli un'altra volta, scuotendo con forza il capo. Quella ripetuta richiesta aveva avuto su di lui l'effetto di uno schiaffo. Un reato di lesa maestà. Lui era il medico e lei la paziente, una distinzione che doveva fare per motivi professionali.

«Ma che forcipe e forcipe...» aveva ribattuto con irritazione. «So bene cosa faccio.»

E come se non bastasse, quando infine la moglie, gemendo, aveva detto con un filo di voce che temeva per il bambino, che non riconosceva quei crampi lancinanti dall'esperienza del parto del primo figlio, lui le aveva contrapposto il proprio dolore. Quella leggera ferita alla coscia subita sette anni prima a Pierrefonds, sul fronte occidentale, per mano di un inglese: il suo «barometro del dolore», che gli permetteva di valutare in maniera attendibile «il livello di dolore dei suoi pazienti». «Nel 1918, in Francia, abbiamo passato ben altro...» le aveva ricordato, non per la prima volta, e alla fine lei si era affidata all'esperienza del marito – o almeno così gli era parso – e, in silenzio, l'aveva lasciato fare.

E in effetti lui aveva avuto ragione: la bambina aveva trovato l'uscita, anche senza forcipe. Solo che Otto non sembrava aver capito a quale prezzo. Era come se fosse diventato improvvisamente sordo a tutti i segnali d'allarme: la grande quantità di sangue, il viso troppo pallido, il lento avvicinarsi della morte.

No, sua moglie non era morta, e tantomeno per mano sua. Lei era tutto ciò che amava, la tenera, affettuosa figlia di buona famiglia dei dintorni di Lubecca conosciuta durante una gita in battello sul fiume Trave, quando la ragazza, con la sua macchina fotografica, aveva scattato alcune foto a Otto e a un suo amico. La sua Elli, alla quale aveva chiesto prima le fotografie e poi, un paio di settimane più tardi, la mano, per portarla infine con sé a Ginsterburg. Da allora avevano vissuto insieme sei anni meravigliosi, dei quali Elli aveva immortalato i momenti più belli, così come aveva fatto per quel primo incontro.

Si guardò intorno, nervoso. Il suo sguardo incontrò la Leica della moglie, quel giocattolino moderno che le aveva regalato – gli era costato la bellezza di 270 marchi – alla nascita del loro figlio Karl, che ora aveva quattro anni. Subito dopo il parto, Otto avrebbe dovuto scattare una foto alla loro secondogenita, questo era stato il desiderio di Elli. Ma ora non c'era tempo per simili sentimentalismi. Prima di tutto doveva occuparsi dell'emergenza sul lettino, che esigeva un rapido intervento... Comunque avrebbe ripreso il controllo della situazione, su questo non c'era dubbio.

Probabilmente sua moglie, che lo aveva amato sinceramente, avrebbe persino compreso il suo comportamento, se solo avesse immaginato cosa si nascondeva dietro il suo rifiuto – quanto aveva in odio quel forcipe, il forcipe di Naegele, così sicuro, che si ergeva come un monito dalla borsa ostetrica di cuoio nero aperta accanto a lui. Non è che non gli fosse venuto in mente di usarlo. Ma solo al pensiero di quello strumento cominciavano a bruciargli le dita.

Elli non sapeva niente della sua fine ingloriosa alla clinica ginecologica di Rostock, dove, in qualità di aiuto medico, era stato una giovane promessa. Per lo meno fino al fatale esame pratico, un anno prima della nascita di Karl, nel 1920.

Sotto gli occhi del primario e dei colleghi, aveva posizionato il forcipe per quattro volte, tentando invano di afferrare la testolina con le branche metalliche. Le urla della partoriente, e forse anche la tripla responsabilità per la madre, il bambino e l'esame, l'avevano reso così insicuro che, per un impulso inspiegabile, dopo averla finalmente presa, aveva fatto troppa pressione sul cranio non del tutto ossificato, quasi volesse schiacciare una noce. La vista di quel cranio martoriato lo perseguitava tuttora. Il fatto che il bambino fosse sopravvissuto, seppure con gravi menomazioni, aveva salvato la sua abilitazione, ma non la sua reputazione nella clinica. La carriera di Otto come ginecologo era finita ancora prima di cominciare.

«Mio Dio, razza di incapace! Ha fatto di un bambino perfettamente sano uno storpio!» aveva esclamato il primario.

«Non si faccia mai più vedere nelle vicinanze di una partoriente! E sia contento che il neonato è vivo.»

Ma lui non era contento, né per il bambino, la cui vita non sarebbe stata degna di questo nome, né per la propria figlia, la cui voce e il cui colorito si stavano via via rinforzando.

Quante volte Elli aveva scosso il capo davanti a quel marito che sembrava vivere nel proprio mondo, con gli angoli della bocca che si piegavano sempre più verso il basso. Con quanta insistenza l'aveva esortato a sorridere ogni tanto, a non prendere tutto così terribilmente sul serio. Di certo lui le avrebbe sorriso, poco prima, quando lei l'aveva guardato a lungo stringendogli debolmente la mano, se avesse saputo che era l'ultima volta. Forse le avrebbe detto quello che non era mai stato capace di dirle: che la ammirava per la pazienza che aveva con lui. Che aveva bisogno di lei. Ma le ultime volte sono subdole, le si riconosce solo quando è troppo tardi – sempre che non si decida, come Otto, di ignorarle anche allora con la forza della disperazione. In realtà, in quanto medico, i segnali precursori della morte, e la morte stessa, gli erano familiari. Tuttavia aveva deciso che la moglie sarebbe morta solo quando lui, in virtù del suo ruolo, ne avesse constatato il decesso.

E finché ciò non accadde, fece di tutto perché lei tornasse a sorridergli. Si rimboccò in fretta le maniche della camicia e si chinò su Elli. La causa del fiotto di sangue gli fu subito chiara: atonia uterina. L'utero non era più in grado di contrarsi. Di sicuro, dopo le contrazioni prolungate, i muscoli erano esausti, come Elli stessa, che non emetteva più alcun suono. Con la mano sinistra lui le massaggiò il cuore, con la destra le premette la parete addominale, per fermare l'emorragia. Ma a ogni movimento deciso il sangue zampillava da lei come da una fontana.

«Elli», gridò, prendendole il viso con una mano, «guardami!» Le diede due sonori schiaffi e non si accorse che la piccola sul davanzale strillava sempre più forte. Non si rese conto nemmeno che la porta si apriva e che suo padre, appena rientrato dopo il parto dell'amica di Elli, Ira, lanciava un grido inorridito.

D'un tratto, però, sentì una mano sulla spalla. «Smettila, Otto, fermati! È inutile.»

Lui invece continuò. Si chinò di nuovo sopra la moglie e prese a massaggiarle il cuore con entrambe le mani, come un ossesso, finché suo padre non gli spostò con forza una mano facendogli sentire il polso silente di Elli. «Basta, figlio mio. Non lo vedi? È morta, Otto. Morta!»

A quel punto lui la lasciò andare, barcollò all'indietro, ormai senza forze, e cadde in ginocchio. Non c'era più niente che potesse fare. Aveva fallito.

Come attraverso una fitta nebbia, sentì parlare suo padre – o forse era la sua coscienza, non lo sapeva esattamente. *Dio santo, perché non hai usato il forcipe? Avresti dovuto usare il forcipe. Così Elli sarebbe ancora viva.*

Perché? Otto si tirò su a fatica. Perché suo padre non si era fatto carico del parto della nuora? Otto avrebbe potuto portare alla luce il figlio di Ira al suo posto, e tutto sarebbe andato bene. Dopo quasi trent'anni trascorsi come medico di campagna e più di mille parti – uno dei quali su una carrozza trainata da cavalli – Albert Blume avrebbe capito in quale stato si trovava la nuora quella mattina. E poi con il forcipe era più abile di chiunque altro. Ma Elli si fidava di suo marito e aveva insistito per avere Otto al suo fianco. Come avrebbe potuto, lui, rifiutarsi di esaudire quel desiderio? O mettere in dubbio le proprie capacità davanti alla moglie?

«Guarda», disse Albert, che all'improvviso gli stava davanti con il fagotto urlante tra le braccia. «Hai una bambina. Lei è viva. Eccome se è viva! Una forza della natura dell'Uckermark – robusta, forte e tenace. Una vera Blume!»

All'udire queste parole, Otto si allontanò da suo padre e da quell'esserino estraneo. D'un tratto si sentiva indicibilmente stanco e debole, fragile. Puntò lo sguardo oltre loro, verso l'armadio delle medicine, che era aperto. E, sconvolto, si portò la mano davanti alla bocca. Il piccolo Karl era seduto nell'armadio e guardava la madre con occhi spalancati. Le lacrime scendevano silenziose sulle sue guance arrossate.

Otto si girò di scatto verso il padre. Si guardarono senza parlare, e anche il fagotto urlante si azzittì di colpo.

«Papà», sussurrò il bimbo poco dopo in quel silenzio, «adesso la mamma andrà sotto l'olmo, come l'uccellino?»

Era passata solo una settimana da quando Elli e la sua amica Ira, entrambe in stato di gravidanza avanzata, avevano seppellito un pulcino caduto dal nido sulle rive dello Schwanensee, il Lago dei cigni.

«Io, io...» cominciò a dire Otto. Ma ammutolì, quando vide le palpebre del figlio che sbattevano. Lanciò un ultimo sguardo a Elli, poi si fiondò fuori dalla porta. Solo quando fu all'esterno, in mezzo ai campi, lontano dalla casa, il suo dolore trovò sfogo, esplodendo in un grido forte e acuto.

1.

29 MARZO 1991, PLÖN

«Nonna, ci sei?» La voce di Sara fendette il silenzio nel quale Olga si era ritirata da alcuni giorni. «Sono io, Sara!» Olga sentì il rumore di una porta che si chiudeva.

Non le piaceva quando le facevano una sorpresa, tantomeno quando questo intralciava i suoi piani. Per quel giorno aveva in programma di scendere al lago e far visita di nuovo alla coppietta di aquile di mare che aveva osservato per settimane, dalle loro fregole alla costruzione del nido. Erano i primi giorni di primavera, e Olga avrebbe voluto raggiungere l'isola con il suo kajak e vedere se gli uccelli avevano iniziato la cova. Adesso era in cucina, e aveva appena messo sul fuoco la caffettiera, per svegliarsi, quando sentì la voce della nipote. Guardò fuori dalla porta finestra del balcone aperta, giù verso il lago, e sospirò.

«Ti ho sentito, tesoro. Cosa ci fai qui?» Con aria stanca, guardò la nipote che stava entrando in cucina.

«Vengo a prenderti per il vostro weekend di compleanno», rispose Sara dandole un bacio sulla guancia.

«Non dovresti essere ad Amburgo, all'università?»

«Ci sono le vacanze di Pasqua. Nonna, ti sei dimenticata del vostro Pranzo della mamma?»

Sara amava i riti, i momenti ricorrenti nei quali Becki, Olga e lei si ritrovavano insieme, e che la facevano sentire parte di una famiglia. Il compleanno comune della madre e della nonna era da sempre, per quanto lei potesse ricordare, una delle loro sacre tradizioni annuali. Veniva regolarmente festeggiato con un opulento «Pranzo della mamma»: era così che tutte le donne della famiglia Meyer-Bley chiamavano quel convivio celebrativo. «Non sei così vecchia!»

"Ma, al contrario dei tuoi vent'anni, sono già in età da pensione..." si disse Olga, mentre prendeva tra le mani il viso della nipote. «Naturalmente non l'ho dimenticato, tesoro mio», mentì, e tirò a sé Sara in un abbraccio. «Ma... così presto?»

Come aveva potuto dimenticarlo? Forse era l'età, pensò, oppure solo il troppo lavoro. In effetti da un pezzo aveva intenzione di rallentare un po' il ritmo, per avere più tempo per sé. Aveva anche già trovato una giovane ginecologa che nel giro di un anno l'avrebbe sostituita e che aveva cominciato a lavorare con lei un paio d'ore ogni settimana. Ma in ambulatorio si era scatenato l'inferno. Era come se metà delle sue pazienti ultimamente avesse deciso di conformarsi alla stagione riproduttiva delle aquile di mare, mettendo al mondo i propri figli in primavera. Solo la notte precedente era stata chiamata per un parto nella clinica dove, come medico esterno, aveva alcuni letti a disposizione. Non aveva dormito nemmeno tre ore.

«Ma te l'ho lasciato detto ieri sulla segreteria telefonica che oggi saremmo passate più presto!» ribatté Sara con una inequivocabile sfumatura di rimprovero nella voce. «Non l'hai ascoltata?»

«Oh, Sara, lo sai che non so usare quel mostro...»

La figlia Becki aveva regalato a Olga la segreteria telefonica per Natale, poco dopo la caduta del muro tra Berlino Est e Berlino Ovest. «Nel caso in cui i tuoi parenti dell'Est chiamino quando non sei in casa», aveva detto sorridendo, sebbene sapesse che non avevano più parenti all'Est.

Sara rise. «È solo che non vuoi farlo, punto. Sai usare un tocografo per misurare le contrazioni uterine, non vorrai arrenderti di fronte a un apparecchio così piccolo...»

Olga sospirò. Sua nipote, semplicemente, la conosceva troppo bene. Fin dal primo momento lei non era andata d'accordo con quell'orribile aggeggio elettronico. Bastava il febbrile lampeggiare della lucina rossa – un segno di impazienza – perché il suo battito cardiaco accelerasse. Del resto, lei non era una muta ricevente che, una volta premuto il pulsante, accettava qualsiasi cosa le venisse comunicata o offerta da una qualche voce senza volto. Come quella di un avvocato completamente sconosciuto di Berlino che nelle ultime settimane le aveva parlato da quell'apparecchio diabolico almeno cinque volte di un qualche «fantastico affare relativo a un terreno nella ex DDR». All'inizio con una voce squillante e invitante, che non lasciava dubbi sul fatto che contava di essere richiamato presto. Poi, dopo che Olga aveva ignorato il suo primo messaggio, era passato a un tono che tradiva insofferenza e irritazione sempre crescenti. Un'occasione unica, di cui poteva parlare con lei solo di persona, diceva. Finché, il giorno prima, non aveva vuotato il sacco, convocandola per un incontro nella sua cittadina natale, Ginsterburg, e a lei era automaticamente venuto in mente suo nonno. "La voce", diceva sempre lui, "è il biglietto da visita di una persona." A quel punto Olga aveva cancellato tutti i messaggi senza esitazione.

Sara le cinse i fianchi con un braccio. «Sarà una Pasqua fantastica, nonna, credimi! Una megasorpresa!»

Olga scosse il capo. «Ti ringrazio, mia cara, ma lo sai che non mi importa granché delle sorprese.»

«Ma di noi ti importa! Come dice sempre Becki: viaggiare è la medicina migliore contro la tristezza. Compresa la tristezza da compleanno.» Sara squadrò la nonna. «Non hai ancora fatto la valigia, vero?» disse incamminandosi verso la camera da letto, mentre dalla cucina si udiva il borbottio della caffettiera. «Dobbiamo sbrigarci! Becki ci aspetta di sotto, e sai bene che la pazienza non è il suo forte.»

Ah già, Becki! Era arrivata per una breve vacanza dalla Bretagna, dove si stava occupando del restauro della biblioteca medievale di un palazzo comunale. Okay, allora...

Olga si avvicinò alla finestra aperta e guardò giù in strada, dove sua figlia, gesticolando animatamente, discuteva con il guidatore di una BMW verde che a quanto pareva le aveva soffiato il parcheggio davanti al portone. Se nelle ultime notti Olga avesse dormito almeno un pochino di più e rimuginato un po' meno, non avrebbe potuto desiderare un regalo di compleanno più bello che trascorrere quattro giorni interi con le sue ragazze.

«Tu beviti il tuo caffè con calma, e io faccio la valigia», disse Sara, invitandola con lo sguardo a tornare in cucina. Docilmente, Olga si versò il liquido scuro nella tazza azzurra che Becki le aveva portato dall'Italia. Con la tazza in mano andò sul balcone e guardò il lago. Il vento disegnava tratteggi sull'acqua e sembrava quasi che il canneto sussultasse. Da lontano le parve di distinguere il lungo collo e il becco giallo di un airone cinerino che si gettava sulla sua preda nell'acqua. Inspirò profondamente e prese un sorso di caffè. Adorava quel sapore delicato, un po' aspro e dal sentore di nocciola, fin dal giorno in cui l'aveva sentito sulla lingua per la prima volta trentacinque anni prima, nei dintorni di Milano.

Poi si spostò sulla soglia della camera e, nel grande specchio, osservò la nipote che metteva insieme un paio di cose. Sara era il ritratto di Becki. La stessa carnagione olivastra, gli stessi grandi occhi verdi. I folti capelli rossicci legati in una treccia lenta. "E una mente acuta quanto le parole", pensò Olga.

D'un tratto sentì che le cedevano un po' le ginocchia.

«Sara, non mi sento molto bene», disse, avanzando una debole scusa. «Sono stata in clinica fino a stamattina. Che ne diresti se tu e tua madre partiste da sole...»

Un prolungato colpo di clacson sovrastò le sue ultime parole. Olga guardò fuori dalla finestra e vide che Becki si trovava ancora con la sua auto nel bel mezzo della strada, che per giunta era piuttosto stretta. Dietro di lei una Opel, il cui guidatore alternatamente strombazzava e le urlava contro.

«Allora, venite o no?» gridò Becki da sotto, accendendosi una sigaretta con una calma che contrastava con le sue parole. «Questo signore si sta spazientendo.»

«Nonna, chi è Charlotte Gustavson?» chiese Sara all'improvviso.

Olga si girò di scatto. Sua nipote stava davanti a lei con una busta in mano. «Non la apri?»

«È solo un biglietto di auguri», disse Olga, con un tono più duro di quanto non fosse nelle sue intenzioni. E strappò la busta dalle mani di Sara. In quello stesso momento sentì un leggero capogiro e si appoggiò alla porta.

Da quando era arrivata quella lettera, due settimane prima, non aveva più avuto pace. La grafia arcuata sulla busta le era familiare tanto quanto la propria. Le era quasi mancato il fiato, quando l'aveva riconosciuta. Come se d'un tratto il passato si fosse riversato mugghiando nella sua vita, simile a un'onda violenta. Un'onda che minacciava di travolgerla.

Dunque Lotte viveva ancora in Svezia, come si intuiva dal francobollo.

Ma perché proprio adesso, dopo tanti anni? Sfiorò con le dita la busta e quella scrittura conosciuta. La «O» di Olga era disegnata come un fiorellino, con riferimento al suo cognome da ragazza: Blume, la parola tedesca per «fiore».

Di nuovo provò una stretta allo stomaco, un dolore indefinito che le cresceva dentro. Da quanto tempo non si sentivano? Più di trent'anni! Fece un respiro profondo e ritrovò il suo equilibrio.

Appena notò l'espressione sbigottita della nipote, Olga si sforzò di tornare a un tono più dolce. «Perdonami, tesoro», disse. Poi aggiunse: «Quel clacson là fuori mi innervosisce». Posò la lettera sul tavolino accanto alla porta.

«E anche il tuo sessantaseiesimo compleanno ti fa lo stesso effetto, vero?» replicò Sara prendendole la mano. «Vedrai, ci divertiremo!»

Olga annuì fiaccamente. Forse un momento di pausa le avrebbe fatto bene. Sempre meglio che continuare a girare intorno a quella lettera. Schioccò le dita, come se con quel gesto potesse scacciare il pensiero di Lotte e della loro separazione, e concluse: «Allora, cosa stiamo aspettando?».

2.

1° APRILE 1938, GINSTERBURG

Olga si stropiccia gli occhi e, strizzandoli, scruta nel buio. Attraverso la tenda, il lago riluce come un disco argentato. Quando si tira su mettendosi a sedere, arriva a vedere fino alla Mohninsel, l'Isola dei papaveri. Rapida, balza giù dal letto, scosta la tendina e apre la finestra, come fa ogni anno il 1° aprile. E come ogni anno in questo giorno, nonostante i dubbi che aumentano a ogni compleanno, cerca con lo sguardo un martin pescatore, un saluto dall'aldilà. Ma oggi, in quel cielo denso di nuvole, non riesce a individuare nemmeno la luna. E sui rami del salice in riva al lago, su cui cade un sottile raggio di luce, non cinguetta nessun uccellino.

«Mamma, ora ho tredici anni», sussurra, facendo un ultimo tentativo. Ma nessuno risponde.

Olga sospira e si lascia cadere di nuovo sul letto. "Magari più tardi", pensa, chiudendo gli occhi. Tutti gli anni, fin qui, ha visto un martin pescatore, sebbene in genere un avvistamento sia molto raro. La prova migliore del fatto che l'anima di sua madre non è scomparsa ma vive in lui, nel suo uccello dell'anima, per sempre e un giorno ancora. Così, almeno, dice il nonno di Olga, che lei e suo fratello Karl, da che sanno parlare, chiamano «Pa». Pa crede nell'immortalità dell'anima. Ha studiato la relazione di un medico americano, che ha pesato i suoi pazienti in fin di vita prima e dopo la morte. Quei corpi esanimi pesavano esattamente ventun grammi in meno, e ciò evidentemente significa che il nucleo immortale, nell'istante del trapasso, si materializza e se la svigna.

«Pensa, Pratolina mia», le aveva detto Pa quando gliel'aveva raccontato per la prima volta, «ventun grammi, all'incirca il peso di un piccolo martin pescatore femmina.» Le aveva raccontato anche che, il giorno in cui era nata, aveva visto appollaiato sul davanzale interno della finestra, accanto a lei, un piccolo martin pescatore con un'insolita macchia marrone sulla nuca, che però era subito volato via verso il cielo attraverso la finestra aperta. Un caso? O piuttosto un intervento divino? Altrimenti perché esattamente lo stesso uccello avrebbe fatto loro visita proprio al quinto compleanno di Olga? Docile come un pappagallino ammaestrato, quel volatile, in genere così timido, si era posato sul davanzale, a meno di mezzo metro dalla bambina, prima di lanciarsi in picchiata per afferrare una preda dall'acqua con il suo becco a pugnale.

Quel tenero uccello coraggioso è stato fino a oggi, per lei, l'immagine della felicità. E da quel giorno, a ogni compleanno, Pa l'ha sempre portata alla locanda Meier, lì vicino, per il Pranzo della mamma, una sorta di cerimonia in memoria della madre. E della sua morte. La portata principale è una torta decorata con un uccellino blu che ha una marcatura di cioccolato sulla nuca.

Olga non è sicura di quanta parte di quello che Pa racconta sia vera o scaturisca dalla sua fantasia. Se esistano davvero gli esseri favolosi con i quali popola la vita della nipote. La sirena che vive nello Schwanensee e che, fintanto che lei la sera le lascerà due fette di pane, continuerà a proteggere la sua famiglia ogni volta che nuota, va in kajak o in barca a vela. O gli elfi che vigilano sull'olmo magico, vecchio di quattrocento anni, che sorge tra la loro casa e quella dei Meier, e con la loro energia trasformano il mondo di Olga in un luogo sicuro.

«È tutto vero, come è vero che io sono tuo nonno», le dice sempre Pa, ogni volta che lei esprime i suoi dubbi. Olga comprende che questo è un modo per spiegarle che nella vita c'è più di quanto si vede con gli occhi. Che c'è la magia.

E che cos'è la verità? «Quello che serve», dice Mamme. Mamme in realtà si chiama Ira, ed era la migliore amica della mamma di Olga. Così come sua figlia Charlotte lo è di Olga.

Pensando a Lotte – come tutti chiamano Charlotte –, d'un tratto a Olga viene in mente che ha dimenticato di scrivere una piccola dedica per il tredicesimo compleanno nel diario che lei stessa ha confezionato e rilegato per la compagna. Tira fuori il libriccino dal cassetto del comodino, accarezza la copertina verde muschio e riflette per qualche secondo prima di prendere la penna stilografica. *Per Lotte, la mia migliore amica*, inizia a scrivere, ma si ferma di colpo. Lotte per lei è molto più di un'amica: hanno preso il latte dallo stesso seno, dormito nella stessa culla e lanciato il loro primo vagito nelle stesse ore. Un legame intrecciato dal destino, per la vita e per l'eternità, immortale, ultraterreno e sacro, come ama dire Lotte. Olga rimugina per un po', poi le viene un'idea: *Amisorella!* Sì, questo rende meglio l'idea. Forse così l'altra sua migliore amica, Annemie, che ha sempre sofferto per non essere la numero uno, non si sentirà più relegata al secondo posto. Perfetto! Amica e amisorella, due categorie diverse che non si pestano i piedi a vicenda e che non hanno più motivo di essere gelose l'una dell'altra. Olga sorride soddisfatta, quando riprende a scrivere.

Affinché niente e nessuno possa mai sciogliere il nostro legame, conclude, e disegna un cuore sotto la dedica. Sa che Lotte ne sarà particolarmente contenta, perché le frasi poetiche non sgorgano facilmente da Olga, come il tè da un bricco che perde.

L'aroma di pipa le colpisce le narici all'improvviso. Percepisce l'odore di tabacco ancor prima che Pa abbassi la maniglia. Le innumerevoli lezioni nel bosco, durante le quali il nonno le insegna ad annusare, assaporare e osservare, stanno dando frutto: i suoi sensi si affinano.

«C'è qualcuno già sveglio, qui?» chiede Pa, facendo capolino dalla porta.

Olga non può fare a meno di sorridere.

«Voglio essere il primo a fare gli auguri alla mia Pratolina.»

Lei lo guarda. Quando mai non è stato il primo? In genere subito dopo arriva suo fratello Karl, ma ora è a un campo della Hitlerjugend, la Gioventù hitleriana. Probabilmente sarà felice di non dover festeggiare con lei: in fondo, è anche il tredicesimo anniversario della morte di sua madre.

«Sono angoli della bocca curvati verso il basso, quelli che vedo?» dice il nonno, come se non sapesse spiegarsi il motivo dell'incupimento dello spirito festoso della nipote.

«Ah, Pa...» fa lei con aria angosciata, ma lui la interrompe.

«Sciocchezze!» Non ammette che le preoccupazioni di Olga prendano il sopravvento. «Sii contenta che oggi è il tuo compleanno. Del resto, se anche non sei contenta, è comunque il tuo compleanno.»

Questo è proprio tipico del nonno. Se non può cambiare la vita, prova almeno a prenderla con senso dell'umorismo.

«Tua madre ti ha donato la sua vita. Non è stato un sacrificio», aggiunge, «ma un grande favore. Lo capisci? Quindi smetti di essere avvilita!»

Con queste parole si siede sul bordo del letto e prende il viso di Olga tra le mani. Poi bacia le lentiggini sulle sue guance e le fa scivolare qualcosa nell'orecchio.

«Simsalabim, Pratolina mia!»

Lei non riesce a trattenere una risata e tira fuori dall'orecchio una moneta da un marco.

«Devo augurarti ogni bene da parte di tuo padre. Lui non ce la fa», continua Pa, rialzandosi con un po' di fatica.

"Non vuole", pensa Olga, e giura a sé stessa di non diventare mai come lui, scontroso e insensibile.

«Tua madre nel 1918 è sopravvissuta alla Spagnola, ma non è sopravvissuta a te», le aveva sibilato recentemente dopo che lei aveva inavvertitamente calpestato la zampa di Artiglio, il suo irruente cucciolo di Schnauzer nano. "E a te, allora?", aveva ribattuto lei tra sé e sé. "A te è sopravvissuta? Eppure tu sei un medico!"

Olga lo sa, ancora oggi lei ricorda al padre quello che ha perso tredici anni fa. Al solo vederla, in lui si risveglia ogni volta la rabbia. Così preferisce barricarsi nel suo bilocale a Schwedt, a cinquanta chilometri dalla figlia, dove lavora come ufficiale sanitario presso l'ufficio d'igiene, nel dipartimento per la lotta contro le epidemie. Cosa faccia lì esattamente, Olga non lo sa, ma del resto sa poco di lui in generale. Perché, anche quando è a casa, di solito il padre si rintana nel suo studio dietro carte e documenti oppure al cimitero, e non si cura di lei. Verosimilmente, quelle che trascorre a Schwedt, lontano da lei, sono le sue uniche ore spensierate.

"Ma pazienza..." pensa Olga, scacciando la cupa sensazione di essere stata abbandonata. In fin dei conti non le mancano né l'amore materno né quello paterno. Ha Mamme, che per lei è quasi una madre; ha la governante che le prepara la cioccolata calda e le canta qualcosa quando si fa male a una gamba; e ha Pa, che, con il suo calore e il suo humour inossidabile, vale più di cento padri assenti. Di tutte le persone che circondano Olga, lui è quello la cui opinione conta di più per lei. Il suo cuore arde d'amore per il nonno. Suo fratello Karl dice sempre che gli sta appiccicata come un francobollo.

«Vuoi che ti racconti cosa amava fare tua madre più di tutto al suo compleanno?» le chiede Pa.

Olga scuote la testa. Il pensiero di quello che avrebbe potuto avere la rattrista. E per la prima volta intuisce che anche suo padre non è solo arrabbiato, ma soprattutto triste.

«Lo sai, bambina mia?» riprende il nonno, come se le avesse letto nel pensiero. «Ci sono due tipi di persone: quelle che ne parlano e quelle che non lo fanno. Entrambe le cose vanno bene.»

«Grazie», risponde lei abbassando lo sguardo. «Mi hai portato qualcosa?»

«Mi spiace, ma il forno è chiuso. Il signor Zapfen è a letto con l'influenza», replica lui con la faccia seria, avvicinandosi alla porta. Tuttavia gli angoli della sua bocca si sono leggermente contratti, Olga l'ha visto chiaramente. Sa che vuole solo farla arrabbiare – per niente al mondo la priverebbe del burroso krapfen alle mele, nel quale fa sempre nascondere qualcosina dal fornaio: un biglietto, una caramella, una moneta d'oro.

«O forse intendi questo, il migliore dei migliori krapfen del mondo?» domanda il nonno, mentre prende un piatto da cui emana un profumo soave, che aveva lasciato all'esterno della stanza. Il dolce aroma le sale per le narici, facendole venire l'acquolina.

«Mmm! Che profumo!» grida Olga entusiasta.

Il volto di Pa – un paesaggio frastagliato, con solchi profondi intorno alla bocca e cicatrici e rughe che dal naso divergono come sentieri ramificati – si fa dolcissimo. Quando Olga era più piccola e gli sedeva ancora in braccio, lui le permetteva di seguire con il dito quella mappa della sua vita. «Disegnato dalla natura, letteralmente!» diceva, accompagnando le parole con la sua risata fragorosa.

Come sanno infonderle fiducia quei tratti, pensa ora Olga mentre dà un morso al krapfen, dimenticandosi che dovrebbe tastare pian piano con i denti dal bordo verso il centro del dolce, fino al tesoro nascosto. Soprappensiero, ingoia il boccone.

«Fai piano...» le ricorda Pa, ma Olga già si sta strozzando. Qualcosa si è bloccato nella trachea. Olga tenta di inghiottire e di inspirare, ma riesce solo a rantolare e non incamera aria. Un brivido di panico e dolore le corre lungo la schiena. Sta soffocando, ne è certa.

"Dunque è così che si muore", pensa, stranamente calma. "Il giorno del mio compleanno."

Poi tutto diventa nero.

3.

29 MARZO 1991, LUNGO LA STRADA

Colline ricoperte di prati, boschi di latifoglie, laghi che luccicavano al sole. Dal sedile del passeggero, Olga lasciava che quel paesaggio familiare le scorresse accanto passando oltre, e lo stesso valeva per il chiacchiericcio di Sara e Becki. La natura si stava risvegliando dal sonno invernale. Di colpo, violette e bucaneve erano fioriti, sugli alberi le foglie spuntavano a frotte, le oche si dirigevano a nord. Mentre superavano un campo dal verde tenero dove brucavano i cavalli, Olga intravide un enorme cartello sbiadito dal quale Helmut Kohl le sorrideva come un Salvatore, invitandola a partecipare alle prime elezioni della Germania unita, nel dicembre 1990. Erano già passati tre mesi, e lui sì che poteva ancora ridere... almeno su quel campo tra Bösdorf e Eutin. Forse l'avevano lasciato lì di proposito, per ricordare che lui sarebbe rimasto comunque, che lo si volesse o no. Ma invece dei floridi panorami di cui ci si era riempiti la bocca con tante promesse, nei nuovi Länder fiorivano disoccupazione e amarezza. I marciatori del lunedì, che – dopo aver organizzato manifestazioni per un anno e mezzo e contribuito alla caduta del regime della DDR – si erano presi una lunga pausa, stavano ricominciando a scendere in piazza, questa volta contro Kohl e compagni. Solo la notte precedente, avevano dato fuoco per protesta a un edificio dell'amministrazione fiduciaria perché ritenevano che svendesse ciò che era proprietà del popolo e non facesse gli interessi dei cittadini comuni. Il clima si stava inasprendo.

Ma Olga quel giorno non voleva pensare al cancelliere, che non aveva votato, e neppure alla DDR, dove non era mai stata. Preferiva guardare il blu intenso del cielo. Il sole, che le colpiva la guancia destra attraverso il finestrino chiuso, scaldava già. Da quando si era trasferita a Plön, trent'anni prima, non c'era mai stato un compleanno in cui non avesse fatto una passeggiata in riva al lago, con la testa bassa e le orecchie che pungevano per il freddo. Quell'anno era diverso.

Era venerdì santo, e dopo il lungo inverno pareva che tutti anelassero al caldo e all'aria di mare salata. Sulla strada, in direzione Mar Baltico, c'era parecchio traffico, in buona parte costituito da auto della Renania settentrionale-Vestfalia.

L'ingorgo non la disturbava: le lasciava tempo per pensare. Tempo per concedersi un po' di tranquillità. Non le importava quale fosse la meta finale del viaggio, finché poteva godersi l'effetto sedativo del rombo costante e monotono del motore.

Olga chiuse gli occhi e sperò di poter dormire un po'. Le molte notti in bianco e i sogni confusi delle ultime settimane avevano scosso i suoi nervi. Forse lì in macchina avrebbe trovato un po' di pace. Non c'erano altri posti in cui si sentisse così rilassata e al sicuro. Come se quella cassa di metallo fosse la sua personale gabbia di Faraday, che le permetteva di osservare il mondo e le sue tempeste da una distanza di sicurezza, senza doverli far entrare. Uno dei primi ricordi della sua vita era il nonno che la teneva in braccio nella sua automobile nera dai sedili di pelle marrone e le spiegava con santa pazienza a cosa servivano i diversi strumenti. Una volta, in aperta campagna, d'un tratto l'aveva esortata a prendere il comando, poi aveva lasciato il volante, gridando: «Niente paura, Pratolina! Qui sei al sicuro!».

L'aveva fatta guidare sempre più spesso, e leggeva il giornale – o almeno sembrava che lo facesse – mentre lei governava l'auto in modo totalmente autonomo lungo strade solitaria nel bosco. In quei momenti Olga si era sentita così legata al nonno, al mondo e alla stupenda natura che li circondava, che si era ripromessa di possedere una macchina in futuro. Come se il sentimento avesse in qualche modo a che fare con il veicolo.

C'erano voluti quasi vent'anni, prima che finalmente avesse in mano le chiavi di un Maggiolino blu. Il suo primo viaggio l'aveva portata a Ischia. Ancora oggi sentiva un brivido al solo pensarci. Non era mai stata così felice come lì sull'isola, ma non si era mai neppure sentita così sola e abbandonata come quando aveva intrapreso il viaggio di ritorno.

E quel giorno dove sarebbe arrivata? Per quanto insistesse con le sue ragazze, loro non avevano voluto dirle niente. Sarebbero state lontane da casa per quattro giorni: questa era l'unica informazione che si erano lasciate sfuggire. Forse stavano andando ad Amsterdam? Di recente Olga durante una telefonata aveva espresso il desiderio di visitare il Van Gogh Museum...

Sorrise. Sì, partire con loro era stata la scelta giusta. Così avrebbero avuto tempo da dedicarsi a vicenda. Becki la vedeva non più di due-tre volte all'anno, e da ottobre, da quando Sara aveva cominciato a studiare medicina ad Amburgo, anche la nipote le capitava sotto gli occhi solo di tanto in tanto, nei fine settimana, quando veniva a trovare Hendrik, il suo ragazzo.

Un clacson strappò Olga ai suoi pensieri. Ancora confusa, vide un'Audi che le superava.

«Come?» Era la voce di Becki. «Non è per questo che sono scesa in piazza!»

«Per che cosa non sei scesa in piazza?» chiese Olga. «Perché ti superino altre auto?»

«Ma va' là, mamma!» ribatté Becki, dando qualche colpo sul volante mentre un'altra macchina la superava per poi rientrare nella corsia subito dopo. «Perché Sara scambi la sua libertà con la schiavitù.»

«Ma che significa?» Olga vide nello specchietto retrovisore che Sara aveva un'aria seccata.

«Che si sta tuffando volontariamente nel maschilismo ammuffito degli anni Cinquanta e vuole vivere con il suo ragazzo, mamma. E ha a malapena vent'anni», sbottò Becki esasperata.

"E perché no?" pensò Olga, ma si guardò bene dal dirlo ad alta voce. Se fosse stato per Becki, Sara avrebbe dovuto scoprire sé stessa prima di tutto da sola, senza un uomo al suo fianco. Hendrik avrebbe iniziato il suo corso di studi in giurisprudenza nel semestre estivo e, poiché il mercato delle stanze in affitto era saturo, pensava di farsi ospitare nella camera nell'appartamento condiviso di Sara a Ottensen finché non ne avesse trovata una per sé.

«Maschilismo ammuffito? Dici sul serio? Allora cosa dovrebbe fare? Accamparsi davanti alla mensa? E, del resto, tu non hai mai vissuto con un uomo!» Sara era risentita. «E poi chi dice che gli stiro le camicie? Che scemenze!»

«Sì che l'ho fatto», replicò Becki voltandosi leggermente verso il sedile posteriore, dove Sara stava lavorando a maglia un pullover per Hendrik. «Per esempio con Bernd: ho vissuto con lui a Friburgo. Ma avevo già venticinque anni e un lavoro.»

«Ah già... Sei mesi, poi mio padre l'hai buttato fuori», ribatté Sara, strizzando l'occhio a Olga nello specchietto. Quando Becki e Bernd si erano separati, poco dopo la nascita di Sara, lei era tornata a Plön e Bernd si era trasferito a Boston, dove aveva ottenuto un posto come professore di Gender studies a Harvard. Becki all'epoca aveva già lavorato come scalpellino – unica donna in quel settore – e aveva ricevuto una formazione come restauratrice. Sognava di girare il mondo con Sara in valigia e di fermarsi a lavorare là dove le sue abili mani fossero richieste. Ma poi Sara aveva dovuto andare a scuola, e a Becki Plön – dove aveva trovato impiego in un'azienda specializzata nella lavorazione della pietra – era diventata un po' stretta. Per qualche tempo avevano vissuto in casa di Olga, finché Becki non aveva ricevuto l'incarico di restaurare una chiesa a Verona. Seguirono poi templi, biblioteche e castelli ad Avignone, Tolosa, Palermo e al Cairo, così che lei era sempre più spesso in viaggio che a casa. Come era naturale, era Olga a occuparsi dell'educazione di Sara. Dopo aver lavorato anni nella clinica di Lubecca, poco dopo la nascita della nipote aveva rilevato un ambulatorio di ginecologia e ostetricia vicino alla chiesa di San Nicola, con vista sul lago, e il suo predecessore era felice di affiancarla per quattro pomeriggi alla settimana. Così nei primi anni Olga aveva lavorato solo mezza giornata, e quando Sara usciva da scuola la nonna era lì per lei. Forse, in un certo senso, per riparare al fatto di aver avuto troppo poco tempo per Becki quando era piccola.

Nell'auto davanti a loro si accesero le luci dei freni, mentre Becki stava cercando qualcosa nella tasca.

«Becki, guarda avanti!» gridò Olga.

Sua figlia alzò lo sguardo e frenò appena in tempo. La cintura affondò nella spalla di Olga, spinta in avanti dalla frenata.

«Proprio così, tesoro», continuò Becki impassibile, senza curarsi dei lamenti di sua madre. «Non mi serviva più tempo per capire che gli uomini sono del tutto inadatti alla vita in comune.» Sorridendo, premette l'accendisigari nel cruscotto.

«Ma l'hai pur sempre sposato», aggiunse Sara, posando il lavoro a maglia.

«Hai ragione.» Becki sospirò. «L'amore ti rende non indipendente e non emancipata – per lo meno l'amore borghese capitalista. Uno sguardo negli occhi di Bernd è stato sufficiente per domare la ragazza selvaggia che era in me e annientare anni di emancipazione. Avevo sperato di averti educato a una maggiore indipendenza, cara Sara.»

«Mi ha educato la nonna, non tu.»

«Ah...» Becki la guardò sorpresa. «Questa ha fatto male.»

«La verità?» Sara si sporse in avanti e diede un leggero pizzicotto sulla guancia alla madre, come faceva da bambina. «O la mia mano?»

«Entrambe!» esclamò Becki con fare teatrale, e si mise a cercare il suo portasigarette nel vano portaoggetti.

«Aspetta.» Olga la anticipò, allungandole una sigaretta. «*Un* incidente mancato è sufficiente.» Poi si voltò leggermente verso il sedile posteriore.

«Fa' le tue esperienze», disse a Sara, «e se non funziona, non funziona. Quello che conta è che tu sappia chi sei e che cosa vuoi. In modo che tu possa scegliere liberamente, tesoro mio.»

«Tu hai potuto farlo, nonna?» domandò Sara, di colpo seria. «Scegliere liberamente?»

Olga rifletté. «A volte sì, ma per lo più è stata la vita a decidere per me. Oppure gli uomini. Nella mia generazione la volontà di una donna aveva un prezzo. Io ci ho provato, Sara, di continuo, ma mi sono spesso scontrata con dei limiti.»

«Fanculo i limiti!» esclamò Becki, e fece un tiro della sigaretta. «Ancora oggi tutti me ne vogliono mettere. Solo perché io non corrispondo al cliché dei ruoli e faccio cose che si suppone non siano "nella mia natura". Questo non fa di me una madre snaturata, Sara! E se Bernd, solo perché è un uomo, se la svigna in America per spiegare al mondo il sesso femminile, allora... sì, allora questo è un grande risultato! Peraltro non sa nemmeno dove si trovi...»

«Becki!» gridò Sara indignata, e Olga pensò, non per la prima volta, che non si sarebbe mai abituata a sentire Sara chiamare la propria madre per nome. «Ma chi vuole saperlo?»

Nello specchietto, Olga vide Sara che con la mano si allontanava il fumo dal viso.. «Puoi aprire il finestrino? Puzza.»

Becki lo abbassò sbuffando.

«È questo che intendo», disse. «Dimentica i limiti. Negami il rispetto. Per quanto, mi chiedo in che tempi viviamo, se una madre deve dire alla propria figlia che ha una mentalità piccolo-borghese.»

Quando era piccola, Sara pensava che qualsiasi famiglia normale fosse come la sua: la nonna, Sara, a volte Becki. Ma più cresceva, più metteva in dubbio il suo costrutto. Olga ricordava ancora che Sara di tanto in tanto le chiedeva perché nella sua famiglia non ci fossero uomini che restavano, perché non fosse la madre a spalmarle la marmellata sul pane della merenda, e perché potesse vedere suo padre solo una volta all'anno, quando andava a trovarla durante le vacanze. Olga conosceva già questo genere di domande perché erano le stesse di Becki, ed erano state anche le sue. In Becki si esprimevano con quello sguardo supplichevole che talvolta le rivolgeva ancora mesi dopo che lei aveva lasciato il suo secondo marito. Becki trovava ingiusto che le venisse sottratto anche il secondo padre, anche se poi aveva mantenuto con lui e la sua nuova famiglia un rapporto profondo.

Olga stessa, da bambina, si era chiesta perché non avesse mai avuto una madre. Suo nonno aveva assunto anche il ruolo materno, ed erano la governante e Mamme a dargli una mano meglio che potevano. Indipendentemente da quanto quelle tre persone si fossero adoperate per lei, la piccola Olga soffriva quel suo essere diversa. Quante volte, in segreto, aveva desiderato di crescere in una famiglia come quella di Lotte. Quando dava voce a questi pensieri, Pa naturalmente aveva subito pronto un verso del poeta di casa Blume. «Pratolina mia, anche se Tolstoj dice che tutte le famiglie felici si somigliano mentre ogni famiglia infelice è infelice a modo suo, devo aggiungere che anche l'essere felici ha diversi modi di manifestarsi.» Alla fine anche lei aveva cercato di spiegare con parole simili a Becki e Sara che ogni famiglia è diversa e possiede un proprio modo di essere contenta.

In ogni caso Sara intendeva convivere con Hendrik, e Olga era convinta che ciò dipendesse dalla famiglia felice in senso tolstoiano del ragazzo: una sorella più giovane, un padre che la sera dopo il lavoro si sedeva alla tavola apparecchiata e una madre occupata part-time che passava il resto del tempo a rendere tutto bello e accogliente per la propria famiglia. Anche se questo significava per lei rinunciare a molte cose...

Sara sospirò. «Forse oggi è possibile tutto: figli, famiglia e carriera.» Si portò una ciocca di capelli dietro l'orecchio. «Giusto, nonna?»

Olga guardò sua figlia. «Direi che non è semplice, ma è possibile.»

«È una sciocchezza, mamma», ribatté Becki. «Oggi possiamo avere tutto, ma purtroppo non contemporaneamente. Una volta che hai capito questo, sei libera, credimi.»

«Libera da cosa?» disse Sara, apparentemente con noncuranza. Ma dalle sue parole traspariva delusione, come accadeva spesso quando parlava di questi argomenti. Per il fatto che Becki non sapesse come si faceva a essere una madre – o che non lo volesse, perché il suo bisogno di libertà era sempre stato più grande.

«Solo le chiocciole restano sempre a casa loro», aveva detto una volta Becki alla figlia, quando questa – a soli otto anni – aveva cercato di convincerla a non andarsene. «Ma tu e io siamo dei piccoli cardellini, e tu sai come si sentono male gli uccellini in gabbia.»

A quelle parole Olga era trasalita. Come poteva Becki dire a sua figlia che non sopportava di stare a casa! Ma era stato inutile provare a parlarle, tanto inutile quanto pensare di tarparle le ali.

Becki lanciò un'occhiata seria a Sara attraverso lo specchietto retrovisore.

«Libera dalle costrizioni e dalle aspettative. Come gli uomini», rispose.

Olga era stupita. Da cosa aveva dedotto, sua figlia, che gli uomini erano liberi? Anche loro erano schiacciati in determinati ruoli dalle costrizioni e dalla pressione sociale, dovevano conformarsi a rappresentazioni e aspettative, anche se erano diverse da quelle delle donne. Ma non aveva senso mettersi a discutere con Becki, quando era in uno stato d'animo combattivo come quel giorno – quasi sempre, quindi. E certamente non se era al volante.

Ma Sara se ne fregava: continuava a insistere. E Olga conosceva fin troppo bene anche quell'atteggiamento.

Sospirando, si lasciò sprofondare nel sedile e si limitò ad ascoltare il suono di quelle voci che le erano così familiari. "Chiudo gli occhi un momento", pensò. "Giusto un paio di minuti."

Una mano le toccò la spalla con delicatezza. «Svegliati, mamma! Siamo arrivate.» Era la voce di Becki.

Aveva fatto un sogno – un sogno bello, questo se lo ricordava –, qualcosa con un lago... Sì, andava in canoa su un lago... Ma adesso era sveglia e le faceva male il collo.

Dove erano?

Alzò lo sguardo e capì, dagli alberi che scorrevano all'esterno, che stavano ancora viaggiando.

«Guarda il cartello», dissero Sara e Becki all'unisono.

Con un cauto movimento, Olga girò la testa verso destra e

dapprima scorse una fila di cespugli di ginestra che crescevano fitti ai lati della strada. Poi un cartello stradale giallo entrò nel suo campo visivo. Olga sobbalzò per lo spavento. *Ginsterburg?* Si portò le mani alla gola, faceva fatica a respirare.

«Dove siamo?» chiese pressante, come se la sua domanda potesse cambiare la risposta. Tuttavia le rintronava talmente la testa che non sentiva più niente. L'unica cosa che percepiva erano le labbra di Becki che si muovevano, il giallo del cartello che si faceva sempre più sgargiante e dietro il quale sembrava ergersi il campanile della chiesa della Trinità, dove lei era stata battezzata e cresimata.

Le mancava l'aria, cercò di respirare con più calma e più profondamente, come Pa le aveva sempre detto di fare quando nella sua testa si scatenava la tempesta e le sembrava di svenire.

Tranquilla, Pratolina, respira, respira...

4.

1° APRILE 1938, GINSTERBURG

Olga apre gli occhi e, attraverso la finestra aperta, i primi raggi di sole del giorno si posano dolcemente sul suo viso. È sdraiata sul pavimento, con un grosso cuscino sistemato sotto le gambe. Pa è chinato su di lei e le tiene una boccetta di acetato di etile sotto il naso.

«Era un pesce d'aprile? Da quando in qua sei ghiotta di gioielli d'oro con le pietre preziose, oltretutto senza zucchero, Pratolina mia?» Le fa scivolare qualcosa nella mano sinistra. «Di solito fai scherzi migliori... Questo non è da ingoiare, ma da indossare e sfoggiare.»

«L'ho ingoiato?» Olga osserva il suo regalo: un anello con un rubino rosso al centro.

«Non del tutto, per fortuna! Con un paio di colpi energici tra le scapole l'ho fatto correre, credimi. L'anello è uscito sparato dalla tua bocca come l'aria dal didietro di Goebbels.»

Olga si tira su e si accorge di avere tutta la schiena dolorante.

«Ahi!» si lamenta. Poi sfiora l'anello con le dita. Lo riconosce. «Apparteneva a Babushka, vero?» chiede sottovoce, e se lo infila sull'anulare della mano sinistra. La sua nonna russa Irina non l'aveva mai tolto, fino alla sua morte; era, in un certo senso, la sua corona, che aveva il compito di ricordare ogni giorno a lei, e soprattutto al marito, le sue origini aristocratiche. La sua famiglia aveva pensato che la rivoluzione sarebbe fallita nel giro di qualche mese, per questo i suoi genitori, nella fuga dai bolscevichi, avevano portato con sé solo gioielli e ricordi, e con quelli erano arrivati da Pietrogrado a Ginsterburg, a casa sua e di Albert.

Ma genitori e ricordi erano rimasti, così Babushka, ogni domenica, condivideva con i nipoti le sue vecchie storie. In genere lei e Pa sedevano nelle grandi poltrone con le orecchie, una di fronte all'altro, mentre Olga e Karl prendevano posto ai loro piedi, vicino al fuoco scoppiettante. In un divertente miscuglio di tedesco e russo, Babushka descriveva la magnifica vista che dalle camere del suo palazzo spaziava fino alla costa finlandese, oppure raccontava di Lev Tolstoj, che di tanto in tanto andava a prendere il tè da loro e giocava a scacchi con suo padre, un ufficiale dell'esercito imperiale russo.

Pa faceva finta di leggere il giornale, mentre in realtà ascoltava la moglie Irina sorridendo in silenzio. Lei non dimenticava mai di descrivere i grandi balli che si tenevano a casa dei suoi genitori, durante i quali aveva danzato con ufficiali bellissimi. E appena menzionava l'ufficiale che più di tutti amava ballare, Pa si alzava, le faceva un inchino e cominciava a farla roteare per la stanza.

«Come danza il bellissimo marito con la sua meravigliosa consorte?» chiedeva sempre alla moglie dopo qualche minuto.

«Meglio del più bello degli ufficiali», rispondeva lei. E si guardavano ridendo come due giovani innamorati.

Il rito del racconto prevedeva che alla fine Olga, secondo il desiderio di Babushka, prendesse da uno dei molti scaffali nella stanza del camino un libro di Tolstoj, dal quale poi suo fratello avrebbe letto un brano. Quello che preferiva era *Anna Karenina*, perché l'eroina, come raccontava la nonna entusiasta, aveva il coraggio di opporsi al suo tempo, anche se ciò significava andare incontro alla sua rovina. Dopo l'ora di lettura, la nonna si faceva versare dalla governante un bicchiere di sherry per sé e per il nonno, e per concludere faceva un brindisi: «Perché la nostra cultura non tramonti tanto in fretta quanto l'impero degli zar. *Sa sdarówje!*».

Tutto questo si era ripetuto ogni domenica, fino alla scomparsa improvvisa della nonna, quattro anni prima, quando un giorno dopo pranzo si era alzata, aveva barcollato ed era caduta a terra morta. Ma per quanto Pa avesse sofferto per la perdita della moglie, negli anni seguenti non aveva perso né la sua amabilità né il suo senso dell'umorismo. "Perché mio padre è tanto diverso?" si chiede Olga. "Perché è così freddo, così duro?"

Pa si alza e riempie la pipa. «Il rubino simboleggia l'amore puro», spiega, dandole un bacio. «Ecco perché è il regalo perfetto per la mia nipote preferita.»

Per l'unica, in realtà. Olga si accorge che le lacrime cominciano a rigarle le guance. Perché è ancora spaventata, certo, ma anche perché il dono e le parole del nonno l'hanno commossa.

Pa compone con le mani e le dita la figura di un giovane cervo e fa saltellare la sua ombra sulla parete bianca. «Da quando in qua le pratoline piangono?» La sua voce suona sempre un po' più roca, quando fa parlare i suoi animali fatti con le ombre cinesi. «Di solito sanno solo chinare il capo.»

L'ombra sul muro, con la testa bassa, comincia a risalire la parete strascicando i piedi. È così buffa che Olga non può trattenere un sorriso.

«Non sono un po' grande per Dottor Cerbiatto?» domanda Olga, ed è contenta di non esserlo. Si asciuga le lacrime e posa la testa sul petto di Pa. Dottor Cerbiatto salta fuori tutte le volte che lei si fa male.

Quando era piccola – non andava ancora a scuola –, durante una passeggiata nel bosco, lei e Pa avevano trovato un cucciolo di cervo abbandonato dalla madre. Avevano portato a casa il trovatello, l'avevano nutrito con un biberon e l'avevano battezzato «Dottor Cerbiatto», perché i bambini che venivano all'ambulatorio, quando lo vedevano saltare in giardino, dimenticavano all'istante i dolori e la paura. Dopo che era stato reintrodotto nel suo ambiente, lo spirito benevolo di Dottor Cerbiatto era rimasto presso di loro come ombra, e da allora rallegra i piccoli pazienti quando nessun consiglio, pomata o medicina sembra riuscire ad aiutarli.

Ma per quanto ami farsi consolare da Dottor Cerbiatto, Olga vuole dimostrare al nonno di non essere più una bambina. Ostentando indifferenza, gli chiede: «Stridore causato da inalazione di corpo estraneo?». Fanno spesso questo gioco, ma di solito si tratta delle diagnosi dei pazienti di Pa, non della sua.

«Mi piace questa curiosità professionale della mia piccola paziente», esclama lui divertito. «Chi fa domande intelligenti merita di ricevere risposte intelligenti. Dunque» – si schiarisce la voce – «il corpo estraneo, premendo sul plesso nervoso sotto la mucosa di faringe e laringe, provoca un riflesso del nervo vago. Sei fortunata che non ho dovuto praticarti un'incisione alla trachea. Nome tecnico?» Il nonno continua ad assecondare il gioco.

«Tracheotomia!» butta fuori Olga d'un fiato. La sua fame di sapere è insaziabile, e da quando ha iniziato a fare domande lui l'ha nutrita costantemente con tutti i bocconcini medici che la nipote esigeva.

Le tracheotomie sono il pane quotidiano per Pa, soprattutto quando infuria l'influenza o le vespe imperversano. Spesso Olga deve reggergli la lampada a petrolio quando incide con la lama. È una questione di secondi, se si perde tempo il paziente soffoca o subisce danni cerebrali. Una volta erano al mercato settimanale, quando a una persona andò di traverso una noce. Poiché il nonno non aveva a portata di mano i suoi attrezzi chirurgici, prese dalla tasca il suo coltellino e, nel bel mezzo della piazza affollata, fece un piccolo taglio vicino alla laringe, così che la ferita non sanguinasse troppo. Sembrava un pazzo che tagliava la gola a un uomo davanti agli occhi di tutti. Nonostante avesse i nervi saldi, a quella vista Olga si sentì quasi svenire. «Ricorda», le spiegò il nonno in seguito, «che devi tenere la ferita aperta, in caso di emergenza anche con un pisello. È fondamentale che il paziente riceva aria.»

Ora Pa annuisce in segno di approvazione. «Fan-ta-sti-co! Adesso ti manca solo di effettuare una tracheotomia su qualcosa di vivente.» La guarda con un misto di orgoglio e ammirazione.

«Nessun problema», replica lei con la sicurezza di una chirurga esperta. Da piccola aveva praticato la tracheotomia parecchie volte sulla sua bambola Maja. Le sue amiche a volte la escludevano dai giochi di gruppo con le bambole perché

Maja sembrava uno spaventapasseri, tanto era ricoperta di fili, nodi e cuciture. Olga lo accettava senza scomporsi. Perché, come paziente, Maja svolgeva un servizio prezioso, seppure a scapito della sua bellezza. E ora Lotte e Anemie, come lei, giocano sempre più raramente con le bambole. "Si preoccupano più della propria bellezza, adesso", pensa Olga sospirando.

«Un compleanno è l'anniversario della nascita», le dice Pa. «Pertanto sarebbe più che giusto se facessimo venire al mondo insieme il figlio delle lorsignorie von Hettersdorf.»

Olga sente il cuore battere forte. Un parto!

Fin dal giorno in cui Olga ha imparato a camminare, Pa la porta con sé di quando in quando in ambulatorio o a casa di pazienti. Appena era stata abbastanza grande per guardare sopra il lettino, aveva potuto iniziare a passargli forbici, tamponi e la sua pipa, mescolare il gesso per le frequenti fratture e andare a ritirare le medicine in farmacia. Ora è in grado di mettere fasciature e aprire ascessi facendo tutto da sola e, sotto l'occhio vigile del nonno, toglie anche i punti, e di recente perfino un dente. È successo una notte in cui Zapfen, il fornaio grande e grosso, aveva suonato alla porta lamentandosi, con una mano sulla guancia. «Troppi krapfen, signor Zapfen?» aveva commentato Pa scherzando, per distrarre il paziente mentre smuoveva il dente con la pinza. Poi, in silenzio, aveva passato lo strumento a Olga, che aveva strappato dalla mascella il dente, ormai appeso appena per un sottile lembo di carne. Da allora, ogni volta che la ragazza passa davanti al suo negozio, il fornaio le mette in mano un dolcetto. Insomma, Olga ha già fatto un bel po' di esperienze, ma un parto...! Questo supera ogni sua aspettativa.

«Adesso?» chiede, perché le viene in mente che in questo caso dovrà saltare la scuola. Si fa cupa in volto. «Lo sai che la signorina Witte ce l'ha con me...»

Ilse Witte, la nuova insegnante, è arrivata dopo le vacanze di Natale per sostituire il dottor Pfitzer, che era scomparso da un giorno all'altro. Come pure la famiglia Liebermann, i vicini di Lotte. Per strada Olga aveva sentito alcune persone mormorare che finalmente Pfizer, il comunista, era in un lager insieme ai Liebermann, perché era lì che meritavano di stare anche quei parassiti ebrei, gentaglia bolscevica. Lei spera che si sbaglino, perché la sua amica Annemie le ha raccontato cose orribili sui lager: suo zio era stato in uno di quei campi, e quando era tornato a casa non parlava più ed era magro come un chiodo. Olga si augura che i Liebermann, con i loro graziosi gemelli di tre anni, si siano invece trasferiti da parenti in Inghilterra, dove sono trattati da esseri umani e dove il padre può ricominciare a lavorare come giudice. Del resto, perché Mamme, che è amica di Elsa Liebermann, dovrebbe mentirle? Appena Olga, impaurita, le aveva riferito le voci sentite per strada, lei le aveva mostrato una lettera di Elsa dall'Inghilterra.

Per quanto riguarda il dottor Pfitzer, Mamme non crede che sia riuscito a salvarsi. È un uomo sensibile e molto gentile. La Witte invece è piccola, tutta pelle e ossa, e sempre di pessimo umore. Proclama il verbo di Hitler come fosse il Vangelo. Il Führer qui, il Führer là… «Ilse la grama nessuno la brama», bisbigliano alle sue spalle, perché non piace a nessuno.

Con il dottor Pfitzer non esistevano punizioni con la verga, né appello all'alzabandiera del mattino o canti nazisti, e invece di «Heil Hitler!» si poteva dire «Buongiorno». Inoltre, a lui non importava se Olga scriveva con la sinistra. Con la signorina Witte, al contrario, anche la più piccola trasgressione fa scattare la verga. Appena Olga passa dalla mano destra alla sinistra, una serie di colpi rapidi e brucianti si abbatte sulle dita della «mano cattiva», finché non sanguina. E a volte nemmeno la destra è risparmiata.

«Chi fa il saluto tedesco con la mano cattiva è un male per il Führer, il popolo e la patria!» Per estirpare questo male, la signorina Witte era stata di recente all'ambulatorio di Pa, esortandolo a ingessare la mano sinistra di Olga. «Un tempo le donne mancine venivano arse sul rogo come streghe.»

Pa le aveva dato una risposta tagliente: «Oggi si finisce sul rogo per molto meno. Per esempio per affronto al Führer… Secondo lei, cosa ne pensa Hitler del fatto che lei impone a dei bravi bambini tedeschi di fare il saluto con la mano sanguinante? È come se volesse insinuare che lui ha le mani sporche di sangue!».

La signorina Witte era impallidita e se n'era andata in fretta balbettando una qualche scusa. Da allora distribuisce solo scoppole, oppure lascia Olga per ore in un angolo con la faccia rivolta al muro.

«Per il traditore risponde tutta la famiglia. Questo lo sappiamo fin troppo bene», aveva replicato il nonno quando Olga gli aveva raccontato delle vessazioni. Perciò non avrebbe dovuto assolutamente lasciarsi mettere in ginocchio.

«La signorina può aspettare, il bambino no», dice ora il nonno.

Olga è troppo eccitata per controbattere. Sta per vivere il primo parto della sua vita, dopo il suo.

5.

1° APRILE 1938, TENUTA HETTERSDORF

Dal tepore della cucina della villa dei Blume, dove la governante ha preparato alcuni panini imburrati per il viaggio e ha abbracciato Olga, stringendosela forte al seno, nonno e nipote escono nel gelo della mattina di aprile. Il sole nascente ha sollevato il velo di grigio che aleggiava sullo Schwanensee, striando le sue acque grigioazzurre di sfumature rosa-arancio. Quando scorge una maestosa aquila di mare che si libra in aria ad ali spiegate, a nemmeno dieci metri da lei, Olga sente un'immensa felicità invaderle il petto.

Nella locanda Meier, lì accanto, le luci sono accese. *Chissà se stanno già apparecchiando la tavola per il Pranzo della mamma?* Di sicuro è così, dato che lei e Lotte hanno invitato anche i figli dei Meier: la loro amica Annemie e suo fratello, Gero, di un anno più grande.

Il vento, che ha spazzato via le nuvole, soffia i capelli negli occhi di Olga. Lei corre verso l'olmo magico, che svetta sopra i tetti, e lo abbraccia, come tutte le mattine. Il mese scorso papà Meier ha costruito una terrazza appena sotto la chioma, raggiungibile salendo una scala a chiocciola di legno: appena il tempo lo permetterà, servirà lassù ai suoi clienti caffè, dolci e la sua famosa birra chiara Spezial Hell.

«Vuoi farmi anche tu gli auguri?» chiede Olga all'olmo alzando lo sguardo, per vedere se tra i rami riesce a scorgere un martin pescatore. D'un tratto sente il suo richiamo in lontananza, un ruvido *krit-rit-rit.* Chiude gli occhi e stringe con forza il tronco fra le braccia.

«Grazie, mamma, per il mio compleanno!»

Proprio in quel momento sente l'uccello volare a poca distanza dal suo viso.

Ma appena riapre gli occhi, se n'è andato. Al suo posto, Olga vede un giovane che, facendo scorrere le mani aperte, sembra quasi accarezzare il radiatore nero della Horch di Pa, la nuova limousine appena uscita dalla fabbrica di Zwickau. Avvicinandosi, lo riconosce. L'aveva notato il giorno prima dalla finestra, mentre pagaiava sul lago con il suo *gilu*. Vedendo una di quelle canoe lunghe e sottili uscite dal cantiere Schneider, era stata colta da un'inspiegabile nostalgia, da quel sentimento che l'accompagna sempre come un'ombra durante l'inverno, quando queste imbarcazioni pieghevoli, impacchettate, vengono stivate nella rimessa sopra il lago. Anche il giorno precedente non era riuscita a distogliere lo sguardo. A metà aprile inizia la stagione, e Olga non vede l'ora di montare la sua canoa a due posti e finalmente tornare a scivolare sull'acqua con Lotte. Alla fine della stagione precedente, il loro allenatore aveva detto che erano abbastanza brave per partecipare a qualche regata.

«Perché abbracci gli alberi?» le chiede il ragazzo ridendo, mentre le tende la mano sinistra. Il respiro aleggia come una nuvola davanti alla sua bocca.

«E perché tu mi dai la mano cattiva?» ribatte lei, indispettita.

«Cattiva?» Il ragazzo osserva la mano. «Che cos'ha di cattivo questa mano? Eva è stata creata dalla costola sinistra di Adamo, il cuore batte a sinistra, e la luna gira intorno alla terra muovendosi verso sinistra.» Con l'indice sinistro si dà due colpetti leggeri sotto l'occhio, e Olga gli sorride. Pensa che quelle siano le parole più gentili che siano mai state dette a proposito della mano cattiva.

«E così siete entrambi in buona compagnia», dice Pa quando li raggiunge. Dopodiché, con il braccio sinistro posato sulla pancia, fa un inchino. «Goethe, Mozart e Beethoven... tutti mancini.»

«Quindi anche tu...» Il ragazzo guarda Olga con interesse. «A proposito, io sono Fritz.»

Poi accarezza di nuovo il cofano. «È una Horch 830, vero? Un giorno, con una macchina come questa, andrò fino a Roma.»

«Il ragazzo ha fegato e sa sognare: questo mi piace», commenta Pa, mettendo in moto.

"Anche a me", pensa Olga, ma non lo dice.

I due fanno un cenno di saluto a Fritz e partono rombando, percorrendo la solitaria strada lastricata che costeggia lo Schwanensee, superando campi, paludi e case isolate immerse nella nebbia. Essendo l'unico medico della zona, Pa assiste non solo gli abitanti di Ginsterburg ma anche quelli dei paesi circostanti, delle fattorie e delle tenute. Perché l'ospedale più vicino, quello di Schwedt, è quasi a un'ora di macchina. Olga, felice, si lascia sprofondare nel sedile, lo sguardo rivolto all'esterno. Quando va in auto con Pa, è come se al mondo ci fossero solo loro due. Nessun paziente con cui debba dividerlo, solo lui e lei. Non c'è niente di più bello.

Dopo essersi lasciati alle spalle il lago, seguono in silenzio il corso dell'Ucker finché non si addentrano nella brughiera. Il verde chiaro dei campi di mais si estende fino alle pendici delle colline boscose alla loro sinistra. Le piogge incessanti delle ultime settimane hanno trasformato le strade in fango viscoso e le ruote schizzano acqua sporca in tutte le direzioni. Ma Pa non se ne cura.

«Fan-ta-sti-co», dice. Stacca le mani dal volante e le batte a ritmo. «Anemone dei boschi: un unico tappeto di fiori bianchi!»

Questi sono i momenti dai quali lo mette sempre in guardia il padre di Olga. Prima o poi la sua esuberanza gli farà fare un altro brutto incidente, gli ha detto di recente rimproverandolo, dopo che Pa era quasi finito nel lago con la sua vecchia auto, salvato dal vecchio salice, che l'aveva frenato. Per fortuna, a parte una contusione alla mano destra, non si era fatto male.

«Fan-ta-sti-co», ripete il nonno, abbassando il finestrino. «Lo senti l'odore della terra che respira?»

Lui lo chiama «annusare la vita». È convinto che alla complessità delle cose ci si avvicini a tentoni e che per riuscirci non ci sia niente di meglio che affinare i propri sensi ed essere costantemente pronti a cogliere qualcosa. Occhi, orecchie e naso, per lui, sono come uno stetoscopio con cui ascolta il battito del cuore della natura.

Olga abbassa il finestrino e mette il naso fuori, all'aria. «Intendi il marcio-umido del muschio, con sentori di bosco e di funghi?» In fondo sa bene cosa vuole sentirsi dire. «Intendi l'odore aspro, terroso e legnoso dei pini?» Grida nel vento della primavera. «O parli della dolce, morbida, amabile violetta?» Ritira dentro la testa e guarda il nonno con aria interrogativa. «Guarda che non soffro di anosmia», aggiunge sorridendo.

«Ecco la mia piccola figlia della natura!» esclama Pa soddisfatto, mentre Olga si rannicchia felice contro di lui e inspira il suo odore di tabacco da pipa e sapone da bucato, così intimo e familiare.

Qualche tempo prima, il nonno le aveva raccontato della visita a un paziente in cui quel disturbo dell'olfatto era comparso come sintomo precoce del morbo di Parkinson. Così come capita con il tremore delle mani, i passi barcollanti o la rigidità dei muscoli. Olga non dimentica mai niente di quello che lui le spiega. Gli aveva chiesto come mai la lingua tedesca conoscesse le parole «cieco» e «sordo» ma non ne avesse una corrispondente per «chi non può odorare».

«Perché è una cosa talmente terribile che non possono esserci parole per descriverla. La percezione olfattiva ci mette in contatto con il mondo più di ogni altro senso.»

"Soprattutto per una persona come lui", pensa Olga, "che in tutto quello che fa – quasi fosse un pipistrello – regola i suoi sensi in alta frequenza, come se attraverso il modo in cui guarda la vita potesse conferire al mondo più colore, gusto e melodia."

«Più ascolti, guardi e odori in profondità, più riesci a percepire.» Pa ripete di continuo il suo credo, non senza ricordare alla nipote che sensi ottenebrati – che gli capita spesso di diagnosticare – portano a un intelletto ottenebrato, a una percezione distorta, a ottusità e scarsa capacità di discernimento.

Il nonno frena e scende dall'auto. «Raccogliamo un po'

di *Capsella bursa-pastoris* per la baronessa partoriente.» Si toglie le scarpe di pelle marroni e se le appende alle spalle. Gli piace camminare scalzo: gli permette di percepire meglio il terreno.

«Cioè quella che tutti chiamano borsa del pastore, vero?» traduce Olga. «Contro il sanguinamento uterino.»

«E per stimolare le contrazioni e il flusso di latte.»

È da quando è piccola che Olga va con il nonno a «raccogliere salute». In fondo tutti i prati, le montagne e le colline sono come delle grandi farmacie, così almeno dice il grande Paracelso. Abete rosso per accelerare la guarigione delle fratture e ridurre il gonfiore, salice per abbassare la pressione, cedro contro le vampate e tutto il verde di questo mondo contro le irritazioni. Già a quattro anni Olga sapeva distinguere il billeri dei prati dall'achillea. «La natura aiuta sé stessa e voi», ama dire Pa ai suoi pazienti, con quel suo sorriso mite e ottimista, quando si accorge che si stanno perdendo d'animo.

Con sguardo vigile, Olga e il nonno attraversano l'erba alta, scavalcano pozzanghere e tronchi marci. Olga tiene d'occhio il terreno, perché ha paura dei marassi. Quanto siano pericolosi questi serpenti le era diventato chiaro circa sei mesi prima, quando Pa era stato chiamato in un paese vicino da Gabriele Klingbein. Lì aveva visto il nonno, in genere molto cauto, fiondarsi sulla ferita e succhiarne rapidamente il veleno con la bocca, per poi incidere intorno al morso una zona tanto estesa da lasciare nella gamba un buco enorme. E la povera signora è tuttora costretta a letto e deve essere accudita. Ma per lo meno è sopravvissuta.

Finalmente, dietro gli alberi ai margini del bosco, trovano i piccoli fiori biancastri. Olga si china e raccoglie una manciata di borsa del pastore.

Di ritorno alla macchina, Pa si siede al posto del passeggero e Olga, su sua indicazione, prende il volante. Quando arrivano al rettilineo acciottolato che porta alla tenuta, il nonno la esorta ad accelerare il passo.

«Si può andare più veloci?» chiede facendole l'occhiolino. «Non vorrei che la baronessa partorisse senza di noi.»

Olga sente il sole sul viso. È come se il calore e la luce penetrassero in ogni sua fibra, per poi accenderla dall'interno.

«Ecco la mia stellina», dice Pa, quasi potesse leggerle nel pensiero. Ha sempre pensato che la nipote sia stata baciata dal sole. Dopotutto, a suo tempo, erano stati proprio i caldi raggi solari a risvegliare il suo spirito vitale, quando giaceva mezza morta sul davanzale. Forse, pensa Olga, è per questo che da allora il suo corpo reclama il sole come chi sta morendo di sete anela all'acqua.

«E la stellina vola verso il sole!» esclama lei tutta allegra. Mentre accelera ancora, ha la sensazione di essere in qualche modo tratta fuori dal suo corpo. Un parto... avrebbe assistito al suo primo parto! E scoppia in una risata.

Subito prima che il viale faccia una curva, Olga e Pa si scambiano i posti. Nessuno deve vedere che il dottore lascia guidare la nipote.

Alla fine della strada, su un'altura oltre il grande cancello in ferro battuto aperto, si erge la sontuosa casa padronale degli Hettersdorf. Pa dà un lungo colpo di clacson per annunciare il suo arrivo, poi si rivolge a Olga: «Tra poco si comincia!». La ghiaia umida schizza sotto le ruote, e lui frena così bruscamente che l'auto slitta prima di fermarsi.

Il fattore gli corre incontro. «I signori la stanno aspettando, dottore!» Scaccia via un gruppo di oche che caracollano sull'aia starnazzando a gran voce e li accompagna in casa.

Nell'atrio, in fila una accanto all'altra, ci sono cinque ragazze, le figlie del barone di Hettersdorf, tutte vestite con un identico, lindo abito giallo – a vederle così ricordano le canne di un organo. Salutano silenziose, le mani dietro la schiena.

«Strigliata e addomesticata, la combriccola», sussurra Pa a Olga.

In auto, mentre lei si mangiava le unghie nervosa, il nonno le aveva consigliato di nascondere bene le mani una volta che fossero stati a casa degli Hettersdorf. «Altrimenti te le immergono nel succo di cipolla, come fanno con le mani delle figlie. Un metodo comprovato per togliere ai rampolli dei nobili l'abitudine di mangiarsi le unghie. La vita dietro i ponti levatoi è spietata!» A lei basta uno sguardo alle cinque ragazze per capire cosa intende.

Il fattore li conduce fino a una stanza grande come un salone da ballo, con decine di scaffali alti fino al soffitto pieni zeppi di libri. Da una poltrona di pelle si alza un uomo alto, vestito in maniera impeccabile, con redingote e scarpe lucide. Stringe la mano a Pa. «Dottor Blume, meno male che è arrivato. Questa volta mi aiuterà ad avere un figlio maschio, vero? Me lo prometta!» Poi si rivolge a Olga: «Come sei cresciuta!».

Pa non capisce perché mai tutto il mondo desideri un maschio. Del resto, ha idee decisamente moderne per uno della sua generazione, e vuole, per esempio, che Olga vada all'università e studi medicina come suo fratello. Lei ammira suo nonno per la fermezza con cui sostiene la propria opinione.

Nella camera della puerpera c'è un odore dolciastro, come di liquido amniotico, pensa Olga. E infatti Pa, mentre ancora si sta mettendo il camice, domanda: «Quando si sono rotte le acque, esimia baronessa?».

La donna si solleva un po', con movimenti appesantiti. «Stamattina alle cinque.»

«Molto bene, niente gonfiore», commenta Pa dopo averle esaminato le caviglie. «E le contrazioni? Con che frequenza?»

La pipa gli penzola dall'angolo della bocca, mentre solleva la camicia da notte e le tasta la pancia. Olga nota che l'ombelico sporge all'infuori.

«Ogni tre minuti», risponde la donna con un filo di voce.

«Allora ci siamo», dice Pa, e sorride a Olga mentre con il pollice e l'indice della mano destra misura la testa del bebè. «Ce l'ha già quasi fatta», aggiunge.

«Così in fretta?» La donna si contorce gemendo e Pa fa segno a Olga di prenderle la mano.

«Il primo parto dura venti ore, il sesto venti minuti», dice Pa, e Olga si stupisce della serenità con cui, ciononostante, si è fermato a raccogliere erbe con lei. «Il collo dell'utero è completamente dilatato.»

E poi le cose procedono sempre più veloci. La baronessa le stringe la mano così forte che Olga vorrebbe urlare per il dolore. Le doglie si susseguono senza sosta, e la puerpera urla come se il suo corpo venisse dilaniato. Il viso contorto in una smorfia mette paura a Olga. Non stupisce che il barone non voglia vedere la moglie in queste condizioni.

D'un tratto davanti agli occhi di Olga appare un volto, e lei pensa che possa essere quello della madre morente. Non sa più chi ci sia lì davanti a lei, e comincia a sentire molto freddo. Spaventata, lascia andare la mano, chiude gli occhi e si copre le orecchie. Tuttavia gli spasimi che la baronessa deve sopportare la pervadono. Dunque è così che sua madre ha trascorso gli ultimi minuti della sua vita. Tra dolori indicibili...

«Lasciatemi morire! Non ne posso più!» urla la donna.

"A causa mia?" si chiede Olga. Tutto pare mescolarsi: sangue, lacrime, liquido amniotico, voci, grida, e suo padre, che da chissà dove le sussurra che lei porta sfortuna, ancora e ancora e ancora.

La voce del padre aumenta di volume e Olga comincia a urlare a sua volta per sovrastarla, così forte che perfino la baronessa ammutolisce e la fissa terrorizzata.

Poi per Olga tutto si fa nero. E sviene.

6.

29 MARZO 1991, GINSTERBURG

Olga aprì gli occhi con cautela e sbatté le palpebre. Non sapeva dove fosse; capiva solo di essere sdraiata su un letto e che uno sconosciuto, chino su di lei, le stava sentendo il polso. Aveva un viso gentile, ben rasato, e gli occhi che brillavano come il suo ciuffo biondo platino. «Mi sente? Riesce a capirmi?» le domandò. Olga annuì.

«Va tutto bene», aggiunse lui, cercando di tranquillizzarla. «Si trova in una pensione a Ginsterburg.»

A poco a poco il ricordo si risvegliò. Il cartello stradale, l'aria che odorava di primavera, quella strada così familiare. *Non guardarti in giro, non fermarti, un taglio netto non suppura!* Questo aveva intimato a sé stessa un tempo, quando, proprio lungo quella strada, aveva guardato nello specchietto retrovisore vedendo Ginsterburg farsi sempre più piccola, finché non era scomparsa del tutto dal suo campo visivo.

Da allora, nella sua vita, non si era mai guardata intorno. Aveva sempre dato un taglio netto. E adesso era di nuovo lì, e con lei quella stessa sensazione funesta.

Sara le accarezzò la spalla. «Sei collassata in macchina, così abbiamo chiamato il medico di turno», le spiegò, mentre Becki faceva su e giù nervosamente per la stanza.

«Come va, mamma?» le chiese.

Olga, dolorante, sentiva pulsare la testa. Si tastò la cicatrice sopra il sopracciglio destro, un involontario souvenir del commiato dalla sua città natia, quasi cinquant'anni prima, che ora troneggiava su un generale rigonfiamento.

«Si è ferita la testa sbattendo contro il finestrino. Non posso escludere una commozione cerebrale», disse l'uomo, che si presentò come dottor Zapfen.

Ginsterburg sulla sua fronte. Una ferita che non aveva fatto male fintanto che lei l'aveva dimenticata, rimossa, lasciata sbiadire.

"Dove trovi un buon krapfen? Solo da Zapfen!" borbottò tra sé e sé. Da quanto tempo non ci pensava, a quel dolcetto piccolo e caldo che il fornaio le allungava dalla finestra ogni volta che passava davanti al suo negozio mentre andava a scuola! "Per la piccola Blume, il fiorellino." Ma dopo la fuga non c'era stato tempo né spazio per i ricordi, e del resto lei aveva perso la fame di qualcosa di dolce.

Olga si tirò su a sedere e Sara le sistemò un cuscino dietro la schiena. Perché aveva ceduto alle insistenze della nipote e si era lasciata trascinare in quel viaggio a sorpresa?

Fece vagare lo sguardo intorno a sé nella stanza, in cerca di qualcosa che potesse riconoscere. Sebbene non fosse mai stata lì, tutto le sembrava curiosamente familiare. Il vaso di narcisi sul comodino. Il rivestimento del pavimento, apparentemente mai rinnovato dagli anni Settanta. E, sulla parete con la tappezzeria a fiori, un quadro scolorito raffigurante lo Schwanensee.

Dall'armadio a muro marrone scuro proveniva un leggero ronzio. Probabilmente c'era nascosto un frigorifero. Chissà se, adesso che il Muro era caduto, lì dentro c'era una Coca-Cola? Cosa non avrebbe dato per un sorso di Coca-Cola...!

«Come si sente?» le chiese il medico. Non solo il nome, anche il colore dei capelli, gli occhi di un marrone caldo e il mento spigoloso le ricordavano il vecchio fornaio.

«Bloccata. Come fossi dentro un tubo a raggi X e non potessi uscire.»

«Le era già capitato di perdere i sensi in questo modo?» domandò ancora il dottore, che nel frattempo le misurava la pressione e le auscultava il cuore.

«No, mai», mentì. E ipotizzò che il collasso del suo corpo fosse una conseguenza dell'affollamento di vecchie immagini nella sua mente. Pa diceva che era svenuta subito dopo la nascita per il grande spavento; ma non aveva precisato se questo fosse stato causato dalla morte della madre o dalla vita in sé. Anche in seguito le era capitato di perdere i sensi quando aveva molta paura. Quando non riusciva a sfuggire alle ombre che l'angosciavano. Per fortuna, non era più accaduto da tempo: aveva imparato a convivere con le ombre e i pensieri.

Sentì crescere dentro di sé un'insopportabile sensazione di tristezza. Tossì. «Vorrei andare a casa, subito.» Si accorse che la pressione crollava, come se il ricordo spingesse il suo sé a svenire di nuovo. Ma stavolta la sua volontà si dimostrò più forte, e riuscì a riprendere a respirare regolarmente.

«Dovrebbe farsi ricoverare perché i medici valutino la situazione. Uno svenimento è solo un sintomo. Dietro potrebbero nascondersi un serio disturbo cardiaco o una patologia neurologica...»

«Sto bene», lo interruppe Olga. «Negli ultimi giorni ho dormito pochissimo e non ho mangiato quasi niente. E poi questo caldo, così anomalo in questo periodo dell'anno... È un po' troppo per il mio bioritmo che diventa sempre più vecchio.»

Sara tirò fuori dalla tasca una barretta di cioccolato e la diede a Olga, poi si avvicinò all'armadio e aprì un paio di ante finché non trovò il frigorifero. Da lì prese – ebbene sì! – una bottiglietta di Coca-Cola. «Ecco la miscela giusta per riprendere le forze, nonna.»

Il dottor Zapfen fece un altro tentativo: «A Schwedt abbiamo un ospedale prestigioso, la clinica Uckermark. Se lo desidera, le preparo l'impegnativa per il ricovero. Un test di Schellong per valutare la funzione circolatoria sarebbe...».

«Quella in Bahnhofstraße?» Olga gli parlò sopra, con la bocca piena. Il cioccolato le faceva bene.

Lui la guardò con aria interrogativa. «Ah, lei è di queste parti?»

Olga scosse il capo. «Di Plön, Schleswig-Holstein.»

Sara, in piedi accanto al letto, porse alla nonna la bottiglietta aperta, mentre Becki spalancava la finestra. Dagli alberi proveniva un cinguettio. «Ma la tua famiglia viene da qui», obiettò Becki. Poi si rivolse al dottor Zapfen: «È la prima volta che la mamma ritorna a Ginsterburg dopo la guerra. Era dovuta fuggire».

Lo sguardo del medico passava continuamente da Olga alla figlia. «Lei è originaria di qui? Della DDR?»

«All'epoca, a dire il vero, la Repubblica Democratica Tedesca non esisteva ancora», rispose Olga, dopo aver preso un sorso dalla bottiglietta. «Non si preoccupi. Non mi serve più il suo aiuto.»

Lui la guardò pensieroso. «Purtuttavia le raccomando un periodo di riposo a letto. È evidente che un'occhiata a Ginsterburg è stata sufficiente a procurarle una forte emozione. Il suo battito è accelerato e la pressione è troppo alta. Conosco questa sintomatologia meglio di quanto vorrei, e ultimamente l'ho notata con frequenza...» Si schiarì la voce e guardò Becki. «Potrebbe sembrarle strano. Ma dopo la riunificazione sempre più ex abitanti della Germania Est tornano indietro. Alcuni di loro sono collassati e hanno avuto analoghi problemi di circolazione.»

«E questo cosa significa?»

«Che potrebbe in qualche modo trattarsi di un riaccendersi della nostalgia», rispose il medico con una passione tale da far pensare che quello fosse il suo campo specifico di ricerca. «Prima colpiva persone che non riuscivano ad abituarsi alla vita in una terra straniera, e reagivano allo sradicamento e alla nostalgia di casa con sintomi quali battito cardiaco accelerato, insonnia, pallore, inappetenza e svenimenti. Anche durante la seconda guerra mondiale ai medici militari americani erano state date istruzioni di fare attenzione a questi sintomi legati alla nostalgia nei soldati.»

Becki, che si era seduta sul davanzale interno della finestra, lo fissava con aria interrogativa. Olga, dal canto suo, non sapeva se ridere o piangere. «Sta parlando sul serio?» La sua voce tremava. «Se c'è qualcosa che non sono, è proprio questo "patologicamente malata di nostalgia". Non lo sono mai stata e non lo sarò mai.»

Che cosa mai poteva avere a che fare, lei, con quei nostalgici che partecipano a gite promozionali – giusto il tempo di bere un caffè – nella loro patria perduta e nella loro infanzia dimenticata e poi si stupiscono che la pressione schizzi in alto a causa dei troppi caffè e dei ricordi idealizzati e edulcorati? «Io non ci volevo neppure venire.» Nella ex DDR, che le era sempre stata estranea come qualsiasi altro paese. Non le era venuta la curiosità nemmeno quando Sara era stata a Berlino per il viaggio-premio della maturità poco dopo l'apertura delle frontiere e le aveva portato un variopinto pezzo del Muro che lei stessa aveva staccato e colorato. Olga non versava lacrime per Ginsterburg.

«Si ama il luogo in cui si è stati bambini, e al tempo stesso si ha paura dei bei ricordi. Lei è cresciuta qui, ed è dovuta fuggire», insistette il dottor Zapfen spostandosi verso la finestra, vicino a Becki, e guardando fuori. «Più a lungo le persone stanno lontano, più è difficile convivere con la nostalgia.» Fece una breve pausa, prima di riprendere a parlare, squadrando Olga con sguardo indagatore. «Ad alcuni vengono le vertigini, quando attraversano il ponte dall'oggi al tempo che fu.» Lei si domandò se quell'uomo non avrebbe fatto meglio a diventare psichiatra, visto come esplorava la sua vita interiore. «Ma lo fanno lo stesso: lasciano riaffiorare nella coscienza certe situazioni della loro vita, perché vogliono liberarsi del dolore.»

Dopo quell'ultima frase, Olga sentì il sangue pulsarle nelle orecchie. Quindi anche lei sarebbe svenuta di proposito?

«Che sciocchezze», borbottò.

Becki la guardò. «Comunque, finché si rimuove tutto e ci si anestetizza contro ogni ricordo, non si guarisce.» Il suo tono insolitamente duro sorprese Olga.

«Dunque si tratta di guarire, eh?» chiese ironicamente a tutti i presenti. Il dottor Zapfen annuì e rivolse lo sguardo verso Becki, imbarazzato, ma non disse nulla.

Se quell'uomo, fortunatamente nato più tardi, avesse anche solo una vaga idea del dolore – che lei aveva visto – *di Anna e Tadeusz e delle povere donne di Kühlungsborn, non parlerebbe di certo così. Reinscenare per guarire...! A questa stregua, bisognerebbe consigliare un campo di concentramento ai sopravvissuti ai lager...*

Olga scosse il capo. «Giovanotto, cose e luoghi vanno perduti. Rimpiangerli è una perdita di tempo bella e buona. Così come tornare qui. Non sono abbastanza sentimentale per tutto ciò.»

Lei non era rimasta legata alle cose, solo alle persone.

Becki si sedette sul letto accanto alla madre e le prese la mano.

«Mamma», disse, ora con un tono insolitamente dolce. «Pensavamo fosse una buona idea che tu ci mostrassi i luoghi della tua infanzia e ci raccontassi qualcosa di quei tempi. Non potevamo immaginare che ti sconvolgesse in questo modo. Altrimenti non l'avremmo fatto senza il tuo...»

Olga sfilò la mano da quella della figlia. «Non ho mai raccontato niente perché non c'è granché da raccontare. E il grosso l'ho dimenticato da tempo. Ma poi... » – guardò Sara e subito dopo Becki – «... perché vi interessa?»

«Perché ha a che fare anche con noi», rispose Sara a denti stretti. «Non è normale che tu non racconti quasi nulla! Non è così facile dimenticare chi si è stati!»

Olga chiuse gli occhi. Nella stanza calò il silenzio.

Dopo qualche istante il dottor Zapfen si schiarì la voce.

«Ma lo si rimuove», disse calmo. «Finché le difese non si sgretolano, perché il gigante dormiente viene risvegliato e...»

Olga serrò le labbra. *Il gigante dormiente.* Cosa sarebbe venuto, dopo?

"Dove trovi un buon krapfen? Solo da Zapfen!" All'improvviso le tornò di nuovo in mente il vecchio slogan. E al ricordo del profumo intenso di quel dolce e gustoso ripieno di burro e mele, questa volta le venne l'acquolina in bocca. Un paio di mesi prima della sua fuga aveva assistito con Pa alla nascita del nipote di Zapfen. Olga se lo ricordava bene, perché quella volta aveva perso l'ora giusta per vedere il martin pescatore.

«...in breve, il fattore che ha scatenato lo stress potrebbe essere stato il cartello stradale», concluse il medico. «Sua figlia ha detto che lei è svenuta alla sua vista.»

Olga si premette i palmi delle mani sugli occhi.

«Nella vita capita sempre una qualche catastrofe», disse acida. «Non mi fa piacere correggerla, ma quello che lei diagnostica come nostalgia – o per usare un termine più tecnico, nostomania – è una normalissima sincope vasovagale provocata dallo stress. È stato lo shock del rivedere questi posti, niente di più.»

«Bene...» Il medico si arrese. «Forse ha ragione lei. Ed evidentemente ha buone conoscenze in campo medico. Le inietto mezza fiala di Akrinor. Dovrebbe aiutarla a rimettersi in piedi.»

«Se vuole sparare col cannone a un passerotto, faccia pure. Comunque, mi sembrerebbero meglio due gocce di Korodin, quindi un simpaticomimetico», ribatté Olga, dicendosi che, a quanto pareva, anche in ambito medico i tedeschi dell'Est vivevano ancora nella Valle degli Ignari, come un tempo veniva chiamata ironicamente la DDR, priva di mezzi di comunicazione che diffondessero notizie sui progressi dell'Occidente.

«Anche mia nonna è medico», spiegò Sara, prendendo dalla tasca di Olga la fialetta che portava sempre con sé. «Esattamente come il mio bisnonno e il mio trisnonno. Il dottor Albert Blume: il nome le dice qualcosa?»

Zapfen la fissò stupito. «Ma naturalmente! Il dottor Blume! È una leggenda, a Ginsterburg! Lo sa che i miei genitori, in suo onore, vendono un biscotto a forma di piccolo animale che si chiama "Dottor Cerbiatto"? Un dolcetto per consolare i bambini. Anche nel mio ambulatorio i pazienti più piccoli, invece di un normale biscotto, ricevono quello di Dottor Cerbiatto.»

Il cuore di Olga ebbe un sussulto. Dunque Dottor Cerbiatto era sopravvissuto a tutti! Il pensiero che Pa avesse lasciato una sorta di eredità a Ginsterburg la commosse.

«Sul serio?» esclamò Becki, fulminando Olga con lo sguardo. «Mamma, ogni volta che Sara stava male, tu la consolavi con le ombre cinesi, e il suo personaggio preferito era Dottor Cerbiatto ...»

«Come faceva il dottor Blume con i bimbi ammalati», aggiunse il dottor Zapfen. «Per lo meno questo è ciò che mi raccontano i miei pazienti più anziani.»

Sara formò un cerbiatto con le dita. «Bene, ma adesso rimettiamoci in piedi, altrimenti le ombre cinesi le faccio io!» disse imitando la voce che Olga dava a Dottor Cerbiatto.

Becki e il medico non poterono trattenere una risata.

«Quindi lei è proprio il nipote del vecchio fornaio Zapfen», riprese Olga. «Jochen, giusto?»

«Si ricorda di me?» fece lui sorpreso. «Be', d'altra parte, quando uno in questo paese ha i capelli biondo chiaro ed è alto quasi due metri, deve avere una qualche parentela con gli Zapfen...» Dopodiché si voltò per andarsene. «Domattina verrò a visitarla di nuovo.»

«Dubito che sarò ancora qui», ribatté Olga, e a quelle parole Sara e Becki si scambiarono un'occhiata.

Sulla soglia, il dottor Zapfen si girò di nuovo. «Lo sa che suo nonno mi ha fatto nascere?»

"No, sono stata io", pensò Olga.

7.

1° APRILE 1938, GINSTERBURG

Quando Olga arriva in classe, la campanella è già suonata. Sono appena passate le nove. Tutti sono ai loro posti e salutano con il braccio alzato: «Heil Hitler!».

Nella piccola scuola, gli studenti dalla quinta alla nona classe sono stati riuniti un'unica aula. Quando la vede, la signorina Witte batte le palpebre. Olga resta lì impalata sulla soglia e si unisce al coro dei compagni solo muovendo le labbra: «Testa china, per man ci teniamo, sempre al nostro Führer pensiamo. Il pane quotidiano ci dà e ci salva dalla povertà».

Con un gesto impaziente, l'insegnante esorta gli altri scolari a sedersi, mentre chiama Olga alla cattedra. Lei nota il nuovo arrivato, Fritz: è seduto nell'ultima fila, accanto a Gero, il fratello di Annemie.

I suoi occhi blu guizzano mentre le sorride, sollevando un angolo della bocca con aria da monello e picchiettandosi col dito sinistro sotto l'occhio.

«E da dove arriva l'esimia signorina Blume?» chiede la signorina Witte. «Direttamente dal letto?»

Olga cerca di riflettere. Le immagini delle ultime ore affollano la sua mente e le rendono difficile pensare.

«Ho fatto nascere un bambino», risponde alla fine, e sente che l'intera classe scoppia a ridere.

«Pesce d'aprile! Pesce d'aprile!» si sente gridare dall'ultima fila.

Al pensiero del suo fallimento, di colpo sente affiorare le lacrime. Si copre gli occhi con le mani. Rudolf è un bambino sano come un pesce e anche la baronessa è in buona salute, tuttavia non la abbandona la sensazione di aver quasi rovinato tutto; come, non lo sa neanche lei. «Cosa temevi che potesse succedere?» le aveva domandato Pa sulla via del ritorno in auto, vedendola scossa da crisi di pianto. «Avevi paura che la baronessa, invece del tanto desiderato erede maschio, partorisse una bambina, e tutto per colpa tua?»

Olga non lo sapeva.

«O pensavi che la signora sarebbe morta come tua madre, per il solo fatto che tu eri nella stessa stanza?»

"Sì", avrebbe voluto gridare. E invece scosse il capo.

Il nonno aveva rallentato e le aveva preso la mano, spiegandole che il primo parto è il più difficile e che persino molti giovani medici perdono il controllo, di fronte alle forze che si liberano in questo evento.

Ma Olga sa bene come stanno le cose: lei porta sfortuna. Non diventerà mai un medico. Come potrebbe? I medici salvano le persone e non le fanno morire nel primo istante di vita.

Ora, davanti alla classe, si asciuga le lacrime dal viso. «Ho dato una mano con il parto della baronessa von Hettersdorf e...»

La signorina Witte le mozza le parole con un acido «Basta così». Volge lo sguardo verso la verga come se il suo massimo desiderio fosse usarla per picchiare Olga. «Vergognati!»

Lei abbassa lo sguardo mogia. Deve sempre vergognarsi: quando non tiene i piedi uniti, quando balbetta una risposta, quando la gonna non copre le caviglie come si conviene.

«Seduta!» le ordina la Witte.

Più tardi cominciano le prove per *I cigni selvatici* di Hans Christian Andersen. Avevano già iniziato a studiare il pezzo con il dottor Pfitzer. Da generazioni, al termine dell'anno scolastico ogni classe mette in scena una favola sui cigni sulle rive dello Schwanensee. Già suo padre aveva interpretato uno dei sei cigni dei fratelli Grimm, e suo fratello Karl il brutto anatroccolo. Il nonno, una volta, aveva detto: «I cigni sono d'obbligo».

Olga è pazza di gioia perché le è stato assegnato il ruolo

principale, quello della principessa Elisa, che salva i fratelli tramutati in cigni. Conosce ogni battuta a memoria e spera di fare una buona impressione sulla signorina Witte e di renderla così più benevola nei suoi confronti.

«Chi di voi interpreta Elisa?» domanda l'insegnante, mentre gira tra le file di banchi. Il dito di Olga si alza rapido. La Witte si avvicina di un passo e la fissa scuotendo il capo.

«Da quando in qua le principesse hanno i capelli rossi?» chiede.

Olga la guarda stupita. «Io... io...»

«Non una parola di più», ribatte l'insegnante. «Tu sei la strega.»

Olga sente delle leggere risatine soddisfatte dietro di sé, e qualcuno che sussurra: «Lentiggini e rossi capelli son del diavolo fratelli».

Olga arrossisce per la vergogna e lancia uno sguardo d'odio all'insegnante. "Se fossi una strega, ti ucciderei all'istante con la mia magia", pensa, mentre stringe le mani a pugno per non piangere. La voce della signorina Witte sembra ora arrivarle da lontano: «Ma tu, Charlotte... chi potrebbe essere un'Elisa perfetta se non qualcuno come te, con quei lunghi e meravigliosi capelli biondi?».

Lotte, seduta di fianco a Olga, si lascia sfuggire un gridolino di gioia, ma subito dopo guarda l'amica provando un senso di colpa.

«Va tutto bene, Lotte, sei un'ottima scelta», sussurra lei stringendole la mano. Quanto odia la signorina Witte! Perché il buon Dio fa morire solo i buoni?

8.

30 MARZO 1991, GINSTERBURG

La magia era tornata. Olga, in piedi sulla riva dello Schwansee, guardava verso la Mohninsel. Dei tantissimi laghi dell'Uckermark, quello era il più bello. Tra le sponde, che in alcuni punti si ergevano quasi verticali, simili a pareti, si estendeva l'ovale del lago, bordato di olmi e salici. Era talmente grande che non si riusciva a vedere la sponda opposta. Una fresca brezza soffiava leggera da est e disegnava tratteggi sull'acqua, dando l'illusione che fatine scintillanti danzassero sulla superficie. Olga inspirò profondamente, godendosi l'aria fredda e limpida del mattino. Sì, avrebbe affrontato quella giornata. Avrebbe tenuto duro. Dopo una notte agitata, aveva deciso di tornare per lo meno una volta al lago, al *suo* lago. Appena sveglia, aveva preso un blando tranquillante con un bicchiere d'acqua. Poi era sgusciata fuori dalla camera d'albergo senza far rumore e aveva camminato attraverso il grande prato, punteggiato qua e là di sedie a sdraio e tavolini, fino a raggiungere la riva.

Dal canneto, che in inverno era il primo a gelare, udì il richiamo di un airone cinerino. Schermandosi gli occhi con la mano contro il sole nascente, attese di vederlo spuntare dalle canne e procedere, con la sua andatura un po' rigida, sui trampoli lunghi e sottili. Ma, invece dell'airone, dall'erba folta scivolò fuori una famiglia di cigni, come in una perfetta coreografia: davanti i genitori, eleganti e fieri, e subito dietro la graziosa prole. Quando era piccola il lago pullulava di cigni, perché alcuni ambientalisti pionieri, tra i quali suo nonno, avevano ottenuto l'emanazione di un'ordinanza che vietava di raccoglierne le uova. Solo durante la guerra, quando era esplosa la grande fame, non vi si era attenuto pressoché nessuno.

Poi quei candidi uccelli tuffarono i lunghi colli in acqua, con movimenti quasi sincronizzati. Somigliavano a una catena di iceberg coperti di neve. "Una famiglia sana", disse Olga tra sé e sé quando i volatili proseguirono insieme per la loro strada, e non poté fare a meno di pensare alla discussione del giorno prima, in auto, tra madre e figlia. In fondo, non era quello ciò che cercavano le sue ragazze?

Prima di andare a dormire, Becki le aveva rivelato un altro motivo del loro viaggio: quella mattina aveva appuntamento con un avvocato, probabilmente lo stesso che aveva chiamato anche Olga. L'aveva attirata con la prospettiva di restituirle un bene che le apparteneva di diritto: la locanda Meier. Il vecchio Meier, infatti, aveva nominato erede la sua unica nipote Becki, pur senza averla mai conosciuta.

«Un meraviglioso complesso del 1739, dichiarato monumento nazionale. Un albergo su due piani, con tanto di birrificio nella dépendance. Una proprietà che aspetta solo di essere riportata in vita!» aveva detto l'avvocato. Nemmeno avesse saputo che lei era una restauratrice...

Becki aveva imitato la voce melliflua del legale in modo così divertente che la rabbia di Olga per il proprio svenimento si era dileguata.

Con lei, però, quel tono da pifferaio magico non aveva attaccato. Sebbene Olga e Karl fossero gli eredi legittimi della villa dei Blume, prima della sua telefonata lei non aveva mai pensato nemmeno per un istante a quel lascito.

«Io le restituisco la sua vecchia casa, dottoressa Bley: la villa sul lago dei Blume, stimata famiglia di medici.» Così le aveva detto l'avvocato durante l'ultima chiamata, con quella voce flautata. « Appartiene a lei e alla sua famiglia. Non deve far altro che prenderla.»

Era scomparsa per quasi cinquant'anni dalla cartina, dalla sua testa e dal suo cuore – e ora avrebbe dovuto riprendersi la sua eredità, semplicemente così?

Evidentemente l'avvocato aveva spulciato con attenzione i registri del catasto di Ginsterburg ed era riuscito a trovare tutti i proprietari all'Ovest, comprese informazioni sulle loro biografie, così che, grazie al suo aiuto prezioso e assolutamente disinteressato, potessero rivendicare la restituzione del bene.

Ma Olga la sua «eredità» proprio non la voleva...

Lasciò vagare lo sguardo sul prato che scendeva fino alla riva del lago, cosparso di denti di leone e pratoline, poi lo alzò sulla pensione in cima alla collina: un lungo edificio prefabbricato intonacato di giallo, piuttosto brutto, nel quale le sue ragazze stavano ancora dormendo. Lì un tempo sorgeva la rimessa in legno della Canottieri Ginsterburg, un po' malconcia a causa delle intemperie.

Olga era ancora indecisa se accompagnare o no Becki all'appuntamento di mezzogiorno. E se invece dopo la passeggiata al lago fosse semplicemente partita, mettendo fine a quella assurda gita nel passato, anche se questo avrebbe significato deludere le sue ragazze?

Si chinò a cogliere qualche pratolina. E pensò a Pa, che la chiamava così fin da quando lei, ancora piccola, ogni sera protestava perché avrebbe voluto restare a dormire in mezzo al prato insieme alle sue amate margheritine.

Fece scorrere il pollice e l'indice sul morbido stelo di uno dei fiori che aveva colto. *Che cosa farebbe lui?* Accarezzò piano la corolla, poi cominciò a staccare i sottili petali bianchi, uno dopo l'altro. «Devo restare? Devo andare?»

Come si comporterebbe una buona madre? Nella tradizione cristiana le pratoline sono simbolo dell'amore materno perché, secondo la leggenda, sono nate dalle lacrime che la Vergine Maria ha pianto durante la fuga in Egitto. Nella mitologia nordica, alla quale Olga si sentiva più legata, la margheritina, dedicata alla dea Freia, era simbolo della fertilità e dei nuovi inizi. Eppure un paio di secoli prima, in Germania, quei fiorellini bianchi e gialli erano stati quasi sterminati per legge, per evitare che fossero utilizzati per estrarne una sostanza che provocava l'aborto.

Era come se quel fiorellino rappresentasse in qualche modo tutte le questioni con cui Olga si era scontrata da quando era venuta al mondo. "Se solo le cose fossero così semplici!"

pensò. Del resto, fertilità, amore materno e il fatto di essere donna, in sé, non significavano automaticamente potere, volere o dovere dare alla luce un figlio. In quanto ginecologa, conosceva molte donne per le quali il diventare madri aveva costituito un enorme fardello psicologico. Donne per le quali era troppo tardi o troppo presto per avere un bambino, oppure era troppo rischioso. Donne che erano già madri e altre che non avevano voluto diventarlo. Donne alle quali era stata a lungo negata la possibilità di rinunciare a un figlio in modo legale e sicuro – "oppure di averlo", pensò. Poi guardò in direzione della vecchia dacia, e si sentì pervadere dal doloroso ricordo di Anna.

Andare, restare, andare? Staccò l'ultimo petalo e lasciò che fosse l'oracolo floreale a dare il responso: restare. E smentire la teoria della nostalgia. Forse era giusto così, se non altro per non dare alle sue ragazze l'impressione di essere una donna confusa e nevrotica, che aveva paura di qualche ricordo.

Percorse per un breve tratto il sentiero invaso dalla vegetazione che serpeggiava dolcemente lungo la riva e che un tempo seguiva il perimetro del lago. Raggiunse un lungo pontile di legno e si sedette.

Aveva freddo, le dita e i piedi insensibili. Senza rifletterci troppo, si tolse scarpe e calze e lasciò penzolare le gambe dal pontile. Mentre immergeva gli alluci nell'acqua limpida seguendo i principi del metodo Kneipp e si sfregava le mani per scaldarle, restò lì a godersi la vastità del paesaggio, la solitudine e la quiete, che in nessun altro luogo erano di una profondità tanto confortante. Le sfumature verdi e blu del cielo, dell'acqua, dei grandi prati e della faggeta, che confluivano l'una nell'altra e che nella luce così speciale dell'Uckermark apparivano più marcate e più nitide che in qualsiasi altro posto... Come se d'un tratto tutti gli altri specchi d'acqua fossero solo una brutta copia di quello che si apriva davanti a lei. Che panorama da cartolina!

Ma quel senso di familiarità, l'antica sensazione infantile di protezione e libertà, le dava angoscia. Le parve evocare la cupa luce invernale di un tempo, quando di giorno quasi non faceva chiaro e lei aveva desiderato di andarsene lontano, dovunque il sole splendesse e non ci fosse niente che potesse offuscare le sue giornate.

Si stupì del modo in cui le impressioni sensoriali di naso, occhi e orecchie riuscivano a risvegliare in un istante i vecchi ricordi. E di come lì, in riva a quel lago, non appena ne fu cosciente, lo sguardo si dilatasse su ciò che accadeva a lei e al mondo. Era come se, senza il suo intervento, qualcuno dall'esterno avesse alzato i suoi sensi a tutto volume, così come si fa con la musica alla radio. Pensò al nonno e a come le aveva insegnato ad affinare la capacità di osservazione, la percezione e l'intuito. Non avrebbe mai potuto dimenticare il dolore negli occhi di Pa, quando le aveva rivelato che i suoi sensi si sarebbero pian piano affievoliti fino a svanire. «Morirò prima di morire.» Ed era proprio così che era andata: aveva vissuto le sue ultime settimane da morto.

D'un tratto Olga udì la sua voce provenire da chissà dove. *Pratolina, non senti che sei viva?* Lei inspirò profondamente per un paio di volte, poi chiuse gli occhi. Certo, era viva.

Dopo un istante di silenzio riaprì gli occhi e girò la testa. Un po' più in là, lungo la sponda sinistra, c'era ancora lo stabilimento balneare, però senza le cabine a strisce bianche e blu. La piccola spiaggia digradava così dolcemente nell'acqua che quasi tutti i bambini di Ginsterburg avevano imparato a nuotare lì. Soprappensiero, Olga si toccò il bernoccolo sulla testa e sobbalzò per il dolore. Le venne in mente quello che un giorno le aveva detto il celebre medico e psicanalista Georg Walther Groddeck: che ogni dolore significa un ritorno all'infanzia. All'improvviso la sua mente si riempì di immagini che ruotavano come un ventilatore, come se per tutti quegli anni non avessero aspettato altro che di potersi mettere in movimento. Il nonno, con il suo costume intero a righe, immerso nell'acqua fino alle ginocchia, che con il binocolo osservava il volo delle oche selvatiche che sparivano tra le nubi. Suo padre, che non metteva mai piede in acqua, ma, a testa bassa, camminava su e giù sulla riva davanti allo stabilimento balneare, con lo Schnauzer nano Artiglio che non si staccava mai dal suo fianco. Lotte, Annemie e lei, sedute su asciugamani scaldati dal sole, con un romanzo d'amore sottratto in segreto dalla biblioteca di Mamme, da cui a turno leggevano dei brani con voce esageratamente languida. Sebbene nel corso degli anni Olga avesse deliberatamente lasciato impallidire le singole immagini, ora esse ritornavano di colpo, ancor più nitide e chiare di quanto sarebbero state se lei avesse potuto fissarle con una macchina fotografica. Il dottor Zapfen aveva ragione: si ama il luogo in cui si è stati bambini, forse perché lì si era ancora innocenti.

E la sua prima vita, molto tempo addietro, era stata una vita felice. Che motivo c'era per non mostrare alle ragazze quei posti e per non raccontare loro della sua famiglia e dei suoi amici? Il grande dolore era iniziato solo quando era morta la sua infanzia.

9.

1° APRILE 1938, GINSTERBURG

Ja, må hon leva. Ja, må hon leva.
Ja, må hon leva uti hundrade år.
Ja, må hon leva. Ja, må hon leva.
Ja, må hon leva uti hundrade år!

Olga e Lotte sono sedute su due sedie al centro della pista da ballo nel salone della locanda Meier, circondate dai loro amici Gero, Annemie e il Nuovo. Ci sono anche Pa e i genitori di Lotte. Tutti i presenti inneggiano alle due ragazze cantando a squarciagola, ripetendo la strofa quattro volte, come è tradizione in Svezia. A parte Fritz, tutti conoscono il testo a menadito: fin da quando Olga e Lotte erano piccole, in occasione del Pranzo della mamma, hanno sempre cantato per loro la canzoncina di auguri di compleanno nella lingua madre di Pelle. E anche stavolta il padre di Lotte ha le lacrime agli occhi. Si commuove ogni anno, quando un po' di folklore svedese si trasferisce a Ginsterburg. Olga continua a lanciare sbirciatine verso la porta. Sotto sotto, spera ancora che arrivi suo padre. Tutti dicono che il tredicesimo compleanno è speciale, perché segna la fine ufficiale dell'infanzia. *Non potrebbe essere anche la fine dell'indifferenza di papà?*

Lotte si alza e invita Olga a imitarla. Le due ragazze si prendono per mano e danzano facendo un girotondo, mentre gli altri lanciano un quadruplo «Urrà!».

Questi sono momenti che Lotte gode appieno, quasi assorbendoli come una spugna, e che Olga invece sopporta a malapena, perché non le piace avere tutti gli sguardi puntati addosso. La sua amica, al contrario, sembra rifiorire quando le persone cantano per lei e la applaudono: diventa raggiante, i suoi capelli biondi, lisci e lucenti ondeggiano e il suo viso assume un bel colorito rosa, mentre quello di Olga immancabilmente si fa rosso, di una tonalità così viva che non si distinguono più le lentiggini. *La signorina Witte ha ragione: Lotte è una perfetta principessa Elisa.* Lei invece sarebbe nel ruolo sbagliato da ogni punto di vista.

Cerca di incrociare lo sguardo di Fritz, ma anche lui pare avere occhi solo per Lotte, come del resto Gero. Quel legame particolare tra lei e Fritz, che le era sembrato di cogliere fin dal primo momento, forse esiste solo nella sua testa. Olga osserva Lotte e, nonostante i suoi pensieri cupi, si sente invadere da una sensazione di calore. La sincera intimità che regna tra loro scaccia ogni gelosia. Lotte è fatta per essere la protagonista sulla scena, mentre Olga si accontenta di un ruolo secondario.

Quando tornano a sedersi in sala da pranzo, Mamme mette in mano a lei e a Lotte un regalo, avvolto in carta cerata e decorato con un fiocco giallo. Olga ora è l'unica Blume rimasta alla locanda. Il nonno ha dovuto andarsene prima della distribuzione dei regali perché all'improvviso la moglie del farmacista era piombata tra loro strillando per annunciare la perforazione dell'appendice del marito. La settimana precedente c'era stata una strana palpitazione nel petto, interpretata come infarto silenzioso, e prima ancora una presunta colica biliare. «Un chiaro caso di ipocondria», aveva diagnosticato Pa. «Essendo farmacista, nella sua mente soffre di tutte le malattie dei suoi clienti.» Il nonno di Olga è convinto che le malattie immaginarie siano messaggeri dell'anima che si presentano quando qualcosa va storto, e le prende sul serio tanto quanto quelle reali. Nel caso del farmacista, ipotizza che la causa sia il matrimonio con quella insignificante Santippe, che purtroppo lo spinge verso le malattie invece che ad andarsene di casa.

Ciononostante il nonno, per occuparsi di lui, ha lasciato perdere tutto, persino la deliziosa torta con sopra un martin pescatore ideata per il compleanno di Olga. «Perché che medico sarei, Pratolina, se, diversamente da quello che mi aspetto, la situazione diventasse seria?» Lei lo capisce, e sa bene che Pa è in servizio ventiquattro ore al giorno. Tuttavia la cosa la ferisce.

Mentre lei scarta il suo regalo con grande lentezza, Lotte ha già strappato la carta che rivestiva il suo e sta lanciando un gridolino di gioia: tra le mani ha un braccialetto con un pendente. «Guarda! Sul pendente ci sono incisi i nostri nomi», dice mostrandolo all'amica. Un istante dopo Olga ne estrae dal suo pacchetto una copia esatta, incisioni comprese.

Mamme, alle loro spalle, le abbraccia. «Mio nonno li aveva regalati a mia madre e a mia zia per la cresima – e ora, con un nuovo pendente, passano alle mie due ragazze preferite.» Si interrompe per un istante. «Forse sapete che al tredicesimo compleanno è tradizione consegnare degli oggetti di famiglia alle nuove generazioni.»

«A significare che il viaggio della vita e l'amicizia continuano», aggiunge Pelle, e il sorriso che rivolge alla moglie è pieno d'amore.

«Ma non va inghiottito, Olga. Altrimenti il viaggio finisce presto.» Lotte scoppia a ridere e gli altri si uniscono a lei. Gero è quello che si mostra più divertito dalla battuta. E Olga si pente un po' di aver raccontato loro la storia dell'anello.

Mamme aspetta che le risate si siano placate, poi riprende: «Mia madre sarebbe contenta di sapere che tu porti il suo braccialetto».

A Olga salgono le lacrime agli occhi. Si alza e abbraccia forte Mamme. È la cosa più bella che potesse dirle. Quando la nonna di Lotte era ancora viva, aveva passato molto tempo sulle sue ginocchia. Marie Kramer amava spazzolarle i folti capelli e farle le trecce, ed era fermamente convinta che le persone con i capelli rossi non provino dolore, dato che Olga era sempre tranquilla e non strillava come Lotte ogni volta che la spazzola incontrava un nodo. Ma Olga il dolore lo prova eccome, e proprio ora la addolora profondamente il pensiero di non meritare quel braccialetto. Perché cosa accadrà se Mamme dovesse avere un altro figlio? Lotte le ha detto che sua madre lo desidera ardentemente ed è triste perché non arriva. Si stacca da Mamme e, un po' esitante, comincia a dire: «Non so se posso accettarlo...».

«Non ti azzardare!» Lotte la interrompe con tono drammatico e le mette il braccialetto al polso. Poi scarabocchia qualcosa su un sottobicchiere, mentre tutti aspettano con trepidazione. Finché, con movimenti aggraziati e un portamento da attrice degno di Marlene Dietrich, si alza e declama:

«Olga del Volga»,
come il tuo nome cresce la nostra amicizia, la più bella che esista.
Un fiore, delicato e puro, l'opposto della moglie del farmacista!
So che il nostro legame per sempre fiorirà
diffondendo il profumo dell'eternità.

Poi le stampa un bacio sulla guancia. «I nostri destini saranno per sempre intrecciati, Olga, come le maglie dei nostri braccialetti.»

A questo punto, ormai, Olga ha del tutto dimenticato che Lotte non ha nemmeno accennato a chiederle scusa per averla sostituita nel ruolo di Elisa.

«Ne sei sicura?» le chiede un po' impacciata, con un sussulto delle spalle.

«Tutti noi ne siamo sicuri», risponde Mamme al posto di Lotte. «Tu sei la seconda figlia che avevo desiderato.»

«E la sorella che non potrei amare di più», aggiunge Lotte, accarezzando la copertina del libro che Olga le ha regalato. «La mia migliore...»

«...amisorella!» concludono entrambe all'unisono, scoppiando in una risata.

10.

1° APRILE 1938, GINSTERBURG

I genitori di Lotte se ne sono andati da una mezz'ora, e Olga e i suoi amici ripassano per l'ennesima volta il loro piano. Lei fissa la pendola e trattiene il respiro. Sono le cinque meno cinque. Se Annemie e Gero non si brigano, tra cinque minuti esatti la signorina Witte entrerà dalla porta e ordinerà un infuso d'erbe e una Spezial Hell di Meier. È abitudinaria fino al midollo, e tutti i pomeriggi si siede allo stesso tavolino alla stessa ora.

Quando lancia un'occhiata alla porta, Olga vede Gero e Fritz che escono dalla cucina e si fermano dietro il bancone. Le fanno un cenno: il segnale concordato per confermare che tutto è pronto – l'odiata insegnante avrà da loro una bella lezione. "Wicca", dice Fritz solo muovendo le labbra, e si picchietta con il dito sotto l'occhio sinistro.

Wicca: Fritz l'aveva chiamata così anche qualche ora prima, quando, insieme a Gero e Annemie, aveva seguito Olga e Lotte dopo la scuola. L'antica parola inglese per «strega»! Be', anche senza guardarsi allo specchio, sa bene che dopo quella mattinata orribile il suo aspetto ricorda proprio quello di una strega, con i ricci indomabili sfuggiti alle trecce ancora legate strette. Del resto, la Witte le ha pure assegnato quel ruolo nella recita...

Il pensiero di Fritz fa male. Dunque la trova così brutta?

Tuttavia non può fare a meno di sorridere. Perché lui aveva aggiunto dell'altro, facendole una proposta davvero mostruosa. «Ehi, Wicca», aveva detto. «Una porcata come quella che si è inventata oggi la Witte merita una reazione adeguata. Che ne dici se facciamo prendere una scuffia a quella scema? Una vera e propria ubriacatura d'amore...»

E poi le aveva parlato della ricetta di una strega che si trovava in un'opera di Shakespeare. «Hanno spalmato quella pozione sui manici e a quel punto potevano volare anche senza scope... direttamente sugli uomini!»

Lotte e Annemie si erano sbellicate dalle risate, chiaramente felici di far parte del complotto, anche se ancora non si parlavano. Annemie ignorava Lotte con ostentazione da quando questa, durante le prove, aveva recitato la parte di Elisa con tale verve, da sembrare convinta che Andersen avesse ritagliato la parte su di lei. «Lotte crede di avere tutti i diritti, come sempre», aveva sibilato a Olga mentre uscivano dalla classe. E lei cosa avrebbe dovuto rispondere? Olga odiava quei litigi tra le sue amiche, anche se in fondo dava ragione a Annemie.

«Incantevole... la Witte ubriaca d'amore...» aveva scherzato Annemie arricciando la bocca come per dare un bacio.

«E come facciamo?» aveva chiesto Olga.

«Facciamo una pomata mescolando grasso di rospo ed erba del diavolo», aveva suggerito Fritz.

«Giusto!» aveva concordato Annemie. «E gliela lasciamo davanti alla porta, ben confezionata, come regalo.»

«Con tanto di meravigliosa lettera d'amore di un ignoto ammiratore, che naturalmente scriverò io», aveva aggiunto Lotte. «Così che impazzirà già prima di usare l'unguento.»

«Temo che non funzionerà», era intervenuto Gero. «La Ilse è talmente scontrosa che il pacchetto volerà direttamente nella spazzatura.» Si ricordava ancora di come l'insegnante aveva restituito ogni birra e infuso che un ammiratore aveva cercato di offrirle un pomeriggio alla locanda Meier. «Ilse la grama, nessuno la brama...»

«D'altra parte, non può. Deve rimanere per sempre signorina a causa del voto di castità», aveva osservato Annemie.

«Io non potrei nemmeno immaginarlo», aveva detto Lotte indignata.

Ma Olga ormai non li ascoltava più. «La Witte... lei sì che è una strega... Una strega! Ci sono! Quello che ci serve è un'erba delle streghe, come il giusquiamo!»

Aveva imparato da Pa che esistono piante della famiglia delle solanacee, come il giusquiamo, la belladonna e lo stramonio, o erba del diavolo, che, assunte come infuso, possono mandare in confusione la mente. Sapeva dove trovarle. E sapeva che tutti i pomeriggi la Witte prendeva un infuso d'erbe alla locanda Meier.

«O magari anche una Spezial Hell», aveva aggiunto Gero, raccontando che un tempo molti birrai utilizzavano semi di giusquiamo per rendere le loro bevande più inebrianti.

Meglio raddoppiare, avevano deciso i cinque amici. Dopodiché, guidati da Olga, erano andati nel bosco per raccogliere un po' di giusquiamo nero.

Il giusquiamo è stato mescolato all'infuso speciale «Witte» e alla Spezial Hell – ora bisogna solo aspettare che l'insegnante entri dalla porta. Le mani di Olga sono sudate per l'eccitazione. *Speriamo di aver calcolato la dose in modo corretto...* Lotte le dà una leggera gomitata. «Guarda», dice indicando i ragazzi dietro il bancone. «Che aria audace ha Fritz con quella criniera arruffata: come il principe di una grande città!»

Olga alza gli occhi al cielo. L'ultimo amore immortale di Lotte in una lunga serie di amori immortali? Ma ora non ha tempo di pensare a quelle fantasticherie: la signorina Witte potrebbe arrivare da un momento all'altro. Lotte punzecchia sempre Olga dicendo che si entusiasma per quello che le persone hanno dentro – fegato e reni – mentre lei si appassiona all'aspetto esteriore: colore degli occhi e fossette. Ma Olga non si lascia dissuadere dal suo amore per la medicina; per l'amore come lo intende Lotte avrà tempo quando sarà più grande.

«Passami la penna», le dice Lotte con le guance in fiamme. Poi apre il diario rilegato che Olga le aveva dato a scuola e guarda l'amica con aria trasognata. «Tu e questo libro meraviglioso mi siete testimoni», proclama con fare teatrale mentre inizia a scrivere. Sussurrando, rende partecipe Olga dei suoi piani: «Caro diario, nomino solennemente Fritz Schneider mio principe, e gli prometto il mio cuore e la mia mano».

«Vuoi sposarlo?» esclama Olga attonita, e le pare di sentire una leggera fitta allo stomaco. Forse perché lui, con la sua peluria biondo scuro sopra il labbro superiore, non sembra certo uno in età da matrimonio. Ma forse anche perché, in qualche modo, è il primo ragazzo che le sia mai piaciuto.

«Sbagliato», ribatte Lotte. «Io *lo sposerò*!»

Prima che possa protestare, Olga viene circondata da due braccia.

«Chi vuole sposare, stavolta, la nostra principessa Elisa?» chiede Annemie accennando un sorriso e spingendole più in là sulla panca.

«Il Nuovo», dice Olga sottovoce, sollevando un sopracciglio.

«Che mi ha decisamente rubato il cuore», bisbiglia Lotte.

Olga non ha voglia di pensare a Fritz. Serve solo a confonderla. In fondo ci sono milioni di cose molto più entusiasmanti. Per esempio, come funziona un cuore. L'idea che quel muscolo pompi nel corpo cinque litri di sangue al minuto per fornire ossigeno e nutrimento all'organismo la eccita molto di più della chioma arruffata di un mancino.

«E che ne è stato di Rudi e Berti?» chiede Annemie con tono esageratamente annoiato.

«Sono passati nel regno degli ex», risponde Olga ridendo. «Come Franz, Robert e Karl.»

Lotte mette il broncio. «Vedrete!»

«Prima dobbiamo uscire sani e salvi da questa faccenda», replica Annemie, interpretando anche il pensiero di Olga.

Lotte la guarda spaventata. «Vuoi dire che qualcosa potrebbe andare storto?»

«Anche tutto.» Annemie si diverte a mandare in confusione Lotte, e Olga se ne accorge. «La Witte potrebbe morire, a quel punto farebbero analizzare l'infuso dal farmacista e così...»

«Allora non sarebbe meglio annullare tutto?» chiede Lotte, ora attanagliata dall'ansia.

Annemie le lancia uno sguardo glaciale. «Hai solo paura che diano a qualcun altro la parte di Elisa», ribatte sarcastica.

«Be', su di te non possono certo contare: tu al massimo puoi fare il principe», replica Lotte con rabbia.

Quella frase è una stilettata. Olga osserva Annemie, che fatica a trattenere le lacrime. In effetti sembra un ragazzo. Sono passate appena poche settimane da quando suo padre un giorno, a pranzo, le ha afferrato la testa e le ha tagliato i lunghi capelli castani, solo perché la punta della sua treccia era finita inavvertitamente nella minestra.

Olga prova dispiacere per Annemie e Gero. Meglio avere un padre assente come il suo piuttosto che uno severo e tremendamente ingiusto come Meier. E quanto alla matrigna Marianne, con la sua treccia alla Gretchen che le corona il capo, l'unica cosa dolce che ha è l'acconciatura. Tutto il resto è duro come una conchiglia. Gero, in particolare, viene trattato dal signor Meier come una nullità. E perché? Perché, a causa della poliomielite che l'ha colpito all'età di quattro anni, zoppica leggermente. Meier padre pretende seriamente che suo figlio lotti di più con sé stesso e il suo dolore. «In modo che almeno lo prenda la Hitlerjugend», le ha spiegato Annemie, che le ha anche raccontato che Gero tutti i giorni dopo la scuola deve correre intorno al lago e sopportare senza fiatare i dolorosi crampi che lo assalgono. «Bene così, ragazzo mio», gli aveva detto recentemente il padre un giorno che Olga era a casa della sua amica e Gero era tornato dopo la corsa. A quanto pare, comunque, la cosa ha funzionato, perché da qualche tempo Gero, che ha da poco compiuto quattordici anni, indossa orgogliosamente la camicia bruna con la fascia con la croce uncinata, i pantaloni neri e gli stivali da marcia della HJ.

Gero – Annemie ne è certa – farebbe di tutto pur di riuscire a tener testa a suo padre. "Quanto dolore è disposto a sopportare un essere umano per uno sguardo gentile", pensa Olga, "per un solo sguardo!"

Accarezza i capelli di Annemie. «Hai un aspetto moderno, come la Riefenstahl. Vedrai, nel giro di un paio di settimane tutte vorranno il tuo stesso taglio. Perfino la Witte», conclude ridendo.

Lotte annuisce. «Non volevo... Ti sta bene la pettinatura

alla maschietta.» Tende la mano a Annemie in segno di scuse. Olga sa che in fondo le due si piacciono. Ma quando sono in tre, Lotte e Annemie sembrano essere sospettose l'una dell'altra, come se si azzuffassero continuamente per avere il posto migliore vicino a lei. «Sono solo nervosa perché spero che tutto vada come deve andare», conclude Lotte.

Annemie le stringe la mano e torna a sorridere. Non si può restare a lungo arrabbiati con Lotte.

Poco dopo, mentre Lotte e Annemie stanno litigando su chi sia più bello tra il principe Fritz e Karl – il fratello di Olga, per il quale Annemie da qualche tempo ha una cotta –, la porta si apre ed entra Ilse-la-grama, seguita dal padre di Olga, con il cagnetto Artiglio al guinzaglio.

Olga è impietrita.

Non sa chi o cosa la renda più insicura.

Suo padre fa scorrere lo sguardo nel locale e la vede. Cosa fa lì? Il cuore di Olga sussulta di gioia, ma al tempo stesso quasi le balza fuori dal petto per l'ansia.

«Pensavo che dovessi rimanere a Schwedt», gli dice con voce tremante quando se lo ritrova davanti al tavolino dove è seduta. Nel frattempo tiene d'occhio la signorina Witte. Si chiede come comportarsi. Meglio fare un cenno a Gero e Fritz perché buttino via il tè e la birra che hanno preparato? Suo padre è medico, e capirà subito cosa succede alla Witte se le erbe fanno effetto.

D'un tratto lui tira fuori una macchina fotografica dalla tasca del cappotto. «Volevo darti questa», dice a voce così bassa che lei quasi stenta a capirlo. «Era di tua madre. Avrebbe voluto regalartela al tuo tredicesimo compleanno.»

Olga sente il battito del cuore che accelera. Come fa, lui, a saperlo? Forse perché parla con la mamma quando fa visita alla sua tomba? Si occupa con abnegazione della sua ultima dimora e la domenica trascorre là interi pomeriggi. Olga si chiede sempre cosa le racconti, e perché parli con i morti, ma non con i vivi.

Di tanto in tanto Olga si intrufola nella camera di suo padre e rovista in giro. Spera di trovare qualcosa di interessante, qualcosa che lo avvicini a lei, i suoi pensieri. Conosce ogni singolo volume della sua libreria, sa che accumula dischi a 78 giri, soprattutto opere, senza mai averne ascoltato una sola nota dal grammofono, che prende regolarmente il Veronal, un sonnifero che crea dipendenza e causa affaticamento, e che stende relazioni sullo stato di salute degli abitanti del suo distretto.

Lei conosce quella macchina fotografica. Qualche anno prima l'aveva vista nel cassetto della scrivania del padre e si era chiesta come mai lui non la usasse mai. Ma non aveva mai pensato che potesse appartenere alla madre.

«Prima non ce l'ho fatta», le dice quasi scusandosi. Nel darle l'apparecchio, le accarezza brevemente la mano, un gesto intimo, qualcosa a lei quasi sconosciuto. «Ma ho fatto mettere una pellicola nuova.»

Non ce l'ha fatta a fare cosa? A venire al Pranzo della mamma o a darle la macchina fotografica?

«Scusa, devo portare fuori il cane», le dice quando Artiglio comincia a guaire, ed esce dalla locanda dei Meier senza dire un'altra parola. Per tutto il giorno, per tanti anni, Olga ha desiderato averlo vicino, e ora che è venuto, è felice di vederlo andare via. È troppo per lei, non solo a causa della Witte. Le sembra di sentire ancora il tocco della sua mano e non vuole nemmeno pensare a cosa significasse quella macchina fotografica per la madre, né cosa significherà d'ora in poi per lei o per suo padre. Sta succedendo tutto troppo in fretta: l'ingresso in scena del padre, l'eredità della madre, il diventare grande. Rapida, appoggia la macchina fotografica sul tavolino.

Annemie la osserva. «Grande! Una vera Leica!» dice prendendola in mano e puntandola verso Olga. Prima che questa possa protestare, Annemie scatta. Il ronzio prodotto quando l'amica gira la leva di avanzamento sembra rimbombare nelle orecchie di Olga.

«Cosa fai?» chiede mentre Annemie rivolge la macchina verso la parte del locale dove è seduta la signorina Witte.

«Conserviamo il nostro segreto per l'eternità.»

"Dunque è così che suona", pensa Olga quando Annemie

gira di nuovo la leva di avanzamento, e intanto vede Gero che si avvicina al tavolo della Witte. A quell'ora, quando il signor Meier si riposa in vista del turno serale, scatta l'ora di suo figlio. Gero fa un inchino e posa l'infuso davanti all'insegnante, poi si riunisce agli amici davanti al bancone. Annemie ha raccontato a Olga che suo fratello non vede l'ora di prendere il posto del padre come oste e birraio.

Restano lì ad aspettare tutti insieme. Sono troppo nervosi per chiacchierare, perciò cominciano a giocare a dadi. Olga continua a guardare la Witte con la coda dell'occhio, cercando di interpretare ogni suo movimento.

Passano dieci minuti.

"Mah..." pensa. "Forse ho messo troppo pochi semi o foglie?" Del resto, meglio pochi che troppi. Trovare la dose giusta è un affare delicato: un paio di semi di troppo potrebbero essere fatali.

A un certo punto, la Witte si alza di colpo e, barcollando, si dirige verso di loro. La sua testa ciondola di qua e di là come quella di una bambola, e anche da una certa distanza Olga riesce a vedere che le pupille sono dilatate. Sente un brivido. La dose era troppo alta? L'insegnante si ferma, guarda fuori per qualche istante dalla grande finestra panoramica della veranda poi si volta verso i ragazzi. All'improvviso il suo volto si contorce in una smorfia sghemba, e la donna comincia a fischiare.

«Chi sente donne fischiare e galline cantare, il collo gli deve tirare», sussurra Gero agli amici, mentre Annemie continua a scattare foto alla Witte.

Olga, terrorizzata, cerca di far cenno a Annemie di smetterla, ma l'amica non se ne accorge nemmeno.

D'un tratto Olga prova compassione per la sua insegnante, che ora sale su un tavolino, solleva la gonna al modo di una cantante di cabaret e attacca una canzone, come fosse Zarah Leander, e i clienti della locanda il suo pubblico entusiasta. «*Kann denn Liebe Sünde sein?* L'amore, dunque, può essere peccato?» canta sussurrando nel suo pugno destro, rivolta verso il ritratto del Führer appeso alla parete sopra il bancone. «*Nessuno deve saperlo quando ci si bacia... preferisco peccare che restare senza amore...*»

Si sono spinti troppo in là, è chiaro.

Olga si avvicina alla Witte a passi lenti e le tende la mano per aiutarla a scendere dal tavolino. Ma la donna non le dà retta. Anzi, urla: «Posso volare!». Apre le braccia e cade all'indietro, restando immobile a terra con gli occhi spalancati.

"È morta", pensa Olga.

11.

30 MARZO 1991, GINSTERBURG

Olga scorse in lontananza un vogatore solitario. Strizzò gli occhi cercando di individuare di che tipo di imbarcazione si trattasse. Un *gilu*?

D'improvviso, mentre seguiva con lo sguardo la barca che si allontanava, si sentì avvolta da un velo di malinconia. Tremava tutta, come se il freddo fosse penetrato fin nel suo intimo, e la prese una assurda nostalgia. Di tutto ciò che era stato. Di Fritz. Si voltò rapidamente verso la sponda destra. Chissà se c'era ancora il cantiere Schneider, dove un tempo costruivano canoe pieghevoli.

Robert Schneider, lo zio di Fritz, aveva realizzato una sottile imbarcazione a remi pieghevole che da quelle parti tutti chiamavano «*gilu*», abbreviazione di *Ginsterburger Lumpenkreuzer*. Questo tipo di canoa, fatta di materiali poveri e di recupero, aveva iniziato a diffondersi a inizio secolo, e presto era stata scherzosamente soprannominata *Lumpenkreuzer*, incrociatore fatto di stracci. Durante il conflitto mondiale il cantiere di Ginsterburg aveva interrotto la produzione e la maggior parte dei dipendenti era stata inviata al fronte. Nei capannoni, al posto delle canoe, i lavoratori forzati polacchi cucivano cappotti impermeabili per la Wehrmacht. Ma chi possedeva un *gilu* continuava nonostante tutto a scivolare sulle acque del lago. Come lei e Lotte, che anche in piena guerra avevano partecipato con successo a diverse regate per «due senza». Fino al giorno in cui avevano perso non solo la prima gara ma anche la loro amicizia, e molto altro. Solo parecchio tempo dopo la guerra, quando si era trasferita a Plön, Olga aveva osato provare a rimettersi in acqua. Un giorno in cui vecchi sogni l'avevano di nuovo afflitta, all'alba era scesa di corsa al lago, che si trovava a soli due minuti da casa sua, ed era rimasta a osservare un gruppo di tre donne che calava in acqua un kajak quattro posti. Visto che la quarta vogatrice non compariva, Olga, meravigliandosi di sé stessa, si era offerta di sostituirla. Quel piacere dimenticato, quando il suo remo si era immerso nell'acqua unendosi agli altri in un unico fluido movimento, quel bagliore verde, azzurro e rosa creato tutto intorno dal sole nascente e il momento in cui il suo corpo aveva preso il comando mentre la mente si rilassava, era stato come un risveglio: esattamente ciò di cui aveva bisogno per guardare al fallimento del suo secondo matrimonio come a un nuovo inizio. Era come se pagaiando avesse ritrovato il suo ritmo. Negli anni che seguirono aveva saltato solo tre volte quell'allenamento di mezz'ora di prima mattina. Quando Becki aveva sofferto per la prima volta di pene d'amore, il primo giorno di scuola di Sara e quando, a nove anni, la nipote si era presa la varicella.

Si alzò e fece una corsetta lungo la riva del lago, con le scarpe in mano. Poco più in là c'erano due uomini, fermi a fumare. Da lontano credette quasi di avere davanti suo nonno: la postura curva, il lungo cappotto scuro. Era già arrivata al punto di vedere i fantasmi.

Avvicinandosi, fece un cenno di saluto ai due uomini, ma quelli si limitarono a scambiarsi uno sguardo eloquente e voltarono la testa dall'altra parte. Dietro a loro c'era la vecchia edicola. Qualcuno ci aveva scritto sopra con la vernice bianca: WESSIS RAUS! Fuori quelli dell'Ovest! Olga provò una fitta di dolore. Quella frase era anche per lei? Fuggendo era diventata anche lei una *Wessi*, una dell'Ovest? Probabilmente sì. Del resto, aveva vissuto nella Repubblica Federale Tedesca fin dall'inizio. E se, in quanto *Wessi*, fosse stata il peggiore dei mali? Non più una di loro ma una disertrice, una che se n'era andata lontano e che, ora che il pericolo era passato, tornava sazia e con le tasche piene di soldi a pretendere la restituzione di terre e immobili.

Una volta Sara, da piccola, le aveva chiesto chi fosse. Ma prima che lei potesse replicare, la nipote aveva trovato da sola la risposta perfetta, priva di ogni preconcetto: «Io sono sempre io e tu sei sempre tu!».

Mentre giungeva alla conclusione che in realtà non si sentiva né da una parte né dall'altra, Olga notò un giardiniere che rastrellava un'aiuola nel parco. Ma anche lui sembrava non vederla e guardare oltre.

Forse era a causa del suo abbigliamento, che la bollava come *Wessi*? O era colpa del bernoccolo sulla fronte, della ferita che, come fosse un marchio della sua colpa, si era gonfiata creando un'enorme protuberanza?

Si appoggiò a una panchina di legno rovinata dalle intemperie. "Inspira, espira..." ordinò a sé stessa per riportare la calma nei suoi pensieri. Fu a quel punto che vide Becki venirle incontro. Stavolta il giardiniere alzò lo sguardo interessato e, alla vista della giovane, esibì un gran sorriso; al che Olga non poté fare a meno di ridacchiare divertita.

«Ah, eccoti qui, mamma!» Becki le diede un bacio sulla guancia. «Grazie per essere rimasta.» Le allungò un sacchettino e si lasciò cadere sulla panchina. «L'ha portato il dottor Zapfen. Tornerà più tardi per misurarti la pressione.»

«E Sara dov'è?» chiese Olga, sedendosi accanto alla figlia.

«È al telefono con Hendrik, e poi vuole studiare per un qualche esame di anatomia. La nostra piccola secchiona...».

«Chi vuol diventare medico deve saper sgobbare», ribatté Olga con un sorriso consapevole. Osservò il krapfen tra le sue mani e pensò che non aveva mai mangiato nulla di altrettanto delizioso. Lentamente gli diede un morso, e lasciò che i cristalli di zucchero le si sciogliessero sulla lingua. Quanto le era mancato quel sapore! Sospirando, distese le gambe.

«...e saper distinguere tra medicine buone e cattive.» Becki rise. «Direttamente dal forno, ecco il rimedio miracoloso! Ne ha portato qualcuno anche per me e Sara.»

I suoi occhi brillavano, e Olga non era certa se fosse per il ricordo della bontà dei krapfen o del dottor Zapfen. Con la sua ragguardevole altezza e gli occhi scuri, era decisamente il tipo di Becki.

«Come hai fatto a trovarmi, tesoro?»

«Dove sei tu non sempre c'è acqua, mamma, ma dove c'è

acqua, lì ci sei tu.» Becki le mise un braccio sulle spalle e la strinse a sé. «O per lo meno quasi sempre», aggiunse. Infine le chiese: «Allora, non muori dalla voglia?».

«Come no!» rispose Olga ridendo. «È ora che sotto la chiglia del mio kajak torni a scorrere l'acqua.»

Olga aveva amato quell'elemento fluido fin dalla più tenera età. Stare dentro e soprattutto sopra l'acqua, o anche semplicemente rimirarla o ascoltarla – il suo scrosciare, mugghiare, gorgogliare, schiumare... "Non c'è da stupirsi che il corpo umano sia composto in gran parte di acqua", pensava. Il blu rendeva tutto più facile e calmava la sua anima. Ma quanto l'acqua potesse essere torbida, quanto velocemente potesse colorarsi di rosso, l'aveva imparato sulla propria pelle quando la sua infanzia era finita. Da allora non aveva più messo piede nell'acqua del mare. Sebbene abitasse vicinissimo al Mar Baltico, non sarebbero bastati dieci cavalli per trascinarla dentro.

«Mamma, qui è semplicemente fantastico! In qualche modo mi ricorda casa: il lago, le colline, i vecchi edifici in Marktplatz, persino questi fiori.» Becki si alzò per ammirare i boccioli di una peonia. «Com'è bella!» esclamò. «Quando si aprirà sembrerà un pompon.»

Olga annuì. «Erano i fiori preferiti di tuo nonno», disse, finalmente decisa a condividere qualche ricordo. «Più che la fioritura lo appassionava il suo modo di sfiorire, quando avvizzisce e i suoi petali vengono trascinati via dal vento.»

«Come quando si osserva un'alba particolarmente suggestiva e si sa che durerà solo pochi minuti», commentò Becki.

Olga concordò con un cenno del capo, poi si soffermò a riflettere. Con la sua capacità di meravigliarsi e di entusiasmarsi, Pa era come un bambino che comprendeva intuitivamente il legame che univa tutti gli esseri viventi e la loro caducità. Anche Becki possedeva il talento di vedere il bello della vita, tuttavia, diversamente dal suo bisnonno, percepiva più il dolore che la gioia, provava una nostalgia malinconica per cose che si rompevano, si perdevano, non giungevano a compimento. Nella sua professione, però, poteva rimettere insieme ciò che era distrutto e renderlo di nuovo intero. Come se l'avesse deliberatamente scelta perché le permetteva di avere almeno un minimo controllo sulla caducità della vita. Ma in fondo non valeva lo stesso anche per Olga, che era medico?

«I giapponesi hanno un'espressione per questo.» Becki si alzò e condusse la madre con sé tenendola per mano. «Lo chiamano *mono no aware.* Significa che l'essenza della bellezza sta nel suo essere fuggevole e fragile.»

«Può essere che si riferisca anche alla caducità del Muro?» chiese Olga ridacchiando, mentre oltrepassavano un cartello con la scritta LA DDR È MORTA, VIVA LA DDR!

Becki rise. «Probabilmente non poche persone hanno minimizzato di fronte alla costruzione del Muro nella certezza che prima o poi si sarebbe ridotto in polvere. E probabilmente alcuni di loro ora vorrebbero che non fosse accaduto e che fosse stato eterno.»

«Come questo ponte?» domandò Olga fermandosi. USO A PROPRIO RISCHIO! avvisava un cartello. Il ponte attraversava l'Ucker, che in quel punto si immetteva nel lago per uscirne dalla sponda opposta. Il parapetto era marcio, e il precipizio sottostante profondo. Becki indicò una delle assi rotte. «Pare poco affidabile. Ci fidiamo lo stesso?» sussurrò prendendo la madre per mano.

«Ti fidi tu per entrambe», replicò Olga, e serrò gli occhi mentre Becki la guidava con sicurezza. Quando finalmente furono dall'altra parte, Olga strinse forte la mano della figlia. «Un tempo l'acqua era talmente alta che io e i miei amici addirittura ci tuffavamo dal ponte. Finché il nonno non ci ha scoperti e ce ne ha dette di tutti i colori perché era troppo pericoloso.» Com'erano intrepidi da ragazzini! Soprattutto Annemie, che dava la birra a tutti i maschi. Adesso, invece, Olga aveva paura di cadere solo a guardare di sotto.

«Perché racconti così poco di tuo padre e di tuo nonno, di questo posto paradisiaco? Come era crescere qui, in un luogo così isolato?»

«Mistico. In inverno, quando non nevicava e il lago era ghiacciato, era una faccenda piuttosto triste, tutto intorno andava dal grigio al marrone. Ma appena arrivava la primavera, anche noi rifiorivamo.»

Da giovane Olga amava tutte le stagioni. La primavera, quando la neve era ormai sciolta, le allodole cinguettavano in cielo e il dolcissimo profumo della ginestra riempiva l'aria. L'estate, quando la colza colorava i campi di giallo contrastato qua e là dal rosso dei papaveri, quando loro facevano il bagno, pagaiavano o veleggiavano fino a tarda sera oppure stavano seduti nel giardino dei Blume e Pa raccontava dei tempi andati, facendo ridere tutti. L'autunno, con i suoi colori infuocati, quando Pa, dato che l'acqua del lago era troppo fredda, la portava con sé a fare un rinfrescante bagno di natura nel bosco. Quando la esortava a lasciarsi andare nel mare delle sensazioni e dei colori autunnali, finché tutto il grigiore non se n'era andato dalla sua testa. Nessun pensiero, solo sensazioni. E poi l'inverno, quando il vento soffiava sottili cristalli sullo Schwanensee e il bosco gelava, quando percorreva il bianco infinito sulla slitta con Pa per raggiungere i pazienti e lui, poiché il freddo pungeva, le faceva bere un sorso di grog, che le lasciava un piacevole senso di calore nello stomaco. Aveva ancora quelle immagini vive davanti agli occhi, come se il tempo non fosse passato.

«Pensa che poco fa ho seriamente pensato di aver visto mio nonno. All'improvviso qui tutto diventa così... vivo.»

«Forse è per questo che siamo qui», disse Becki. «Per incontrare le nostre ombre. Per liberarcene.» Rise un po' imbarazzata, e sul viso le comparve un velo di incertezza, che Olga non le aveva mai visto. «Com'era Gero? Che aspetto aveva?»

«Ah, Becki, è morto ormai da molto tempo...»

Olga evitava di pronunciare il suo nome, per paura di quello che Becki avrebbe potuto cogliere nella sua voce.

«Tu stessa hai detto che qui tutto torna vivo.»

«Ma non tuo padre!»

Becki la guardò con aria supplicante. «Forse tornerà a vivere davanti al mio occhio interiore. Se mi parli di lui, se sto qui e vedo dove e come siete cresciuti, se respiro l'aria che lui ha respirato e sento quello che lui ha sentito.» Si interruppe, cercando le parole giuste. «E se avessi trascorso così tanto tempo in tanti luoghi diversi in cerca di me stessa, senza rendermi conto che in realtà stavo solo cercando lui?»

Olga fece un respiro profondo. «Anche se credi di sapere che cosa hai perso, a volte quello che cerchiamo non è quello che troviamo. Vieni, facciamo le valigie e andiamo a casa», suggerì con cautela.

Ma Becki sfilò la mano dalla sua e si voltò verso il lago.

Olga provò un senso di colpa. Forse sua figlia si sentiva fuori luogo dappertutto perché non aveva ancora trovato il suo posto: era possibile che Ginsterburg avesse a che fare con la storia di Olga più di quanto lei volesse ammettere?

Il fatto che Becki si sentisse abbandonata non la lasciava certo indifferente. Una volta aveva sentito dire a una paziente – non ricordava più quale – che si può essere felici solo quanto il più infelice dei propri figli. Già da giovane madre si era ripromessa di non dar mai a vedere quanto il proprio benessere dipendesse dalla felicità della figlia; tuttavia era così, ed era stato ancora peggio dopo la nascita di Sara. Più si preoccupava per lei, più cresceva il suo bisogno di tenerla lontana da persone, cose e verità sgradevoli. Cosa avrebbe fatto sua figlia con la peggiore verità possibile, non riusciva nemmeno a immaginarlo.

Tuttavia Olga sapeva che era inutile continuare a evitare Becki. E anche se correva il pericolo di perdere il controllo sulla sua versione della storia, vinse il suo vecchio impulso di fuggire e, con un certo sforzo, disse: «Risponderò alle tue domande. Ma dammi ancora un po' di tempo».

Notò che le tremavano le mani, e le nascose nelle tasche del cappotto. In quanto medico, aveva bisogno di mani ferme e pensieri chiari. Ma dove li avrebbe presi?

D'un tratto Becki si illuminò e l'abbracciò.

«Grazie, mamma!» disse, e le diede un bacio sulla guancia. «La cosa positiva con un padre morto è che non c'è fretta di rivederlo.» Rise. «Prima però vorrei farmi un'idea di lui. In modo da poterlo riconoscere quando ce l'avrò di fronte sulla porta del paradiso. Quindi mi mostri la locanda dei Meier, per favore?»

Olga sentì freddo e caldo insieme. Il paradiso e l'inferno, a volte, erano molto vicini.

12.

25 APRILE 1943, GINSTERBURG

Non è ancora l'alba, ma Olga e Lotte corrono lungo la riva della Ucker verso lo Schwanensee. È la domenica di Pasqua, e il «mattino del silenzio» è uno dei suoi momenti culminanti. Tutto è ancora avvolto nell'oscurità, e tuttavia le allodole già cantano, mentre le ragazze, con le brocche piene tra le mani, si avvicinano al lago. La luna si riflette nell'acqua, e nel suo bagliore argenteo si intravede, proprio di fronte, il profilo delle sponde della Mohninsel, ricoperte di vegetazione selvaggia. Normalmente, di fronte a quella vista, le due giovani proromperebbero in estasiati gridolini di meraviglia, parlerebbero con toni sognanti della poesia di quel momento, schiamazzando e ridacchiando, come fanno le diciottenni. Si chiederebbero l'un l'altra ad alta voce dove è finita Annemie, con cui si erano date appuntamento alla sorgente, e si divertirebbero commentando che per quell'anno il calice della bellezza passerà oltre la loro amica. Invece Olga e Lotte non aprono bocca, perché anche il più leggero mugolio renderebbe vani i loro sforzi. Solo chi riesce ad attingere acqua dalla sorgente senza dire una sola parola e a portarla fino a casa, sempre mantenendosi in totale silenzio e senza rovesciarne neppure una goccia, fiorirà in avvenenza, freschezza e salute. Così dice la tradizione pasquale. E in un'epoca dimenticata da Dio gli abitanti di Ginsterburg si aggrappano più che mai a questa promessa di salvezza. Perché, sebbene l'inverno sia stato lungo e duro, Goebbels abbia proclamato la guerra totale, Stalingrado sia caduta e molti cittadini di Ginsterburg piangano i loro figli e mariti in quello che ormai è il quarto anno di guerra, la città finora è stata in gran parte risparmiata dalle conseguenze dirette del conflitto. Lì nessuno vuole riconoscere l'inizio della fine più di quanto voglia credere alla fine dell'inizio di qualsiasi civiltà, dice Pa, che già da un pezzo ha smesso di pensare che la guerra possa essere vinta.

Però la città è ancora abbastanza lontana dai campi di battaglia e abbastanza vicina ai granai del Reich. I piatti sono pieni, nonostante i razionamenti di cibo, e anche le attività che non sono importanti per la guerra, i negozi e le locande come quella dei Meier, contrariamente agli annunci dei giornali, sono tuttora aperti.

Letteralmente fuori tiro, come dice Pa col suo solito sarcasmo. E così le cattive notizie provenienti dal fronte e dal fronte interno possono fermarsi a metà strada.

Chi comunque ritiene di aver bisogno di un aiuto onnipotente non deve far altro che aspettare la Pasqua.

Prima c'è l'appuntamento con l'acqua dalle miracolose proprietà curative. Poi è la volta della tradizionale mela pasquale che, consumata prima di colazione, protegge per tutto l'anno da mal di denti e altre avversità. Non possono mancare le uova colorate, che a mezzogiorno vengono fatte rotolare giù dall'altura vicino al lago: con loro se ne vanno peccati e preoccupazioni. E chi a questo punto non si è ancora liberato di tutti i dispiaceri, li lava via al pomeriggio con una bella bevuta di Spezial Hell, la scacciapensieri di Ginsterburg, che viene servita dai Meier durante il ballo pasquale.

Il momento clou a casa Blume è la solenne consumazione dell'agnello pasquale, che Pa, nonostante le scarse tessere annonarie, riesce a organizzare ogni anno grazie a qualche suo paziente. Naturalmente sarebbe severamente vietato, e di recente le razioni di carne e di grasso sono state addirittura dimezzate. Per questo il nonno si ostina a tacere sul fornitore segreto di agnelli, tanto quanto Olga tace riguardo alla notte appena passata. Si sente stanca e infelice.

Ora che Lotte la prende a braccetto e appoggia il capo sulla sua spalla, è contenta di essere obbligata al silenzio. Non è brava a mentire, la sua voce lascia trasparire tutto, a maggior ragione il tradimento. Lotte non la perdonerebbe mai se condividesse dei segreti con qualcuno diverso da lei. E il fatto che il qualcuno in questione sia proprio Fritz non fa che peggiorare le cose.

Da quando, cinque anni prima, avevano giocato quel brutto tiro alla loro insegnante – che poco dopo aveva lasciato la scuola e Ginsterburg – i ragazzi sono diventati inseparabili: Annemie, Gero, Fritz, Lotte e lei. Il loro segreto e la coscienza sporca, come anche la sensazione di poter sfidare il mondo, li hanno uniti per sempre. Per celebrare quel momento, dopo l'«attentato alle erbe» Gero aveva insistito affinché suggellassero la promessa di restare in silenzio con un giuramento di sangue, e così, durante una cerimonia, dopo essersi fatti tutti un taglietto sulla punta dell'indice, avevano unito le loro dita. Dopodiché avevano messo le foto che ritraevano l'ebbrezza della signorina Witte in una scatoletta per poi sotterrarla sotto l'olmo. «Che nessun segreto possa mai dividerci!»

Era come un rito di iniziazione a cui doveva seguire necessariamente qualcosa di concreto. Dietro suggerimento di Lotte, Fritz aveva cominciato a passare a prenderla ogni mattina per portarle la cartella, e lo stesso faceva Gero con Olga, per quanto lei non si facesse illusioni, sapendo bene che Gero avrebbe preferito portare la cartella di Lotte. In seguito, quando i loro percorsi scolastici si erano divisi, lei al ginnasio femminile, lui ancora alla *Volksschule*, la cartella era stata sostituita dalla borsa per il canottaggio. Ma non c'era mai stato niente di più, nessuna promessa d'amore né baci, nemmeno il tenersi per mano. In qualche modo tra loro c'era stato un tacito accordo, una dichiarazione di intenti, che non era negoziabile, come la promessa di non avere segreti tra loro. Due coppie che in realtà non lo erano.

Una situazione che però, questa è l'impressione di Olga, potrebbe presto cambiare. Gero pensa che lei sia abbastanza grande per fare il passo successivo. Tuttavia, per quanto gli voglia bene, con quei suoi principi così rigidi le fa un po' paura. La cotta infantile di Gero per Lotte appartiene al passato, ora nel suo mirino c'è Olga, e lei non sa cosa pensare. Lui le piace, ma in questo momento nella sua mente non c'è spazio per un amore romantico. Perché impiega ogni minuto libero per studiare: prima per l'esame di maturità, che ha superato in marzo con il massimo dei voti, e adesso per quello di ammissione alla facoltà di medicina di Rostock. Non è nello stato d'animo giusto per pensare al corteggiamento. Ha un solo desiderio: studiare medicina. Ma questo Gero non lo capisce.

Finché lei andava al liceo, lui la trattava come un fiore delicato: le lanciava sguardi di ammirazione quando parlava della scuola, le danzava intorno quando scendeva dal *gilu*, le si avvicinava ma senza mai toccarla. Ma da quando è tornato dal Servizio di lavoro obbligatorio, qualcosa è cambiato.

«*Du bist wie eine Blume*, sei come un fiore...» le aveva sussurrato al suo diciottesimo compleanno durante il Pranzo della mamma, orgoglioso di aver trovato una poesia di Heinrich Heine che conteneva il cognome di Olga. «...leggiadra, bella, scrigno di purezza; ti guardo, e nel mio cuore s'insinua la tristezza.» Poi le aveva sorriso esitante, dicendo che voleva dimostrarsi degno di lei. A quanto pare è convinto che, ottenuto il diploma, Olga sia abbastanza matura per essere colta al più presto. Quello sforzo che lui mette nel farle la corte le ricorda il Werther di Goethe. Ma teme di non poter prendere sul serio questa nuova serietà di Gero, finché continuerà a guardarlo con gli stessi occhi di quando era bambina.

Se si guarda indietro, Olga si accorge che quella serietà è iniziata con la comparsa dei suoi baffoni. Se li era fatti crescere dopo aver ricevuto la chiamata alle armi, come duplice simbolo dell'ingresso nel mondo adulto e del suo alto senso dell'onore, che comprende anche lei. Ora sta completando il periodo di addestramento delle reclute nei pressi di Berlino, poi verrà trasferito al fronte. Per niente al mondo si taglierebbe i baffi, nonostante Olga gli abbia detto che le piace di più senza. «Sarebbe come togliermi l'uniforme», dice asciutto.

Quando è a casa fa del suo meglio per trattarla come una signora, la corteggia, la riempie di complimenti per i suoi occhi ambrati, le mette dei fiori sulla bicicletta. Ma quando lei vuole prenderlo a braccetto senza secondi fini, lui ogni volta si schiarisce la voce. E se prima sapeva ridere delle sciocchezze di lei, ora scuote la testa con la severità di un padre. Il suo giocare all'adulto la sfianca. Le manca l'intimità spontanea. Recentemente Olga aveva una vescica sul piede e non riusciva a camminare. «Il tuo dolore è anche il mio», le aveva detto Gero con un tale pathos nella voce che lei non era riuscita a trattenere una risata. Finché d'un tratto non aveva visto il dolore nei suoi occhi e aveva capito quanto lui prendesse sul serio lei e la vita. E, sì, forse questo è qualcosa che può farle immaginare di poter un giorno arrivare a pensare di lui qualcosa di più del semplice "mi piace". Un giorno, quando si sentirà pronta per essere una coppia. Non è il suo bell'aspetto, ma questa insicurezza rivelatrice che Gero cerca di compensare con la rigidità militaresca che ha acquisito. Dietro la quale, se l'abbandona per un momento, si intravede il giovane gentile e sensibile che era un tempo, e allora Olga ricorda quando le aveva insegnato ad andare in bicicletta con la pazienza di un santo o quella volta dai Meier, quando lui le aveva spillato una birra di nascosto per festeggiare un bel voto, mentre Pa, come spesso accadeva, era fuori per un'importante visita a domicilio.

Il verso di un allocco la risveglia dai suoi pensieri. Lancia uno sguardo imbarazzato a Lotte. Con la sua vena romantica, l'amica sarebbe più adatta per Gero. Perché non si mettono insieme? E perché Lotte si è così fissata con Fritz, che però non mostra alcun segno di reazione al suo corteggiamento? Ha la testa piena di sciocchezze invece del cuore colmo dei teneri sentimenti che Lotte desidera. Appartiene solo a sé stesso.

E poi ha tutt'altro per la mente.

Olga non riesce a smettere di pensare a qualche ora prima, quando lui aveva bussato alla sua finestra nel bel mezzo della notte, dalla terrazza sull'albero dei Meier. Le aveva spiegato che c'era stato un incidente e che doveva andare di corsa con lui. Senza pensarci due volte, si era intrufolata nell'ambulatorio per prendere i materiali di pronto soccorso e l'aveva seguito al cantiere.

Appena entrata nell'ufficio dello zio di Fritz, Olga si trovò davanti a una scena inusuale. Il lavoratore forzato polacco Adam era inginocchiato accanto a Heinrich Schneider e gli tamponava con delicatezza la fronte sanguinante. La vista dei due uomini così vicini le fece venire in mente, quasi fosse un riflesso istintivo, l'avviso che si vedeva affisso dappertutto: MANTENETE LE DISTANZE DAI LAVORATORI ESTRANEI AL POPOLO.

Quando Adam si alzò, Olga gli tese ostentatamente la mano, per riparare alla propria esitazione iniziale.

«Nella sua mente c'è una tempesta», disse l'uomo in un tedesco fluente. «Prima gli è venuta la schiuma alla bocca, poi hanno iniziato a tremargli gambe e braccia e infine è svenuto, sbattendo la testa contro la macchina per cucire.»

Fritz le aveva detto che Adam ha diciotto anni, come loro due. Due anni prima andava al liceo a Varsavia ma era stato arrestato dalle SS e deportato nel Reich come fornitore di manodopera. È uno dei trenta lavoratori stranieri del cantiere. Sostituiscono i tedeschi che sono stati mandati al fronte. Invece di costruire imbarcazioni, gli uomini cuciono cappotti per la Wehrmacht. Lui ha avuto fortuna nella sfortuna, perché è capitato da Schneider e non nella vecchia azienda tessile ai margini della città, dove i deportati devono trattare il lino nel nuovo maceratoio per dodici ore al giorno, ed è chiaro che non ricevono cibo a sufficienza, visto quanto sono magri e sporchi.

Poiché Adam è uno *slawischer Untermensch*, un subumano slavo, non avrebbe dovuto essere lì a quell'ora. Allo stesso modo non potrebbe sedersi alla stessa tavola degli Schneider e mangiare con loro, né aiutare Fritz a costruire una canoa pieghevole dopo il lavoro bevendo una Spezial Hell, e dovrebbe sempre portare una «P» sulla camicia, a indicare la sua origine.

Sebbene Olga apprezzi il fatto che per Fritz tutte le persone siano uguali, è convinta che lui prenda troppo sottogamba i divieti. Come se avesse scordato cosa è successo alla loro ex compagna di scuola Elsa Brehm. Sulla bacheca di Ginsterburg c'era scritto: *Pena per comportamento disonorevole. Il Reichsführer* SS *e capo della polizia tedesca comunica: nell'ottobre*

1941 Elsa Brehm, di Ginsterburg, è stata trasferita a lungo termine in un campo di concentramento. Si è relazionata in modo disonorevole con un polacco.

Era successo l'estate precedente, mentre Olga stava trascorrendo qualche giorno a Kolberg con suo padre e Karl. Annemie le aveva poi raccontato come a Elsa fossero stati tagliati i capelli nel bel mezzo di Marktplatz, la piazza del mercato. Poi le avevano messo al collo un cartello con la scritta AMICHETTA DEI POLACCHI e l'avevano fatta marciare per la città prima di rinchiuderla nel cosiddetto Campo per la tutela dei minori dell'Uckermark. Che fine avesse fatto il polacco, Annemie non lo sapeva. Probabilmente non era sopravvissuto all'amore per Elsa. In giro si diceva che i lavoratori stranieri che amavano persone tedesche o si rifiutavano di lavorare venissero impiccati o fucilati pubblicamente – come deterrente.

A Heinrich Schneider e a Fritz non interessano disposizioni e limitazioni. Da tempo, ormai, Adam è parte della loro piccola famiglia. Per questo nessun altro, oltre a lui, aveva visto che lo zio di Fritz aveva avuto le convulsioni. Tre volte in una settimana, secondo Adam. Per Olga era chiaro: Schneider soffriva di epilessia.

Non aveva scelta: andò a chiamare il nonno che immediatamente somministrò a Schneider del Luminal, un antiepilettico che ormai era difficile da procurare.

«Perché non ci sono quasi più epilettici», spiegò Pa.

Fritz lo guardò con aria interrogativa. «Si riferisce alla legge sull'immunità da tare ereditarie, secondo cui non possono più essere messi al mondo bambini con una malattia genetica?»

«Magari fosse così semplice», commentò Pa, portandosi una mano sulla fronte. «Capite cosa sta succedendo là fuori?»

Nessuno dei presenti reagì, tutti pendevano dalle sue labbra.

«Non esiste più il segreto professionale», continuò. «Come medico, sono tenuto a segnalare i pazienti anche solo in caso di sospetta malattia ereditaria, condannandoli di fatto alla sterilizzazione o all'aborto forzato. Dovrebbe ritenersi fortunato, signor Schneider, se venisse solo reso sterile.»

Olga lo guardò sgomenta, e dal silenzio che la circondava capì che gli altri provavano la stessa sensazione.

«Ma più probabilmente», continuò il nonno, «deciderebbero di concederle l'eutanasia. Per "liberarla", capisce?» Inspirò profondamente, prima di proseguire.

«Ufficialmente i miei pazienti sono morti di polmonite o di difterite, per esempio la moglie del capostazione Reichert, che era sorda, o il fattore Willi Rehbein, alcolista. Ufficiosamente, è probabile che li abbiano lasciati morire di fame. O che li abbiano uccisi con un toccasana come questo», aggiunse mostrando il Luminal. «Fino a poco tempo fa molti venivano anche "disinfettati" – un termine gentile per definire la soppressione con monossido di carbonio nelle camere a gas.» Come ne fosse a conoscenza, non lo disse.

Olga sentì un brivido lungo la schiena. Guardò Adam, la cui bocca era disegnata in una sottile linea di ribrezzo. Poi volse lo sguardo su Fritz, che era come pietrificato, e su Schneider, afflosciato su sé stesso come una vela senza vento. Che i malati venissero portati negli istituti di cura l'aveva sentito, ma quello che lì si faceva di loro andava oltre la sua capacità di comprensione. Nessuno osava fiatare, mentre osservavano Pa che lottava con la sua pipa: non riusciva a tenere fermo il fiammifero per accenderla, tanto gli tremavano le mani. In quel momento non appariva imperturbabile come suo solito. Come se il caso Schneider l'avesse sconvolto una volta di troppo, pensò Olga.

«Due marchi è il compenso dato alle levatrici», riprese il nonno con voce rauca, dopo essere finalmente riuscito ad accendere la pipa, «se fanno denuncia e segnalano i bambini con malattie ereditarie. Un piatto di arrosto di maiale e una birra per una vita umana.» Si interruppe e fece un tiro di pipa.

Ecco perché portava lei ad assistere ai parti e non una delle ostetriche locali, si disse Olga. Si era stupita dello zelo con cui Pa l'aveva istruita negli ultimi due anni, ed era orgogliosa della fiducia che nutriva nei suoi confronti e del fatto che le lasciasse seguire quasi in piena autonomia i parti che non presentavano complicazioni. Non avrebbe mai pensato che dietro ci fosse qualcosa di simile.

Cercò di resistere alle lacrime.

Adesso capiva perché quell'argomento irritasse sempre il nonno. Un paio di mesi prima suo fratello Karl, al ritorno da una conferenza sull'igiene della razza, se n'era venuto fuori con una qualche teoria sul mantenimento della purezza del sangue tedesco e si era preso gioco di quei «mangiapane a tradimento inutili e indegni di vivere». Fuori di sé dalla rabbia, Pa aveva prima confutato le sue tesi e poi scagliato addosso a Karl le singole pagine del suo libro di eugenetica. «È incredibile come tu ti intenda di genetica ma non sia in grado di distinguere un rene da un fegato! Che razza di medico vuoi diventare, Karl? Un semidio in camice bruno che si atteggia a signore della vita e della morte?»

"Niente del genere." Questo avrebbe dovuto rispondergli Karl, pensò Olga, ma suo fratello non aveva osato farlo. Le cose importanti gli si bloccavano sempre in gola, mentre le stupidaggini le ripeteva a pappagallo. Non perché fosse un fanatico, ma perché aveva la testa fra le nuvole invece dei piedi per terra.

Fritz fu il primo che ritrovò la parola. Attraverso un velo di lacrime, Olga lo vide sputare per terra. «Quei superariani rincretiniti...» disse.

Olga guardò il nonno. «Li uccidono solo perché non sono perfettamente sani?» gli chiese con voce tremante, sebbene conoscesse già la risposta.

«Vorrei tanto fargli...» sbottò Fritz.

«Non farai un bel niente», lo interruppe lo zio Schneider con decisione. «Non potresti cancellare l'ingiustizia perpetrata.» E aggiunse, rivolto a Pa, con tono riconoscente: «Perché lo fa? Perché mi vuole aiutare?».

«Faccio solo ciò che va fatto, nulla di più.»

L'orologio da tasca di Pa aveva battuto le quattro quando, stanchi, erano rientrati a casa. A Olga era passata la gioia della Pasqua. Ma come poteva spiegarlo a Lotte senza rivelarle quel segreto che le appariva indicibile? La sua amica avrebbe voluto sapere tutto, di questo Olga era certa.

«Vai tranquilla e cerca di pensare ad altro.» Il nonno aveva cercato di rincuorarla. «Anche se tu non hai certo bisogno di quell'acqua miracolosa...»

Olga aveva accennato un sorriso, comprendeva i suoi sforzi.

«La bellezza non si ottiene con i trucchetti, bambina mia. Da un abete del Caucaso dalla forma di piramide non si può far nascere una tenera rosellina semplicemente annaffiandolo.»

Una volta capita l'allusione, Olga non aveva potuto trattenersi dal ridere. Ovviamente Pa si riferiva alla vedova Grote, un donnone dalle ossa grosse e dai fianchi larghi che gli faceva la corte da quando era rimasto solo.

«Osserva la natura e vedrai come è indispensabile che gli esseri umani si integrino con il mondo. Proprio come l'acqua dell'Ucker si mescola con quella dei nostri laghi e ruscelli, con quella della laguna e del mar Baltico. Solo così si mantiene fresca e davvero fluente.»

«Ma cosa possiamo fare, Pa? Cosa posso fare *io*?»

«Senza mettere in pericolo te stessa e gli altri?» Il nonno aveva scosso il capo e le aveva dato un bacio sui capelli. «Proprio niente, Olga. E non lo farai, promettimelo! Il poco che puoi fare è già molto: avere cura di ogni vita nella stessa misura. Ricordatelo, se vuoi diventare medico.»

Olga tiene a mente tutto quello che Pa le racconta e ciò che fa. Anche la sua disponibilità ad aiutare chiunque si trovi in difficoltà, costi quel che costi. Ma ora sente le gambe deboli per la stanchezza. Fa segno a Lotte e si siede su un masso. Si mette in ascolto, concentrata. Le pare di sentire un fruscio provenire dalla boscaglia o dalla riva. Naturalmente sta in allerta, dopotutto è tradizione che la mattina di Pasqua i ragazzi cerchino di spaventare le ragazze costringendole a emettere suoni proibiti. Lì intorno – sicuro come l'oro – ci sono gli amici acquattati da qualche parte che fanno loro la posta per rompere le uova nel paniere.

Lotte apre la borsa e porge a Olga una scatola di Scho-Ka-Kola, il cioccolato che risveglia all'istante, grazie al suo alto contenuto di caffeina. In realtà, poiché fa parte delle razioni della Luftwaffe, non è più disponibile in commercio, così come non si trova cioccolato in giro se non nelle bevande; ma Pelle, il padre di Lotte, che fa un sacco di soldi importando minerale di ferro dal suo paese natale, la neutrale Svezia, riesce a procurarsi qualsiasi cosa. Va avanti e indietro di continuo tra i due paesi e fa sempre entrare di nascosto ogni sorta di prelibatezza rara e proibita. Poiché i tedeschi dipendono fortemente dal ferro per la produzione di armamenti, Pelle, in quanto emissario, gode di una sorta di immunità diplomatica e gli vengono risparmiati i controlli. «I Rasmussen si crogiolano nel lusso», dice sempre Annemie, perché bevono ancora vero caffè macinato dai chicchi. Olga si mette in bocca un pezzo di «cioccolato degli aviatori» e mentre lo assapora intravede il baluginio di una sigaretta accesa dietro alcuni cespugli.

Dà un colpetto a Lotte per avvisarla, ma a quel punto Fritz, Gero e Karl sono già saltati fuori con grandi strepiti. Ancor prima che le due amiche si possano alzare in piedi, Gero e Fritz spruzzano loro addosso dell'acqua da due siringhe, mentre Karl strappa di mano a Olga la scatola di cioccolato.

«Ma sei impazzito?» gli grida Olga arrabbiata.

«Guarda come siamo ridotte, Fritz!» Lotte gli lancia uno sguardo civettuolo.

Olga fulmina i ragazzi con gli occhi. Tutta fatica inutile, la magia è stata infranta.

Karl ride a crepapelle e le fa l'occhiolino. «L'aviatore ringrazia.»

Si comporta come se fosse già nella Luftwaffe, ma per ora ha solo fatto gli esami, cosa che non sa nessuno a parte sua sorella. Se dovesse essere accettato alla scuola di guerra aerea di Berlino-Gatow, eviterebbe il periodo di addestramento sul campo di tre mesi sul fronte orientale. È quello che lei gli augura, considerati i terribili racconti che riferiscono di soldati dagli arti amputati e dalle pance a brandelli che bisogna medicare. Tanto più che un tempo Gero sveniva spesso quando faceva da assistente in ambulatorio, perché non sopportava la vista del sangue. Forse è per questo che vuole diventare aviatore. Tra lui e i feriti ci sarebbe un intero cielo. Come tra lui e l'ira di suo padre. Perché non è per niente certo che la consueta mitezza del genitore si manterrà ai soliti livelli, quando verrà a sapere che Karl ha intenzione di gettare alle ortiche lo studio e interrompere la tradizione medica dei maschi Blume. Olga sente ancora l'orgoglio nella voce di suo padre quando aveva presentato i figli a un vecchio compagno di scuola durante l'ultima vacanza a Kolberg: «Questo è mio figlio Karl, che presto sarà la quinta generazione di medici. E mia figlia Olga».

Nel suo cuore è viva una tenue speranza che possa essere lei a continuare la tradizione medica dei Blume e a rendere orgoglioso suo padre. Perché, sebbene i nazisti in linea di massima deprechino l'istruzione universitaria delle donne, ultimamente fanno qualche eccezione. La medicina oggi è essenzialmente femminile. Semplicemente, a causa della guerra ci sono pochi medici, perciò servono le donne.

"Se i ragazzi lo capissero", pensa leggermente irritata, mentre la raggiunge un altro spruzzo di acqua ghiacciata. Tuttavia in fondo è contenta che quell'agguato l'abbia distratta dai suoi cupi pensieri e di non doversi più attenere alla regola del silenzio.

«E Annemie dov'è?» chiede Karl, mentre con il dito fa saltar via la sigaretta, che cade a terra. Olga alza le spalle. Anche a lei piacerebbe saperlo. La loro amica non si era fatta vedere all'appuntamento.

Gero si avvicina a Olga e con un gesto premuroso le mette la sua giacca sulle spalle. Può essere molto rigido e pignolo, ma poi sa tornare generoso in modo quasi commovente.

«Ti gocciola acqua dalla fronte», dice, e le asciuga con cautela la punta del naso con un fazzoletto di seta che prende dal taschino.

«Wicca, Wicca...» si intromette Fritz. E Gero si allontana da lei, quasi fosse intimidito dalla spavalderia di Fritz, che intanto la prende in giro: «Guarda come sei ridotta», le dice. «Sei stata in giro tutta la notte? Nemmeno l'acqua pasquale potrebbe esserti d'aiuto...»

Poi si volta verso Lotte e lancia un fischio di ammirazione. «Tu, invece: bella e fresca come il primo mattino... Mi abbagli!»

Lei lo guarda con occhi raggianti. È fermamente decisa a strappare a Fritz il primo bacio il più presto possibile. Se necessario, ricorrendo a un incantesimo svedese. Perché nel paese di suo padre l'acqua di sorgente raccolta in silenzio non si porta a casa ma la si fa piovere sull'amato, così da legarlo per sempre a sé. Olga ha seri dubbi che l'espediente possa funzionare con quell'analfabeta emotivo di Fritz.

Finora lui ha lasciato fare a Lotte restando a guardare, quasi non si rendesse conto di cosa vuole da lui. "O piuttosto, quasi stesse giocando con lei", pensa Olga. Ma subito scaccia questi pensieri e rivolge la sua attenzione a Gero: in confronto a Fritz sembra decisamente più sensibile, ma, allo stesso tempo, dal punto di vista della costituzione fisica ora è anche il più forte tra i due. Olga, che dopo il lungo inverno è un po' fuori forma ma vuole partecipare alla grande regata dei *gilu* di giugno, si allena regolarmente con lui praticando il fartlek, una tecnica di resistenza molto efficace nata in Svezia, che il padre di Lotte ha insegnato loro. Ogni mattina Gero passa a prenderla e poi corrono per un'ora lungo le sponde del lago variando il ritmo: veloce, piano, più veloce. È impossibile che lui non senta il dolore causato dalle conseguenze della poliomielite, ma Annemie è convinta che lo reprima come fa con i sentimenti. Olga invece pensa che il dolore lo fortifichi. Solo così è riuscito a diventare Oberscharführer della Hitlerjugend, dalla quale Fritz era stato cacciato un anno prima con disonore dopo che, per una scommessa, aveva tagliato la cravatta del Bannführer. Olga, in fondo, lo capisce.

Lei stessa non era mai stata entusiasta della Bund Deutscher Mädel, la Lega delle ragazze tedesche; e per fortuna Pa, che condivideva il suo scetticismo, aveva sempre giustificato le sue assenze alle varie attività sostenendo che nel fine settimana doveva aiutarlo con le pazienti. Grazie alla colecistite recidivante del capo del gruppo locale, l'Ortsgruppenleiter Tezlaff, che si era adoperato per lei su esortazione di Pa, Olga se l'era cavata fino a quando non aveva raggiunto l'età per uscire dalla Lega ed era riuscita anche a evitare l'organizzazione pensata per le giovani donne, Glaube und

Schönheit, Fede e bellezza. Dove invece sono dovute entrare le sue amiche Lotte e Annemie, che lì vengono educate per diventare attraenti donne da marito. Nessuna delle due si è diplomata né ha intenzione di studiare. Quello che Lotte desidera più di ogni altra cosa è una famiglia, motivo per cui partecipa volentieri. La situazione è un po' diversa per Annemie. Lei è lì soprattutto per non dare a suo padre motivo di lamentarsi. Per questo si comporta da brava ragazza tedesca, che affascina i clienti alla locanda, e lo fa così bene da essere diventata Schaftführerin, ossia capo di una squadra con una decina di ragazze. Alla domanda se ne fosse orgogliosa, aveva risposto a Olga con un certo sarcasmo: «Uniformarsi è il miglior travestimento, cioè quello che non si vede. In questo modo sono fuori di casa, ed è tutto ciò che conta».

Uniformarsi è l'ultima cosa che vuole Fritz. Lui offende solo per il gusto di offendere. Perciò la sua mancanza di sensibilità non stupisce Olga. Si arrabbia solo perché lui ha menzionato la stanchezza di lei, come se la notte passata non fosse stata abbastanza sconvolgente per entrambi. Non l'aveva mai visto così scioccato. E la irrita anche che la chiami sempre Wicca pur sapendo che lei non vuole che le si ricordi quel compleanno stregato. «Alla fine una *wicca* è una guerriera coraggiosa», le aveva detto una volta che lei si era lamentata, «e coraggiosa tu lo sei veramente.»

"Bene", pensa ora Olga, "adesso tocca alla guerriera coraggiosa." Dà una gomitata a Lotte con fare cospiratorio e, prima che i ragazzi possano reagire, le due amiche gettano loro addosso l'acqua delle due brocche. Fritz, che stava per allacciarsi le scarpe, soffia come un gatto randagio e le due ragazze corrono via, sghignazzando. Olga si sente come liberata, le sembra di ritrovare un po' della leggerezza perduta.

Lontane dai ragazzi, finalmente indisturbate, Lotte e Olga superano la vecchia fabbrica tessile di Ignaz Rosenbaum e l'orto dei Rasmussen. Quando corre intorno al lago con Gero la mattina, Olga vede le carovane dei lavoratori stranieri, cenciosi ed emaciati, che percorrono la stessa strada, dalla loro baracca alla fabbrica. Ripensa alle parole di Adam: loro sono fortunati a lavorare da Schneider perché lui si preoccupa che non soffrano la fame e offre loro un alloggio caldo. E pensa a quello che ha visto Fritz: con il Servizio lavorativo del Reich stanno costruendo un altro alloggiamento per i nuovi lavoratori stranieri, perché il maceratoio verrà ingrandito. «Finestre in cui si infilano le correnti d'aria, pancacci scomodi e celle di detenzione. E dalla loro paga da fame devono pure sottrarre i soldi per l'affitto. Potremmo chiamarlo il moderno sfruttamento coatto», aveva detto ridendo amaramente.

Olga scuote il capo. Perché finora non si è mai interessata molto a queste cose?

Lotte intanto la prende allegramente sotto braccio. Se solo immaginasse a cosa sta pensando la sua amisorella, comincerebbe a fischiare. Lo fa sempre quando si parla di argomenti simili. «Cosa ci importa di questa guerra, Olga? Siamo giovani! Infischiamocene di questo pessimismo!» E in effetti lo scaccia letteralmente fischiando. A volte Olga la invidia per questo e vorrebbe smettere di rimuginare, ma non ci riesce.

Arrivano al grande prato da cui si ha una vista sul lago e sulla città. Il buio non disturba Olga, perché conosce ogni sentiero, ogni pietra e ogni ceppo. Sa quali buche si trasformano in pozzanghere in caso di pioggia e quali raccolgono la polvere quando fa molto caldo. E potrebbe seguire a occhi chiusi il corso del rigagnolo che divide in due il prato. Mentre lo attraversano sulle assi traballanti ancora fradice di rugiada, viene loro incontro una figura scura. Lotte si stringe a Olga. «Speriamo che non sia uno di quei lavoratori stranieri!»

«Lotte!» Olga è inorridita. «Perché dici così?»

«Le senti anche tu le storie che si raccontano», si giustifica l'amica.

«Storie stupide e false», ribatte Olga.

In quell'istante si ritrovano di fronte Annemie, con una brocca piena in mano. È molto carina, con i suoi lunghi capelli mossi e il naso all'insù nel viso affilato.

«Ah, eri tu quello spettro oscuro!» esclama Lotte. «Ci hai fatto paura...»

«Ha fatto paura a *te*!» precisa Olga tagliente, poi si rivolge a Annemie. «Ma dov'eri? Ti abbiamo aspettato.»

Lei sospira e le guarda raggiante. «Ho ricevuto il mio primo bacio», sussurra alla fine.

«Cosa?» esclamano Olga e Lotte all'unisono.

Lotte scuote la testa, come se non credesse all'amica. «Non puoi trovare una scusa migliore per averci fatto il bidone?»

«Ma è vero! E aveva il sapore del miele...»

«Karl?» chiede Olga sorpresa, ma respinge subito quel pensiero. Del resto, prima suo fratello aveva chiesto di lei.

«Sbagliato», risponde Annemie.

«Chi?» la incalza Lotte. Forse il bell'ufficiale della Wehrmacht che sta trascorrendo le vacanze nella pensione in Marktplatz e tutte le sere mangia e beve dai Meier? Annemie fa sempre di tutto un segreto. Ma aveva raccontato alle amiche che il padre è molto orgoglioso di avere ospite il tenente e che l'aveva pregata di occuparsi di lui perché presto sarebbe tornato al fronte. È il terzo giorno di fila che «la leggiadra signorina», come la chiama lui, gli fa compagnia a cena. Il giorno prima Olga e Lotte l'avevano osservata dalla finestra. Con tutto quell'argento sul petto, a dire il vero, il tenente luccica come un albero di Natale, ciononostante resta decisamente di bella presenza.

«Tuo fratello Karl sa baciare così?» Annemie si toglie la sciarpa e mostra loro il collo. Ed eccola lì: una grande macchia rossa proprio vicino alla laringe. Lotte la guarda sbigottita. «Oh mio Dio, quando sarà il mio turno?» geme.

«Alcuni uomini hanno solo bisogno di una spinta», le dice Annemie. Fa cadere le sue parole dall'alto, quasi fosse diventata improvvisamente molto più grande delle sue amiche. «Se accendi la scintilla, poi il fuoco divampa in fretta. Te lo assicuro.»

«Cosa vuoi dire?» chiede Lotte.

«Be', è semplice: bacialo, cara la mia Bella addormentata nel bosco! O vuoi aspettare fino a quando non avrai cent'anni?»

Olga trattiene il respiro. «E tu hai fatto così?»

Annemie annuisce e lancia loro di nuovo quell'occhiata da donna esperta. «Per farti toccare da un uomo, devi toccarlo tu», aggiunge con fare misterioso.

Olga è stupita. Non la sapeva così esperta della vita. Il bacio, dunque, viene prima dell'innamoramento? O l'uomo si infiamma più velocemente? Non osa chiederlo. È possibile che un solo bacio ti catapulti direttamente nel mondo degli adulti? Se è così, vuole un bacio il prima possibile.

13.

30 MARZO 1991, GINSTERBURG

La grossa insegna sopra la porta della locanda era stata così a lungo in balia delle intemperie che ormai della scritta ZUM GASTHAUS MEIER rimaneva solamente EIER. In compenso, il vecchio galletto arrugginiva fieramente sul colmo del tetto, ruotando al variare dei venti, come aveva fatto per trecento anni. "Così si sopravvive", pensò Olga. "Così è stato per papà Meier, che ha fatto carriera prima come nazista e poi nel SED, il Partito socialista unificato che ha sempre governato la Germania Est."

«*Eier*... uova... Questa sì che è parità di diritti! All'Est anche i galli depongono le uova...» commentò Becki ridacchiando. «Devo farlo vedere a Sara.»

Dando le spalle al lago, restarono ad ammirare la locanda Meier. Olga notò che sua figlia era scioccata quanto lei dallo stato dell'edificio. Dalla struttura a graticcio non intonacata cadeva malta sbriciolata, le imposte pendevano libere dai cardini e parecchie piante si facevano largo verso l'esterno attraverso i vetri rotti delle finestre. Cosa ne era stato di quel luogo in cui un tempo avevano festeggiato tutto quello che c'era da festeggiare? si chiese Olga. Erano passati cinquant'anni: mezzo secolo. Ma ricordò che lì non aveva vissuto solo momenti felici. Anche le peggiori catastrofi avevano avuto inizio in quel posto.

In cielo passò uno stormo di gru nella tipica formazione a V. Olga dovette far ricorso a tutto il suo autocontrollo per non scoppiare a piangere.

«Che luogo desolato, abbandonato da tutti...» sussurrò

Becki, che nella calda luce indiretta del mattino sembrava altrettanto perduta.

Olga le mise un braccio intorno alle spalle e osservò la finestra panoramica della veranda, a destra dell'ingresso. Era in pezzi. Un tempo, nelle belle giornate estive di sole, la vetrata scorrevole che dava sul lago veniva aperta. Tornò col pensiero a quando aveva dieci anni e con Annemie si era esercitata a baciare dietro la finestra. Una al di qua e l'altra al di là del vetro, vi avevano premuto forte la bocca più volte finché, dall'alone umido che si era creato, non avevano capito di aver dato alle labbra la forma perfetta per un bacio. Come si era arrabbiato Meier! Quando il sole aveva rivelato i loro baci sul vetro lui le aveva accusate di essere delle depravate e le aveva punite obbligandole a lavare i vetri con pelle di daino e giornali, finché non erano tornati a risplendere, liberi dai baci. Il giorno dopo Annemie faceva fatica a stare seduta. Olga sapeva perché. Dieci colpi con il «calmabambini» – così suo padre chiamava il battipanni – e sua figlia a quel punto ne ebbe abbastanza di baci. In casa di Olga non accadeva niente del genere. A scuola sì, c'erano sberle e bacchettate, ma né Pa né suo padre alzavano mai le mani su di lei.

«Ho l'impressione che questa casa stesse solo aspettando me», disse Becki con voce un po' roca. «Una nuova generazione di Meier.»

In quel momento Olga sentì un suono acuto, penetrante e prolungato: *tiiiit.* Il suo cuore cominciò a correre e lei volse lo sguardo verso il salice piangente, verso il lago. "Il richiamo del martin pescatore", pensò. Ed eccolo fiondarsi come un lampo nell'acqua, con la sua livrea di piume azzurre e arancioni.

E quando il martin pescatore cantar di te sentirò
seduta stante da te volerò.

Seduta stante.

La contraddizione avrebbe dovuto insospettirla. Certo, Fritz era tornato, ma solo per svolazzare via di nuovo. Proprio come ora il martin pescatore, che riemerse all'improvviso e sbatté con forza contro un ramo la sua preda che si dibatteva, prima di rientrare nel suo nido nella scarpata della sponda, a non più di dieci metri da loro. Lei si schiarì la voce, si mosse un po' e batté le palpebre, come se si fosse appena svegliata da un sogno. Da quanto tempo non vedeva un martin pescatore?

Lo Schwanensee sfavillava come su un cartellone pubblicitario. Il salice piangente, che da piccola poteva vedere dalla sua camera e dalla terrazza sull'albero, si ergeva nodoso sulla riva proiettando buffe ombre sull'acqua, che lambiva delicatamente la sponda. Le foglie frusciavano leggermente al vento. Una volta, davanti alla locanda attraccavano i vaporetti che portavano i villeggianti.

«Che vista unica!» disse Becki con entusiasmo.

Olga annuì. «Così bella che persino l'imperatore amava godersela – accompagnata da una Spezial Hell della casa, o almeno così si diceva...» Al pensiero della birra e degli scherzi gravidi di conseguenze che aveva ispirato durante la guerra, si demoralizzò.

Come poteva raccontarlo a Becki?

Lo sguardo le cadde sull'olmo magico, con alle spalle la villa dei Blume. Sentì un brivido e si chiese se i luoghi possano avere memoria, se tutto quello che era accaduto in quel posto fosse inciso per sempre. L'albero era lì, enorme e possente, come un tetro ricordo di tutto ciò che lei aveva perso. La scala a chiocciola di legno, che a quell'epoca girava intorno al tronco fino alla corona e conduceva alla terrazza sporgente, non c'era più. Come del resto la terrazza stessa, dove lei e Fritz avevano osservato l'alba e cercato con lo sguardo il martin pescatore.

Presumibilmente il legno era finito in qualche stufa, trasformandosi in cenere. Come i suoi ricordi.

14.

25 APRILE 1943, GINSTERBURG

Quel pomeriggio sono tutti alla locanda Meier, seduti al lungo tavolo di fronte alla finestra: Lotte e i suoi genitori, Pelle e Mamme, eleganti come sempre, il fratello di Olga, Karl, e persino Otto, suo padre, che mentre sorseggia la sua Spezial Hell è impegnato ad allungare bocconcini di torta allo Schnauzer nano Artiglio, invece di prendere parte alle chiacchiere del gruppo. I suoi capelli neri, così come i baffi, sono striati di grigio, con un effetto che ricorda un po' il suo cane.

«Così va bene», sussurra, e la tenerezza con cui si rivolge all'animale ferisce Olga profondamente. È un'esperienza a lei estranea, così come è un estraneo suo padre.

Otto rende in qualche modo più pesante la vita di Olga. Quando lui è a Schwedt, tutto è più semplice. Pa dice che prima della Grande guerra Otto era diverso, addirittura divertente, tanto che era sempre quello che teneva allegra la compagnia. «Sarebbe un buon padre, se solo fosse diverso», le aveva detto una volta per consolarla, ma quella non era una consolazione. Le cose non sono diverse, e nemmeno lui. Tutto il contrario di Pa. Olga sente arrivare fin lì la sua risata vigorosa e lancia un'occhiata attraverso la porta a doppio battente. Alcuni clienti si affollano nella zona bar in paziente attesa che Meier, che nel frattempo rotea fra un tavolo e l'altro come un derviscio, trovi un posto anche per loro. Nel bel mezzo del gruppo, davanti al bancone, c'è il nonno, circondato da cinque compagni del vecchio coro: le Allodole di Ginsterburg, o per lo meno quel che ne resta. Inabili alla guerra, sono i miseri rimasugli del gruppo che in origine comprendeva quindici cantori e che anche quel giorno aveva aperto i festeggiamenti per la Pasqua accompagnando le danze tra applausi entusiasti. Forse anche grazie alla Spezial Hell, che, al contrario degli altri generi alimentari, scorre ancora a fiumi.

Del resto, una scritta a grandi lettere sulla parete avvisa: LA SPEZIAL HELL VA GIÙ E I PROBLEMI NON CI SONO PIÙ.

Che in tempo di guerra la birra sia molto richiesta lo sa anche il Führer, ed è proprio su sua personale richiesta che i Meier hanno aumentato la capacità di produzione del birrificio, tanto che una gran parte delle bottiglie va al fronte e il resto risolleva il morale dei soldati di stanza in patria. La lettera di Hitler è stata addirittura appesa con orgoglio nel locale, affinché tutti la vedano.

Pa solleva il bicchiere in direzione di Olga e, attraverso la sala, rivolge un brindisi alla compagnia seduta a tavola con la nipote. Lei sorride, mentre si dice che il nonno ha saputo preservare la sua gioia di vivere anche dopo quella notte terribile. Cosa che a lei non riesce. Quando pensa allo zio Schneider e a tutti gli altri, vede tutto nero, anche lì dove fino al giorno prima c'erano colori vivaci.

«E voi? Dove sono i vostri cavalieri?» chiede Mamme, quando l'orchestrina ricomincia a suonare. Olga guarda la pista da ballo che si riempie di persone e alza le spalle. «Non mi va di ballare.»

«Tesoro», dice Mamme dolcemente, stringendola forte a sé. «È tutto il pomeriggio che hai una faccia da funerale. Dimmi, hai la luna storta?»

«No, no, nessun funerale», risponde Olga, sforzandosi di sorridere. «Ma, in effetti, la luna forse è un po' oscurata da nuvole cariche di pioggia...»

Da settimane sul lago si addensano grosse nubi. E, da settimane, il primo sguardo di Olga, appena esce all'aperto, è rivolto al cielo. Quando non piove, è così freddo e fosco che l'umidità penetra fin nelle ossa. L'inverno, quella lunga e infinita attesa, si è trasformato in un cupo anticipo di primavera. Si fa fatica a sopportare l'oscurità, e anche il locale, nonostante le sue numerose finestre e le luci accese, appare tetro e freddo. Per quanto sia bello sedere lì, con un tempo simile il freddo si infiltra tra le finestre a tutta parete e non c'è mai abbastanza caldo, per quanto il fuoco nella stufa di maiolica al centro della stanza crepiti senza sosta.

Lotte si stringe a suo padre. «La pioggia non c'entra niente. È stato solo un gruppo di cafoni che ci ha spaventato mentre portavamo l'acqua della sorgente. Addio alla pura bellezza...»

Olga guarda l'amica e pensa che in qualche modo lei sia già la pura bellezza... Aggraziata come Mamme, con le labbra carnose, il naso ben disegnato e i lunghi e folti capelli biondi. E tuttavia appare innocente come una bambina, cosa che aumenta ulteriormente il suo fascino sull'altro sesso. Non c'è un uomo che non si volti a guardarla con tanto d'occhi. Olga invece, con il suo fisico magro e solido, sembra ancora una ragazzetta: e se lo ripete spesso, quando si guarda nello specchio la mattina.

Pelle scompiglia i capelli di Lotte e beve un sorso di birra. «Forse ho qualcos'altro di magico da proporvi.» Prende dalla tasca un sacchetto di caramelle e lo svuota sul tavolo. «Importate direttamente dalla Svezia. Se non faranno magicamente comparire un sorriso sui vostri volti, allora non c'è niente da fare.»

Karl si serve subito «Che ne è di Annemie?» chiede, guardandosi intorno nel locale.

«Prima o poi arriverà, come il sole», assicura Mamme. E se lo dice lei, vuol dire che è così. È a Mamme che si rivolge Olga quando è afflitta da pene d'amore o le serve un consiglio su questioni da donne. Anche se i Rasmussen avrebbero denaro sufficiente per un mucchio di domestiche, Mamme preferisce occuparsi in prima persona della cucina di casa. Spesso assistita da Lotte, che è sempre pronta a contribuire a tutto ciò che rallegra i sensi. Per la sua amica un dolce non è solo un dolce, se il suo sapore è pura poesia.

Mamme ha sempre una zuppa dal buon odore sul fuoco, o un dolce in forno. Con i frutti del loro grande giardino produce marmellate oppure grappe e liquori. Olga adora l'istante in cui apre la porta di casa dei Rasmussen e trova le scale inondate dal profumo della zuppa con carne, patate e cavolo navone. Il modo in cui Mamme si prende cura di lei le fa bene, ma anche un po' male. Per quanta deliziosa zuppa mangi, non si sente mai davvero sazia: del resto, Mamme è la madre di Lotte, non la sua, pensa triste, mentre la coltre di nubi si apre e il sole fa capolino. I raggi di sole che entrano dalla finestra riscaldano le spalle di Olga. Lei fa un respiro profondo, quasi volesse inalare ogni singolo raggio di luce, così che possa riempire di fiducia le sue fibre. Quanto ha bisogno di quel benefico calore, della luce! Al contrario di Karl, che si scherma gli occhi innervosito e fa un lungo sbadiglio.

«Ancora la stanchezza primaverile, Karl?» chiede Otto caustico. «Altrimenti come si spiega che l'altro ieri non ti sei svegliato in tempo per l'esame, che era quasi a mezzogiorno?» Solleva la testa e guarda fisso il figlio.

Karl si adombra. Olga sa che non dormiva, ma aveva saltato l'esame di scuola per affrontare invece quello di ammissione alla scuola della Luftwaffe. Posa una mano sopra quella del fratello, ma il volto di Karl torna a illuminarsi solo quando Annemie si presenta al tavolo con un vassoio pieno di bottiglie di *Osterbrause* e gli sorride, mostrando le fossette sulle guance. Karl dice sempre che quelle fossette lo fanno impazzire.

«Santo cielo, Otto!» interviene Pelle dopo che tutti hanno assaggiato un sorso della famosa bevanda gassata svedese. «Ma non ti ricordi come eravamo alla sua età? Di sicuro anche tu, almeno una volta, avrai preferito restare a dormire e saltare un esame dopo una notte in cui eri sbronzo di birra... Eppure nella vita hai comunque combinato qualcosa.» Fa una risata fragorosa. «Lascia che i giovani si godano la vita, finché possono! E dovremmo farlo anche noi.» Si volta verso Mamme: «Balliamo, tesoro?».

Mentre i due, tenendosi a braccetto, si avvicinano lentamente al centro della pista da ballo, Lotte chiede a Olga sottovoce: «Ma dove sono finiti Fritz e Gero?».

Olga fa spallucce e si guarda intorno.

«Se Gero arriva dopo sua sorella, vuol dire che è dalla sua amante segreta», risponde asciutta indicando con un cenno

Annemie, che spilla birra al bancone accanto a Adam. Durante i fine settimana e nei giorni di festa il polacco dà una mano dai Meier: di solito lava le stoviglie nella cucina sul retro, perché papà Meier non vuole che i suoi clienti siano costretti a vedere quella «faccia da slavo». Quando i loro sguardi si incrociano, Olga e Adam si sorridono in una tacita intesa. Lui appare molto stanco: le sue occhiaie sono evidentemente un segno lasciato dalla notte precedente.

Annemie guarda Olga con aria interrogativa. "Che c'è?" vorrebbe ribattere Olga. Adesso non può sorridere cortesemente a Adam solo perché lui è polacco? Annemie si mette a civettare con il tenente, appoggiato al bancone davanti a lei. Perfino dal suo tavolo, Olga riesce a vedere come spalanchi i suoi occhi verdi, incantando il soldato.

Lotte si schiarisce la voce, distraendola da quei pensieri. Olga si volta a guardare l'amica, che spinge verso di lei un sottobicchiere. Lo prende e inizia a leggere:

«*Olga del Volga,*
L'amore crea una magia
Come una rima fa questa poesia.
Un bacio o due... e poi vedrai che
In un istante diventano tre!»

Sogghignando, Lotte si porta una mano sul cuore. «Una volta che ci avrai preso gusto, Gero ti bacerà fino a farti perdere la testa», dice con aria teatrale.

«Lotte! Ti prego!» Tuttavia si sente invadere da un profondo senso di tenerezza nei confronti dell'amica.

«Olga del Volga...» Lotte inizia sempre così queste poesiole in rima che scrive da un paio d'anni, e che spesso correda di disegni divertenti. Testimonianze in versi del suo affetto. Olga le ha conservate tutte, incollandole con cura in un quaderno.

Lotte sospira. «L'amore è tutto, dice il cuore.»

«E la ragione?» chiede Olga di rimando.

«Perde sempre contro il cuore, credimi. Sempre!» Olga è convinta, piuttosto, che Lotte risenta delle letture di quei terribili romanzi d'amore della biblioteca di Mamme, per esempio quando afferma che a ogni sguardo di Fritz sente ribollire nel cuore una calda ondata di tenerezza che la infiamma nell'intimo. Com'è kitsch!

Cerca di capire se anche lei provi qualcosa di simile per Gero. Certo, è sempre estasiata dalle fossette che si formano sul suo volto quando ride. Come anche dalle piccole rughe intorno ai suoi occhi verdi – simili a quelle di Annemie – o dalle ciocche ribelli dei suoi capelli biondi che non vogliono saperne di restare pettinate all'indietro. Ma lui la tocca nel profondo, si sente addirittura ardere per lui? E poi che cos'è la parte più profonda di sé, l'anima? Quanto pesa lo sa da tempo: ha lo stesso peso di un piccolo martin pescatore. Ma dove si trova, come la si raggiunge, come la si fa vibrare? Il suo sentimento per Gero non dovrebbe somigliare al suono di una cantata di Bach, che si dirama dallo stomaco e scava dentro di lei fino al nucleo più profondo del suo essere? La vista di lui non dovrebbe commuoverla come quella di un gattino appena nato, che viene sospinto delicatamente dalla madre? Ma per quanto cerchi di ascoltare dentro di sé, non coglie niente di simile.

Cosa aveva detto Annemie quella mattina? « Per farti toccare da lui, devi toccarlo tu.»

Sì; se Dio lo vorrà, anche in lei arderà l'amore.

«Ah, Lotte!» Si stringe alla sua amica. «Ti voglio un bene enorme.»

«Anch'io.» Lotte la cinge con un braccio. «Sai? Credo che Fritz non piaccia a papà. Preferirebbe vedermi con uno svedese. Loro tra l'altro sono neutrali, dice. Mi ripete sempre che quando saremo in Svezia quest'estate troverò ad aspettarmi un'intera orda di pretendenti.»

Finora Olga era andata tutti gli anni con i Rasmussen sull'isola di Öland, dove hanno una casa estiva. Ma da quando era scoppiata la guerra non c'era più stata. È vero che ufficialmente quel paese è neutrale, ma proprio per questo gli scandinavi non sono ben disposti nei loro confronti. Secondo Pa, potrebbe tornarci la prossima estate; le notizie dal fronte orientale lo preoccupano, ma dopo aver fatto la maturità Olga ha avuto così tanto da fare nell'ambulatorio del nonno, che non ha trovato il tempo per una vacanza.

D'un tratto si accorge dello sguardo irritato del padre: non gli piace quando gli altri sussurrano. Tuttavia fa finta di niente. «Tuo papà scherza, come sempre. Cosa dovrebbe mai avere contro Fritz?»

Ora Otto si schiarisce la voce ostentatamente. Ma Lotte continua a parlare.

«Il fatto che è stato cacciato dalla Hitlerjugend, il fatto che è un piantagrane, il fatto che si sa così poco della sua famiglia... E poi» – si interrompe per un istante – «il fatto che forse è di dubbie origini.»

Olga deglutisce. Lei sa più di quello che vorrebbe, per lo meno riguardo a suo zio. Ma Lotte ha ragione. Non sanno molto su Fritz. A proposito dei suoi genitori ha raccontato solo che venivano da Neustettin, nulla di più. Sua madre era venuta un paio di volte a trovarlo, ma lui non l'aveva presentata agli amici.

«Possiamo scambiarci di posto?» La domanda di Karl la distoglie dai suoi pensieri. «Il sole mi abbaglia.» Sembra un po' teso.

«Sei proprio una mammoletta, Karl.» Suo padre scuote la testa con disapprovazione. «Non sei adatto né per lo studio né per il fronte.» Fa una smorfia di disprezzo, e la cicatrice che gli attraversa la guancia dall'angolo sinistro della bocca all'orecchio si increspa. Se l'era procurata all'epoca dell'università, in uno di quei duelli frequenti tra le associazioni di studenti: la seconda dimostrazione di coraggio oltre allo sparo alla coscia durante la Grande guerra. A quanto pare, questo lo autorizza a dare giudizi sul coraggio e la codardia degli altri.

«Com'è il detto, papà? Sono proprio gli incapaci a essere capaci di tutto...» ribatte Karl squadrandolo.

Olga è sorpresa. Non ha mai visto il fratello così aggressivo. Forse è una specie di resistenza anticipata, per temprarsi in vista dell'ormai prossimo scontro sul suo futuro senza medicina.

Otto fissa il figlio, quasi volesse ipnotizzarlo. Si sente sfidato, è ovvio, ma dove vuole arrivare Karl?

«Capaci di cosa?» gli chiede sprezzante. «Di prendere decisioni stupide o di mentire al proprio padre? Altro che "esame perso per aver dormito troppo"!» Gli lancia un telegramma attraverso il tavolo e beve un sorso di birra. «Ma cosa ti è saltato in mente?»

Karl legge il telegramma e salta su esultando. Prende la sbalordita Annemie, che si è avvicinata per portare via i bicchieri vuoti, e la fa girare vorticosamente.

«Grandioso! È incredibilmente grandioso! Annemie, diventerò pilota di caccia!»

«Scusa, Karl», dice lei ridendo mentre cerca di liberarsi, «ma il primo ballo l'ho promesso al mio signor ufficiale.»

Olga è contenta di vedere Karl felice, ma al tempo stesso sa cosa ciò significhi. Ha la bocca secca, le tremano le mani. Sente salire l'ansia. È come se dovesse rallegrarsi per la peste o il colera. Perché, che venga mandato sul fronte orientale come soldato sanitario o faccia piroette nell'aria – in entrambi i casi correrà rischi spaventosi. Sono pochi quelli che ritornano interi, questo lei lo sa bene.

«Come hai osato presentare domanda alle mie spalle?» tuona Otto. «Cosa diavolo ti è saltato in testa?»

In quel momento Fritz si avvicina al tavolo e fa per riempirsi un bicchiere. «Posso...?» chiede.

Lotte salta su.

«Certo che puoi!» esclama esultando. Poi lo prende a braccetto e lo trascina sulla pista da ballo. Al tavolo restano solo i Blume.

«Non mi va più di stare ad aspettare che succeda qualcosa», prova a spiegare Karl. «Mi annoio terribilmente. Io non voglio semplicemente sentir parlare o leggere della guerra – io voglio esserci, voglio sentire il sangue che mi scorre rapido nel corpo come il cacciabombardiere sfreccia nei cieli!»

«Io, io, io...» Otto scimmiotta suo figlio. «Uno stupido blaterare di avventura, emozione e adrenalina: questo è tutto quello a cui riesci a pensare, Karl! Ma la vita è una cosa seria, ragazzo mio. La guerra è una cosa seria!»

Ha ragione. La guerra a Karl interessa poco, così come il Führer. Lui non sa dove dirigere le sue energie, è alla ricerca dell'esaltante sensazione di essere vivo, vuole percepire sé stesso.

Ma è possibile che anche lui non abbia tutti i torti? Forse bisogna vivere molto intensamente, se si sa che tutto potrebbe finire in fretta?

«Cosa c'è di sbagliato nel non prendere tutto così seriamente?»

«Indovina un po'!» borbotta suo padre. «Oltre ad avventura, emozione e adrenalina, c'è qualcos'altro nella vita: il lavoro. La guerra è dura, figlio mio.»

«Io sono più duro», ribatte Karl ostinato.

Otto scuote il capo. «Tu non sei più duro, solo borioso», replica. «Ignorante, temerario, spericolato.» Sbuffa. «Tu pensi che la guerra sia un grande gioco per studenti di medicina annoiati. Ma qual è la posta? La tua vita?»

15.

25 APRILE 1943, GINSTERBURG

Il padre di Olga batte violentemente la mano sul tavolo, tanto da far tremare i bicchieri di birra mezzi vuoti. «Hai perso la ragione?» urla, e per la prima volta Olga vede nei suoi occhi qualcosa che sembra panico. Capisce che ha paura, paura per suo figlio.

Quando Pa, allarmato da quel chiasso, si avvicina a loro, Otto gli riferisce le novità con voce tremante, e anche il nonno reagisce con sgomento. «Breve è l'illusione, ma lungo il pentimento», dice, appoggiandosi con le braccia al tavolo. Anche in lui è evidente il timore per Karl.

«Dovreste essere contenti che non sono uno scansafatiche», si difende Karl. «Diventerò un vero e proprio eroe dell'aria, vedrete!»

«Essere uomo sarebbe già abbastanza, ragazzo mio», dice Pa a bassa voce, guardando il nipote.

«Non lo faccio per divertimento, ma per amore della patria!»

Olga scuote il capo in silenzio. Amore della patria? Sì, forse anche quello. Ma ciò che lo muove è soprattutto amore di sé stesso, vanità.

«Non è onorevole», sussurra Pa, «morire per una patria che ricopre il resto del mondo di sporcizia, sangue e violenza. È stupido!»

Rovista nella tasca, tira fuori la sua pipa e la infila in bocca. Con gesti pacati, apre il coperchio della tabacchiera, riempie il fornello di tabacco e lo preme con forza. Poi accende la pipa con un fiammifero, mentre Karl aspetta il resto della predica. I movimenti del nonno sono più lenti del solito, quasi cercasse di controllare quel leggero tremore che si sta via via impossessando delle sue dita. Finora lui l'ha liquidato come un evento occasionale dovuto all'età, ma il fatto che ultimamente demandi sempre più spesso a Olga i prelievi di sangue e le suture la porta a ritenere che non si tratti di uno sporadico segno di affaticamento. Sebbene sia normale che un uomo a metà della settantina non abbia più le energie di un giovane, lei si meraviglia che il nonno non vada più nel bosco, né per cacciare né per «annusare la vita».

«*Respice finem*», continua Pa, dopo aver acceso la pipa. «Rifletti alla fine, e chiediti se i coraggiosi non siano gli stupidi e i codardi gli intelligenti.»

«Abbassa la voce, nonno! Quello che dici è disfattismo, potresti esser fucilato per questo», lo ammonisce Karl.

«Basta!» tuona suo padre pestando il pugno sul tavolo, così forte da far sobbalzare anche il suo cane. «Non parlare così a tuo nonno! E vorresti dirmi chi subentrerà nell'ambulatorio?» gli domanda.

Olga non potrebbe immaginare niente di più bello che poter succedere a Pa. E prende la parola: «L'ambulatorio posso mandarlo avanti io». Se passa l'esame di ammissione potrà iniziare a studiare già in autunno. Tuttavia lei stessa è stupita di aver parlato solo con un filo di voce.

Suo padre fa finta di non averla sentita e continua a fissare Karl. Irritata, lei si chiede, non per la prima volta, come mai non si prenda lui stesso, in quanto figlio di Pa, la responsabilità di salvare l'onore dei Blume. In fondo è un medico, anche se solo un medico da scrivania che si limita a svolgere i compitini, come aveva sentito dire una volta al nonno durante una litigata. Per qualche secondo c'è un silenzio carico di tensione, interrotto da qualcuno che si schiarisce la voce. È Gero, che si è avvicinato al tavolo senza che nessuno ci facesse caso.

«Signorina, mi concede questo ballo?» chiede a Olga, offrendole il braccio. Poi, rivolto a suo padre: «Lei permette?». Appare molto orgoglioso, nella sua uniforme.

Olga non ha nessuna voglia di ballare, ma ancor meno desidera continuare ad assistere a quella discussione familiare.

«Vuoi rilevare l'ambulatorio?» le chiede lui divertito, una volta che si sono allontanati dal tavolo. «Stai scherzando...»

Olga sfila il braccio da quello di Gero e gli si piazza davanti. «E perché non dovrei farlo?» Come se lui non sapesse nulla dei suoi progetti di studiare medicina. Gero crede davvero che lei si sentirebbe realizzata diventando moglie e madre? «Forse perché la forza del sesso femminile non sta nell'intelletto ma nel corpo e nell'anima, eh?» Olga sa che quelle parole sembrano cadere dall'alto, ma è troppo arrabbiata.

Gero la guarda stupefatto. «No, naturalmente no. Intendo solo dire... se vogliamo un giorno sposarci e avere dei figli.»

«È quello che vogliamo?» gli chiede lei, e allunga il collo verso Annemie, che volteggia per la sala con il suo ufficiale della Wehrmacht gettando all'indietro i lunghi capelli castani e facendo risuonare la sua risata gorgogliante.

Olga non è in vena di ridere.

«Naturalmente, fiorellino mio. Quando tornerò dalla guerra. E avremo almeno quattro figli», dice Gero. Il suo sguardo è così penetrante che Olga distoglie il suo e si volta verso Mamme, che mentre ancora sta ballando prende la mano di Pelle e la posa sul proprio ventre, mentre lui con l'altra mano la fa piroettare. Olga si fa aria con la mano e non riesce a staccare gli occhi dalla coppia. Perché Gero non è intraprendente come Pelle? Ma forse è meglio così. Il pensiero che Gero possa essere anche passionale le incute uno strano timore. Per il momento è sufficiente avvicinarsi l'uno all'altra, lasciarsi toccare e guidare da lui. Sente il calore diffondersi nel suo corpo fino alla punta delle dita: una bella sensazione, che le piace più delle parole di Gero.

Lui le mette un dito sotto il mento e lo solleva. «È per questo che sei così sconvolta, vero?»

Olga si stacca da lui. Di cosa parla? «Che vuoi dire?»

«Conosco il dolore che si prova quando la madre muore e si viene in qualche modo sostituiti. È successo anche a me, quando mio padre ha sposato la mia matrigna.»

Olga non conosce né il dolore di Gero né il proprio. Non ha nemmeno conosciuto sua madre. Sebbene nei suoi sogni appaia decisamente viva: bellissima, gentile, generosa, con un gran senso dell'umorismo – tutto quello che suo padre non è.

«Non so di cosa parli.»

«Il modo in cui guardi la signora Rasmussen, come se il fatto che aspetti un altro figlio ti spezzasse il cuore.»

Olga torna a guardare verso Mamme e Pelle, e d'un tratto quello che Gero intende le diventa chiaro: la mano sul ventre, la Spezial Hell che lei non ha bevuto, quell'espressione beata sul suo viso... Mamme è in dolce attesa! Dopo tutti quegli anni in cui aveva creduto di essere diventata sterile... Gero aveva percepito il dolore di Olga prima ancora che lei lo sentisse, prima ancora che la sua mente potesse comprendere cosa significhi perdere anche l'altra madre. Turbata, sposta lo sguardo da Mamme a Gero, poi con uno strattone si svincola da lui e corre fuori. Una volta arrivata sulla terrazza sull'albero, resta ferma a osservare il lago, mentre con le dita sfiora il braccialetto che Mamme le aveva regalato per il suo tredicesimo compleanno, l'eredità che non spetta più a lei ma al bambino che Mamme porta in grembo.

Gero la raggiunge.

«Ti prego, non fraintendermi», le dice. «Di colpo sembravi così smarrita...» aggiunge mettendosi accanto a lei. «Non volevo ferirti, ma proteggerti...»

Lei gli prende la mano e la stringe. Lui è la spalla fidata, uno che sente il suo dolore prima ancora di lei, uno che si lascia toccare da lei, al contrario di suo padre.

Dentro, l'orchestrina suona la canzone di Evelyn Künneke *Haben Sie schon mal im Dunkeln gekusst?* Ha mai baciato al buio? "Nemmeno alla luce", vorrebbe dire lei, e d'un tratto sa cosa deve fare. Non può continuare ad aspettare che sia Gero a fare il primo passo. Solleva la testa con decisione, schiude leggermente le labbra e lo guarda intensamente negli occhi, in attesa di un bacio. Ma lui non reagisce. A quel punto, con audacia, è lei a premere le labbra su quelle di lui. Ma il risultato è tutto il contrario di quell'immagine romantica che lei si era creata nella mente. I baffi sopra il labbro superiore pungono, e il bacio non sa nemmeno di miele.

Gero si irrigidisce di colpo, la lascia fare ma poi fa un salto indietro.

«Ma che ti ha preso?» grida, boccheggiando. In lui il bacio pare aver provocato nient'altro che sconcerto: sembra imbarazzato e indignato allo stesso tempo. «Tu non sei una di quelle.»

Le parole di Gero stridono nelle orecchie di Olga, le bruciano nella mente e nel cuore. Sente gli occhi diventare umidi, e la rabbia travolgerla. Rabbia nei confronti di Annemie, che le ha messo la pulce nell'orecchio, rabbia nei confronti di Lotte, che non parla d'altro che di baci, rabbia per aver capito che Gero al massimo nutre per lei sentimenti tiepidi, vista la sua reazione così scontrosa.

«Una di quelle», lo scimmiotta. Sta tremando, per la collera ma anche per la vergogna. «Siate castigate, pure e ammodo... Parli come le responsabili della Bund Deutscher Mädel!»

«E tu ti comporti come una donna di strada», ribatte Gero, visibilmente agitato. Nei suoi occhi c'è disperazione, ma lei non se ne cura. «Va bene, Olga, ma queste cose non le fa nessuna donna che si rispetti.»

«Adesso sei il guardiano della mia morale, solo perché ora sei una recluta e obbedisci a tutti gli ordini? O cosa? Non devo chiederti il permesso, non sei tu a dirmi se posso o non posso fare qualcosa», replica lei.

Per qualche istante, tra loro regna il silenzio.

«Da come parli», riprende Gero alla fine, scuotendo la testa, «sembra quasi che tu voglia trasformarti in un uomo. Tu e le tue stupide idee... Ma non lo sai che l'aspirazione all'uguaglianza è un'invenzione degli ebrei, che vogliono distruggere il predeterminato sistema fondato sui generi?»

Olga storce la bocca in una smorfia di derisione. «Qualcosa che manderebbe in malora la millenaria cultura del popolo tedesco, ma certo!» È convinta che Gero non sia un nazista. Semmai crede di esserlo, perché lo è suo padre. A volte deve giocare al bravo Bannführer, per dimostrare a sé stesso di non essere più lo zoppo codardo che crede Meier. Se solo sapesse quanto sembra stupido in quei momenti!

«Cultura alla quale, del resto, tu e tuo padre non contribuite granché, se non ripetendo a pappagallo tutte quelle sciocchezze. Prendi esempio da Fritz, e pensa, prima di aprire la bocca. O, meglio ancora, tienila chiusa!» In quello stesso istante Olga si vergogna del suo squallido tentativo di farlo ingelosire. Lei sa che Gero, segretamente, considera Fritz un rivale. Si misura costantemente con l'amico, di un anno più giovane: chi pagaia più veloce sul *gilu,* chi fa il tuffo più elegante dal ponte, chi vince nel salto in lungo? Perché Fritz ha fatto la maturità e Gero no? Forse Gero non l'ha mai perdonato per il fatto che Lotte abbia scelto lui.

E in effetti ora sul suo volto compare uno sguardo angosciato, e Olga si sente come se avesse sgridato un cucciolo uggiolante.

«È così che mi vedi? Cosa sono, un pupazzo?» Lo chiede in un modo che lo fa sembrare vulnerabile, come se fosse lui la vittima, e non lei. La vittima di Olga.

«Preferiresti uno come Fritz, che non ha bisogno di niente e di nessuno? Nessuna regola, nessun consiglio, nessun riconoscimento né aiuto? Uno con un'autostima così esagerata? È questo che fa impressione su di te?»

Nel suo sguardo, nei suoi gesti, c'è un misto di invidia e disperazione per quello che lo differenzia da Fritz.

Olga sente di nuovo salire la rabbia, ma non riesce a trattenersi. Karl dice sempre che lei è come un vulcano: se sta per esplodere, si salvi chi può!

«Ci puoi scommettere!» Alza la voce. «Mille volte meglio di uno che si mette obbediente sull'attenti come te!» Non capisce come quei due abbiano potuto fare amicizia, tanto sono diversi. Forse dipende dal fatto che entrambi si erano invaghiti di Lotte e volevano tenersi d'occhio a vicenda. Finché Gero non ha pescato la pagliuzza più corta, cioè Olga.

Lui resta lì a fissarla, ma il suo sguardo non suscita in lei alcuna compassione, come se tutto rimbalzasse sulla corazza che ha eretto intorno a sé. Quel dolore non le appartiene più.

Tuttavia, anche gli occhi di Gero non riflettono solo pena, ma pure tutta la sua collera. «Forse ti ritieni migliore perché vieni da una rispettata famiglia di medici, mentre io sono solo lo stupido figlio dell'oste con un'istruzione elementare?» Si sporge, appoggiato al parapetto della terrazza, e guarda verso il lago. «Pensavo che tu facessi sul serio con me, che vedessi in me qualcosa che nessun altro vede.»

«E cosa sarebbe?» domanda Olga, sapendo di suonare perfida.

Gero torna a guardarla. «Con il tuo bacio volevi solo vedere fin dove potevi arrivare, nient'altro.»

Lei lo fissa sbalordita, senza capire. Nemmeno quando lui all'improvviso la lascia lì e scende le scale.

«Quale bacio?» gli grida dietro. «Perché quello era soltanto un mezzo bacio, e sapeva solo di baffi!»

Quando Olga rientra nella sala della locanda, al tavolo ci sono solo Lotte e Fritz. Lotte sommerge Fritz di chiacchiere e ride senza sosta, ma tutto il suo abile battere di ciglia non pare avere l'effetto desiderato. Fritz, con aria un po' annoiata, guarda Olga che si siede accanto a loro e si picchietta sotto l'occhio sinistro con il dito – il vecchio segnale segreto di quando erano ragazzini.

Olga dà un'occhiata alla pista da ballo e vede che Annemie sta ancora fluttuando con il suo soldato. Scuote la testa e butta giù un sorso di Spezial Hell. Per lo meno Annemie sembra divertirsi. Quando il brano finisce, l'amica si avvicina a loro con il suo corteggiatore. Entrambi hanno le guance arrossate.

Il militare fa il saluto nazista e si presenta: «Tenente Rosenbaum!».

Fritz si alza. «Non è un piacere», dice, stringendogli la mano.

Il tenente è troppo allibito per rispondere immediatamente.

«È un onore», aggiunge Fritz energico.

Sollevato, il soldato scoppia a ridere. «Magnifico, davvero magnifico!» dice. La risata gli fa subito perdere il suo aspetto passabile. Il viso ben delineato con i begli occhi scuri si contrae in una smorfia, e la bocca si spalanca al punto da scoprire una fila di denti storti. Al pensiero che Annemie l'ha baciata, Olga si sente male.

«Come ha detto di chiamarsi? Rosenbaum?» chiede Fritz grattandosi la testa. «Rosenbaum, Rosenbaum... Non sarà mica parente di quell'Ignatz Rosenbaum che possiede un'azienda tessile qui in città?» Si interrompe di colpo. «Mi correggo: possedeva.»

Olga sa bene a che gioco sta giocando Fritz con il tenente. È in ottima forma, e a Olga viene in mente Gero e quello che aveva detto sul suo amico e sulla sua autostima: incrollabile e completamente priva di paura. Il sorriso di Rosenbaum si fa gelido all'istante.

«Come si permette?»

Fritz alza le mani in segno di resa. «Lungi da me contestarle la purezza della razza», dice. «Ma è lecito farsi delle domande quando si vede uno con un nome che non è tipicamente tedesco ballare con una signorina tipicamente tedesca, tenente Rosenbaum!»

«Allora può stare tranquillo: con gli alberi genealogici di entrambi i miei genitori si può risalire fino alla guerra dei Trent'anni e all'imperatore Ferdinando II. Più nordici di Capo Nord, come direbbe mio padre!»

«È tutto quello che volevo sentire.» Fritz gli dà una pacca sulle spalle. «Altrimenti come si spiegherebbero tutte le sue medaglie al valore?»

Il tenente abbozza un sorriso, sebbene un po' forzato.

Fritz fa una faccia leggermente imbarazzata. «Si figuri che, per determinare la nostra idoneità al servizio militare, il mio insegnante di studio delle razze umane, poco prima della maturità, ha calcolato il nostro indice cefalico e l'altezza morfologica del volto. Ha misurato ogni singolo cranio con metro e compasso. Cosa pensa che ne sia venuto fuori?»

Il tenente alza le spalle.

«Miscugli della peggior specie.» Fritz sospira e fa una lunga pausa. «Tutti i maturandi di quest'anno erano fatti di una pasta scadente. Più della metà presentava evidenti tratti dell'Est, slavi: orecchie distanziate, fronte sfuggente, notevole ampiezza cranica, naso lungo, canini sporgenti – c'era tutto.»

Olga non fa in tempo a guardare la bocca del tenente perché lui la chiude in fretta per non mostrare i suoi denti storti.

Anche lei tiene la bocca chiusa, ma solo per nascondere una risata. È impressionata dalla parlantina sciolta di Fritz, sebbene la sua audacia si trasformi spesso in spavalderia.

«Nessuno», aggiunge Fritz. «Nemmeno uno aveva le carte in regola per essere un prode soldato tedesco. Così ha detto il nostro insegnante.» Fritz tamburella col dito sulla croce di cavaliere del tenente. «E sa perché?» Fa un'altra pausa. «Perché nessuno dispone di un cranio ideale, esempio di ariana perfezione, come lei. Non sorprende che la nostra Annemie non desideri altro che sposarla qui su due piedi.»

Olga immagina Fritz fregarsi le mani compiaciuto dentro di sé, mentre batte il nazista al suo stesso gioco.

Annemie, invece, trova Fritz tutt'altro che divertente. Ha le guance in fiamme.

Il tenente deglutisce e la guarda.

Proprio ora che la cosa si stava facendo interessante, il signor Meier e Gero si avvicinano al tavolo. Lo sguardo di Olga sembra oltrepassare Gero, come se lui non esistesse – le viene spontaneo, non può farci niente. Meier, che ce l'ha tuttora con Fritz per la sua cacciata dalla Hitlerjugend, gli lancia un'occhiataccia.

«Il ragazzo sta creando ancora problemi?» chiede al tenente in tono servile. Annemie sostiene che suo padre fa salamelecchi a chiunque porti un'uniforme perché lui non ha mai potuto indossarne una.

«Si vede che il mio istinto per la razza mi ha abbandonato per un istante. Vedo ebrei anche dove non ce ne sono», continua Fritz, sorridendo a Meier e figlio con aria così innocente che chiunque crederebbe alla sua sincerità. Quel teatrino gli procura un'intima gioia, e Olga se ne accorge.

«Forse sto impazzendo... Ma se il signor tenente nutre serie intenzioni di matrimonio con la signorina Annemie» – Fritz rincara la dose – «allora posso rassicurarla, signor Meier. Nessuno sposo potrebbe essere più ariano di questo ariano e più militaresco di questo militare. Hanno la benedizione del Führer, sono pronto a scommetterci.» E, baldanzoso, fa il saluto verso il ritratto di Hitler alla parete.

«Matrimonio?» Il tenente sbianca in volto.

16.

26 APRILE 1943, GINSTERBURG

«Cosa ci fai qui?» gli chiede Olga uscendo dalla finestra della villa dei Blume per raggiungerlo sulla terrazza fra i rami dell'olmo.

Fritz guarda l'orologio. «Sono le cinque e mezzo. È l'ora del martin pescatore.»

«L'ora del martin pescatore?» ripete lei.

«Quel momento sublime in cui il martin pescatore si getta a sangue freddo sulla sua colazione a base di pesce», spiega Fritz. «Per poter poi covare sazio e felice tutto il santo giorno, così che tu possa osservarlo.»

Olga non ha la più pallida idea di come Fritz possa essere a conoscenza della sua abitudine di sedersi davanti alla finestra aperta per osservare il suo uccello preferito con il binocolo di Pa, sempre al mattino presto, da aprile a maggio, quando quelle bestioline, altrimenti molto timide, si scavano i nidi per la cova sulle sponde del lago e ne escono prima dell'alba per le loro scorrerie quotidiane.

«Come fai a saperlo?»

«So tutto di te», replica Fritz, ora serio. Si arrampica più in alto, tra i rami dell'olmo, e da lì le grida: «Ma non di Meier. Pensi che il divieto di accesso alla casa comprenda anche la terrazza sull'albero, Wicca, e mi toccherà restare quassù?».

Fritz è stato dichiarato persona non grata da papà Meier e bandito a vita dalla loro casa perché, in quel santuario della germanicità che è la locanda, ha bollato il tenente come ebreo. E Meier non è l'unico ad accusare Fritz. Dopo la fuga precipitosa del tenente, anche Gero aveva rimproverato il suo migliore amico. Aveva detto che Fritz spesso oltrepassa la misura, cosa che secondo Gero dipende – come ha dichiarato davanti a tutti – dal fatto che gli manca un padre, una mano ferma. Un'affermazione che ha gonfiato d'orgoglio il petto di Meier: tutto è stato fatto come si doveva.

Ogni volta che Olga ci pensa, le vengono i sensi di colpa. Perché sa che le dure parole di Gero in realtà erano per lei e che l'amicizia tra i due giovani si è incrinata a causa sua, e non a causa del tenente. Lei è la zizzania che si è messa tra loro, lei e le sue frasi sprezzanti.

È sicura che Fritz, dopo quella cacciata, non lascerà perdere, e la consapevolezza di quanto lui possa essere imprevedibile non fa che rinforzare il suo brutto presentimento.

«Certamente no», risponde dopo un po'. «Torna giù. Non ho sentito Meier parlare di un divieto di accesso all'albero.»

Fritz, convinto, scende di nuovo da lei. Ma poiché non vuole metterla nei guai, le propone per sicurezza di spostarsi nella parte di terrazza che affaccia sul terreno dei Blume.

«Se compare il *guardiano dell'albero*, scendo velocemente appendendomi ai rami come Tarzan e sparisco, promesso!»

Appena si siedono, Olga scorge sul salice piangente, a nemmeno cinque metri da loro, un esemplare particolarmente grazioso di martin pescatore che scruta dall'alto la propria preda. Dev'essere lo stesso che aveva visto la primavera precedente, il suo martin pescatore, perché è appollaiato proprio sul suo ramo preferito e presenta quella insolita colorazione verdognola sul capo. Come sempre, quando ne vede uno, Olga solleva leggermente la mano e gli manda un saluto. Non si sa mai.

"Salutami la mamma", pensa, e caccia giù le lacrime.

Una striscia turchese corre dal collo alla coda, dando luminosità al blu della schiena, che a sua volta spicca in contrasto con il petto arancione. Olga passa il binocolo a Fritz. A turno, osservano attraverso le lenti come l'uccello resti immobile per lunghi minuti, puntando il suo obiettivo. Poi si sente un acuto *tjii* prolungato, ed ecco che il volatile si fionda in acqua. Appena la preda è stretta nel lungo becco a pugnale, il martin pescatore torna su con un colpo d'ali e sbatte più volte contro il tronco il pesce che si dibatte, dopodiché lo ingoia intero e vola verso l'argine, dove probabilmente ha il suo nido. Pa ha raccontato a Olga che l'uccello poi rigurgita il pesce e con il vomito nutre i suoi piccoli.

Olga si copre gli occhi con le mani e sospira fingendo sdegno: «Come può un essere tanto meraviglioso e luminoso essere così brutale? Come un lupo travestito da agnello – anzi, da uccello...».

«O, ancor meglio, nascosto sotto un piumaggio che ha "la lucentezza della seta"», replica Fritz con tono teatrale. «"E d'un blu chiaro e brillante, che ai raggi del sole gioca come uno zaffiro e ha lo splendore del turchese." Non ho mai visto un assassino più bello.»

«La sua bellezza ti annebbia la mente?» gli chiede lei divertita.

«Semmai la tua», risponde lui scuotendo il capo, e Olga non saprebbe dire se il gesto sia rivolto a lei o a sé stesso. «Sono parole di Georges Louis Leclerc de Buffon, non mie. Le ho cercate per fare colpo su di te. Per quanto tempo riesci a resistere sott'acqua?» Cambia discorso all'improvviso, quando vede un cigno immergersi di fronte a loro.

«Di sicuro non tanto quanto una sirena», risponde lei con un sorriso.

«Lo sapevi che il martin pescatore è anche una dea tramutata in uccello?»

Olga fa segno di no con la testa.

«Alcione, la figlia del dio dei venti Eolo, era così follemente innamorata del marito che quando lui annegò in mare volle raggiungerlo, scegliendo la stessa morte. Si gettò in acqua, ma prima di andare a fondo fu trasformata dagli dei in un martin pescatore. Disperata, volò lungo le coste finché non trovò il corpo dell'amato, trasportato a riva dalle onde. Nell'istante in cui si posò su di lui, anche il marito si tramutò in un martin pescatore.»

«È così che è andata?» Olga sorride, ascoltando il familiare fruscio del vento. «Ma è terribile!»

«Terribile? La coraggiosa Wicca ha paura della morte?»

«Lasciarsi annegare per un uomo, intendo. Chi farebbe una cosa del genere?»

«Una persona innamorata», risponde Fritz divertito. «L'amore è eterno, e quello era il suo modo per amare in eterno. Da Romeo e Giulietta in poi, anche i bambini sanno che amore e dolore, amore e morte sono inscindibili l'uno dall'altro.»

«Che ne sai, tu, dell'amore?» ribatte lei, d'un tratto seria. «Tieni sulla corda Lotte e non ti accorgi nemmeno di quanto è triste.»

Fritz ammutolisce e si limita a guardarla. Per sdrammatizzare la situazione, Olga lo stuzzica aggiungendo: «Se fossi un martin pescatore, le porteresti un pesce come segno della serietà delle tue intenzioni. È ora di sposarsi.»

Dopo aver esitato qualche istante, lui risponde: «Hai ragione, l'amore è una cosa per martin pescatori... o per piccioncini. Grazie a Dio abbiamo anche un cervello. Per lo meno alcuni di noi. E questo è più importante.»

«Più importante dell'amore?» chiede Olga. «Del matrimonio? Eppure tu stai con Lotte!»

In giugno i Rasmussen si trasferiranno in Svezia perché gli affari di Pelle non vanno molto bene. Gli alleati pensano che la Germania non sia un buon partner commerciale e chiedono agli svedesi di ridurre le esportazioni e prendere posizione. È quello che Pelle intende fare progettando quel viaggio, ma Lotte non è d'accordo, vuole restare lì con Fritz, e le nozze sarebbero la soluzione più semplice. Perché Fritz non lo capisce?

«Adesso sto con te, o vedi qualcun altro seduto qui? Deve cercarsi un altro stupido per i suoi progetti matrimoniali. Io, in ogni caso, non intendo sposarmi.»

Olga lo guarda attonita. Come può parlare così? Sta per ribattere qualcosa – anche se non sa ancora esattamente cosa – quando sente un fruscio. Guarda in alto, tra le foglie della corona. Uno scoiattolo dalla coda folta gironzola sui rami, per nulla disturbato dagli spettatori al piano di sotto.

Fritz segue il suo sguardo. «Cieca da un occhio, sorda dall'altro.» Sbuffa. «Lotte semplicemente non vuol vedere né sentire niente. Non si accorge di quello che accade intorno a lei – o non vuole accorgersene. Altrimenti ammetterebbe che di questi tempi non c'è spazio per i sogni da adolescente. Io non sono un trofeo di caccia.»

Olga fa una smorfia. «Sogni da adolescente?» ripete. Alle ragazze tocca sentirsi dire continuamente che l'unico scopo della loro vita sta nel trovare un marito e formare una famiglia, e ora Fritz usa questo argomento contro Lotte!

«Forse per lei è più facile così», dice. «In fondo siamo ancora giovani. E i giovani non hanno il diritto di volgere ogni tanto lo sguardo altrove?»

Olga invidia la spensieratezza di Lotte. Probabilmente a volte è meglio non vedere il mondo per quello che è. Meglio che attraversare la vita, in questi tempi cupi, con la serietà e la puntigliosità di Gero, che addita persino un bacio innocuo come gesto antitedesco.

Fritz sbuffa con disprezzo. «Il diritto dei giovani...» la scimmiotta. «Questo l'hai imparato da Lotte.»

«Non essere cattivo», lo rimprovera lei, ma Fritz, invece di scusarsi, le mette premurosamente sulle spalle una coperta, probabilmente dimenticata su una sedia da un cliente. «Fa freddo, Olga.»

«Che male c'è nell'avere un po' la testa fra le nuvole e concedersi di sognare? Ognuno ha la sua tattica di sopravvivenza», insiste lei, guardandolo con aria di sfida. «Tu, per esempio! Tu sei il più grande bambinone che conosco, e con la tua disubbidienza ti ribelli contro le regole e le infrangi continuamente, come se in questo modo potessi cambiare il mondo. Lotte ti ama!»

Fritz è impietrito. «Ne sei davvero così certa? A volte il desiderio è più dolce del suo esaudimento.»

No, Olga non è del tutto sicura, conosce troppo bene la sua amica. D'altra parte, non ha mai visto Lotte combattere così a lungo per qualcuno come per Fritz.

Lui sospira. «Quando mi guarda, vede solo sé stessa. E se io...» Si interrompe e per un momento fissa Olga con uno sguardo così strano che le toglie il respiro. Lei tuttavia non lo dà a vedere.

«Invece sì, ne sono certa», si affretta a dire, guardando in basso attraverso i rami. Poi aggiunge, a bassa voce: «E credo, come Lotte, che nella vita di un uomo o di una donna ci sia solo una particolare persona che emerge su tutte le altre. E quando la si trova, lo si capisce.» Olga lo guarda negli occhi. «E voi vi siete trovati.»

«Lei ha trovato me, vorrai dire!» D'improvviso Fritz si alza in piedi. «Credimi, tu non mi conosci. Altrimenti sapresti...»

«Perché tu non racconti niente, ma proprio niente, su di te!» lo interrompe Olga.

«È meglio così, fidati», ribatte lui. Di colpo sembra spento, spossato.

A quel punto si gira e scende dall'olmo.

Un paio di giorni più tardi torna a bussare alla finestra di Olga. Accorgendosi di provare sollievo, lei si rende conto di aver sperato dentro di sé che Fritz si facesse vivo di nuovo.

«Non ho ancora finito di raccontarti la storia del martin pescatore», le dice, porgendole una piuma blu cobalto. «L'ho trovata. Per te.»

"Ha il colore dei tuoi occhi", pensa Olga, mentre osserva la piuma rigirandola alla luce fioca della candela. Questa premura non rientra nel quadro che si era fatta di lui. È proprio vero, non lo conosce.

«Lo sapevi», continua Fritz, «che il dio Eolo nei giorni di cova del martin pescatore tiene a bada venti e onde per proteggere i pulcini? Per questo non ci sono tempeste in quel periodo.»

«E cosa succede quando non è tempo di cova?»

«Allora le tempeste infuriano. Ma prima o poi passano, e allora il cielo risplende di nuovo, blu come questa meravigliosa piuma.»

Olga non riesce a convincersi che Fritz abbia ragione. Basta dare una scorsa al giornale per dubitare che il sole tornerà mai a splendere.

«*Tutto ha il suo momento, e ogni evento ha il suo tempo sotto il cielo*», dice Fritz citando una massima dai libri sapienziali, quasi a voler dissipare i suoi dubbi.

«Da quando in qua leggi la Bibbia?» gli chiede lei. «Non ti vedo mai in chiesa.»

Lui solleva un sopracciglio. «Mia madre conosce la Bibbia quanto un fariseo. È il suo modo di espiare per me.»

«Perché parli di espiazione?»

Lui si alza e si appoggia al parapetto.

«Per il suo peccato più grande.»

«Quale peccato?»

Fritz si accende una sigaretta.

«Ci ho pensato. Mi hai rinfacciato di non raccontare niente di me.» La guarda negli occhi. «Perciò ho una proposta per te. *Quid pro quo*: il mio segreto per il tuo.»

Olga è titubante.

«E dai...» la incalza lui, poi fa un tiro profondo dalla sigaretta. «Presto sarò immerso nel fango di una qualche trincea. Se sarai fortunata, mi porterò il tuo segreto nella tomba.» Torna a sedersi accanto a lei.

Spaventata, Olga gli dà una gomitata nel fianco.

Al solo pensiero che gli possa accadere qualcosa, si sente male. Ora più che mai non vorrebbe lasciarlo andar via, dice a sé stessa. Lasciarlo andar via? Davvero ha pensato questo? Sì, è così. Perché non può prolungare il Servizio di lavoro obbligatorio e continuare a costruire baracche per i lavoratori stranieri a Ginsterburg, che poi, si spera, resteranno vuote?

Olga sente salire il sangue alla testa. Per non lasciar trapelare i suoi sentimenti confusi, si affretta a dire: «Dopo che ho ucciso mia madre, lei si è trasformata in un martin pescatore. Io sono un Eolo donna, solo che non mi riesce di fermare le tempeste».

Ma cosa diavolo sta dicendo? Guarda Fritz, esitante, curiosa di vedere come potrà reagire. Penserà che è completamente impazzita?

Lui invece le dà di gomito con delicatezza. «Ecco perché mi alzo alle prime luci dell'alba, per cercare piume di martin pescatore per te.» Il suo sguardo si fa tenero e dolce, e Olga sente una sensazione di calore diffondersi nel suo corpo.

Poi si fa coraggio e gli racconta tutta la storia, la storia della sua nascita. Con il groppo in gola, gli parla della madre, morta tra le mani di suo padre, della tacita accusa che da allora legge costantemente nello sguardo del genitore, di Pa, che le ha detto di aver visto l'anima della mamma volare via dalla stanza sotto forma di martin pescatore. Di come lui le abbia insegnato, fin da quando era piccola, a rispettare ogni essere vivente come se facesse parte della cerchia familiare più stretta. Di quanto la conforti l'idea che sua madre è lassù da qualche parte e viene a farle visita regolarmente con le fattezze di un martin pescatore.

«Forse un giorno papà mi perdonerà e...» Un dolore improvviso le prorompe nella gola. Si schiarisce la voce con forza, per liberarsi di quel bruciore. «...e sarà orgoglioso di me, quando sarò un medico.»

Si appoggia al tronco, sfinita. Raccoglie le gambe fino a toccare il mento con le ginocchia e se le cinge con le braccia. È stupita che quelle frasi, che non aveva mai pronunciato ad alta voce, siano uscite, inaspettatamente, dalle sue labbra. Guarda Fritz con grande imbarazzo, ma l'espressione di lui non svela il suo pensiero.

«Wicca, se uno di noi cinque dovesse riuscire a realizzare i suoi sogni, quella sarai tu. Tu hai tutto ciò che serve per diventare un medico straordinario. Devi solo ricordarti dei tuoi poteri magici.»

Alza la testa e la squadra in silenzio. «So che suona paradossale, ma se all'epoca della tua nascita tu fossi stata un dottore, avresti potuto salvarla, non è vero?»

Olga chiude gli occhi e fa un respiro profondo. Accarezza delicatamente la piuma. È così leggera e morbida... Un pensiero insolito, ma non del tutto assurdo. Forse vuole diventare medico per salvare le donne come sua madre?

Strizza gli occhi, confusa.

E se nessuna delle ragioni che ha fin qui considerato – il desiderio di continuare la tradizione di famiglia e rendere orgoglioso il nonno, la speranza di risvegliare l'interesse di suo padre, il fascino che la medicina esercita su di lei – fosse il vero motivo? Se il motivo fosse la colpa, una colpa ereditata? Ogni volta che guarda negli occhi tristi di suo padre, sente crescere prepotentemente dentro di sé la sensazione di dover rimediare a qualcosa, fare un sacrificio riparatore.

«Hai mai preso in considerazione l'idea che non sia colpa tua, ma sua? O di nessuno dei due?»

Olga scuote il capo. Anche questi pensieri non le hanno mai occupato la mente, e riconoscerlo è un duro colpo. Ripensa a quello che le aveva detto Karl, schiumante di rabbia, mentre si apprestava a partire per Berlino, diretto alla Scuola di guerra aerea: "Tu credi che papà sia infallibile. Dammi retta, è il più grande stronzo del mondo". E aveva aggiunto che non avrebbe mai più messo piede in quella casa. Tra i due doveva essere successo qualcos'altro dopo la litigata alla locanda, qualcosa di brutto, altrimenti Karl non sarebbe stato così fuori di sé.

Le lacrime che, durante la sua confessione, era riuscita a trattenere così bene, ora le riempiono gli occhi.

Fritz le accarezza delicatamente la guancia, asciugandole le lacrime. "Il gesto di un buon amico", pensa Olga, tuttavia è percorsa da un leggero brivido.

Come si sente bene quando è vicino a Fritz... Come le viene facile parlare con lui e come si sente compresa... Si scosta da lui, imbarazzata. Perché non riesce a parlare così con Gero o con le sue amiche?

Si schiarisce la gola.

«E qual è il tuo segreto più oscuro?» gli chiede con voce affaticata.

Lui esita. «Sono un bastardo socialmente pericoloso», dice infine, con una sfumatura di amarezza da cui traspare anche la sua vulnerabilità.

Poi racconta. Di suo padre, che è un proprietario di fabbrica benestante, sposato, ma non con la madre di Fritz: lei era la tata delle sue sorellastre, prima di essere messa incinta e finire cacciata di casa. Racconta che il padre l'aveva riconosciuto in quanto unico figlio maschio, ma non l'aveva mai voluto tra i piedi. E che poi, come consolazione, aveva aiutato sua madre ad aprire una tabaccheria a duecento chilometri di distanza, dove le faceva visita un paio di volte all'anno. «È l'unico, grande amore di mia madre, e va e viene a suo piacimento. Lei è tuttora convinta che l'illustre signore un giorno la sposerà.» Fa una pausa. «Sai di che cosa ho paura, soprattutto?»

Olga scuote la testa senza parlare.
«Di aver preso da quel bugiardo, uno a cui non importa nulla di aver reso la mamma una donna disonorata e me un bastardo.»
Le sue parole la toccano nel profondo, e per un attimo non sa cosa dire. Poi gli prende la mano e cerca di percepire il suo dolore, quasi potesse trasferirlo nella propria grazie a quel contatto. Finché, subito prima di lasciargli la mano, dice: «Tu non hai preso da lui, è escluso. Se c'è un difetto che non hai, è fare false promesse». Sorride. «In realtà non ne fai per niente.»
Ma questo non basta a rassicurarlo. Si accende una sigaretta con le dita tremanti. «Io ero il bastardo che portava in classe pulci e pidocchi, capisci? Mi hanno sempre preso in giro. E gli altri bambini non avevano il permesso di giocare con uno come me.»
Olga riesce letteralmente a vedere davanti a sé quel ragazzino umiliato. Anche se lo guarda adesso, il giovane uomo al cui spirito e fascino nessuno resiste, è convinta di cogliere il suo dolore dissimulato, ma al tempo stesso anche la sua capacità di imparare qualcosa da ogni sconfitta. Tuttavia, venire a sapere chi è dopo così tanti anni la confonde, perché è come se lo incontrasse per la prima volta. Olga deglutisce.
«Sai cosa dice sempre Pa?» sussurra. «Il problema non è che ti prendano in giro, ma che tu gli creda.»
Fritz fa un lungo tiro di sigaretta. «Vallo a dire a quel ragazzino! Tutte le sere mi immaginavo cosa gli avrebbe fatto mio padre se l'avesse saputo… Come li avrebbe presi per le orecchie, uno a uno, dandogliele di santa ragione. Ti sembra una cosa stupida?»
Lei si infila la piuma dietro l'orecchio.
«Io tutte le sere, prima di dormire, penso a mia madre che atterra sul davanzale interno della finestra, si trasforma di nuovo nella donna meravigliosa delle foto e mi canta una ninnananna, mentre mi accarezza il capo. Dimmi: è stupido?»
«Niente di quello che dici è stupido.»
Lei lo guarda, riconoscente.
«Sai com'è…» Fritz si schiarisce la voce. «Ogni tanto gira-

vano i pidocchi, e tutti dicevano che venivano da me... dall'asociale. Quando il maestro mi esaminava la testa davanti a tutta la classe e non ne trovava nemmeno uno, diceva: "Non lo vogliono nemmeno i pidocchi!". Cosa che mi valse le urla di scherno dei compagni, e la consapevolezza che un emarginato non gode di alcuna protezione, e quindi deve proteggersi a modo suo.»

«E com'era questo modo?» Olga è colpita dalla capacità di Fritz di trasformare un difetto in pregio.

Lui soffia fuori il fumo con espressione disgustata.

«Sanguinolento! Ho messo nel fondo dei pantaloni una vescica di maiale piena di sangue di animali da macello. Una piccola mancanza di rispetto da parte mia, ed ecco che il maestro mi ha picchiato così forte sul didietro che la vescica è scoppiata e tutto il sangue gli è schizzato addosso.»

Olga non può fare a meno di ridere. «E a cosa pensi ti serva questa disobbedienza?»

"Ecco da dove viene il suo spirito combattivo", dice tra sé e sé, "e il suo desiderio di dimostrarlo alla Witte e a tutti quelli che lo trattano male."

«Be', mi hanno subito cacciato dalla scuola. Allora sono andato a stare da mio zio. E secondo te, chi ho incontrato?» Il suo volto si apre in un sorriso e Olga sente che le si scalda il cuore.

«Una *wicca*, caparbia e indomabile come i suoi capelli.» Le sposta una ciocca dietro l'orecchio, continuando a sorridere. «E quando mi ha guardato ridendo, ho saputo che questo era il posto giusto. Come vedi, tutto serve a qualcosa.»

Anche se con lui non è mai sicura che non la stia prendendo in giro, il tocco leggero di Fritz le fa venire la pelle d'oca. Sente il proprio cuore che batte. "Che altro potrebbe fare, del resto?" si dice cercando di calmarsi. "Dopotutto è un muscolo."

17.

MAGGIO 1943, GINSTERBURG

Sul far del mattino, Olga, nascosta dietro la tenda della finestra a ribalta, sbircia da uno spiraglio e sta con l'orecchio teso.

Prima ancora di vederlo, sente i suoi passi e il battito del proprio cuore. Poi fa un passo indietro e aspetta finché lui non bussa. Anche il giorno seguente bussa puntuale alla sua finestra, così come il giorno dopo e quello dopo ancora. Nervosa, ma pregustando la gioia nell'attesa, Olga punta la sveglia ogni notte un po' più presto. Il tempo che guadagna lo occupa per domare i suoi capelli arruffati o per decidere se indossare l'abito verde o quello marrone chiaro, che si intona meglio ai suoi occhi.

Non appena il martin pescatore ha terminato il suo giro per procurarsi la colazione, loro due cominciano a parlare, e continuano senza sosta, fino al sorgere del sole. Da quando Fritz le ha detto che possiede il raro dono di saper raccontare in maniera vivida, Olga non smette di pensare ad aneddoti sempre nuovi con cui farlo ridere.

Gli racconta del contadino Behrens, che aveva convocato Pa alla sua fattoria per offrirgli la sua assistenza come guaritore, dopo aver ricevuto una folgorazione curativa divina durante la mungitura. E della dissenteria amebica della signora Kohler, che, invece di affidarsi alla ricetta a base di ipecacuana di Pa, aveva preferito attendere l'arma magica di Hitler che presumibilmente annienterà tutti i nemici esterni e interni, con un po' di fortuna persino le talpe nel suo giardino. Fritz, invece, le parla del suo sogno di svernare su una stuoia di foglie di palma da qualche parte nel Pacifico, di vendere canoe pieghevoli in Canada come commesso viaggiatore per lo zio Schneider, quando la guerra sarà finita, e di papà Meier, al quale darà una lezione tale che tutta la sua birra diventerà amara.

«Spezial Hell! Già il nome è amaro: robaccia ariana dall'inferno.»

«Prodotta secondo l'Editto della purezza ariana», dice Olga sghignazzando. «Allora sarebbe più adatto Hitlers Hell, se si considera come i signori del NSDAP locale e le signore della NS-Frauenschaft – la Lega delle donne nazionalsocialiste –, dandoci dentro con questa bevanda infernale alla locanda di Meier, riescono a farsi piacere pure la guerra infernale di Hitler.»

Fritz si illumina in viso, ride e le picchietta col dito sul naso. «L'inferno di Hitler... questa è davvero buona!»

Olga adora quella risata dissimulata e scaltra che sgorga quando le sue parole lo divertono. L'esuberanza di Fritz sembra metterle le ali e lei diventa più leggera, si sente pienamente sé stessa, nella sua versione spensierata. Non come quando è con Gero, il cui sguardo severo sembra quasi pietrificarla. Forse perché con Fritz si libra sopra gli alberi come un martin pescatore, libera e serena: due anime smarrite svolazzanti in armonia con l'universo.

Quando è l'ora del martin pescatore, lassù tra i rami dell'olmo, non c'è nient'altro che conta se non loro due. È come se stessero seduti sul loro piccolo ramo, che sporge sull'acqua dall'albero più alto e fa sembrare tutto ciò che sta sotto minuscolo e insignificante.

Una volta, mentre pioveva a dirotto, Fritz, con la sua solita irruenza, l'aveva afferrata e fatta girare vorticosamente, finché entrambi non si erano ritrovati completamente fradici. Poi, sapendo che la pioggia avrebbe inghiottito le sue parole, aveva urlato verso il lago: «La libertà è dove siamo noi!».

È proprio così che ci si sente con lui, ogni giorno di più.

La paura e la coscienza sporca arrivano solo quando i loro piedi toccano di nuovo il terreno, quando la disinvoltura di entrambi deve cedere il passo a una certa rigidità, per nascondere la loro vicinanza. Ma anche quando Olga trascorre del tempo con Lotte, che non parla d'altro che di Fritz e del suo restare distaccato da lei. Non capisce perché non vada più a trovarla e suppone che sia perché non sopporta l'idea della sua imminente partenza. Perché si ostini ancora a pensare a un futuro con lui, per Olga resta un mistero. Come può spiegarle che Fritz non la ama?

Un giorno Fritz si presenta alla porta con un'espressione stranamente tormentata. Il sole sta già calando e l'aria odora di tabacco. Si passa una mano sul viso, arrotola una sigaretta con le dita e non dice un parola. «Dove sei stata?» chiede infine, dando nervosamente un tiro alla sigaretta. «Ti sei dimenticata della nostra ora del martin pescatore?»

Lei lo guarda spaventata. «Stanotte ho dato una mano a far venire al mondo il piccolo Jochen, il nipote del fornaio Zapfen», risponde balbettando, ancora stanca per quel parto faticoso, che ha seguito interamente da sola sotto lo sguardo vigile di Pa.

Il volto di Fritz si rischiara all'istante.

«E io che pensavo che non volessi...» mormora.

«Non potevo!» replica lei, sorridendogli in segno di scusa. «A Jochen non importava nulla dell'ora del martin pescatore.»

Gli promette che d'ora in poi terrà aperta a ribalta la finestra quando lo aspetta.

Un giorno che lui non arriva, Olga si agita. Resta ad aspettarlo per un po' sull'olmo, poi torna dentro e comincia a fare su e giù per la stanza. Si mette dietro la finestra socchiusa, e col pensiero implora Fritz di perdonarla per qualsiasi cosa possa averlo fatto arrabbiare.

Poi, finalmente, sente i suoi passi decisi sulla scaletta di legno, che si distinguono da tutti gli altri passi per il semplice fatto di essere i suoi. E il cuore le sale in gola. Lui le sorride, picchiettando con il dito sotto l'occhio sinistro, e lei percepisce un leggero formicolio.

«Ormai pensavo che non volessi...» gli dice un po' affannata.

Fritz la fissa sorpreso. «Che non volessi?» chiede incredulo. «Non potevo!»

Lei tira un lungo sospiro di sollievo. Poi Fritz le racconta dei lavoratori stranieri del maceratoio.

«Adam mi ha detto che le condizioni di quella gente peggiorano sempre più. Li abbiamo aspettati sulla via per la fabbrica e abbiamo dato loro di nascosto qualche pagnotta, mele e uova.» Gli sale la rabbia in corpo, Olga lo percepisce chiaramente. «Quelli non lavorano nemmeno per una mela e un uovo», continua, «ricevono soltanto una minestra acquosa oppure il cosiddetto *Russenbrot*, il "pane dei russi", fatto con segale macinata grossolanamente unita a foglie, farina di paglia e pezzi di rapa. Vanno in chiesa unicamente per saziarsi con un'ostia.»

La domenica è l'unico giorno in cui non devono lavorare.

Olga è presa dalla nausea. Ora che *«il popolo tedesco combatte disperatamente per la propria esistenza e il suo stesso nutrimento deve essere assicurato»* – così era scritto nel giornale locale – è severamente vietato dare da mangiare ai lavoratori stranieri. Olga è preoccupata per Fritz, per Adam. Se scoperti, rischiano di finire in carcere o, peggio ancora, in un lager.

«Ma non è pericoloso? Per voi, per loro?» gli domanda.

Fritz alza le spalle. «Vuoi lasciarli morire di fame?»

Ovviamente ha ragione lui. Olga si costringe a reprimere la paura. «Potrei aiutarti», dice.

«Sarebbe bello.» Lui la fissa di nuovo con quel suo sguardo strano. Lei sente il sangue irrorarle le guance.

Restano entrambi in silenzio per qualche istante.

«Mamme e Pelle non vanno più nell'orto, visto che la loro partenza è ormai vicina», riflette Olga ad alta voce. «La folta siepe che lo circonda non sarebbe un perfetto nascondiglio per generi alimentari?»

«Wicca, Wicca...» Fritz sorride. «Sei fantastica.»

Quello sguardo, quel sorriso, quelle parole fanno sì che Olga senta il desiderio di baciarlo. Ma quando Fritz si china su di lei e allunga la mano verso il suo viso, si ritrae impaurita. Il coraggio l'ha abbandonata.

Lui la guarda confuso. «Scusa, non volevo venirti troppo vicino, solo sapere se avevo visto bene.» Fa una pausa. «La nuova lentiggine fra i tuoi occhi. È molto graziosa», aggiunge. «Un viso senza lentiggini è come un cielo senza stelle, dice mia madre, e io penso che abbia ragione.»

Olga sente un nodo in gola. Tutto è così diverso rispetto a quando è con Gero... Detta da lui una frase simile sarebbe sembrata una diagnosi medica. Una volta, con aria interessata, aveva contato le lentiggini sul suo viso. «Ventisette, Olga. Notevole!»

Ma poi, la storia con Gero è senza speranza. Non lo vede da Pasqua, ed è meglio così. Lui le scrive quasi ogni giorno delle lettere che lei affida al secchio della spazzatura senza nemmeno averle aperte. Per fortuna è lontano, con i suoi soldati, e si prepara alla prossima battaglia. La battaglia per Olga, in ogni caso, l'ha già persa. Non le interessa più sapere che cosa provi per lei – non le interessa più lui. Non perché sia delusa o offesa, bensì perché preferisce condividere tempo e pensieri con Fritz. Sognare e osservare i martin pescatori con lui, e sostenerlo nella sua missione segreta, che di certo è più importante dei sentimenti feriti di Gero.

Adam, Fritz e Olga nascondono nella siepe tutto quello che riescono a racimolare. A volte è un po' di latte, oppure uova, formaggio e burro – cibi che i lavoratori non ricevono –, altre volte patate o qualche pagnotta, più raramente prosciutto o pollo. Tuttavia è sempre troppo poco, una goccia nell'oceano. D'altra parte, sarebbe impossibile sottrarre di più alla governante o a Mamme senza che se ne accorgano. La madre di Lotte sospetta già qualcosa. Un paio di giorni prima aveva chiesto a Olga perché avesse fatto sparire delle patate nella sua borsa, come se nascondesse qualcuno. Lei non sa quanto fosse seria quella domanda, ma deve essere più prudente, anche con Fritz. Lotte ultimamente la guarda in modo strano.

«Prima Fritz, adesso tu», si era lamentata di recente durante un allenamento in canoa, e poi si era messa a piangere. «Perché mi evitate entrambi? In fondo manca poco e me ne andrò. Non dovremmo sfruttare ogni minuto che abbiamo?»

E, sebbene Lotte abbia una certa propensione per il dramma, Olga comprende la sua disperazione. Dopotutto, lei stessa è assalita dalla tristezza ogni volta che pensa al futuro commiato.

Si trovavano nel bel mezzo dello Schwanensee e si stavano allenando per la regata di *gilu* di giugno, quando Lotte aveva ritirato la pagaia nella barca. Evidentemente voleva togliere a Olga ogni possibilità di fuga. Si era voltata verso di lei incrociando le braccia. «Ormai ti vedo quasi solo per gli allenamenti, e hai sempre quel sorrisino estasiato, come se mi stessi tacendo qualcosa. E Fritz non lo vedo più. Sai qualcosa che io non so?»

Olga sentiva che il rossore si diffondeva sulle guance.

«Che cosa mi nascondi?» l'aveva incalzata Lotte. «Non dirmi che tu e Fritz... che voi due...» Non aveva terminato la frase, quasi si fosse resa conto di essersi spinta troppo in là.

Il polso di Olga accelerava sensibilmente.

«Ma come ti salta in mente una cosa simile?» aveva ribattuto imbarazzata. «I ragazzi sono l'ultima cosa che ho per la testa. Soprattutto ora che tutti, nella mia famiglia, mi hanno abbandonato. Prima Karl, e adesso anche il nonno e papà.» Qualche tempo prima suo padre era stato inviato in Francia come ufficiale medico, e solo pochi giorni dopo Pa era dovuto partire per Kühlungsborn per stare accanto alla cognata Margarete, la vedova di suo fratello, che era malata. «E Fritz di sicuro ti evita solo perché odia gli addii. E poi presto andrà al fronte», aveva aggiunto, anche se sapeva che era una bugia. Non voleva parlare di Fritz con Lotte, i suoi pensieri su di lui appartenevano solo a lei.

Lotte l'aveva guardata con aria infelice. «Sei cambiata, lo sai? Non sei più schietta con me. Non ti dispiace che vada via, che mi trasferisca?» aveva detto piangendo.

Olga non sapeva cosa rispondere. Certo che le dispiace. Ma per quanto le manchi l'antica intimità, per il momento non imbattersi in Lotte faciliterà le cose. E poi così non sarà più costretta a guardarla negli occhi per vedercisi riflessa con le sue menzogne, le sue scuse, i suoi segreti, che col tempo si sono intrecciati in un groviglio inestricabile. La addolora che Lotte abbia perso fiducia in lei e la ritenga insensibile, ma probabilmente l'amica la conosce meglio di quanto lei non conosca sé stessa.

Perché qualcosa è cambiato, ultimamente. Lei è cambiata, e anche Fritz. Il modo in cui lui la guarda per un istante di troppo e studia il suo viso mentre lei racconta qualcosa; il modo in cui evita di guardarla quando è lei a osservare il suo volto; e il modo in cui entrambi trasaliscono quando si toccano fugacemente in modo accidentale. Per quanto lei si opponga a quella sensazione, il suo corpo le dà segnali diversi. Quando scruta in profondità i suoi occhi che brillano, quasi si dimentica di respirare. E si dimentica anche di Lotte. Sebbene da settimane non dorma più di quattro ore a notte, Olga si sente più vispa e sveglia che mai. Percepisce il profumo della salvia nemorosa prima ancora di vederla, sente l'aulico strombazzare delle gru molto prima che queste formino i loro cerchi in cielo, e distingue finalmente con gusto, nella zuppa di Mamme, l'ingrediente che le era sempre letteralmente venuto su perché troppo amaro: l'alloro.

La sfiora la certezza di essersi innamorata. Resta la domanda se l'amore sia una medicina o una malattia. Perché quando non è con Fritz, desidera solo lui e il blu dei suoi occhi. Riesce a mandar giù a malapena un boccone, non riesce a pensare con lucidità ed è costantemente travolta da una sensazione di tristezza paralizzante. L'unica cosa che può fare per trovare sollievo è guardare la piuma che lui le ha regalato, passarsela delicatamente sulle labbra per richiamare alla memoria ogni singolo momento passato con Fritz, fino al loro prossimo incontro.

Una notte Adam e Fritz arrivano insieme sulla terrazza sull'albero. È la metà di maggio e fa insolitamente freddo.

«Abbiamo un'emergenza, Olga», dice Adam, e il suo respiro forma delle nuvolette bianche nell'aria. Alla luce proveniente dalla finestra della camera sui suoi capelli rilucono delle sfumature rosse, non così splendenti come quelle di lei, ma comunque rosse, cosa che glielo rende ancora più simpatico. «Qualche giorno fa a Tadeusz, del maceratoio del lino, un nostro amico di famiglia di Łódź, è entrato un chiodo arrugginito nel piede. La parte si è molto infiammata.»

La guarda con i suoi occhi di un nero profondo come la notte.

«Non c'è un medico, lì?» chiede Olga.

«Sì che c'è, uno dell'ufficio d'igiene, ma non lo vedono quasi mai.»

Dell'ufficio d'igiene? Olga lo guarda stupita. Non sapeva che i colleghi di suo padre si occupassero dei lavoratori stranieri.

«E quando il signor dottore finalmente arriva...» – nell'espressione di Fritz Olga riconosce un misto di rabbia e compassione – «...diagnostica indolenza e poca voglia di lavorare, e prescrive il cosiddetto arresto aggravato nella celle all'interno del maceratoio stesso, che prevede tra l'altro la privazione del cibo.» Fa una breve pausa, poi prosegue: «Perciò nessuno si fida più di lui, anche se quasi tutti hanno seri problemi allo stomaco e all'intestino e soffrono di edema da fame. Come stupirsi, con quella brodaglia che propinano loro?».

Olga immagina quello che pensa Adam. Che suo padre, in quanto capo dell'ufficio d'igiene, sia corresponsabile del fatto che vengono negate le cure ai malati.

È così? In realtà Otto si occupa del contrasto alle epidemie nel distretto, non di lavoratori stranieri. Forse dovrebbe parlargli, quando verrà in vacanza, e avvisarlo delle irregolarità, pregarlo di intervenire in favore dei lavoratori?

«Pensi che tuo nonno potrebbe dare un occhio alla ferita?» riprende Adam, interrompendo i suoi pensieri. «Tadeusz non ha molti soldi, lì dentro guadagnano solo pochi spiccioli.»

Lei scuote la testa, spiacente. «Mio nonno è a Kühlungsborn. Sua cognata sta male. È andato là a curarla.»

«Cosa facciamo, adesso?» Adam si rivolge a Fritz disperato. «Tadeusz non può finire agli arresti.»

Fritz gli mette una mano sulla spalla e guarda Olga negli occhi.

«Il fatto è», dice, «che sua moglie Anna è incinta, al sesto mese. Al più tardi alla prossima visita di controllo non potrà più nascondere il suo stato. E se la fanno abortire mentre Tadeusz è chiuso in cella con l'accusa di essere uno scioperato? Con il medico c'è poco da scherzare. E anche con il capo del campo.»

Olga rabbrividisce e si preme le tempie con le punte delle dita. «Praticano l'aborto su feti al sesto mese?»

«Anche più avanti. Chi sarebbe disposto ad allevare volontariamente il proprio nemico biologico?» Il tono rassegnato e impersonale di Adam la spaventa quasi più delle parole che ha ascoltato.

«O rinuncerebbe alla forza lavoro?» aggiunge Fritz sprezzante. «Quelle persone non sono state portate qui per fare figli.»

Sui tre cala un silenzio colmo di tensione. Olga capisce che dovrebbe fare molto di più. Che deve aiutare quelle persone se è nelle sue possibilità. E riconosce che Pa le ha consegnato la propria arte medica nella sua interezza – la sua anima e la sua testa – e l'ha preparata a questo giorno, in cui Olga utilizzerà le sue conoscenze anche senza di lui. Sì, è nelle sue possibilità.

«Bene, allora do io un'occhiata ai malati. Tra mezz'ora nella dacia dei Rasmussen.»

18.

30 MARZO 1991, GINSTERBURG

L'aria in riva allo Schwanensee odorava di sole e di muschio. Olga la inspirò profondamente un'ultima volta, poi diede un'occhiata furtiva alla sua casa natale. Stava lì, come sempre. Alte finestre slanciate, un bovindo semicircolare al piano terra in cui era alloggiato l'ambulatorio di Pa, e sopra l'appartamento di un tempo dei Blume, anch'esso provvisto di bovindo. All'esterno tutto era immutato, compresa la vite, che nel frattempo aveva ricoperto l'intera facciata. La finestra – la sua finestra – era aperta a ribalta. Il suo segnale per Fritz che l'ora del martin pescatore era scoccata. Al pensiero di quelle prime ore del mattino passate insieme ebbe una stretta al cuore. Distolse rapidamente lo sguardo e si voltò verso il lago. Avrebbe mostrato più tardi la sua casa a Becki, ora occorreva dissuaderla dall'accettare l'altra.

«Può anche crollare il mondo, ma il colore del lago non cambia mai», disse dopo essere rimasta per un po' in silenzio.

«Come una bottiglia di buon vino rosso», confermò Becki, osservando la locanda dei Meier. «Vogliamo vedere se dentro ne è rimasta una?»

«Al massimo ci sarà della birra stantia.» Olga dovette sorridere, anche se non ne aveva nessuna voglia. «È meglio se le concediamo il riposo eterno, così come all'edificio. Qui non c'è più nulla da salvare.»

Negli occhi di Becki si accese il riflesso dello spirito pionieristico. «Nulla da salvare?» disse indignata. «Con un po' di lavoro posso tirarne fuori qualcosa di grandioso! Una piccola pensione in posizione da sogno a nordest di Berlino, con qualche camera al piano superiore, e, sotto, un ristorante con birrificio annesso.»

Olga scosse la testa. Come immaginava: la locanda, e tutto ciò che la riguardava, non portava altro che guai.

«Il ritorno della figliola prodiga», continuò Becki. «Come suona?»

Come suonava? Come un incubo. Il ritorno in quel luogo era già abbastanza terrificante di per sé, e ora, per di più, Becki, che per anni non aveva voluto stabilirsi da nessuna parte, stava prendendo in considerazione l'idea di fermarsi proprio lì. Olga si diresse a passi decisi verso l'edificio, quasi volesse lasciar avvicinare le sensazioni suscitate dalla locanda, per poi liberarsene al più presto.

Per quanto l'involucro potesse essere stato meraviglioso un tempo e avesse molte probabilità di ritrovare il suo lustro sotto le mani di Becki, l'interno era contaminato: un luogo freddo, nel frattempo completamente abbandonato, dove l'intera famiglia Meier aveva trovato l'infelicità. Una volta Annemie aveva descritto la sua infanzia come una condanna al carcere, e fuggiva da quella casa ogni volta che poteva. Gero invece era rimasto, si era sottomesso alla volontà di suo padre. Ma a cosa gli era servito? E a Annemie?

Olga si fermò. Non c'era bisogno che Becki sapesse quanto detestava tutto ciò che aveva a che fare con quel posto. Forse poteva distoglierla dai suoi propositi anche in un altro modo.

«Hai pensato a quanto ti costerà? Perché non lasci la locanda Meier al suo meritato riposo?» le chiese.

«Oh, mamma...» Becki fece un gesto con la mano, come per spazzare via tutti i dubbi. «Ho avuto pazienti in condizioni decisamente peggiori. Tu stessa poco fa hai detto che la bellezza sta in ciò che è fugace.»

Sorridendo, Becki la superò e, camminando a fatica tra l'erba alta, raggiunse la finestrella della costruzione a lato. Lì dietro c'era il cuore del birrificio, la cucina. Olga la seguì e diede un'occhiata all'interno. Sul pavimento erano sparse delle botti di legno marcio. Lungo la parete c'era un grande focolare, sopra il quale stava appeso un cartello ormai sbiadito: c'era scritto DACCI OGGI IL NOSTRO PANE LIQUIDO QUOTIDIANO, se Olga ricordava bene. Quante volte, da bambina, si era intrufolata in quella cucina insieme a Lotte e Annemie per giocare alle streghe cavalcando le scope che si erano costruite con rami di betulla e danzando attorno al calderone fumante che ribolliva fischiando.

Com'era buono quell'odore dolce e speziato di luppolo e malto!

Dalla cappa del camino pendevano i ganci per la caldaia. C'era ancora persino la vecchia caldaia di fermentazione di rame, come un messaggero dall'aldilà. Olga avrebbe potuto dire a occhi chiusi in quali punti era ammaccata... Ogni inverno, Gero e Annemie tagliavano dei blocchi di ghiaccio dal lago e li portavano in cantina, dove la birra restava al fresco per tutta l'estate. Di tanto in tanto anche loro due dovevano stare al fresco là sotto per scontare la loro pena, quando ne avevano combinata qualcuna, o comunque quando il loro padre ne era convinto. Una volta – erano ancora piccoli – Meier aveva rinchiuso il figlio in cantina e poi si era dimenticato di lui. Mentre giocava a nascondino con Annemie e cercava l'amica, Olga aveva sentito per caso il pianto di Gero e l'aveva liberato. Era verde e blu per il freddo, ma poco dopo anche rosso per la rabbia, mentre colpiva la caldaia con una sbarra di ferro lanciando urla come un animale morente, finché non era crollato a terra tutto tremante.

«Entriamo?» chiese Becki, facendo strada. I suoi lunghi capelli biondo-rossicci rilucevano sotto il basco nero, mentre faceva un passo più lungo per scavalcare il nastro segnaletico posizionato davanti alla porta. Rossi come i suoi, pensò Olga, e tuttavia così diversi.

Becki mise un piede sul nastro per far passare sua madre e aprì la pesante porta di legno. Appena misero piede in quella che un tempo era stata la sala da pranzo della trattoria, inondata dalla luce proveniente dalla vetrata rotta in più punti, una colomba si levò in volo fuggendo. Olga sentì odore di muffa. In un angolo c'era un ristagno d'acqua che formava una pozzanghera. Dal tetto a vetri era entrata la pioggia. Le pareti non erano in condizioni migliori. Come se qualcuno avesse fatto dei buchi di proposito in tutto l'intonaco grigio.

«È un po' come… tra la vita e la morte», sentenziò Becki.

«Ti riferisci a me?» chiese Olga, e gemendo per il dolore si chinò a raccogliere un vecchio piatto, mentre con l'altra mano si sosteneva la schiena. Era il piatto dorato del giubileo, con disegnato l'edificio affacciato sullo Schwanensee, che la città aveva donato ai Meier per i duecento anni della locanda.

Becki andò dietro il bancone e aprì al massimo lo spillatore. Niente, nemmeno una goccia. Su una trave di legno era affisso un manifesto pubblicitario. LA SPEZIAL HELL VA GIÙ E I PROBLEMI NON CI SONO PIÙ. Dov'era la birra, quando serviva?

Becki si guardò intorno e indicò la porta a doppio battente. «Cosa c'è là dietro?» chiese.

«La vecchia sala da ballo. Ogni domenica alle tre si aprivano le danze.» Olga esitò. «Qui tuo padre mi ha insegnato a ballare il valzer.»

«Da quanto tempo eravate insieme?»

«Da quando la mia amica Lotte aveva deciso che ci serviva un ragazzo. Avevo tredici anni.»

«È questo che intendevo. Qui si ha l'impressione che la casa respiri ancora. Perché c'è ancora l'anima: la tua, la sua, la vostra insieme», aggiunse Becki con gli occhi che le brillavano. Poi salì sul bancone per ispezionare la trave del soffitto soprastante.

Il modo in cui Becki stava lì sopra, piena di energia, e prendeva possesso dello spazio, aveva un che di solenne. Quel luogo le smuoveva qualcosa nel profondo, Olga ora lo vedeva distintamente.

«Come immaginavo: il capricorno delle case», disse Becki sospirando, e scese dal bancone per esaminare la parete di fondo, che era ricoperta di vecchie fotografie. «Ma niente paura. L'amico ha le ore contate.»

Prese un coltello affilato dalla sua cintura porta attrezzi e con cautela fece saltar via piccole porzioni di colore dall'intonaco. «Guarda, mamma», disse prendendo una lente d'ingrandimento. «In epoca barocca hanno fatto delle piccole decorazioni con la tecnica della spugnatura e il pennello. Con un po' di pazienza credo proprio si possano trovare anche delle scritte.» Si inginocchiò e bussò sul parquet. Quando si rialzò, sventolava un sottobicchiere. «C'è su scritto "Meier"! Lo porto a Sara.» Se lo infilò nella borsa. Tipico di Becki... Da tutti i posti dove era stata le aveva sempre portato dei ricordini: una torre Eiffel da Parigi, una borsa di pelle da Firenze, una statuetta di *tanuki* dal Giappone. «Perché sappia che ritornerò sempre», aveva spiegato una volta a sua madre. In Olga balenò la speranza che Ginsterburg, per Becki, un giorno sarebbe stata solo una delle sue tante mete dimenticate.

Si avvicinò alla figlia e scorse insieme a lei le fotografie alla parete. Papà Meier sul carro del birrificio trainato da cavalli, il lago, regate di *gilu*, le antiche case barocche in Marktplatz.

D'un tratto il piatto scivolò di mano a Olga e si frantumò sul pavimento con un gran fragore. "Il suono del passato", pensò. E restò a fissare la piccola foto in bianco e nero appesa accanto al punto in cui Becki aveva raschiato il muro. Eccoli lì, i cinque amici. Insieme, alla locanda Meier, al tredicesimo compleanno di Olga e Lotte, il giorno in cui avevano quasi mandato all'altro mondo la Witte. Immortalati con l'autoscatto. Com'erano felici mentre guardavano nell'obiettivo, ignari degli eventi futuri.

19.

25 MAGGIO 1943, GINSTERBURG

Quando Olga esce di casa, quella domenica mattina, tutto è ancora immerso nel silenzio. Un silenzio quasi devoto, solenne. Come quello delle persone che si inginocchiano nella chiesa della Trinità o fanno visita a una tomba al cimitero, prima di fermarsi da Meier per una bevuta mattutina. "C'è qualcosa nell'aria", pensa Olga.

È presto, molti dormono ancora, oppure, mentre fanno colazione, stanno leggendo sul giornale locale i necrologi dei concittadini morti in battaglia.

Sapendo che potrebbe incontrare Lotte, che a quell'ora è spesso per strada per andare ad allenarsi con la sua canoa, fa un'ampia deviazione per aggirare la centrale Marktplatz e la rimessa delle barche. Al pensiero che entro breve incontrerà Fritz, sente accelerare leggermente il battito, mentre la stanchezza svanisce.

All'angolo del cantiere di Schneider, lo vede. Sorride mentre si dirige verso di lui, ma allo stesso tempo sente una fitta insinuarsi nel cuore. "E se lui non rispondesse con un sorriso?"

Ma il suo timore è infondato. «Wicca», dice Fritz, allargando la bocca nel sorriso sperato. «Sono felice che tu sia venuta!» Sembra sollevato.

Spalla a spalla, ma senza toccarsi, i due corrono lungo le rive del lago. Passano davanti a due anziane signore, pazienti di Pa, che pelano patate davanti a casa, all'ombra degli alberi. Olga preferirebbe limitarsi a un veloce saluto, ma questo non si addice a una Blume. Il nonno le ha inculcato fin da piccola che il medico di famiglia è una sorta di coinquilino dei suoi pazienti, i quali hanno diritto di pretendere da lui piena e costante disponibilità. Pa non può attraversare Marktplatz senza doversi fermare a ogni passo per essere aggiornato sull'evoluzione delle condizioni dell'intestino che brontola, dell'anca dolorante o del foruncolo purulento.

«Buongiorno, signorina Blume», la saluta la signora Schnappe, la più giovane delle due, senza degnare Fritz di uno sguardo.

«Già in piedi così presto?» aggiunge la vedova Grothe, quasi parlando sopra alla sorella. «Come vanno le cose al dottore a Kühlungsborn? Sua cognata è guarita?» Olga risponde con cortesia al saluto, dà notizie di Pa e sulle condizioni della prozia Margarete e si informa doverosamente sullo stato della tosse secca della vedova e della gotta della signora Schnappe.

Quando finalmente, pochi minuti dopo, possono riprendere il cammino, Fritz osserva seccato: «In questo paesucolo non c'è niente che possa restare segreto!».

Lei gli dà una gomitata scherzosa. «Quelle sono innocue.»

«La curiosità non è mai innocua.» Fritz sbuffa con aria sprezzante. «A queste pettegole bisognerebbe tagliare la lingua.»

Olga si stupisce del suo sdegno. «Hai paura che ci scoprano?» gli chiede, e di nuovo si ritrova a combattere contro la propria angoscia. Se Fritz si preoccupa per i famosi mille occhi e per le ancor più numerose orecchie di Ginsterburg, allora significa che sono veramente in pericolo? Non vuole crederlo, ma da quando Mamme qualche giorno prima l'ha di nuovo fermata chiedendole ragione del pane e delle mele che aveva trovato nella siepe, Olga sa che non c'è più alcuna sicurezza. Di fronte a Mamme non si è nemmeno sforzata di negare quello che aveva fatto, senza però rivelarle assolutamente nulla dell'attività notturna alla dacia. Ma la sua seconda madre non ha reagito in modo comprensivo come Olga sperava. A Mamme non importa tanto del bene dei lavoratori forzati quanto del bene di Olga, pertanto l'ha pregata con insistenza di smettere. E di andare con loro in Svezia. Mamme pensa che là sarebbe più protetta, almeno finché a Ginsterburg non ci sono né Pa né Karl né Otto. Batte sullo stesso tasto di Pa, che al telefono la esorta ogni volta a trascorrere almeno l'estate dai Rasmussen. Olga non ne può più di sentirlo.

«Paura? Neanche un po'», dice Fritz ridendo, e questo la tranquillizza immediatamente. «Se dovessi preoccuparmi per tutto quello che faccio... Preferisco seguire l'istinto e gli impulsi del mio cuore.» Lascia andare avanti Olga di qualche passo e comincia a trotterellarle dietro, lanciandole fischi d'ammirazione.

Olga lo prende in giro: «Allora devi alzarti più presto». Getta indietro i capelli e comincia a correre. Fritz preferisce flirtare con lei piuttosto che lasciarsi andare ai pensieri che oscurano i suoi orizzonti. Questo le piace. Quando arrivano alla dacia sono senza fiato. Si siedono sulle rocce in riva al lago che luccicano al sole, ben protetti da sguardi estranei, e osservano l'acqua. Aspettano Adam.

I tre amici si sono ben sincronizzati, l'ambulatorio della dacia funziona bene. Mentre Adam ogni sera organizza i pazienti e fa da interprete per quelli che non parlano russo o tedesco, Fritz assiste Olga. Prepara tisane, mescola le erbe dietro sue istruzioni, la aiuta a ridurre le lussazioni quando lei, da sola, non ha abbastanza forza per farlo.

«Mio zio ha chiesto di poter avere due lavoratori dall'inferno del lino. Ha una grossa commessa di cappotti per l'esercito e gli servono più cucitori per la sartoria. Spera che il signor direttore gli ceda gli operai più deboli, così da poter chiedere all'Ortsgruppenleiter Tezlaff rifornimento di forze fresche e idonee al lavoro.»

Olga lo guarda sorpresa. «È davvero una buona idea.»

«Vero?» Getta nell'acqua un sasso che, invece di saltellare, affonda immediatamente. «Sa come rimettere in forze i più deboli prima che crepino – o si lascino affogare nel lago, come le due polacche la settimana scorsa.»

Olga annuisce triste. Ai lavoratori tormentati da fame e disperazione le cose vanno decisamente male, molti sono più morti che vivi. All'ambulatorio della dacia la maggior parte arriva con sintomi di carenza come vomito, diarrea, edemi da fame, che spesso comportano accumuli di acqua sotto la pelle.

Quando li visita, percepisce il loro dolore, ne sente perfino l'odore. Solo non sa come curarlo, a parte, forse, infondere loro litri di coraggio di vivere e ingrassarli come oche – se solo sapesse dove prendere quella medicina... Come si dice: dieci cerotti su una ferita non la fanno guarire. Ma nemmeno uno solo, soprattutto se si tratta di ferite interiori. Tutto quello che Olga può fare per loro è occuparsi delle ferite esteriori e lenire un po' il dolore causato dal sentirsi reietti, lasciandoli entrare nella dacia e nel proprio cuore.

All'inizio c'era stato solo Tadeusz da Łódź, al quale aveva dovuto incidere un'infiammazione purulenta al piede. Quando poi lui l'aveva pregata di dare un'occhiata all'espettorazione verdognola di un suo amico, non aveva potuto dire di no. Così come quando quest'ultimo le aveva parlato di qualcuno che aveva la spalla dolorante da giorni. Ora nel suo ambulatorio segreto arrivano ogni giorno sempre più pazienti, sebbene così facendo mettano a rischio la loro vita. È vero che non sono circondati da filo spinato come i lavoratori forzati russi delle fabbriche di armi, ma dopo l'appello delle cinque, ufficialmente, non possono lasciare le baracche. Se vengono scoperti, li attende il lager o persino la morte. Per questo si azzardano a uscire solo con il favore delle tenebre, poco dopo mezzanotte, quando la candela alla finestra è accesa e l'ambulatorio della dacia ha aperto i battenti.

Nonostante tutto quello che hanno passato e il futuro che hanno davanti, molti pazienti sono pieni di gratitudine per quel po' di umanità che trovano lì. Alcuni invece sono come irrigiditi e distrutti dal dolore, altri ancora insopportabilmente sgarbati, quasi che Fritz e Olga fossero in parte responsabili della loro miseria. Del resto lei comprende quel dolore, capisce che li trasforma e indurisce loro il cuore, li rende insensibili e si rivolta contro tutti coloro che sono considerati nemici. Olga sa che questa sorta di resistenza del dolore è necessaria per la sopravvivenza. Anche se quella non si può davvero chiamare vita. Quelle persone non hanno una famiglia che possa consolarle, nessuna fiducia in un ritorno a casa. E in più quella fame, che minaccia di portargli via la ragione e la vita.

Qualche giorno prima, davanti a lei si era presentato Dimitri di Cracovia, un gigante, all'incirca della sua età o poco più. Parlava un russo corretto, e Olga riusciva a capirlo grazie alle lezioni di un tempo con Babushka. Con uno sguardo dolce, in evidente contrasto con la sua statura, le aveva raccontato di essersi slogato la spalla.

Con un rapido movimento, lei gli aveva girato la scapola, una manovra che di solito provoca un forte dolore. Ma lui si era limitato a stringere un pugno senza emettere alcun lamento, nemmeno quando Olga gli aveva frizionato la spalla con una pomata e l'aveva fasciata con un pezzo di stoffa.

Solo al termine dell'operazione il gigante era scoppiato a piangere, come se lei avesse liberato non solo la sua spalla ma anche le sue lacrime. Olga, con cautela, gli aveva preso la mano, tenendola tra le sue. Poi l'uomo aveva iniziato a raccontare, a bassa voce.

Parlava facendo molte pause e nella sua voce si percepiva la disperazione mentre, con lo sguardo fisso, descriveva la caccia all'uomo per le strade di Cracovia e spiegava come i tedeschi avessero circondato interi isolati, sparando indiscriminatamente sulla folla e abbandonando i cadaveri sul posto. Erano passati casa per casa in cerca di lavoratori-schiavi che non si erano offerti volontariamente. Lui si era nascosto in un armadio, finché quelli non avevano picchiato anche alla sua porta, portando via la madre, anziché lui. Aveva udito le sue grida dall'armadio e quando aveva guardato dalla finestra in strada aveva visto come la trascinavano via per i capelli in camicia da notte, fino a caricarla su un camion.

«Sono corso giù per offrirmi al suo posto.» Il suo corpo massiccio tremava tutto, e i singhiozzi silenziosi erano così violenti che sembrava non dovesse mai smettere.

«Tutto invano. Alla fine ho visto la mia sorellina di sei anni, sola soletta in mezzo alla strada, che piangeva fissando il camion che portava via me e mia madre. Indossava il vestitino giallo che la mamma aveva finito di cucirle quella mattina. Non so nemmeno se è ancora viva.»

Un silenzio sconfortato era calato sulla dacia e Olga aveva fatto fatica a mantenere il controllo. Era oppressa da una tristezza pesante come il piombo. Da tre anni Dimitri era in trepidazione per la sua famiglia, ed era fermamente convinto di essere responsabile della disgrazia accaduta a sua madre e alla sua sorellina. Eppure lui stesso era poco più che un bambino.

«Maledizione!» Fritz la distoglie dai suoi ricordi. «Ma cosa è successo a questo mondo, che nemmeno i sassi vogliono più rimbalzare sull'acqua?» Prende un altro sasso piatto e lo fa saltare sulla superficie del lago. Questa volta fa cinque rimbalzi prima di affondare, ma Fritz non fa nessun commento, sembra essere altrove con i suoi pensieri.

Alla fine dice: «Mio zio ha ricevuto una citazione dalla Gestapo di Schwedt. Qualcuno l'ha denunciato perché si suppone che fraternizzi con i nostri lavoratori. Di chi ci si può fidare ancora in questo schifo di posto?».

A Olga pare di sentire un ronzio nella testa. «Chi può mai fare una cosa del genere?»

Fritz arriccia il naso. «Qualche pazzo.»

Olga pensa che sia per questo che Fritz si è tanto arrabbiato quando la Schnappe e la Grothe hanno chiesto del nonno.

«Mio zio è terribilmente nervoso. Anche se dice che non si può dimostrare niente contro di lui e che la Gestapo ha altro a cui pensare che arrestare tutti quelli che vengono segnalati.»

Olga spera che Schneider abbia ragione. «Forse a questo punto dovrebbe rinunciare a chiedere lavoratori dal maceratoio del lino», dice, anche se sa già che non lo farà. Quanto a testardaggine, somiglia molto a suo nipote.

Fritz sembra sorpreso. «Questo non lo farà mai», conferma. «È un'idea troppo buona.»

Proprio in quel momento li raggiunge Adam. Con grande sorpresa di Olga, con lui c'è anche Annemie. «Cosa ci fa lei qui?» mormora con una certa inquietudine. È preoccupata perché avevano in programma di rivedere con Adam la lista dei pazienti per quella sera.

«Sa tutto», si limita a rispondere Fritz.

Olga si sente pungere dalla gelosia. «Perché?» chiede sconcertata. Dopotutto erano d'accordo di non dire niente a nessuno.

E poi capisce. Adam e Annemie si tengono per mano. A Olga si stringe la gola. Adam? È *lui* lo sconosciuto misterioso?

Olga conosce Annemie da tutta la vita e le vuole bene, tuttavia a volte ha la sensazione di non sapere chi sia davvero nel profondo. Nonostante i molti anni di amicizia, ogni tanto Annemie le appare poco trasparente, come un vetro opaco. Anche quando erano piccole, Annemie, a differenza di Olga e Lotte, custodiva con cura i propri piccoli tesori come fossero cose di grande valore e trasformava tutto in un segreto. Era sua la frase: *Un tesoro è un tesoro solo se è nascosto.* E questo evidentemente vale anche per Adam.

Quando Annemie a Pasqua aveva raccontato del suo primo bacio, Olga e Lotte avevano pensato che si trattasse del tenente. Ora Olga capisce che Rosenbaum era stato solo una manovra diversiva. *Il miglior travestimento è quello che non si vede.* Anche questa frase di Annemie le era rimasta in mente.

Quando si volta verso Fritz, lui si limita a fare spallucce. Quindi anche lui sapeva tutto.

Per Olga non è difficile credere che Adam piaccia a Annemie. È una persona meravigliosa. Di certo dietro il bancone della locanda i due si sono avvicinati durante il turno di lavoro domenicale. Ma Olga non capisce come possano esporsi a un rischio simile. Se saltasse fuori, Adam finirebbe appeso alla prima corda e Annemie verrebbe mandata in un campo di concentramento. Tutti conoscono le leggi relative ai lavoratori stranieri, vengono diffuse ovunque: sulle colonne per le affissioni, sui giornali, in tutti i discorsi sulla purezza del sangue tedesco. *Chi ha rapporti sessuali con una donna tedesca o con un uomo tedesco, o si avvicina loro in qualche altro modo immorale, è punito con la morte.*

«Ora finalmente lo sai.» Annemie la saluta così, tendendole la mano. «Mi perdonerai i miei segreti?»

Olga si alza e la abbraccia.

Lei stessa, del resto, ha molti segreti. E di fronte all'oscurità del mondo, del loro mondo, sarebbe bello se il nuovo segreto condiviso potesse dar vita a un nuovo legame tra loro. Una confidente in più in effetti comporta un rischio più alto, ma anche più sostegno e meno bugie. A Olga dispiace solo per Lotte, che ancora una volta rimane fuori.

«Io non ho il vostro coraggio», dice Annemie, «ma forse ho un'idea. E sarei felice di aiutarvi. In qualche modo.»

Olga si chiede quanto coraggio serva a una persona che si mette in un tale pericolo per amore, e le sorride incoraggiante. «Racconta!»

«So che ai lavoratori manca tutto. E mi è venuto in mente che la birra è "pane liquido".»

«Vorresti riempirli di Spezial Hell?» le chiede Olga stupita.

Annemie sorride. «Questo no... Ma la nostra cantina è piena di orzo.»

Ma naturalmente! Perché non ci era arrivata da sola? Dai libri di medicina di Pa ha imparato che l'orzo è efficace contro molti sintomi di carenza nutrizionale scatenati dalla fame. Non c'è niente di meglio dell'orzo – in forma di tritello, fatto bollire, oppure come pane.

Sulla via del ritorno verso casa, Olga incontra Lotte.

«Volevo proprio venire da voi», si inventa sul momento, e fa per dare all'amica un bacio sulla guancia. Ma Lotte, ancora in abbigliamento da canoa, incrocia le braccia sul petto.

«Dove sei stata? Ti ho aspettato. Pensavo che ci allenassimo, oggi.»

«Lo so», Olga cerca di calmarla. «Ma sto tornando ora da una visita urgente a domicilio alla signora Schnappe. Non riesce a camminare, non muove neanche un passo. A causa della gotta le ginocchia le fanno un male d'inferno.»

Vedendo l'espressione scettica di Lotte, rincara la dose. «Spero che la pomata di podagraria che le ho preparato stamattina la aiuti un po'. Per fortuna cresce sulle rive del lago come le erbacce.»

«È un'erbaccia», ribatte Lotte secca. «Perché la Schnappe non va dal sostituto di Pa?» Ora sembra un po' meno irritata e prende Olga a braccetto.

«Perché lui non si chiama Blume.»

Oltrepassano la casa di Olga e svoltano nella strada che conduce in Marktplatz.

«Ma tu non sei un medico», obietta Lotte. Olga però non se la prende. Anche se non lo è, può comunque ottenere qualche risultato, almeno alla dacia. L'opprimente sensazione iniziale di essere un'impostora che si mette al lavoro senza una formazione ufficiale e senza lo sguardo vigile di Pa si è volatilizzata in fretta di fronte alla disperazione della gente. Pa le aveva raccontato che persino il grande Ippocrate, durante le guerre persiane, aveva iniziato degli stranieri all'arte medica, perché c'erano troppi malati e troppo pochi medici. Per ora può fare affidamento solo sulle proprie intuizioni e su quello che il nonno le ha insegnato. È vero, le aveva strappato la promessa che non avrebbe fatto niente che potesse metterla in pericolo – ma non è lui a predicare sempre che il giuramento di Ippocrate non si presta a Dio, al Führer o a una qualsiasi razza, ma alle persone? Forse sarebbe persino orgoglioso di lei, anche se non è ancora un medico.

«Lo so, ma per fare un unguento non è necessario studiare medicina», risponde ridendo e dando a Lotte una gomitata d'intesa sul fianco.

Lotte mette il broncio. «Non c'era nemmeno Annemie a darmi una mano», ribatte seccata. «Doveva venire a cronometrarci. Per fortuna ho incontrato Gero alla rimessa delle barche. Voleva aspettarti, e poi è venuto con me in acqua. In compenso si è lagnato per tutto il tempo.»

«Gero è a Ginsterburg?» Olga sente i muscoli irrigidirsi.

«Solo fino a domani, poi deve tornare dalla sua truppa. Ma perché non parli con lui? Dice che non rispondi alle sue lettere. Non sa più cosa fare per riconciliarsi con te. Non puoi rinfacciargli per sempre la storia del bacio rovinato...»

Olga esita. «Ma mi ha fatto male», replica, non sapendo cos'altro dire. «Ho bisogno di tempo.»

«Lui però non ne ha. Ti ho detto che deve tornare subito al fronte.»

Olga sfila il braccio da quello di Lotte e si allontana di un passo da lei. Ma l'amica le prende la mano. «Pensa se non gli dici addio e poi lui cade in battaglia. Non te lo perdoneresti mai!»

Dall'espressione triste di Lotte, Olga capisce che sta pensando a Fritz. Amando il dramma, probabilmente si immagina già sulla banchina della stazione con Fritz, mentre gli dice addio come fidanzata singhiozzante e lo saluta agitando il fazzoletto intriso di lacrime. E Olga la comprende, sebbene non le sia chiaro come l'amica possa continuare a ricamare sulla sua relazione con Fritz creandosi un'immagine lontana dalla realtà. Alla fine era stata soltanto una cosa da ragazzini, come tra lei e Gero. Le aveva giusto portato la borsa per qualche anno, tutto lì. Quello che non capisce è perché Fritz non parli con Lotte e non le chieda di trovarsi un altro portaborse.

20.

16 GIUGNO 1943, GINSTERBURG

Poco dopo mezzanotte la porta di legno dell'ambulatorio della dacia scricchiola, e Tadeusz entra con la moglie Anna. Adam chiude velocemente la porta alle loro spalle e Fritz dà a entrambi un grande bicchiere di acqua d'orzo. Da un paio di settimane, grazie a Annemie, hanno orzo in abbondanza, ed è una vera e propria benedizione. Per fortuna Meier non si è accorto che la figlia da qualche tempo porta fuori il cereale dalla cantina nascondendolo nelle tasche.

Olga dà la mano ad Anna e si presenta. La donna appare magrissima e macilenta, sembra lei stessa una bambina. È al settimo mese come Mamme. Ma i suoi occhi, le guance, la pelle non sono radiosi, mentre Mamme è tutta uno splendore. Che Anna sia rimasta incinta pur essendo sottopeso, rasenta il miracolo.

Adam ha raccontato che alle lavoratrici straniere che chiedono articoli per l'igiene viene razionato il cibo, in modo che il loro corpo indebolito interrompa il ciclo una volta per tutte. «Così vi risparmiate l'aborto», viene loro spiegato cinicamente. Alla domanda sul perché non venisse loro proibita ogni intimità, Adam aveva dato una risposta altrettanto cinica: perché l'atto sessuale solleva il morale, rafforzando di conseguenza la forza lavoro maschile.

Per quanto Anna appaia fragile, dalla loro coppia sembra trasparire un che di indistruttibile. Il modo in cui stanno lì davanti a Olga, Anna con la sua piccola pancia e suo marito orgoglioso al suo fianco, li fa sembrare una futura famiglia quasi felice. Olga è commossa dallo sguardo di Tadeusz per la moglie, colmo di amorevolezza, quasi che loro due fossero le uniche persone al mondo. Ma come potrà resistere questa coppia, se lo zio di Fritz non riuscirà a farli trasferire dal maceratoio del lino alla «sartoria» Schneider prima che la gravidanza venga scoperta?

Anna le sorride e le porge un mazzo di pratoline. «Per lei, cara signora Olga», dice.

Tadeusz la prega di dare ad Anna qualcosa contro i crampi al polpaccio. Dato il suo alto apporto di magnesio, le somministra il suo tritello di orzo e, con l'aiuto di Adam, le spiega le proprietà curative del cereale.

Anna indica la sua pancia. «Ne ho sentito parlare nei miei studi di storia», traduce Adam. «Nell'antico Egitto le prime spighe di orzo raccolte venivano offerte alla dea della fertilità Iside. Speriamo che porti fortuna.»

«Sarà così», dice Olga fiduciosa.

Anna le prende la mano e gira il palmo verso l'alto. Mentre studia le linee che si intrecciano, Olga d'un tratto prova paura. Vorrebbe ritirare la mano, ma resta immobile.

«Sei una brava persona, signora Olga.» Anna chiude gli occhi. «Vedo il tuo uccello protettore. Sa tutto della nascita e della morte, degli addii e dell'amore. E quando, prima o poi, tornerà da te in volo, sarà per restare.» Adam avrà capito bene?

«Un martin pescatore?» chiede Olga. Anna apre gli occhi, il suo sguardo si sposta su Fritz.

In quell'istante Olga vede un lampo di luce verde all'esterno. Per un attimo pensa che qualcuno stia lampeggiando con una torcia. Attanagliata dalla paura, vorrebbe fuggire. Ma poi le viene in mente che in quel periodo dell'anno i prati sono pieni di lucciole.

Del resto, chi potrebbe aggirarsi davanti alla dacia a quell'ora tarda?

Più tardi, dopo che Adam, Anna e Tadeusz se ne sono andati, Olga riordina come ogni sera insieme a Fritz. Lo guarda di sottecchi – non riesce a togliersi dalla mente le parole di Anna e ha una sensazione di vuoto nello stomaco. Com'è possibile che Anna sappia del suo martin pescatore, e di Fritz? Dovrebbe proprio andare a casa, il giorno seguente l'aspetta la grande regata e vuole presentarsi ben riposata.

Ciononostante cerca di godersi ogni minuto che ha a disposizione da sola con lui terminato il lavoro, quei momenti meravigliosi dopo un turno faticoso, quando, come due agenti segreti, cancellano ogni traccia e sgattaiolano fuori nella notte. Ma quando Olga si appresta a uscire, lui le afferra il braccio all'improvviso.

«Da qualche parte ho letto che la felicità si riconosce dal suono che fa quando passa.»

Perplessa, Olga si volta verso di lui. Dalla sua espressione, cerca di capire cosa intenda dirle.

«Non andare, Olga, non ancora.» La sua voce ora è poco più di un sussurro.

«E che suono fa la felicità, quando passa?» gli chiede con voce altrettanto bassa. Il rumore dei suoi passi quando sale la scala dell'olmo, il battito forte del suo stesso cuore quando lui la guarda come sta facendo ora...

Per un attimo, il mondo sembra fermarsi.

«Quando tu aspiri l'aria attraverso i denti mentre rimugini», risponde lui. «O quando sospiri piano, come un fruscio delle foglie nel vento.»

Un'onda le percorre tutto il corpo. Una sensazione che Olga non conosce e che la attraversa, calda e fredda insieme. Tende l'orecchio nel silenzio e, tremando, si allontana da Fritz.

Per quanto tempo Lotte ha atteso di sentire parole del genere dalla sua bocca? Tanto a lungo quanto lei stessa, si dice. Lei le aspetta da quando l'aveva visto la prima volta appoggiato alla Horch di Pa. Si era sentita attratta da lui fin da subito. Ben prima di Lotte, che aveva rivendicato il suo diritto eterno su Fritz quando ancora non aveva scambiato una parola con lui.

«Lotte ti ama», dice con un filo di voce.

«E io amo te.»

«Tu... ami me?» gli fa eco Olga, incerta.

«Solo te, sempre e solo te», ribadisce lui, picchiettandosi

con il dito sotto l'occhio sinistro, come se il loro segnale segreto fosse sempre stato segno del loro amore.

Tutto quello che la tocca nel profondo, tutto ciò che ama, prende forma nel viso di lui, nei suoi occhi.

Sente il battito che accelera, e si avvicina di un passo. «E io... te!»

Lui annuisce e sorride, la prende per le spalle, esita per un istante. Olga sente l'aria frusciare tra loro, sente che quello che sta per succedere li confonde e al tempo stesso li inebria. Per quanto tempo ha sognato quel momento, senza saperlo?

Fritz la attira timidamente a sé e affonda il viso nei capelli di lei. «Cosa ha detto Anna?» sussurra. «Un martin pescatore che torna in volo da te? Sono io.»

Olga sente il profumo della sua pelle, il calore del suo corpo, il suo respiro. Fritz posa dolcemente entrambe le mani sul suo volto, la osserva, le bacia la fronte e poi, con crescente sicurezza, la nuova lentiggine tra gli occhi, le guance e infine la bocca, così dolce e impetuoso da farle venire le vertigini. Olga chiude gli occhi e risponde al bacio con una passione che cambia il mondo.

Già un istante dopo, Olga sa che la felicità prima o poi finirà e l'ebbrezza svanirà. Ma allontana quel pensiero risolutamente. Perché ora non c'è spazio per pensieri e dubbi, solo per il loro sfiorarsi. L'amore è una forza della natura, una tempesta che neppure Eolo può fermare. E tanto meno i sensi di colpa. Lei è sua.

21.

30 MARZO 1991, GINSTERBURG

Dopo una doccia rinfrescante, Olga indossò dei comodi jeans e un pullover, poi scese e, al fianco di Becki e Sara, entrò nella spoglia sala riunioni della pensione. C'era odore di fumo di sigaretta. Olga aveva immaginato che sarebbero state sole con l'avvocato. Ma nella stanza c'erano decine di uomini e donne che la fissavano. Era tutta gente che voleva indietro il proprio passato?

Fece scorrere lo sguardo sui volti. Essendo nipote di Albert Blume, un tempo conosceva tutti per nome e tutti conoscevano il suo, ma con il passare degli anni i ricordi erano sbiaditi come le fotografie dei suoi amici sulla parete dietro il bancone. Quell'uomo calvo non era il figlio dell'orologiaio? Henning o Gustav? Anche quella brunetta piccola, che le sorrideva, sembrava una faccia conosciuta. Di fronte a lei sedeva un uomo di mezza età in un elegante abito tre pezzi che aveva lo stesso profilo – ma la circonferenza doppia – del barone von Hettersdorf. Dall'età poteva essere Rudolf, l'erede agognato, alla cui nascita lei aveva assistito... con tanto di svenimento.

Un uomo seduto alla testa del tavolo si alzò e si avvicinò a Olga con passi rapidi. «Mi fa piacere che sia potuta venire», disse gioviale facendo l'occhiolino, prima di presentarsi come Joseph Weinert, avvocato e specialista in diritto di proprietà dell'Est. Di persone come lui, che cercavano di nascondere la loro incompetenza dietro una facciata sfavillante, Olga ne conosceva a sufficienza. Nel caso dell'avvocato la facciata consisteva in occhiali dalle lenti colorate, un doppiopetto bordeaux con bottoni dorati e una cravatta di un giallo ottimistico. Per Weinert la caduta del Muro era stata una fortuna insperata, che aveva dato una seconda chance a uomini come lui. Un'età dell'oro per affaristi lesti e falliti, lo si leggeva dappertutto.

Quando tutti si furono seduti, l'avvocato prese un pacco di documenti dalla sua raffinata ventiquattrore di pelle e spinse sul tavolo un grosso mucchio di fotografie e articoli di giornali. Nelle foto si vedevano gli edifici in mattoni di vecchie fattorie, case fatiscenti, ville sul lago e piani regolatori.

«La povertà è sempre il miglior conservatore di beni architettonici», si sentì sospirare da qualcuno. «Probabilmente dovremmo essere contenti che le nostre case sono ancora in piedi.»

Becki sussurrò qualcosa a sua figlia, che si mise a ridacchiare. Olga lanciò a entrambe un'occhiataccia ammonitrice.

Mentre un'infinità di mani si incrociavano sul tavolo afferrando documenti e foto, Weinert riferì di aver lavorato per alcuni mesi nell'Ufficio per la definizione delle questioni patrimoniali in sospeso di Dresda per distinguere i vari assetti proprietari. «In tal modo ho potuto farmi un quadro di quanto le cose vadano per le lunghe. Attualmente presso gli uffici sono depositate numerose richieste di restituzione. Quanti di voi resteranno invischiati per anni negli ingranaggi burocratici, non è dato saperlo.» Fece una pausa a effetto, per poi proseguire con entusiasmo: «Per vostra fortuna, io conosco le scorciatoie più rapide e le persone giuste, e so quante possibilità avete».

Becki storse la bocca in un ghigno ironico. Non aveva nessuna considerazione di spacconi del genere, Olga lo sapeva. Probabilmente in quel momento avrebbe preferito essere alla locanda Meier per continuare a valutare lo stato dell'edificio. Solo che qui si trattava di qualcosa che riguardava anche e soprattutto lei.

Sara toccò il braccio di Olga. «Se avessi fatto più attenzione alle lezioni di geografia...» disse a bassa voce, quando l'avvocato, brandendo una bacchetta, si piazzò davanti a una lavagna a cui era appeso un mappale con segni rossi e blu. «Che significa questo?»

Olga sorrise. «Che l'orso è morto e Weinert ne vende la pelle.»

«Preferisci il blu o il rosso?»

«Nessuno dei due», rispose Olga divertita. «Non mi è mai piaciuto chi se ne approfitta quando la pelle in gioco è quella degli innocenti.»

Una nuvola si fermò davanti al sole e oscurò il locale.

«Sono stato all'ufficio del catasto», continuò Weinert. «Ho esaminato registrazioni, estratti, cambi di proprietà, documenti di espropriazione, e ho concluso che qui, per due case su tre, ci sono gli estremi per una richiesta di restituzione.» Mostrò sulla carta la prevalenza del blu. «Tutti i terreni blu di fatto appartengono a voi.»

Di nuovo fece una lunga pausa, lasciò vagare lo sguardo e concesse a ogni singolo volto un paio di secondi di contatto visivo.

Olga si voltò di scatto e guardò fuori dalla finestra. La vista delle colline dolcemente ondulate e del tenero verde dei prati, interrotta da una strada maestra bordata di platani, sotto la cui volta verde presumibilmente aveva un tempo passeggiato Fontane, ebbe il potere di calmarla. La luce del sole di mezzogiorno inondava le foglie del pioppo argentato, conferendo loro una brillantezza irreale. Quanto avrebbe voluto essere seduta là fuori e lasciarsi scaldare, invece di dover ascoltare quel sermone!

«Non devo certo essere io a ricordarvi che Ginsterburg sorge nel bel mezzo di un grandioso paesaggio morenico ed è una perla turistica», continuò l'avvocato, scoppiando in una risata gutturale. «Berlino è di fatto tornata capitale: quando il governo e il parlamento vi riporteranno la loro sede, la regione circostante vivrà un vero boom e i prezzi dei terreni schizzeranno a livelli inimmaginabili. Una casetta estiva sul lago a nemmeno un'ora da Berlino, ai margini delle brughiere e foreste dello Schorfheide, dove non solo Honecker andava a caccia?» Formò un cerchio con pollice e indice e scoccò un bacio sulla punta delle dita.

Becki imitò il suo gesto e disse a Sara e Olga: «Sentito? La locanda Meier sarà una miniera d'oro!».

Sara sorrise, mentre, rovistando tra i documenti, tirava fuori una copia di un vecchio articolo di giornale. «*La bionda di Ginsterburg compie 200 anni*» lesse ad alta voce, prima di passare il foglio a Becki. Sotto il titolo c'era una foto che ritraeva Gero e papà Meier che caricavano casse di birra sul carro. Becki la osservò affascinata. «Quindi, questo è mio padre», sussurrò. «Guarda, Sara, ha le fossette nelle guance, come me.» "È solo una foto", pensò Olga con sollievo. Era tutto a posto.

«E come me», aggiunse Sara alzando un po' troppo la voce, tanto che Weinert le rivolse uno sguardo severo.

«Lasciate che vi aiuti a far valere le vostre richieste di restituzione in base alla legge sulle questioni patrimoniali e a fare causa a quegli occupanti abusivi cocciuti che non vogliono riconoscere che la DDR e i suoi affitti ridicoli sono ormai storia. Rapido e non burocratico.»

Rapido e non burocratico. Benvenuti all'Ovest. La maggior parte di quelli che erano fuggiti era andata incontro al benessere, mentre chi era rimasto ne pagava ancora lo scotto. Olga scosse il capo disgustata. Se anche le sue pretese sulla villa dei Blume erano inattaccabili, non aveva alcun diritto di infliggere altre sofferenze ai nuovi abitanti e di scacciarli. Tutto ciò creava solo ulteriore ingiustizia. Sapeva bene come ci si sente a essere scacciati, quando il proprio mondo crolla da un momento all'altro. "Col cavolo che mi metto a giocare alla signora della tenuta!" disse tra sé e sé. Forse era giusto tornare nei luoghi dove tutto aveva avuto inizio – ma non per restare, bensì per liberarsi dei fantasmi una volta per tutte.

Resistette, seppur controvoglia, all'impulso di saltare su e correre via.

Ma, in fondo, perché? Cosa la tratteneva lì? Aveva già ascoltato abbastanza, per i suoi gusti.

Lanciò uno sguardo di scuse a Becki e Sara e sussurrò loro che doveva uscire un momento. "Rapido e non burocratico", pensò sorridendo.

Aprì la porta e quasi si scontrò con una donna.

«Olga! Sei proprio tu!»

22.

17 GIUGNO 1943, GINSTERBURG

È uno di quei pomeriggi torridi di giugno in cui la stagione buia sembra incredibilmente lontana. A Ginsterburg l'estate spesso non arriva prima della fine di luglio, e stavolta non solo è arrivata troppo presto, ma addirittura di notte. Pare inconcepibile che solo due mesi prima Olga fosse convinta che non sarebbe giunta mai. Come se i nazisti fossero riusciti a oscurare il sole.

Ma, dopo la notte con Fritz, la sua vita risplende come il più luminoso dei giorni, anche senza sole.

Il cielo appare più grande e più chiaro, i prati sono più verdi che nei mesi precedenti e il papavero fiorisce rigoglioso e prodigo, come la ginestra. Se non fosse per la voce stridula del Gauleiter Emil Stürz, il gerarca a capo della circoscrizione, che rimbomba sul lago e minaccia di distruggere l'idillio.

Invece che sulle sue parole, Olga cerca di concentrarsi sul vento e sul fruscio delle foglie sugli alberi, ma la sensazione di un cattivo presentimento non l'abbandona. Lei e Lotte, come le loro avversarie, sono già sedute nel loro *gilu* e aspettano la fine del discorso.

Quel giorno, sullo Schwanensee, si svolgono i campionati della circoscrizione della Marca di Brandeburgo. Un grande evento per Ginsterburg: in tutto il paese la gente ha appeso le bandiere naziste fuori dalle finestre. I vincitori di ogni categoria avranno diritto di partecipare ai campionati giovanili tedeschi a Berlino-Grünau, in agosto. Impresa che dovrebbe risultare facile per Olga e Lotte, che si presentano nel «due senza» e che sono quasi imbattibili, perché pensano, agiscono e pagaiano in maniera sincronizzata come due gemelle.

Ma che conquistino o no il primo posto è indifferente: quella gara sarà l'ultima per loro, perché il giorno seguente i Rasmussen lasceranno Ginsterburg. Stanno ancora cercando di convincere Olga ad accompagnarli in Svezia e le hanno persino preparato i documenti. Ma lei non vuole. Perché dovrebbe, del resto? Si tratterebbe di tre mesi, difficilmente di più. La sua casa è lì, e lì c'è bisogno di lei. Nemmeno le implorazioni di Pa riescono a farle cambiare idea.

Sulle rive, riuniti in gruppi più o meno numerosi, ci sono abitanti del luogo, autorità, persone in uniforme, ragazzi della Hitlerjugend e ragazze della BDM che sventolano le bandiere. Inoltre, la banda è pronta a rispondere all'ordine di marcia per scortare i vincitori, al termine della gara, fino in centro, in Marktplatz, dove riceveranno tutti gli onori.

Olga non ha visto nessuno della sua famiglia, e nemmeno i genitori di Lotte, che probabilmente sono impegnati a chiudere le ultime casse per il trasloco. Non ci sono neppure Fritz e Gero. *Fritz.* Olga lo ha salutato solo due ore prima e già sente la mancanza delle sue dita che la sfiorano, delle sue parole, di lui.

C'è solo Annemie, che indossa un elegante abito di lino nuovo, agghindata come per un ballo delle debuttanti, con una sciarpa che le sta appesa al collo come una ghirlanda e un ampio cappello parasole. Scatta fotografie con la Leica di Olga. Dopo la gara i funzionari della circoscrizione, compreso il Gauleiter, faranno una sosta alla locanda Meier per una birra speciale e un piatto di carne speziata. «Per questo mio padre mi ha adornata come il suo locale», aveva detto Annemie scherzando. «Addobbata a festa, con bandiere, ghirlande e treccia alla Gretchen.» E per la bile tossica di Tezlaff è prevista carne d'agnello magra. Meier sarebbe capace di inventarsi una birra senza alcol solo per entrare sempre più nei favori dell'Ortsgruppenleiter.

Olga getta uno sguardo a Lotte, che al contrario di lei sta ascoltando le ciance del Gauleiter, e sospira di sollievo quando finalmente Stürz finisce.

Evidentemente c'è grande bisogno di spirito combattivo, perché Stürz ha urlato per ben tre volte questa espressione, così forte che è risuonata su tutto il lago. La guerra si avvicina sempre più e, dopo le innumerevoli vittime dei bombardamenti, soprattutto sulle grandi città, il morale è basso in tutto il paese. Anche nella piccola Ginsterburg isolata dal mondo aumentano i morti e i dispersi, e cresce il malumore per le continue azioni militari.

Annemie fa loro segno che è giunto il momento di portarsi in posizione di partenza. Lotte e Olga raggiungono la Mohninsel e si allineano agli altri sei *gilu*. Il sole picchia sulle loro teste e Olga passa a Lotte il suo cappello di paglia. L'amica sembra triste e assente, forse con il pensiero è già all'imminente momento degli addii. «Forza, Lotte, ce la faremo!» la incita Olga.

Non appena risuona il colpo di pistola che dà il segnale di partenza, Olga e Lotte tuffano i remi nell'acqua e cercano di creare un movimento armonico, ma potente al tempo stesso. Subito prendono velocità e si piazzano alla testa della gara. Hanno almeno una barca di vantaggio. La canoa scorre, e Olga cerca di pagaiare calandosi nella usuale trance. Il suo corpo è come una macchina che svolge il lavoro, ma il suo spirito questa volta non vuole saperne di rilassarsi. Più ci prova, meno riesce a spegnere i pensieri. Sa che una sola pagaiata sbagliata annienterebbe tutti gli sforzi fatti. Si sente come se dei coltelli incandescenti le trapassassero i tendini, come se i suoi muscoli fossero in fiamme. E invece del silenzio, interrotto solo dal suono delle pale che si immergono nell'acqua, d'un tratto si ritrova nelle orecchie le parole di Fritz – *Wicca, mia Wicca…* –, così forti, che teme le abbia sentite anche Lotte.

Proprio non ce la fa a scacciare il pensiero della notte appena passata.

Fissa la schiena di Lotte, vede come l'amica si impegna a compensare il suo ritmo sbagliato. A Olga si spezza il cuore. Cerca disperatamente di adeguarsi alla vogata di Lotte, di concentrarsi sulla sua pagaia. Ma sull'acqua svaniscono tempo e spazio, e al posto del traguardo Olga ha negli occhi solo il prossimo incontro con Fritz.

«Maledizione, cosa fai?» grida Lotte voltandosi leggermente. «Non siamo sincronizzate!»

E come potrebbero, se tra loro c'è Fritz? I tempi in cui Olga e Lotte si muovevano a terra e sull'acqua perfettamente all'unisono sono perduti per sempre. Olga preferirebbe non avere una migliore amica, così non dovrebbe restare a guardare mentre tutto va a fondo, non vedrebbe come inganna sé stessa e gli altri e potrebbe pensare a Fritz senza vergognarsi. La loro amicizia, come del resto lei stessa, ha perso la sua innocenza.

Impotente, Olga si accorge che stanno sempre più perdendo posizioni e lotta contro una nausea improvvisa. Non è vero che in guerra e in amore tutto è permesso.

Dei mille metri da percorrere, circa la metà sono dietro le loro spalle. Olga sente che Lotte cerca di aumentare il numero di colpi al minuto, ma più si sforza di pagaiare contro i morsi della sua coscienza e di andare a tempo, più perde forza. Il suo cuore martella, come se stesse per saltare fuori. Si avvicinano alla linea del traguardo e il ritmico incitamento di Annemie le penetra nelle orecchie.

«Forza, ragazze, dai!» grida, puntando la Leica verso di loro, e Olga fa un ultimo grande sforzo. Ma non serve a niente, finiscono al penultimo posto.

Olga lascia cadere la pagaia gemendo. Sfinita, si appoggia all'indietro e cerca affannosamente di inspirare. In quel momento un attacco di tosse le scuote tutto il corpo. Sente la gabbia toracica che si solleva e si abbassa facendo un brutto fischio. Come un motore che sta morendo. Le piace che nel canottaggio sofferenza e felicità vadano a braccetto, ma non ci trova gusto se ciò accade nella vita normale. Come può sentirsi così incredibilmente felice e al tempo stesso essere così sicura che il nodo di dispiacere nel suo cuore non si scioglierà mai?

"Perché la mia felicità si fonda sull'infelicità di Lotte", pensa.

«Cosa vi è successo?» chiede Annemie, aiutando Lotte e Olga a scendere dall'imbarcazione. Tutte insieme, poi, trascinano il *gilu* fuori dall'acqua. Le lacrime inondano gli occhi di Olga, mentre si fa vento. Ci vuole qualche istante prima che riesca a rispondere. «È tutta colpa mia», dice ansimando. «È che non ho più forze.»

Lotte la guarda e la preoccupazione nei suoi occhi rende ancora più acuto il malessere di Olga.

«Stai tremando di freddo!» Lotte le tocca delicatamente la spalla. Poi si rivolge a Annemie: «Potresti andare a prendere un asciugamano per Olga?».

Annemie annuisce e corre verso la locanda.

«Per quale motivo sei senza forze?» le domanda Lotte, ora che sono sole. Nella sua voce non c'è alcuna accusa, e d'un tratto a Olga sembra tutto sbagliato. Niente è così duro come tradire la fiducia di Lotte, la sua amicizia. Olga non è così, e non vuole esserlo.

«È come se galleggiassi su un lastrone di ghiaccio su cui picchia un sole cocente. Tutto si scioglie.»

Cerca di controllarsi, per non scoppiare a piangere. «Mi spiace che non abbiamo vinto!»

«Lascia perdere la gara, Olga», dice Lotte, e la abbraccia forte. «Tu sei molto più importante, ed è per te che mi preoccupo.»

Olga quasi non sopporta la tenerezza nella voce dell'amica.

«Tu ti stai isolando», continua Lotte, «non parli quasi più con noi. E adesso questo... È a causa della Svezia?»

Olga riflette febbrilmente sulla risposta da darle, mentre già sente le lacrime rigarle le guance. Si porta le mani davanti al viso, come se potesse nasconderle. «Gero», dice di getto. «È per Gero.»

Gli altri concorrenti si stanno ormai incamminando verso il luogo della cerimonia di premiazione. Olga sente su di sé i loro sguardi, sprezzanti e maliziosi, come se la sconfitta delle favorite fosse più dolce della propria vittoria.

«Gero?» Lotte sembra incredula. «Tutto qui?»

Olga annuisce.

Perché l'ha detto? Non avrebbe piuttosto dovuto parlarle da tempo di come si erano raffreddati i suoi sentimenti nei confronti di Gero? E adesso questo. Olga sa che non è giusto. Ma in questo modo può distogliere l'attenzione da Fritz. E

Lotte continuerà a credere che Olga sta ancora soffrendo per il rifiuto di Gero.

«Bene, se questa è l'unica cosa che ti affligge...» Lotte le accarezza i capelli, cercando di consolarla. «Avevo temuto che la decisione di Pa ti avesse sconvolto.»

«Quale decisione?» Olga riflette. La governante in effetti le aveva detto che il nonno aveva telefonato, ma quando lei aveva provato a richiamarlo a Kühlungsborn la linea era caduta.

«Oh, Olga...» sospira Lotte. «Temo che tu non abbia scelta. Verrai con noi.»

Non ha scelta? Olga sente il sangue pulsare nelle tempie.

Vedendo l'espressione sul volto di Lotte, capisce che è tutto già deciso. Finora era sembrato solo un consiglio, un'idea, che lei aveva respinto con decisione. Cos'era successo?

«Tua zia è peggiorata, ha detto Pa a Mamme, sta morendo, quindi lui per ora non tornerà.»

«E se invece tornasse? Sai che Pa ha bisogno di me, i pazienti...» esclama Olga. Pensa ai tremori del nonno, alla sua inquietudine negli ultimi tempi.

Non gli piace più nemmeno guidare l'auto, o condurre la carrozza quando manca la benzina, se non c'è sua nipote.

E non solo Pa ha bisogno di lei. Anche Fritz, finché resterà lì. Loro sono la sua casa, la sua famiglia, e se ora deve andarsene, la sua perdita sarà doppia. E Adam, i lavoratori del maceratoio, anche loro hanno bisogno di lei. Olga non può piantarli in asso, questo le è dolorosamente chiaro, e non vuole farlo. Chi si prenderà cura di quelle persone? E un'altra cosa è lampante: tutti i suoi segreti si sono trasformati in un vortice che minaccia di risucchiarla. Ecco il motivo del nodo allo stomaco che la affligge da giorni.

«Pensano che con noi sarai al sicuro.»

E d'un tratto Olga capisce. Ovvio, Mamme ha parlato a Pa del cibo nascosto nella siepe. Per questo vogliono allontanarla da lì.

«Non è possibile!» sussurra, ma vorrebbe gridarlo forte.

«La guerra richiede a tutti noi dei sacrifici», dice Lotte con voce lieve, poi aggiunge: «La questione è solo se la guerra valga qualsiasi sacrificio».

Parole simili le aveva dette anche Olga la sera prima a Fritz. Si erano sdraiati insieme nella dacia, sotto una ruvida coperta di lana gialla. Lui le accarezzava dolcemente il braccio nudo, mentre sembrava cercare di imprimersi ogni singolo dettaglio del suo corpo.

«Ti amo, Olga, più di qualsiasi altra cosa. Non voglio lasciarti, non voglio invischiarmi in questa maledetta guerra.»

«Ma cos'altro puoi fare?»

«Preferirei svignarmela. Ma poi non potrei rivederti. Oppure potremmo svignarcela insieme, no?»

«Non parli sul serio. Dove potremmo andare? Sai cosa succede se ti scoprono.» Per paura di quello che Fritz avrebbe potuto dire, si guardò bene dall'incoraggiarlo.

«Mi fucilerebbero, sì. Ma non è quello che accadrà comunque? Ogni guerra richiede sacrifici, al fronte o sul fronte interno.»

Olga si era quasi sentita mancare. «Ma la questione è se la guerra vale questi sacrifici. Un soldato può morire, un disertore invece deve morire, non dicono così?» Gli aveva preso la mano, stringendola forte. «Adesso mi prometti che non farai sciocchezze. Non scapperai e tornerai qui, da me», concluse con un filo di voce.

«Lo sai cosa ha detto Anna. *Quando il martin pescatore cantar di te sentirò, seduta stante da te volerò.*» Fritz aveva sorriso. «Te lo prometto», aveva detto premendole la mano, come per suggellare la promessa.

«Allora non diserterai?»

Lui aveva sostenuto a lungo il suo sguardo, poi aveva sorriso di nuovo, e in quel momento lei aveva capito che avrebbe amato quel sorriso per tutta la vita.

«Io non ti capisco.» Lotte la strappa dai suoi pensieri. «Anch'io voglio che tu venga con noi. Questo non conta nulla?» Resta in attesa, come se sperasse in una risposta sincera. Ma le labbra di Olga restano chiuse. «Ma se non vuoi assolutamente farlo, allora ti resta solo una possibilità per rimanere.»

Olga sente nascere in sé una cauta speranza. Davvero può esserci una via d'uscita?

«E quale?»

Sul viso di Lotte spunta uno strano ghigno. «Potresti sposare Gero. Non vede l'ora di metterti l'anello al dito. Me l'ha detto, e ha aggiunto che è davvero pentito di averti respinto. È da Pasqua che non vi vedete. Dovresti perdonarlo, una buona volta. Ha chiesto una licenza straordinaria per te ed è tornato di corsa per vederti.»

«Gero è qui?» chiede Olga.

Un anello potrebbe essere la sua salvezza? Una morsa dorata che Gero le metterà all'anulare, ma anche al collo? Pensa a Fritz e alla notte in cui si è promessa a lui con tutto il suo corpo e con tutto il suo cuore. Ha già detto il suo Sì: l'amore conta più della ragione, Fritz conta più di Gero.

Un matrimonio di convenienza con Gero – non può essere la soluzione.

«È tornato per chiedere la mia mano?»

Ma proprio in quel momento lo vede. Gero le corre incontro insieme a Annemie.

«Se lo ami», le sussurra Lotte. Il suo sguardo è imperscrutabile, mentre aggiunge: «O forse non è così?».

«Quindi dovrei sposarlo subito?»

«Non c'è altra soluzione, se vuoi restare qui», ribatte Lotte, con un'espressione inspiegabilmente tormentata sul volto. «Io Fritz l'avrei sposato all'istante.»

La fronte di Olga è imperlata di sudore. Chiude gli occhi, cerca di placare il respiro, di dare ossigeno ai muscoli, ai vari organi, alle singole cellule. Emette un gemito.

«Chi ha ancora forza per gemere, ne ha abbastanza per bersi una bionda», dice Gero sghignazzando, appena si trova di fronte a lei. «Ciao, Olga. È bello vederti.»

Si morde il labbro superiore e abbozza un sorriso. Solo ora lei si accorge che ha tagliato i baffi. Sa di piacerle di più senza.

Lo ha fatto solo per dimostrarle che per lui lei è importante, che è pronto ad assecondare i suoi desideri? E – a questo pensiero Olga rabbrividisce – per rendere più piacevole baciarlo?

Più e più volte Gero cerca di catturare lo sguardo di Olga,

mentre lei svuota la sua bottiglietta d'acqua e fissa il terreno. Ma non può guardarlo negli occhi senza vedere quelli di Fritz, e non può nemmeno guardare in quelli di Lotte senza pensare che già nel fine settimana sarà con lei in Svezia. Sente un'improvvisa, tremenda nostalgia di Fritz. Dov'è? Aveva promesso di andare a fare il tifo per loro. Saperlo vicino la aiuterebbe a sopportare tutto quello che le sta accadendo.

Gero fa un tiro di sigaretta e osserva gli anelli di fumo che ha soffiato verso il cielo.

«Una bionda», ripete. «Vorrei invitarvi a festeggiare alla locanda Meier con un boccale di Hitlers Hell», annuncia in tono solenne.

«Un boccale di che?» chiede Olga, e le viene da tossire per lo shock. *Hitlers Hell?*

«Pensate, è arrivata una lettera dal quartier generale del Reich, per esplicito desiderio di Hitler, i Meier venivano esortati a produrre una birra speciale. La Hitlers Hell! *Prodotta secondo l'Editto della purezza ariana del 1933.* Non è grandioso?»

La sua voce va quasi in falsetto per l'eccitazione. «Una vera birra del Führer per risollevare il morale nel paese, e oltretutto la prima birra nel Reich che può portare il suo nome. Papà ha lavorato meticolosamente per giorni alla ricetta. Alle quattro ci sarà la spillatura solenne, alla presenza del Gauleiter e di altre personalità del partito. Resteranno a bocca aperta quando sveleremo il nome. Sarebbe bello se ci foste anche voi.»

Non può essere una coincidenza. Fritz! Hitlers Hell... ne avevano parlato una mattina durante l'ora del martin pescatore.

Gero le lancia uno sguardo languido, e lei si chiede come possa una frase in cui compaiono contemporaneamente Hitler e Meier renderlo così orgoglioso.

«Verrai, Olga?»

Lei evita di guardarlo negli occhi.

«Per favore, Olga, significherebbe molto per me...» la supplica.

Olga ha la bocca secca. Chiunque parli un po' di inglese, interpreterà quel nome come un'offesa a Hitler. Ma cosa diavolo fa Fritz? Perché non ha alcun timore di mettere in ridicolo – anzi, in pericolo – in questo modo quello che era il suo migliore amico? Quando si sente trattato ingiustamente, tira fuori un'intransigenza che a Olga fa paura. Nella mente vede il suo viso sorridente e indovina una risposta: "Chi dorme con i cani, Wicca, si alza con le pulci".

«Certo che viene», risponde Lotte al posto suo, poi domanda con stupore: «E come fa il Führer a conoscere la vostra birra?».

«Da Carinhall, naturalmente», risponde Gero senza celare l'orgoglio nella voce.

A non più di un'ora da Ginsterburg, nella foresta dello Schorfheide, sul lago di Groß Dölln, Hermann Göring possiede un'imponente residenza: Carinhall. Lì il Reichsmarschall riceve gli ospiti in visita di stato e i partecipanti alle battute di caccia da lui organizzate, eventi per i quali Meier fornisce spesso la sua Spezial Hell.

«E io che pensavo che il Führer fosse astemio...» mormora Lotte.

«Visto come si sta mettendo la guerra per lui, non mi sorprende che abbia cominciato a trincare», commenta Annemie con una risata, mentre fa per andarsene. «L'inferno di Hitler. Calza a pennello. È lì che presto finiremo tutti.»

«Maledizione, Annemie, cosa dici?» la apostrofa Gero. «E cosa intendi con "inferno"?»

Annemie si stupisce. A Gero dovrebbe risultare chiaro che quel nome sembra più una propaganda satirica del nemico che una birra.

«Be', pensaci bene», dice Annemie, e se ne va senza dire altro.

Gero, esterrefatto, la guarda allontanarsi nella direzione opposta a quella della locanda.

«Ma dove va?» esclama. «Deve aiutarmi a trovare il polacco!»

«Ognuno ha i suoi segreti», dice Lotte pensierosa e guardando Olga di sottecchi.

«Quale polacco?» chiede Olga.

«Adam. Papà vuole che quel polacco saltato fuori da chissà dove dia una mano con la spillatura.»

«Be', allora ti aiuto io a cercarlo», dice Lotte a Gero, strizzando l'occhio all'amica.

Olga trema per il freddo e solo in quel momento si accorge che Annemie ha dimenticato di darle l'asciugamano. «Non direi che è saltato fuori da chissà dove», osserva a bassa voce. «Piuttosto che è stato *deportato* da chissà dove.»

Angosciata, guarda i due amici andare via. Cosa deve fare? Se mette in guardia Gero, sarà Fritz a finire nell'inferno di Hitler, se non lo fa... pure. Immagina perfettamente quale sarà l'umore del vecchio Meier quando si renderà conto di essere stato vittima di un tiro mancino. Per non parlare dei signori in camicia bruna, che di certo non troveranno divertente uno scherzo ai danni del Führer. Di nuovo, Olga è assalita da un cattivo presentimento.

Fritz si è spinto troppo oltre.

23.

30 MARZO 1991, GINSTERBURG

Olga si alzò e si sistemò il cappotto. Aveva riflettuto abbastanza a lungo sul motivo che l'aveva spinta a oltrepassare Lotte senza dire una parola. Subito dopo la sua fuga precipitosa si era rifugiata nel bosco, sulla riva dell'Ucker, dove era stata molte volte con il nonno per pescare, in quel pacifico silenzio, pesci e conoscenza. Dopo un'ora buona, tutto quello che aveva preso all'amo erano un moschino nell'occhio e la consapevolezza di avere freddo e fame. Le sue scorte di energia erano finite. Vedere Lotte le aveva dato il colpo di grazia. L'ultima volta che si erano incontrate, Olga era ancora sposata e viveva a Friburgo. Come un fantasma dal passato, Lotte a quel tempo era piombata d'improvviso nella sua vita, scomparendo poi di nuovo in modo altrettanto inatteso, non senza aver rivoluzionato tutto il suo futuro. Il solo vederla, poco prima, aveva fatto temere a Olga che quella situazione potesse ripetersi. Del resto, da dove dovrebbero ricominciare, dopo tutti quegli anni? In ogni caso, non si sentiva ancora pronta a parlare con lei. Abbandonò il sentiero e si diresse verso ovest, attraverso una giungla di antichi faggi, pini, querce e arbusti di pruno selvatico – un tempo raccoglieva i suoi frutti con un secchio, per usarli poi come ingredienti per medicamenti e grappe. Il profumo del bosco inondava l'aria.

Ma cosa ci faceva lì, Lotte? Probabilmente la stessa cosa che faceva lei, si disse Olga: ispezionava la sua eredità. Al numero 3 di Marktplatz. Quell'edificio a più piani apparteneva alla famiglia di Lotte, compreso il grande giardino sul lago, nel quale ora, al posto della vecchia dacia, c'era una casetta graziosa. Il luogo in cui Olga aveva conosciuto il paradiso e l'inferno, uno dopo l'altro.

Appena affiorò quel ricordo, Olga inciampò su una radice. Riuscì ad afferrarsi a un pruno per non cadere, ma restò impigliata con il braccio in un ramo spinoso. Mandò un grido e si tolse il cappotto. Una spina aveva trapassato il pullover e si era infilzata nella pelle. Tirò su la manica con cautela e si esaminò l'avambraccio: un brutto graffio. Si guardò intorno in cerca di piantaggine, il cerotto disinfettante messo a disposizione dal bosco poteva venirle utile in quel momento.

All'improvviso le sovvenne il piccolo figlio dei vicini, che venivano da Kühlungsborn. Un giorno era corso da lei piangendo perché si era sbucciato il ginocchio. A quell'epoca, poco prima della fine della guerra, non c'erano più medicine né bende o unguenti, né tantomeno penicillina. Intorno a lei le persone morivano come mosche, di tifo, tubercolosi, infiammazioni, debilitazione. Persino una piccola, innocua ferita, se si fosse infettata, avrebbe potuto condurre alla morte. L'aveva visto accadere troppo spesso. Aveva pulito il graffio del bambino con un infuso di salvia, equiseto e camomilla, poi aveva schiacciato una foglia di piantaggine che aveva raccolto ai margini del sentiero, lasciando gocciolare la linfa sulla parte ferita, prima di fissare una seconda foglia sul ginocchio a mo' di cerotto. E per non correre rischi gli aveva preparato anche una pomata a base di calendula contro le infiammazioni. A tale scopo, aveva scaldato dell'olio di girasole con un po' di cera d'api, unendovi poi i petali di calendula. La madre del bambino era stata così grata che le aveva donato un paio di guanti fatti a maglia.

D'un tratto si accorse di avere le mani intorpidite. Soffiò un paio di volte sulle dita dopo essersi di nuovo infilata il giaccone. Avrebbe preferito scaldarle stringendo una tazza di infuso di rosa canina bollente. Il terreno sotto i suoi piedi era morbido. Quando tornò sulla strada, che un tempo non esisteva, e si diresse verso alcune case che non potevano avere più di trent'anni, inspirò profondamente un'ultima volta l'odore della terra umida. Si guardò intorno. Avrebbe potuto essere ovunque. Niente le ricordava il passato: persino il più attendibile dei punti di riferimento, l'alto campanile, era scomparso da qualche parte dietro i grandi edifici prefabbricati del socialismo reale stretti gli uni agli altri che, allineati di fronte a file di tristi case unifamiliari del colore del fango, ostruivano loro la vista verso ovest. Probabilmente quello era l'insediamento di cui aveva parlato Rudolf von Hettersdorf. Era stato costruito ai margini del bosco, su quelli che una volta erano i pascoli della famiglia, e lui ora, in qualità di erede, pretendeva un risarcimento. L'unica cosa che le parve di riconoscere, in mezzo a tutte quelle novità, era il piccolo stagno di fronte a lei. Un gruppo di anatre le passò davanti marciando verso l'acqua.

Davanti a una delle case, un uomo puliva i cerchioni della sua Golf. Olga si rivolse a lui, chiedendogli indicazioni sulla strada per la piazza centrale.

«Sempre dritto lungo la strada. Da che parte, altrimenti?»

La colpì il fatto che davanti a quelle case non ci fosse nemmeno una Trabant, solo vecchie auto occidentali arrugginite. Quell'agglomerato avrebbe potuto essere ovunque.

Aveva fatto solo pochi passi, quando udì il familiare suono delle campane della chiesa. Dopo aver superato la vecchia fabbrica di fiammiferi arrivò alla chiesa della Trinità, camminando sull'acciottolato di Marktplatz, circondata da negozietti e con al centro la vecchia fontana. Le sembrò che sulla piazza aleggiasse, come una nebbia sottile, una profonda malinconia. Anche se era giorno di mercato e regnava un vivace trambusto. Sul lato opposto della piazza c'era il municipio barocco, alla cui sinistra si apriva un vicolo che scendeva al lago.

Lei era cresciuta lì, in quella cittadina, un tempo così graziosa. Ma il mondo della sua infanzia aveva perso il suo aspetto familiare. Niente le ricordava il passato, e tuttavia non era cambiato quasi nulla. Come se due mondi si toccassero fugacemente. Nessuna delle case era caduta vittima della palla demolitrice, neppure la più antica, risalente al XVI secolo, che tuttora ospitava il panificio Zapfen. Davanti alla porta c'era la fila, e Olga si domandò se non fosse il caso di fare una visita al figlio del vecchio fornaio. Chissà se ricordava ancora che lei aveva fatto venire al mondo il piccolo Jochen? "Forse più tardi", si disse, quando vide uscire dal negozio proprio Jochen, ora adulto. Si affrettò a nascondersi nell'ingresso di una casa e aspettò finché lui non scomparve in una viuzza. Il suo polso aveva iniziato a correre, come se il solo vederlo avesse risvegliato in lei la nostalgia.

Molte delle case erano vuote, le porte erano murate, le finestre sbarrate con assi inchiodate. Osservando la piazza sembrava di guardare un televisore a cui era stato abbassato il cursore del colore. Tutti gli edifici erano dello stesso sconfortante grigio pietra e l'intonaco sfaldato, in qualche caso rattoppato, lasciava intravedere qua e là i muri sottostanti, come se questi fossero colpiti da un'eruzione cutanea su ampia scala. "Tutta la materia è luce spenta", pensò, e si chiese come mai i vecchi proprietari volessero, dall'Ovest, tornare di nuovo nell'oscurità.

Al centro della piazza c'era la fontana barocca del Nettuno. Il dio romano dell'acqua aveva sempre l'aria imbronciata di un tempo. "Non c'è da stupirsi", si disse Olga, "gli manca ancora il naso." A suo tempo girava voce che alcuni membri delle SA l'avessero staccato durante i pogrom della Notte dei cristalli perché sembrava troppo ebreo. Dopo tanti anni, nessuno l'aveva ancora sostituito. Olga osservò la casa degli Heimann. Lì dove, prima dell'arianizzazione, c'era stato il loro negozio di scarpe, ora si vendevano profumi, come se in quel modo si potesse coprire l'odore della morte. Sapere che anche i loro discendenti, come quelli dei Liebermann e dei Rosenbaum, potevano vedersi restituire le loro proprietà la riempì di soddisfazione. Perché, dopo quello che avevano sofferto, avevano molto più diritto alla riparazione rispetto a lei. Tuttavia quella parola le si bloccò nella testa nel momento stesso in cui la pensava. Cosa mai c'era di riparabile, della Shoah? Cosa poteva tornare a posto per i sopravvissuti?

D'un tratto sentì un alito di vento nel collo. D'istinto si voltò. Nel bel mezzo della confusione del mercato vide un uomo di spalle, la cui andatura le parve curiosamente familiare. Altezza, corporatura, persino il cappello corrispondevano. Il suo cuore sembrò fermarsi per un istante – era Fritz?

Ma prima che potesse guardarlo meglio era sparito dietro l'angolo di una casa. "Strano", pensò, ma liquidò subito la cosa come uno scherzo della mente. Non erano i morti a prendere vita, ma solo la sua immaginazione. Forse tornare nei luoghi del passato era davvero salutare. Anche solo per curare la nostalgia. Ma cosa aveva da guadagnarci, se diventava paranoica?

E se non lo era? Se fosse stato davvero lui?

Olga decise di seguire quell'uomo.

Ma in quel momento qualcuno la toccò sulla spalla.

24.

17 GIUGNO 1943, GINSTERBURG

Olga versa alcuni cucchiai di achillea essiccata, borsa del pastore e alchemilla in acqua bollente. In quel momento suona il campanello, accompagnato come sempre dai latrati di Artiglio. Da quando suo padre è via, il cane abbaia senza sosta e morde tutti quelli che incrocia sulla sua strada. È quello che vorrebbe fare anche Olga a quei mostri che hanno strappato ad Anna il bambino che aveva in grembo. Invece, beve un sorso di infuso di valeriana per quietare il tremore rabbioso che sente dentro di sé.

Era sulla strada verso casa quando Fritz l'aveva fermata e trascinata in un angolo.

«L'hanno fatto», le aveva riferito, senza fiato. «Stamattina, nell'infermeria del campo, quegli animali hanno davvero portato via il bambino ad Anna! Contro la sua volontà. E poi, quando ha iniziato a sanguinare, l'hanno lasciata lì distesa, come un cervo abbattuto.»

Olga aveva sentito il petto contrarsi e non era riuscita a tirar fuori nemmeno una parola. Aveva visto Anna solo il giorno prima, e l'aveva rassicurata: tutto sarebbe andato bene. Che cos'era in fondo una vita – o due – per quelle bestie?

«Annemie e Adam l'hanno portata alla dacia.»

Sconvolta, Olga gli aveva promesso di raggiungerli al più presto, giusto il tempo di preparare un paio di medicamenti. Proprio Anna... A Olga era subito piaciuta quell'anima dolce, e aveva sperato ardentemente che lo zio di Fritz, con il suo piano, potesse proteggerla dal male peggiore. Ma per quello è troppo tardi. Sarà già tanto se Anna sopravvivrà a quell'intervento violento.

Prende il cane con movimenti più bruschi del necessario e lo porta con fatica fuori dalla stanza, ma quello non smette di abbaiare.

La cosa non sembra spaventare il visitatore, che continua a tenere premuto il campanello. Eppure non può non aver visto il grande cartello appeso alla porta: AMBULATORIO CHIUSO CAUSA MALATTIA. Evidentemente per molti è una contraddizione in termini – altrimenti perché molti pazienti ignorerebbero l'invito a recarsi dal sostituto di Pa o all'ospedale di Schwedt? Olga spera che, se non lo fa il cane, almeno la governante riesca a scacciare l'ospite indesiderato.

Rapida, riempie una borraccia con l'infuso e la mette nella borsa insieme agli asciugamani e alle pomate a base di fiori di camomilla e melissa. Riflette un attimo, per decidere se si sente di portare anche la segale cornuta. Quando l'emorragia è grave, è il miglior rimedio che ci sia. Nessun'altra sostanza naturale è altrettanto efficace per far contrarre la muscolatura dell'utero e fermare il sanguinamento. Ma esita, perché non riesce a togliersi dalla testa l'avvertimento del nonno di utilizzarla solo in casi di emergenza estrema.

Per sicurezza, Olga guarda ancora nei suoi appunti e pesa meticolosamente la polvere di segale cornuta in laboratorio, prima di riporla in una scatolina che mette con le altre nella borsa. Da uno a due grammi, non di più, altrimenti ha un effetto tossico. Il fungo nero che nasce sulla segale, e si usa macinato, ad alti dosaggi restringe i vasi, provoca la morte dei feti, oltre che delle dita di mani e piedi, oppure può causare una paralisi respiratoria o un blocco circolatorio, e quindi la morte.

TUTTO È VELENO E NON ESISTE NULLA SENZA VELENO; SOLO LA DOSE FA SÌ CHE LA SOSTANZA NON SIA VELENO. La frase di Paracelso è affissa alla parete come monito. In parole povere: molto non aiuta molto. Continuamente muoiono donne che vogliono interrompere una gravidanza indesiderata con quell'erba.

Meno di un anno prima Olga aveva visto con i suoi occhi, con una vedova del paese vicino, quali conseguenze può avere una dose troppo alta di segale cornuta. Quando la donna, dopo la morte del marito, si era resa conto di essere incinta di lui, aveva deciso di liberarsi illegalmente del bambino usando la segale cornuta. Era stato uno spettacolo orribile vederle esalare l'ultimo respiro davanti ai suoi cinque figli, senza che Pa potesse fare niente.

«Le leggi degli uomini non sono le leggi della natura», le aveva detto il nonno sulla via del ritorno, «tuttavia condividono la stessa spietatezza. Entrambe non hanno lasciato altra scelta a quella povera donna se non quella di prendersi il diritto di agire contro la legge.»

Olga ripensa alle parole di Pa e anche a ciò che lui aveva aggiunto nella stanza dove tutto era accaduto. «Non bisognerebbe togliere dai guai queste donne stremate con un raschiamento, tutto sommato abbastanza sicuro, prima che mettano fine a una gravidanza indesiderata, e magari anche alla loro vita, con una quantità esagerata di segale cornuta, pratoline, arnica o noce moscata? Prima che – da sole o con l'aiuto di qualche ciarlatano – si pompino lisciva di sapone nell'utero o ci frughino dentro con rami, ferri da maglia o piume di gallina fatte bollire per sterilizzarle?»

Improvvisamente aveva avuto paura per lui, perché sapeva cosa significava.

«Non se, praticando l'aborto, rischi la pena di morte», gli aveva risposto, anche se immaginava che lui avrebbe comunque aiutato la paziente, se fosse stato cosciente della sua disperazione.

Di fronte a un'emergenza un medico non pensa alla colpa o alle leggi, come dice sempre il nonno. Si attiene solo alla sua coscienza, alla sua esperienza. Del resto, non è un giudice.

Olga sistema nella borsa il sapone carbolico, dopo essersi più volte lavata e disinfettata le mani. Pa insiste con forza sul fatto che ci si debba lavare le mani con un sapone germicida prima di ogni visita, soprattutto se si deve fare un controllo vaginale durante un parto. Solo misure igieniche corrette hanno permesso di debellare la febbre puerperale, che ha ucciso anche la madre di Pa.

L'odore pungente del cloro e quello delle erbe le sono rimasti appiccicati alle dita. Sente i passi e poi la voce della governante, che la chiama da dietro la porta chiusa. «Hai visite, Olga. È Gero.»

"Gero? Non adesso", impreca mentalmente.

Quando va alla porta della villa dei Blume, non vede nessuno sul lungolago, tranne lui, che si sistema nervosamente una ciocca di capelli dietro l'orecchio.

«Cosa ci fai qui?» gli chiede controllando la voce, mentre pensa a un modo per liberarsi in fretta di lui.

«Rimedio ai miei errori», spiega Gero inchinandosi. La sua fronte brilla come i capelli impomatati. «Lotte mi ha detto che devi andare con loro in Svezia.» Deglutisce. «E quanto sarebbe importante per te poter rimanere.»

Le sorride insicuro. Olga non ricambia il sorriso.

«So bene come ti senti, è lo stesso anche per me.» La cinge con un braccio. Lei si irrigidisce, ma lo lascia fare.

«Non avrei mai dovuto mettere alla prova in quel modo il nostro amore», continua. Poi si scosta leggermente da lei, asciugandosi il sudore dalla fronte con la mano. «Avevo paura del bacio, paura di deluderti, di non trovare le parole giuste, di non essere abbastanza spiritoso. Paura che tu preferissi qualcuno come Fritz. Farei qualsiasi cosa per farmi perdonare da te.»

Olga lo guarda con compassione. La sua sottomissione la disgusta. Possibile che non si accorga dell'estraneità che c'è fra loro?

Sul volto di Gero si legge l'incertezza di fronte al suo silenzio.

«Mi perdoni?» le chiede, e il tono tradisce l'ansia.

«Ti perdono», risponde Olga, sforzandosi di mostrare un'espressione amichevole. «Ma parliamone più tardi, adesso ho da fare.»

«Da fare? Non è qualcosa che può aspettare?» ribatte lui, mentre Olga si volta.

Indica la borsa. «Una delle pazienti di Pa ha bisogno dei medicamenti con urgenza», mente.

Lui la tiene stretta per il braccio. «Lascia che ti mostri che posso essere l'uomo che meriti. Se so che mi aspetti, ho un motivo per tornare dalla guerra.» Nei suoi occhi c'è qualcosa di supplichevole e di preoccupato allo stesso tempo. Le sue guance sono arrossite.

A poco a poco, le intenzioni di Gero le diventano chiare.

«Sposiamoci, Olga. Mi sono informato. Per un matrimonio di guerra non servono le pubblicazioni, solo i testimoni dell'ufficio d'igiene. E il consenso di tuo padre, perché non sei ancora maggiorenne.» Parla veloce, seguendo il ritmo altrettanto rapido del respiro. Per le nostre nozze posso chiedere una licenza, così tornerò da te prima che tu ti accorga che me ne ero andato. Nel frattempo puoi andare a stare con i miei genitori e Annemie.»

"Mai!" vorrebbe gridargli in faccia Olga. E immagina chi bisogna ringraziare per quella spontanea promessa di matrimonio: Lotte.

Lei non vuole sposarlo, non l'ha mai davvero voluto. Che razza di idea, contrarre il vincolo matrimoniale per pietà o per calcolo! E poi che senso ha, per lei, restare a Ginsterburg, se deve comunque rinunciare a Fritz?

Perché deve essere tutto così complicato? Perché non può semplicemente ricominciare tutto da capo – con Fritz, certamente non con Gero?

Olga non dice una parola e, tastando con le dita, cerca nella sua tasca la piuma di martin pescatore, che conserva come un bene prezioso. Il regalo di Fritz.

Gero evidentemente interpreta il suo silenzio come tacito consenso, perché di punto in bianco la stringe a sé e la bacia, così, all'improvviso, quasi per non darle la possibilità di dire di no.

Olga ha ancora fresco il ricordo delle mani di Fritz sul proprio corpo e si sente come se lo stesse tradendo. Non solo le sembra tutto sbagliato, le viene anche la nausea. Si libera energicamente dalla stretta di Gero e solo a fatica reprime l'impulso di dargli uno schiaffo. Non farebbe che peggiorare le cose. Stringe i pugni. «Ma che fai?»

«Voglio dimostrarti che ho intenzioni serie», risponde lui. «Ti prego, Olga, dammi un segno che mi dica che ho speranze. Adesso, che ho la morte certa davanti agli occhi.» Le lacrime cominciano a rigargli il viso. «Non avrei nessuna paura di morire, se sapessi che tu stai per diventare mia moglie.»

Qualcosa nel tono della sua voce le fa capire che non se ne andrà finché lei non le avrà dato anche solo una piccola speranza.

«Ci penserò.» Si costringe a sorridere.

«È un sì?» chiede lui fiducioso.

«Ci penserò», ripete lei, pur sapendo perfettamente che non lo sposerà mai. «Ma ora devo andare, le condizioni di salute della paziente sono davvero preoccupanti.» Che in effetti non è una bugia.

Evidentemente Gero non se lo aspettava più, e ora ritiene di aver avuto la conferma che voleva. Perché d'un tratto la solleva e la fa volteggiare.

«Guarda come mi fai diventare spavaldo!» le dice sorridendo, e tenta di baciarla di nuovo. Ma questa volta Olga è più veloce e gira la testa, così che le labbra di lui trovano solo la sua guancia.

«Non con questa irruenza», ribatte, puntandogli contro il dito minacciosa. «Sono una ragazza per bene.»

«Ma certo! Perdonami, carissima Olga. Pensavo solo... dato che ormai siamo come fidanzati...»

Poco dopo Olga arriva alla dacia. La casetta, fino a un istante prima il posto più bello del mondo, ora irradia un senso di pesantezza che inghiotte tutta la vitalità della notte precedente. All'improvviso le sale nelle narici l'odore acidulo del sangue. Si guarda intorno, ma prima di vedere Anna sente i suoi gemiti, debolissimi. Lascia vagare lo sguardo e la scorge su un materasso sotto la finestra, avvolta nella coperta gialla che aveva tenuto caldi lei e Fritz la notte prima. Accanto alla giovane è accovacciato Tadeusz, ripiegato su sé stesso, come un involucro vuoto. Ha gli occhi arrossati e stringe forte il dito di Anna, come uno che sta affogando si aggrappa a un pezzo di legno galleggiante. La sua disperazione è palpabile.

«*Moje dziecko, moja biedna zona*», lo sente lamentarsi.

A Olga si stringe il cuore. Riesce a malapena a trattenere le lacrime. *Poveretti!* Cosa non darebbe per poter togliere loro tutto quel dolore! E invece è tormentata dalla paura di peggiorare ulteriormente le condizioni di Anna. Tutti si aspettano un miracolo da lei, ma Pa è l'unico che può fare miracoli. Perché non è lì con lei? In fondo è lui il medico, non Olga. Se è vero che non potrebbe riportare in vita il bambino, sarebbe per lo meno in grado di salvare la madre.

Si avvicina alla coppia, esitante. Il sudore le imperla la fronte, si sente sprofondare: tutte le sue preoccupazioni le annebbiano la mente. Ma non vuole affatto sottrarsi alle sue responsabilità. Solo si rende conto quanto sia sottile il filo a cui è appeso il destino. Tra la vita e la morte spesso c'è solo un battito di ciglia, e una decisione altrettanto determinante, che deve essere quella giusta. Come fa a sapere cosa è giusto e cosa sbagliato?

All'improvviso sente la voce di Fritz. «Wicca!» La parola le riecheggia nella testa. Alza lo sguardo e lo vede in piedi accanto al lavandino. Ha la sensazione che, nonostante il sorriso sul suo volto, sia provato. "Puoi farcela", le dice solo muovendo le labbra. D'un tratto Olga si vergogna dei propri dubbi. Cosa diavolo le succede? Deve decidere da sola. E deciderà.

Con rinnovato coraggio, si avvicina al letto di fortuna di Anna, buttato sul pavimento. Se si fiderà del suo intuito, del suo bagaglio di conoscenze, della sua valutazione di odori e voci, delle espressioni dei volti, allora andrà tutto bene. Nella sua testa torna a regnare la chiarezza, e comincia a organizzare i pensieri ripassando quello che deve fare.

Anna non ha perso solo il bambino, ma anche il coraggio di vivere, Olga se ne accorge subito. Il dolore per la morte del figlio le ha sottratto l'energia di cui avrebbe bisogno per lottare per sé e per Tadeusz. Olga combatterebbe volentieri con loro e per loro. Ma come? Alla paura che Anna possa non farcela, si aggiunge il timore che la giovane donna in realtà non lo voglia.

«Ci hanno portato via il nostro bambino», dice Tadeusz

con voce spenta, mentre le lacrime scorrono sulle sue guance scavate. «Darei tutto per nostro figlio, per Anna, per una speranza.»

Afferra il braccio di Olga e la guarda negli occhi. Le sue dita stringono il braccio come artigli. «Devi salvarla. Anna è tutto quello che ho!»

La disperazione della coppia lacera il cuore di Olga. Solo per far sì che Tadeusz non si arrenda, e per non arrendersi lei stessa, gli promette: «Lo farò».

Poi si gira verso Anna e le stringe la mano.

«Avrei preferito rivederti in circostanze diverse», le dice. «Mi dispiace così tanto...» Anna ha lo sguardo fisso nel vuoto, come se non sentisse nemmeno la voce di Olga, tuttavia Tadeusz comincia a tradurre per lei.

«Ti farò guarire, te lo prometto.»

Olga non dice da dove le viene questa presunta certezza, ma ora Anna sorride debolmente e Olga pensa che a volte la fede può spostare le montagne. In medicina non ci sono certezze, solo una coscienza. E questa le dice che deve trasmettere fiducia.

Prende il polso di Anna e resta in silenzio. Concentrata, conta le pulsazioni. Sono accelerate: la circolazione è lenta e il respiro corto e debole. Un'occhiata sotto la coperta mostra che la situazione è seria. Il flusso di sangue ha impregnato il materasso. A quella vista, Olga deve reprimere un conato. L'importante è che Anna non perda altro sangue. Niente indebolisce maggiormente l'organismo.

Nei manuali c'è scritto che nel corpo di una donna circolano circa quattro litri di sangue. In Anna sicuramente meno, considerato il suo peso. Se si perde più di un litro, il respiro e il battito accelerano e si hanno capogiri. Via via che aumenta la quantità di sangue fuoriuscito, si perde conoscenza, fino ad arrivare a uno shock emorragico. La quantità di sangue che vede sul materasso fa capire a Olga che il tempo stringe.

Rapida, mette la segale cornuta sotto la lingua di Anna e le somministra l'infuso antiemorragico con un cucchiaio.

Poi, con cautela, le solleva la camicia e tasta l'utero. Ha le dimensioni di un melone ed è posizionato appena sopra l'ombelico. Olga sente affiorare la speranza, perché appare flaccido e morbido al tatto. Comprimendo con forza sufficiente, potrebbe riuscire a fermare l'emorragia.

Con la coda dell'occhio vede la porta aprirsi. Si spaventa, ma sono solo Adam e Annemie, che hanno portato una borsa del ghiaccio. Olga fa loro un cenno di saluto e sistema subito la borsa sul corpo di Anna, nel punto sotto il quale si trova l'utero. Poi aspetta che lo stimolo del freddo riduca la fuoriuscita di sangue.

Quando alla fine si inginocchia e spinge con delicatezza l'utero nel bacino, spiega ad Anna quello che sta facendo. «L'utero è un grosso muscolo. Se lo stimoliamo dall'esterno, l'emorragia rallenta.»

A quel punto comincia a massaggiare l'utero con energici movimenti circolari attraverso la parete addominale, un'operazione che richiederà sicuramente una mezz'ora abbondante. Il tempo necessario perché il sangue smetta di riversarsi fuori copioso ma si limiti a filtrare lentamente. Nel frattempo deve continuare a schiacciare l'utero con una sorta di presa a tenaglia, perché solo quando è vuoto si può contrarre.

Di tanto in tanto Olga perde il senso del tempo, si muove come in trance, come se avesse fatto quell'intervento centinaia di volte. In lontananza si odono i rintocchi della campana della chiesa. Cinque. Olga ha un brivido. Fritz non aveva detto che Anna e Tadeusz alle cinque devono essere di ritorno alla baracca per l'appello? Angosciata, guarda Tadeusz. Ma lui si limita a scrollare le spalle, come se non potessero esserci tempi peggiori di quelli che si sono già lasciati alle spalle.

Olga ha un capogiro, davanti agli occhi tutto si fa nero. No, non può succedere. Non adesso che il destino di Anna è nelle sue mani. E in pochi istanti, senza nemmeno rendersene conto, si riprende.

Olga preme e massaggia alternatamente la pancia di Anna, finché, dopo minuti interminabili, finalmente accade: la segale cornuta fa effetto.

«Ce l'hai fatta!» esclama Fritz. «Ha smesso di sanguinare!»

Olga guarda Anna, guarda Tadeusz, guarda Fritz, e mentre lacrime di sollievo le riempiono gli occhi, dice: «Ce l'abbiamo fatta».

Dopo ore di tensione febbrile, per la prima volta sente che il suo corpo si lascia andare. È stremata. Chiude gli occhi, si alza e si stiracchia. Quando riapre gli occhi vede Tadeusz che bacia i capelli di Anna e parla con lei sottovoce, dolcemente.

Quanto dev'essere grande il loro amore, si chiede, se per esso sono disposti a rischiare tutto? La verità è che anche lei agirebbe nello stesso modo. Nel momento in cui l'amore irrompe nella vita di qualcuno, tutto cambia. Le basta guardare Fritz per sapere che non le importerebbe il prezzo da pagare per amarlo, pur di poter passare un altro po' di tempo con lui.

Domani lei sarà già lontano, per mesi, forse ancora più a lungo. Il pensiero le serra la gola. Quando sente sgorgare le lacrime, si gira per nasconderle. Come farà a dire a Fritz che quel giorno stesso devono dirsi addio?

In quel momento vede la porta spalancarsi.

E si sente raggelare.

25.

17 GIUGNO 1943, GINSTERBURG

Sulla soglia c'è Lotte, pallida come un cadavere.

Il suo sguardo è puntato sul pavimento su cui giace Anna. Sul sangue. Poi si sposta su Olga e resta fisso su di lei. Nei suoi occhi c'è un'ostilità che Olga in lei non ha mai visto. Come se non potesse sopportare la sua vista, come se volesse annientarla.

«Perché?» urla, con le guance rigate di lacrime. «Perché?»

Nel silenzio che segue, Olga si chiede se sia giunto il momento che aveva temuto per mesi. Il momento in cui alla fine la loro amicizia va in frantumi.

«Perché non mi avete detto niente?» singhiozza Lotte. «Perché?»

«È ovvio che non potevamo dirtelo. Ogni persona in più che lo sa è una di troppo.» Fritz cerca di allentare la tensione, ma non fa che peggiorare le cose.

Olga vede formarsi una profonda ruga di collera tra gli occhi di Lotte. «Ma a Annemie potevi dirlo, vero? E a Adam, certo. E a Olga, naturalmente. A Olga puoi dire tutto, eh? Ma a me, che sono la tua ragazza, non dici niente; neanche quello che accade nella mia dacia?»

Olga sente le guance in fiamme. «Cerca di capire, Lotte», la supplica, «non volevamo metterti in pericolo. Anna lavora al maceratoio. Pensa che l'hanno fatta abortire contro la sua volontà – era al settimo mese, come Mamme. Ho dovuto fermare l'emorragia, altrimenti sarebbe morta.»

Lotte fa un gesto sdegnoso con la mano. «E per questo non ci sono medici in ospedali asettici», sibila, «ma una tizia fresca di diploma che non ha mai fatto un esame di medicina e che gioca alla dottoressa in una dacia lercia nel giardino...»

«Santo cielo, Lotte!» interviene Fritz urlando, la faccia tutta rossa. «Ma non capisci quello che ti sta dicendo Olga? Quelli lasciano crepare le donne "di sangue straniero" – così le chiamano – come Anna se non sono adeguate alle esigenze della produzione. Per loro non c'è nessun ospedale asettico. Lo vuoi capire?»

Olga vede Lotte sussultare. «Basta così, Fritz», dice dolcemente.

«Ah, sì?» Lui torna a rivolgersi a Lotte. «Se non ti abbiamo detto niente è perché Anna non è un giocattolo che raccogli da un angolino per occupartene per un po' e poi lasciarlo cadere di nuovo senza nemmeno accorgertene.»

Lotte strizza gli occhi, spaventata o forse sbigottita.

«Come fai tu?» ribatte a bassa voce. Il suo sguardo pieno di lacrime si sposta su Anna. Si siede sul pavimento vicino a lei e le accarezza la guancia con fare materno, come fosse una bambina. Con un movimento rapido si toglie lo scialle e lo stende con cura su Anna e sul sangue che ricopre il suo corpo. Olga è commossa dal gesto dell'amica e si chiede perché non ci avesse pensato lei stessa a restituire un po' di dignità ad Anna.

«Mi spiace terribilmente per quello che ti è accaduto», dice Lotte, poi si alza di colpo ed esce. Olga la guarda andarsene impotente.

Sa che Lotte non è così egocentrica e ignorante come pensa Fritz. Ha invece una spiccata sensibilità nel capire le persone e i loro sentimenti. Olga ha cercato più volte di farlo capire a Fritz, ma quando lui si fissa su una cosa non è disposto a cambiare idea.

Gli lancia un'occhiata severa e segue Lotte all'esterno. Trova la sua amica in riva al lago. La luna splendente la avvolge in una luce argentea.

Olga le si mette a fianco. «Anche se ti senti esclusa, noi siamo tuoi amici.»

All'improvviso anche Fritz, Annemie e Adam sono accanto a loro.

«Miei amici? Lo siete proprio, eh?» sbotta Lotte con la voce rotta dal pianto, poi si rivolge a Olga: «*Che nessun segreto possa mai dividerci*... Ve lo ricordate il nostro giuramento di sangue?».

Annemie sbuffa. «Tutti hanno i loro segreti», dice. «Un giuramento infantile non cambia le cose.»

«Se solo rimanessero segreti», ribatte Lotte. «Quello di te e Adam, per esempio. Per chi ha occhi per vedere e si interessa dei suoi amici non è un segreto che voi due vi amate e state insieme.»

Olga spalanca gli occhi sorpresa. Come fa a saperlo?

«O tu.» Lotte la guarda. «Pensi che non mi sia accorta che ci hai sottratto del cibo? Che nascondi cose nella nostra dacia e fai causa comune con Fritz?»

Olga trasalisce.

«Amisorella...» Lotte ride, ma il tono sembra infelice. «Se vieni con noi in Svezia è solo per evitare che tu e altri restiate in pericolo.»

«Svezia?» Fritz è attonito.

«Svezia», ripete Lotte, e Olga ha l'impressione che si stia preparando a godersi l'effetto finale. «Devi trovarti qualcun altro per le tue scappatelle pericolose, Fritz.»

Nella testa di Olga suona un allarme: non si tratta di un estate. Deve essere portata via per restare lontana per sempre.

«Quante volte ti ho pregato di dirmi la verità?» continua Lotte con voce sommessa. «E invece mi hai mentito ancora e ancora. Bella amica che sei!»

Le parole fanno male. Fa male che Lotte pensi questo di lei e che non abbia nemmeno torto. Olga sente pulsare le tempie.

Prima che possa rispondere, Lotte continua. «Hai mentito abbastanza.»

Tutti gli amici fissano Lotte.

«Lo sapete cosa sta succedendo là fuori?» chiede lei dopo qualche istante di silenzio. Il suo sguardo vaga dall'uno all'altro. «Un'orda di soldati in divisa è in giro a cercare i due lavoratori stranieri fuggiaschi. Vogliono appenderli al primo albero.»

Olga si copre il volto con le mani, "Ma certo, l'appello", pensa, travolta da un'ondata di panico. "Non appena si accorgono che manca qualcuno, suonano l'allarme e mandano fuori le pattuglie di ricerca."

«Cosa succederà a quei due, ve lo siete mai chiesti?» domanda Lotte a tutti loro. «Per la fuga c'è la morte, dovreste saperlo!»

Evidentemente Lotte è l'unica che valuta la portata delle proprie azioni, pensa Olga. A cosa è servito salvare Anna, se ora lei e suo marito devono comunque morire? D'altra parte, Anna, in quelle condizioni, difficilmente sarebbe sopravvissuta più di un giorno. "Questa donna deve vivere, costi quel che costi," si era giurata Olga non più di due ore prima. Ma come? In un modo o nell'altro si deve trovare una soluzione. Riflette febbrilmente su quale potrebbe essere.

«Per non parlare di Fritz», aggiunge Lotte fissandolo con sguardo penetrante. «Stanno cercando anche te. Riesci a immaginare come mai durante la spillatura dai Meier è scoppiato un trambusto?»

Fritz alza le spalle.

«Dopo il primo sorso, per la maggior parte dei presenti la Hitlers Hell ha avuto un retrogusto amaro», spiega Lotte. «Il Gauleiter non ci ha messo molto a scoprire che la richiesta del Führer era un falso e voleva una spiegazione da Meier.» Lotte guarda Annemie negli occhi. «Non avevo mai visto tuo padre così. Aveva la schiuma alla bocca. E non quella della sua birra...»

Lotte fa un passo verso Fritz. «Indovina su chi sono caduti i sospetti di Meier... Ci sarà già pronto un qualche ufficiale ss della Gestapo che vuole interrogarti.»

Olga sente i crampi che le assalgono lo stomaco. Osservando il volto di Fritz capisce che solo ora l'amico comprende quali conseguenze può avere il suo stupido scherzo, per ognuno di loro.

«Oh, Fritz!» esclama Annemie. «Tu vivi come se dovessi morire domani. Lo sai che mio padre è un osso duro. Non avresti potuto lasciar perdere, almeno per una volta?»

Lotte posa una mano sul braccio di Fritz.

«Cosa stai facendo? Perché sei così incosciente?» continua sullo stesso tono dell'amica, ora però con una sorprendente tenerezza nella voce. «Lo sai qual è la pena per il reato di offesa al Führer?» Punta gli occhi nei suoi, e il suo sguardo è pieno d'amore. Olga vi riconosce anche sincera preoccupazione. Come aveva potuto illudersi che Fritz per Lotte non fosse altro che un amore infantile, e che per lei fosse solo una questione di conquista e di orgoglio?

«Il Führer può andare affanculo», ribatte Fritz caparbio, ma la sua voce trema, quando aggiunge: «E poi che prove hanno contro di me?».

«Da quando gli servono delle prove?» chiede Annemie. «Il semplice sospetto è sufficiente per punirti con la massima severità. Soprattutto te, Fritz, con i tuoi precedenti... La cacciata con disonore dalla Hitlerjugend, l'offesa al tenente e tutte le altre continue punzecchiature contro gli uomini in uniforme. Sai quanto sarà felice mio padre di testimoniare!»

Lotte scuote la testa.

«Sii ragionevole, Fritz», lo incalza. «Vuoi penzolare dalla forca e trascinare con te tuo zio? Perché lo sai che si ritiene responsabile anche la famiglia... Devi andartene, oggi stesso!» conclude decisa. «Come Anna e suo marito.»

«Non se ne parla proprio», ribatte Fritz, accarezzando Olga con lo sguardo. Quando scorge la paura nei suoi occhi, Olga vorrebbe prenderlo tra le braccia. Al tempo stesso è arrabbiata con lui, ma anche con sé stessa. Si sente stupida. Sarebbe stato facile sfuggire in tempo all'inferno di Hitler, quando Gero gliene aveva parlato. Ma cosa avrebbe potuto dirgli, senza far ricadere i sospetti su Fritz? Per lo meno, però, Meier avrebbe evitato la figuraccia di fronte ai pezzi grossi nazisti e magari la sua reazione sarebbe stata gestibile.

Innalza una giaculatoria al cielo. Se almeno Pa fosse lì... Sicuramente avrebbe un'idea.

«Voi venite con noi a Öland», dice Lotte inaspettatamente. E il cuore di Olga ha un sussulto. «Mio padre gode di protezione da molto in alto e fa su e giù indisturbato tra la Svezia e la Germania. Credimi, non sarebbe la prima volta che nasconde qualcuno nella sua auto e lo fa uscire clandestinamente dal paese.»

Olga sente farsi strada una speranza. Non la sorprende più di tanto il fatto che Pelle non usi il suo lasciapassare per contrabbandare solo caffè e caramelle. Da anni fa affari con i nazisti, ufficiali e no. Quello che lo rende sospetto agli occhi dei connazionali lo rende insospettabile nel Reich. Come si conviene per un buon svedese, sembra sempre neutrale. Ma ci sono sempre due facce, nelle persone come nella luna. Lancia a Lotte uno sguardo sollevato, ma non si fida ad abbracciarla.

Annemie stringe la mano di Lotte. «Sei la sua salvezza», le sussurra.

Ma Fritz non ha nessuna intenzione di approfittare dell'occasione.

«È davvero importante quello che stai facendo per Anna e Tadeusz», dice a Lotte, quasi con tenerezza. «Ma io... io non verrò. Assolutamente no.» Sposta lo sguardo su Olga. «Preferisco restare qui... da mio zio.»

Olga non capisce. «Ma *devi*, là sarai al sicuro», lo implora con crescente disperazione. «Altrimenti finirai in un lager oppure in uno di quei battaglioni per le missioni suicide! Me l'ha raccontato Karl: i poveri condannati sono impiegati come carne da macello. Tu dici sempre che questa non è la tua guerra...»

Adam, che finora era rimasto in silenzio, si schiarisce platealmente la voce. «Olga ha ragione. Devi essere ragionevole. Ti staranno già accollando altri reati...»

Fritz corruga la fronte. «Ma non la faccenda di Anna e Tadeusz?»

Adam stringe il braccio di Fritz. «Da tempo si vocifera che voi siate troppo gentili con noi lavoratori. Da quando volete prendervi quelli del maceratoio, hanno cominciato a osservare con più attenzione cosa succede. Tuo zio è già stato convocato dalla Gestapo. Diranno che hai architettato il trambusto sulla birra per distrarre l'attenzione dalla fuga di Anna e Tadeusz.»

«È assurdo!» ribatte Fritz.

«Vai a spiegarlo a quelli là», replica Annemie. «A qualcuno devono pur chiedere conto dell'accaduto, se non altro come monito per tutti.»

Il solo pensiero è insopportabile per Olga. Sbatte le palpebre, ma non riesce a trattenere le lacrime. Si sente frastornata. «E ora cosa dobbiamo fare?» chiede.

«Cosa farai tu, posso dirtelo io», risponde Lotte con aria distaccata. «Sposare Gero.»

Olga si sente gelare. Lotte è del tutto impazzita? Come può venirsene fuori con quel suggerimento in una situazione simile? Si tratta della vita di Fritz e dei due polacchi, non della supposta felicità di Olga con Gero.

«Gliel'hai promesso», insiste Lotte.

Olga è presa dallo sconforto. «Non l'ho fatto.»

«Non vi siete baciati?» insiste Lotte, meravigliata.

«Sì, è vero...» risponde Olga con un filo di voce, e si tocca col dito la guancia appena sotto l'occhio sinistro. Con il loro segnale segreto vuole far capire a Fritz che si tratta solo di un malinteso. «Ma...» L'espressione di Fritz la fa ammutolire.

È lì che la fissa esterrefatto, e il suo sguardo si fa sempre più cupo. Olga percepisce la rabbia che ribolle dentro di lui. La sua faccia non lascia spazio ad altre interpretazioni.

Non crederà davvero che ci sia qualcosa tra lei e Gero? Non dopo la loro notte insieme...

«Congratulazioni», mormora Fritz.

Lotte si avvinghia al suo braccio, come se avesse paura che lui le possa scappare. «Gero dice che manca solo il consenso del dottor Blume, ma quello non mancherà di certo, vero, Olga?» Poi si rivolge a Fritz. «Ma la cosa più importante è che Anna deve viaggiare con i documenti di Olga. Nelle sue condizioni non può essere trasportata accovacciata nel retro dell'auto. Al contrario di suo marito e di te, Fritz. Lì dietro c'è abbastanza spazio per fornire un nascondiglio sicuro.»

Fritz annuisce. «Se lo dici tu...» replica con voce spenta.

Olga sente il corpo irrigidirsi. Irrimediabilmente invischiata nelle sue bugie, non ha altra scelta che tacere. Qualsiasi parola di spiegazione renderebbe pubblico quello che c'è stato fra lei e Fritz. Sempre che non lo sia già. Del resto, Lotte è un'ottima osservatrice.

La sua amica la guarda spalancando gli occhi. «Ci mancherai, Olga. Ma almeno ti resta Annemie, e soprattutto Gero. È quello che vuoi, giusto?»

In quel momento Olga capisce che non ha scelta. Che il suo destino è legato indissolubilmente a quello degli altri. A quello di Lotte, Anna, Tadeusz e Fritz, che, se Pelle riuscirà a portarli sani e salvi fuori dal paese, inizieranno una nuova vita in Svezia. Lotte ha ordito così bene la sua tela, che Olga sarà lontana quando lei cercherà di sfruttare la sua seconda chance con Fritz. Tutto ciò a Olga appare chiaro, tanto quanto la propria impotenza. E non sa cosa la ferisca di più. È importante salvare la vita di Anna e Tadeusz, e anche quella di Fritz.

Non farà nulla per frenare le cose. Se vuole salvare gli altri, deve sacrificare il suo futuro con Fritz.

In un colpo solo Lotte se lo è ripreso, pensa Olga, e ha ristabilito lo *status quo ante*. Come in un traffico delle indulgenze: dimenticati non solo la coscienza sporca, ma anche i segreti e le bugie. Il prezzo che Olga deve pagare per questo? Una vita con Gero.

L'idea le suscita disgusto, quasi paura. Le viene nausea. Ricaccia giù le lacrime che le bruciano negli occhi e si schiarisce la voce.

Lotte la guarda in speranzosa attesa, e lei inspira profondamente.

«Naturalmente», geme. «Non c'è niente che io desideri di più.»

26.

30 MARZO 1991, GINSTERBURG

«Chi era quella donna che ti ha fissato con tanto d'occhi mentre uscivi?» le chiese Sara mentre mangiavano una zuppa di cavolo navone, in piedi a un banco del mercato. Era deliziosa, buona quasi quanto quella di Mamme di un tempo.

Olga intinse un pezzo di pane nella zuppa densa e lo ricoprì con un po' di julienne di carota

«Era la mia vecchia amica Lotte.»

«Quella della lettera che non volevi leggere?» domandò Sara allibita. «Aveva le lacrime agli occhi quando è venuta a sedersi al tavolo. Perché sei corsa via?»

Olga sospirò, tenendo lo sguardo fisso sulla donna dello stand di fronte, che stava pesando una manciata di pomodori.

Cosa poteva – cosa *voleva* – raccontare a Sara?

«Sai, tesoro mio, funziona così con i fantasmi del passato», disse infine. «A un certo punto, durante la guerra, Lotte si è trasferita in Svezia e ci siamo perse di vista.»

Continuava a rimestare la zuppa. «Da piccole eravamo pappa e ciccia. Niente poteva dividerci, e poi... Poi, molto tempo fa, ci siamo fatte molto male a vicenda. È solo che non mi aspettavo di rivederla, tanto meno qui.»

Sara corrugò la fronte. «Cos'è successo tra voi?»

Olga cercò di pescare un pezzo di carne dalla zuppa.

«La vita, probabilmente», sussurrò infine, pulendosi la bocca con il tovagliolo.

«La vita o un uomo?» chiese Sara, dandole un colpetto con il gomito.

«Entrambi.» Contro la sua volontà, Olga dovette sorridere.

Sua nipote a volte era davvero impertinente, ma anche corroborante.

Sara le prese di mano la vaschetta di plastica e la gettò con le altre stoviglie nel bidone della spazzatura accanto a lei. «Avete litigato per mio nonno?»

Rise, ma, quando Olga non le rispose, aggiunse a bassa voce: «Ah, nonna, scusa se sono stata così diretta. Mi conosci, e sai quanto sono curiosa...»

Eccome, se lo sapeva. Sara era intelligente, vivace e avida di sapere. Già da bambina voleva capire e sperimentare il mondo con tutti i sensi, e infilava dita delle mani e dei piedi, lingua e naso in tutto ciò che suscitava il suo interesse. Voleva sempre tutto, e preferibilmente tutto insieme: saltare, scivolare, fare la verticale, e contemporaneamente sapere perché i piedi rimanevano in aria per così poco tempo e le mani obbedivano alla sua testa, mentre i capelli no.

Guizzava di qua e di là come una donnola, e se si faceva male – cosa che con la sua esuberanza accadeva spesso –, andava avanti come se niente fosse. Solo se vedeva il sangue, cominciava a piangere. Ma le lacrime non erano ancora asciutte, che il suo volto già si illuminava davanti a un uccellino trovato sul davanzale interno della finestra e i cui gorgheggi, secondo lei, erano meglio delle cantate di Bach trasmesse dalla radio. «Nonna, spegni il pianoforte», le ordinava allegra.

Olga percepiva l'infanzia di Sara come un tempo di assoluta libertà e osservava con stupore come la nipote assorbiva tutto quello che il mondo là fuori aveva da offrirle.

Più di una volta si era chiesta se quell'impavido accostarsi alla vita, che non apparteneva né a lei né a Becki, avesse a che fare con il fatto che sua nipote era nata e cresciuta in pace.

«Racconta, nonna», disse ora. «Eravate entrambe innamorate di Gero, tu e Lotte? E lui, che mi dici di lui?»

Olga evitò lo sguardo della nipote. «È complicato», disse piano.

«Dai, per favore, racconta! Mi piacerebbe saperne di più. Quindi era un triangolo... incredibile! Avanti, nonna, per favore!» la implorò Sara.

Olga percepì dentro di sé un accenno di rabbia. Perché Sara non poteva semplicemente lasciar perdere? Per quanto potesse piacerle la curiosità della nipote, quando si trattava del passato si chiudeva a riccio, e questo lo sapeva anche la sua ragazza.

"Ah, Sara!" pensò Olga sospirando. Faceva sempre domande su quello che lei diceva, faceva o ometteva. Si fermava solo quando la nonna aveva spiegato tutto con sua piena soddisfazione. Convincere Sara di qualcosa che contraddiceva la sua logica, era sempre stato impossibile. Una volta – aveva quattro anni – era andata con lei nel bosco. A un certo punto avevano visto un ontano che, a differenza di tutti gli altri, aveva già perso la corteccia, e avevano scoperto che aveva una marcatura rossa. Un segno che era arrivata la sua ora e che i taglialegna stavano per occuparsi di lui. Ogni albero e ogni pianta è un essere vivente con propri pensieri e sentimenti, era questo che Olga voleva comunicare a Sara, così aveva posato delicatamente una mano sul tronco dell'ontano. «Sei triste perché verrai abbattuto?» aveva domandato, guardando la nipote con la coda dell'occhio. Ma Sara le aveva afferrato la mano, allontanandola dall'albero. «Nonna, gli alberi non possono piangere, non hanno gli occhi. Solo radici malate.»

Sì, pensò ora Olga, per un futuro medico quella abitudine era un vantaggio. Sua nipote amava esplorare le cose, risolvere problemi razionali, analizzare i pericoli con uno sguardo, senza lasciarsi guidare dai sentimenti.

«Vi siete sposati in quella chiesa là dietro?» chiese Sara, quando le fu chiaro che Olga non avrebbe risposto alla domanda precedente. Indicò la chiesa della Trinità sul lato opposto di Marktplatz, dalla quale in quel momento stava uscendo una coppia di sposi. Le persone davanti alla chiesa esultarono di gioia e lanciarono in aria del riso.

Olga sentì un certo malessere crescere in lei.

«Facciamo due passi?» propose senza dare seguito alla domanda.

Il sorriso di Sara svanì.

«Ah, nonna», disse, «ogni volta che per te diventa troppo

complicato, cambi discorso. Non farti sempre tirar fuori le cose con le pinze!» La prese sottobraccio. «Mi interessa davvero!»

Olga sospirò. Sì, lo sapeva. E anche a lei non piaceva tenere le distanze da Sara ogni volta che si parlava del passato. Da bambina non aveva giurato di non diventare mai come suo padre, così duro e sempre sulla difensiva?

«Sai,», disse Sara, «la mia vita è così prevedibile e semplice in confronto alla tua... Tu sei cresciuta nel bel mezzo della guerra, di certo non dev'essere stato facile.»

Olga annuì pensierosa.

«E poi sei diventata madre molto presto. Se penso che potrei già avere una figlia di due anni e che Hendrik potrebbe essere al fronte...» La voce di Sara assunse quella particolare foga, tipica di quando si lasciava trasportare da qualcosa. Olga si armò interiormente per difendersi da quello che sarebbe arrivato subito dopo. «E poi all'improvviso sei diventata vedova e hai dovuto fuggire», esclamò. «Lontana da casa, senza sapere cosa ne sarebbe stato di te.»

Nel suo sguardo c'era così tanta sincera compassione, che Olga stessa per un istante provò pietà per la sé diciottenne. "Io, che ho dovuto crescere così in fretta... Lascia stare", si rimproverò Olga tra sé e sé, "non ne hai alcun diritto. Tuttavia..."

«Ah, tesoro mio, ad altri è andata molto peggio. Credimi, considerate le circostanze, a me è andata abbastanza bene.»

«Cosa vuoi dire, nonna?» replicò Sara, e dal suo tono Olga capì che non le credeva. «Per favore, racconta!»

Olga congiunse le mani e guardò in basso. Davvero doveva raccontare alla nipote di quell'epoca? Cosa sarebbe successo, se avesse aperto il vaso di Pandora e tutto il male fosse fuoriuscito?

«È passato molto tempo, e fa male ricordarlo.»

Percepiva lo sguardo di Sara in attesa.

Come doveva spiegarglielo? Dirle che i ricordi possono fare male, sia quelli brutti sia quelli belli? Ma soprattutto quelli belli, perché si richiama alla memoria quello che si è perso. Il lato positivo delle brutte esperienze è che, per lo meno, sono passate. Allora perché pensarci e punirsi due volte? Naturalmente Olga pensava a Trude, la donna senza ombre, sua amica a Oldenburg, che le aveva trasmesso quella visione pragmatica del ricordare.

Un forte rimbombo le fece alzare lo sguardo. Vide un uomo anziano in mezzo alla piazza che si schiariva la voce in un megafono. Accanto a lui c'era una donna con una giacca militare troppo grande che reggeva un cartello: QUESTA È LA NOSTRA TERRA! NOI NON ANDIAMO VIA. Intorno a loro una manciata di persone, tutte che sollevavano in aria i loro cartelli.

«Quelli li conosco. Prima ci hanno accolto con una salva di fischi fuori dalla pensione, al termine dell'incontro con l'avvocato. Weinert ha detto che in tutto il Land ci sono piccole manifestazioni contro le presunte svendite. E che questo è solo l'ultimo grido disperato dei perdenti quando incontrano i vincitori. Quel tipo è davvero uno stronzo.»

Olga annuì furibonda. Come potevano *Ossis* e *Wessis* superare le differenze, se nel proprio paese si mettevano gli uni contro gli altri? Se la patria era al tempo stesso territorio nemico?

Non poté evitare di pensare di nuovo agli anni di Oldenburg, all'antipatia con cui avevano dovuto scontrarsi i profughi come lei. Si era sentita come una lebbrosa in mezzo a tutti i locali, che la odiavano perché temevano di dover condividere gli scarsi generi alimentari, le loro stanze e i posti di lavoro. E ora era esattamente lo stesso. Solo che questa volta erano quelli che erano rimasti a essere trattati come lebbrosi. DDR – *Der Doofe Rest*, il resto scemo, si sfottevano da soli gli *Ossis*.

Diede un colpetto col gomito a Sara.

«Come vedi, ogni generazione ha le sue preoccupazioni», disse indicando i dimostranti. «E io li capisco. Quando il loro paese è collassato, gli è stato tolto il terreno da sotto i piedi. Si sentono defraudati della loro vita.»

«Hanno paura del futuro», osservò Sara.

«Stranieri nella propria terra!» ruggì d'un tratto l'uomo al megafono. Scoppiò un applauso, così forte che Olga fece segno a Sara di andare.

Quando svoltarono nel vicolo sulla sinistra del municipio che portava verso il lago, Sara disse: «Stranieri nella propria terra? Che sciocchezza! Loro appartengono a questo posto».

"Così giovane e così rigida nei suoi giudizi", pensò Olga. «Io conosco bene la sensazione di sentirsi stranieri nella propria terra, persone di serie B.» Si schiarì la voce. «Credimi, è difficile trovare una nuova patria. Per coloro che hanno lasciato il loro mondo e per quelli che si sentono abbandonati dal loro mondo. Adattarsi a un nuovo mondo richiede anni. A volte una vita intera.»

Era possibile che molti di quelli che erano presenti all'incontro con l'avvocato non fossero venuti per riavere le loro proprietà? Ma perché volevano essere risarciti per la vita che avevano o non avevano condotto? Cercavano il paradiso perduto della loro infanzia?

«Tu una persona di serie B?» Sara si sedette su una panchina in riva al lago e squadrò sua nonna. «Non riesco neanche a immaginarlo.»

Olga lasciò vagare lo sguardo sulla superficie dell'acqua, come se le immagini dell'infanzia potessero mostrarsi proprio lì. «Dopo la guerra ho vissuto per un anno e mezzo a Oldenburg con Becki», disse infine.

E cominciò a raccontare.

27.

1° APRILE 1947, OLDENBURG

Il primo impatto con Oldenburg si conclude con una porta sbattuta in faccia a lei e a Becki. Olga si era illusa che la cugina Magda, che insieme al marito, ora defunto, aveva trascorso innumerevoli vacanze a casa loro nell'Uckermark a spese di Pa, avrebbe onorato la promessa di offrire rifugio ai parenti dell'Est in caso di necessità. Ma evidentemente il bene della famiglia non era tra le sue priorità.

Olga non si era certo aspettata una cena di benvenuto, anche se proprio quel giorno era al tempo stesso il suo ventiduesimo compleanno e il terzo di Becki, ma, dopo quattro giorni di viaggio in un treno sovraffollato e senza finestrini, aveva sperato in una buona dormita e in un pasto decente, o anche solo in una fetta di pane mangiata al volo, se non per lei, almeno per sua figlia. Il fatto che Magda non intenda offrirle né cibo né un tetto sopra la testa è troppo per Olga. Quando si rende conto che la cugina non è l'atteso porto sicuro, qualcosa in lei si spezza. È appena entrata nella zona di occupazione britannica – in una condizione, quindi, di presunta sicurezza – e già si trova a dover affrontare tre nuovi problemi. Primo: le serve un indirizzo, in modo da ottenere l'autorizzazione alla residenza e non essere considerata una clandestina. Altrimenti dovrebbe dimostrare di essere perseguitata politicamente dai russi, dichiarandone i motivi – improponibile!

Secondo: non ha la minima idea di come suo padre e Karl, che non sa dove siano finiti, possano ritrovarla, ora che il punto di ritrovo concordato in Occidente si è volatilizzato. Terzo – e questa al momento è la questione più urgente –: non sa dove portare la sua bambina febbricitante. Era già stata molto male qualche tempo prima. Da allora Becki è più soggetta alle infezioni, e Olga alla preoccupazione. La paura aleggia su di lei come una pesante nuvola nera. Fa per tastare nella tasca dei pantaloni in cerca della piuma di Fritz, ma quando si rende conto di averla lasciata sul tavolo di Helene, dimenticandola nella fretta della partenza, si mette a gridare, lì, in piedi in mezzo al pianerottolo buio, con la valigia accanto a sé e Becki che le pesa tra le braccia. La nuvola si scarica, e Olga, con tutto il fiato che ha, rovescia una valanga di insulti feroci contro la porta chiusa. Sua figlia, impaurita, inizia a piagnucolare, ma neppure questo riporta Olga alla ragione. Tutto deve venire fuori!

A quel punto la porta dell'appartamento vicino si apre e ne esce un uomo anziano, un po' tarchiato. Per un secondo Olga prende di nuovo coraggio, forse quell'uomo la ospiterà, anche se solo per una notte. Invece, prima ancora che abbia il tempo di rendersene conto, lui la afferra per il braccio e la scorta rudemente fuori, fin sul marciapiede. Cerca di liberarsi, ma le dita dell'uomo affondano così tanto nella sua carne che lei si morde il labbro dal dolore. Ha paura che Becki le cada dalle braccia.

«Vedi di sparire, miserabile polacca!» sibila l'uomo. I mugolii di Becki si trasformano in un pianto dirotto, cosa che esaspera ancora di più Olga. «Il signor responsabile di isolato, lo spione dei nazisti, è tornato in servizio?» urla fuori di sé, e colpisce l'uomo sullo stinco con una tale forza che lui lancia un grido di dolore e la lascia andare. Il trambusto attira l'attenzione di una pattuglia, e da una jeep saltano giù due giovani uomini nelle divise color kaki delle forze britanniche. *Ci mancava solo questo...* La paura paralizza Olga. E invece, mentre uno dei soldati afferra l'uomo per il bavero e lo arresta, l'altro, un giovane alto e di bell'aspetto, si avvicina a lei e a Becki sorridendo. Ha occhi gentili.

«Sta bene?» chiede, con accento di Colonia. Olga annuisce confusa e si stringe Becki al petto. Guarda oltre il soldato, verso una panchina nel parco dove è seduta un'anziana coppia. I due sembrano indignati, dal modo in cui la fissano strizzando gli occhi e scuotendo la testa.

Nella sua giacca sporca e sfilacciata, sopra pantaloni dell'esercito russo troppo larghi che mascherano a malapena la sua magrezza, evidentemente non fa un'impressione pietosa solo a quei due anziani. Il soldato le fa segno di aspettare, marcia verso la jeep e torna da lei con in mano un coniglio di pezza e un sacchetto di pane. Si accovaccia e guarda Becki.

«Sembra che tu abbia bisogno di un amico.» Le dà il pupazzo. «Che ne dici di questo?»

Olga lo guarda con diffidenza e fa un respiro profondo. Non sarà che quel giovane ha un secondo fine? Tanta gentilezza le pare sospetta.

«Si chiama Bu e può ingoiare le lacrime», aggiunge il soldato.

E Bu viene subito messo alla prova. Di fronte a quel sorprendente regalo di compleanno, il viso di Becki si illumina d'improvviso. Per un istante, a Olga si scalda il cuore. È come se, dopo mesi di buio, tornasse a splendere un raggio di sole.

Pensa a Juri, che quattro giorni prima le aveva messo in mano un *Interzonenpass*, il lasciapassare che consente di spostarsi dal settore sovietico a quelli degli Alleati, con queste parole: «Un regalo di compleanno anticipato». E l'aveva accompagnata al checkpoint. Lei non aveva rinunciato a tutto per difendere Becki, aveva detto Juri, per poi correre un rischio incosciente negli ultimi metri.

Non si può lasciare la zona sovietica senza un permesso speciale. Attraversare il confine illegalmente, a maggior ragione con una bambina piccola, comporta troppi rischi.

«Posso?» chiede Becki, indicando il parco.

«Sto qui ad aspettarti», le urla dietro Olga, chiedendosi al tempo stesso se sia una buona idea. In fondo è malata.

Nonostante la febbre, la bimba, urlando gioiosamente, corre attraverso il piccolo parco, come se Bu avesse ingoiato non solo le sue lacrime ma anche un paio di gradi della sua temperatura corporea. Con un gridolino, lancia in aria il suo nuovo giocattolo. "Che possa essere spensierata almeno per qualche istante..." pensa Olga. È bello vedere Becki così felice dopo quello strapazzo.

In quel momento il colonnello Bloch – così si presenta –

le chiede i documenti. Lei glieli porge angosciata. Cosa succederà, se volesse vedere l'autorizzazione per la residenza?

«Ma guarda!» esclama lui d'un tratto, fissando le carte che ha in mano. «Viene da Kühlungsborn! Prima di lasciare la Germania ho passato tutte le estati con la mia famiglia proprio lì. All'Hotel Waldkrone, nella Tannenstraße.» Scuote la testa incredulo e le restituisce i documenti. «Da Helene Ahlsen, la conosce?»

Il cuore di Olga inizia a battere forte.

«Mai sentita», mente lei, voltandosi a guardare Becki, che per fortuna sta dividendo il pane con il suo coniglietto ed è troppo lontana per sentire. Chissà come avrebbe reagito all'udire il nome di Helene, la sua amata «zia Lene». La sorella della cognata di Pa, dunque la sua quasi-prozia. Nella cui casa sul mare avevano vissuto fino a poco tempo prima e alla quale non avevano nemmeno potuto dire addio, tanto precipitosa era stata la loro fuga.

«Be', ma l'albergo deve conoscerlo», ribatte il militare. «Lei viveva là, no?»

In un attimo la paura le attanaglia lo stomaco e sale verso la gola. I documenti si inumidiscono al contatto col sudore delle sue mani. Il colonnello indica l'*Interzonenpass*. «I suoi documenti di viaggio sono stati emessi lì. Al Waldhotel ora è stato installato il comando sovietico.»

Lei lo guarda confusa, come se non capisse.

«Durante la guerra era un ospedale. Forse adesso si ricorda?» insiste, guardandola con aria interrogativa.

«Oh, sì, ma certo!» dice Olga, come se comprendesse all'improvviso. Si accorge che la sua voce trema.

Il giovane scuote la testa. «Com'è piccolo il mondo! Possiamo accompagnarla da qualche parte?»

Lei fa un sorriso forzato. «Se mi dice lei dove...» risponde, ora con voce più ferma. «Mio zio, che doveva accoglierci, è morto.»

«Ma lo sa che il suo *Interzonenpass* vale solo trenta giorni? Secondo i suoi compatrioti, passato quel termine dovreste immediatamente rientrare.»

«Trenta giorni?» esclama Olga attonita.

«Ma siamo ancora noi a comandare», dice lui, e sembra avere intenzioni rassicuranti.

Prima ancora che Olga se ne renda conto, lei e Becki si ritrovano sul pianale della jeep. Il colonnello Bloch le racconta che, in quanto bambino ebreo, era stato portato in Inghilterra in aereo nel 1938 con il cosiddetto *Kindertransport*, l'iniziativa con cui migliaia di piccoli ebrei furono accolti nel Regno Unito e affidati a famiglie. Ora era ritornato in Germania con l'esercito britannico. Olga non osa chiedergli che ne è stato della sua famiglia. Passano davanti a ville in stile Gründerzeit, a uno sfarzoso castello rinascimentale e a un imponente complesso di edifici con colonne possenti nel quale, come spiega il colonnello, ha sede la centrale di occupazione britannica. Diversamente da quello che ha potuto osservare nelle zone bombardate del resto del paese, lì Olga non vede traccia di distruzione.

«Come se non ci fosse mai stata una guerra», commenta stupita. Becki dorme profondamente: si è addormentata per la stanchezza tra le sue braccia, la bocca leggermente aperta, una mano stretta su Bu.

«Così la gente potrebbe facilmente convincersi di non avere nulla a che fare con il conflitto», commenta il colonnello scuotendo il capo. «Se non fosse per i molti profughi che, con la loro semplice presenza, hanno la sfacciataggine di ricordare la guerra persa e la corresponsabilità.»

Indica un gruppo di figure spettrali che si incamminano verso un complesso di baracche.

"Sono come rovine viventi", pensa Olga. "Portano dentro di sé le città devastate dalle quali sono fuggiti."

«Perché questa città non è stata bombardata?» chiede quando la jeep si ferma.

«È stata volutamente evitata. Già prima della fine della guerra, gli ufficiali ci dicevano: "Oldenburg vogliamo risparmiarla, vogliamo andarci ad abitare".»

Il colonnello Bloch indica l'umile baracca davanti a loro. La loro nuova casa.

«Facciamo del nostro meglio e improvvisiamo, per offrire a tutti un letto decente. Ma con circa trentamila profughi, la città sta esplodendo», aggiunge quasi scusandosi, come se fosse colpa sua.

A Olga viene in mente un articolo del «Neue Illustrierte» che le aveva mostrato un uomo sul treno. *Andate a Oldenburg. Là scorrono ancora latte e miele!* diceva.

Forse nelle ville signorili davanti alle quali erano passati in auto, ma di certo non lì. Lì scorre solo incomprensione proveniente dalla responsabile del campo, una donna scortese con cui Olga fa conoscenza subito dopo essersi accomiatata dal colonnello, ringraziandolo. Quando lei, di fronte allo sporco e al fetore, mostra un entusiasmo smorzato, la donna le spiega, con accento del Nord, che le persone come Olga, che vengono dall'Est, dovrebbero sentirsi a casa nelle baracche che avevano ospitato i lavoratori forzati. Olga cerca di reprimere la rabbia. Ci manca solo che quella donna le crei altri problemi. Per il momento ne ha avuti abbastanza.

Abbattuta, alla sera si sdraia sul giaciglio che le è stato assegnato. Condividono la stanza con altri quattro profughi. L'odore di muffa che sale dal terreno umido e dal legno marcio le invade le narici. Non sa dire cosa sia peggio: se il raschiare delle cimici che si arrampicano sulle pareti di legno o i colpi di tosse rantolante soffocati dalla donna magra distesa due posti più in là. Olga si tira sopra la testa la coperta ruvida, ma non serve a niente. Non si può far finta di non sentire il rantolo. È come se la malata, nella sua disperata lotta per l'aria, sottraesse ossigeno agli altri. Probabilmente camomilla e timo sarebbero d'aiuto. Se ne avesse, Olga potrebbe prepararle un infuso espettorante e antinfiammatorio. Ma non li ha, e, soprattutto, cosa le importa di quella sconosciuta? A cosa le è servito, negli ultimi anni, mettersi sempre in gioco per gli altri?

Quando non ne può più, poco dopo mezzanotte, prende Becki e, avvolta in due coperte, si siede su una sedia di legno davanti alla porta della stanza con la figlia stretta a sé. Pensa al loro compleanno, che non è un giorno di festa. Pensa a tutti i suoi cari, che non possono festeggiare con lei, e che le mancano. E a come deve aver rattristato Helene, scomparendo senza far rumore. Un giorno le spiegherà tutto, e di certo lei capirà. Perché Helene ha amato Becki come fosse sua figlia. Olga sente gravare sul petto il peso del rammarico. "Pratolina" – sente la voce di Pa – "è primavera: chi tiene il capo così chino?" E si dice che quel giorno ha avuto comunque qualcosa di buono. Sono in un posto sicuro, hanno un tetto sopra la testa. E la febbre di Becki è scomparsa come per magia. Forse, pensa sorridendo, a far felice sua figlia è stata anche la mano del colonnello Bloch, quella con il coniglio di pezza.

28.

APRILE-MAGGIO 1947, OLDENBURG

Per quanto nei giorni seguenti Olga si sforzi, per amore di Becki, di irradiare qualcosa di simile all'allegria, in lei si insinua la sensazione che il suo corpo sia già arrivato mentre la sua anima sta ancora cercando la strada giusta. Sempre che non si sia smarrita da qualche parte tra Ginsterburg, Kühlungsborn e Oldenburg. Si muove come in trance.

Tuttavia la cosa ha anche il suo lato positivo, dato che in questo modo si rende conto solo in parte di ciò che accade intorno a lei. Per la maggior parte del tempo non sente niente. Nient'altro che un senso di abbandono e amore per Becki, che sembra accogliere con la stessa impassibilità sia il commiato da Kühlungsborn e da Helene sia gli assalti delle altre donne della stanza, che danno pizzicotti sulle guance – non richiesti – a quella bimba bionda e paffutella, le sfregano le lentiggini e le scompigliano i capelli.

Solo quando una di loro, la contessa von Flemming di Breslavia, le dà un buffetto perché non ha detto «buongiorno» come si deve, Becki si mette a urlare.

«Se fosse mia figlia», dice la contessa, «le darei una bella sculacciata sul sedere. Altrimenti diventerà una smorfiosa piagnona.»

Olga vorrebbe tanto dare una pedata sul nobile didietro della contessa, ma per amore di Becki si mantiene calma. «Una fortuna per mia figlia, che lei non sia sua madre. Quindi non le metta più le mani addosso.»

«E questa sarebbe una madre!» si inviperisce la vecchia, dopodiché Olga sparisce con Becki dietro la bandiera nazista ormai dismessa che ha usato come divisorio per il suo giaciglio.

Sebbene sia l'inizio di aprile, di notte il freddo è ancora pungente, e se, prima di andare a dormire, Olga si sofferma sul il viso arrossato di Becki e sulle labbra bluastre, dalle quali escono nuvolette bianche, viene assalita dalla paura che la febbre possa tornare. Ogni sera le mette nel letto dei mattoni caldi avvolti in un panno, la copre bene con un vecchio cappotto della Wehrmacht e le fa bere piano piano un infuso di camomilla e salice.

Nella baracca accanto c'è una decina di persone malate, con febbre e diarrea. Dopo aver sentito che tutti hanno delle macchie rosse sull'addome e la lingua grigiastra e impastata, capisce che si tratta di tifo. Per febbre petecchiale, dissenteria, tubercolosi, tifo e difterite non c'è incubatrice migliore di quelle baracche anguste e umide.

Olga lo fa notare alla responsabile, e sottolinea la mancanza di igiene, di sapone e acqua pulita. Ma quella le ride in faccia.

«Allora torni pure in Siberia, là crescono i cioccolatini sugli alberi – e se è fortunata hanno anche le vaccinazioni.»

Dunque non le resta altro che proteggere nel miglior modo possibile Becki e sé stessa. Mantiene le distanze dagli altri, si disinfetta regolarmente le mani, controlla tutti i giorni che la figlia non abbia i pidocchi – che possono trasmettere la febbre petecchiale – e cammina con la figlia sulle spalle, a volte per chilometri, per procurarsi acqua potabile. Ma non serve a molto, se i compagni di stanza non si impegnano allo stesso modo per evitare di ammalarsi.

A Kühlungsborn Olga ha visto molti casi di tifo, generalmente provocati da latte o acqua inquinati o dal consumo di uova d'anatra. Inoltre la regione in cui si trovano è paludosa, e lì vicino ci sono i due stagni chiamati Dobbenteiche. Spesso gli abitanti delle baracche vanno da quelle parti a caccia di anatre e delle loro uova. Forse hanno preso là il virus?

Anche Olga deve procurare qualcosa da mangiare per sé e per la bambina. Becki ha bisogno urgente di proteine. Ha gli angoli della bocca screpolati, e sotto la pelle delle caviglie si accumula acqua. Sono i primi segnali di edema da fame, Olga ne è certa. Decide di andare con Becki in un punto della palude dove, tra foglie di ninfee e giacinti d'acqua, aveva sentito gracidare delle rane. Entra in acqua con i pantaloni arrotolati e con le mani tasta alla cieca sul terreno. Non avrebbe mai immaginato di andare, un giorno, a caccia di rane! Una volta, con Lotte e Annemie, era stata a guardare una banda di ragazzi che pescava rane nello Schwanensee per poi gonfiarle e farle scoppiare tra alle risate dei compagni. Olga e le amiche avevano trovato la cosa talmente crudele, che si erano lanciate sul secchio pieno di rane gracidanti in attesa del loro destino rovesciandolo, in modo che le creaturine potessero scappare. Ma ora è in gioco la vita di sua figlia.

«Aiutami a prenderne una», la esorta.

«Non voglio», ribatte Becki, saltellando vivace di qua e di là e agitando l'acqua, tanto che Olga non vede più il fondo.

Ogni tanto acciuffa una rana, ma mentre cerca di tenere più saldamente la presa Becki comincia a farle il solletico, finché Olga, dal ridere, finisce con l'allentarla, e la rana sguscia via. Becki si illumina di felicità e a Olga vengono le lacrime agli occhi nel vederla così contenta. La scena si ripete talmente spesso che per procurarsi tre rane impiegano mezza giornata. Anche se la cosa la disgusta profondamente, Olga spella le cosce ricche di proteine e le cuoce per Becki in una padella.

La risata di Becki le ha ridato forza. Mentre una parte di lei continua a percepire tutto come attraverso una nebbia, l'altra parte della mente funziona come una macchina ben oliata.

Giorno dopo giorno si rivolge al servizio di ricerca della Croce Rossa per sapere se ci sono notizie di Otto e Karl, ma senza successo. Un giorno, poco dopo il loro arrivo al campo, si mette in fila davanti all'ufficio di collocamento. Ma quando, dopo un'attesa durata ore, arriva finalmente il suo turno, la donna allo sportello la indirizza direttamente all'ufficio registrazione. «Per chi arriva da oltrefrontiera non c'è niente», le dice brusca, sputando fuori il termine come fosse una malattia contagiosa.

All'ufficio registrazione viene a sapere da un impiegato

anziano dai capelli grigi che lei ha la sfortuna di essere una «Profuga-B», proveniente dall'altra parte della Germania. I Profughi-B non ricevono né un appartamento né un lavoro, e in genere neppure un sostegno economico, diversamente dai «Profughi-B» da Pomerania, Slesia o Prussia Orientale.

"I rifugiati sono considerati di livello inferiore, come poco tempo fa i lavoratori forzati", pensa Olga. "Come se dopo la fine della guerra si fosse semplicemente scambiato un nemico con un altro." «Andrà a finire che dovrò cucirmi una B sul petto», ribatte all'uomo, che si limita ad alzare le spalle. Olga non riesce a trattenere la rabbia. Spesso si ritrova a pensare ai tanti lavoratori forzati di Ginsterburg. A quello che sarà accaduto loro dopo la chiusura dell'ambulatorio nella dacia. Sbatte la porta dietro di sé e, con Becki sulle spalle, corre al castello che sorge lì vicino. «Ecco una vera castellana!» proclama, mettendo a sedere la figlia sui gradini sotto il sontuoso portale. «Un pezzo di dolce per la mia illustrissima principessa?» le chiede, e le dà un po' dello zucchero che, insieme a due sacchi di patate, un po' di prosciutto, due paia di scarpe e un cappotto per Becki, ha ottenuto in cambio del prezioso anello di Babushka. Un antico oggetto di famiglia, simbolo della patria russa e dell'orgoglio aristocratico di sua nonna. Se Pa lo sapesse, si rivolterebbe nella tomba. *Per quell'anello, al tuo tredicesimo compleanno, sei quasi soffocata, Pratolina mia.* Le pare di sentire le parole del nonno. Ma a cosa serve il suo orgoglio aristocratico se la gente la tratta come una mendicante?

In guerra, si dice, tutto è permesso. Ma perché in tempo di pace la gente si permette un comportamento che non si discosta più di tanto da quello tenuto in guerra? Come gli abitanti locali, che alzano gli occhi al cielo e si tappano il naso se incontrano i profughi dal fornaio, in un ufficio o per strada! Come se fossero la peste, i nuovi *Untermenschen*, nei quali, a causa della sgradevole mescolanza di popoli dai tratti slavi, è riunito tutto il male di questo mondo.

Se non fosse per sua figlia, Olga non avrebbe più speranza nella vita. "Becki", pensa, e si siede accanto a lei sui gradini del castello, costringendosi a respirare.

Comunque c'è sempre anche qualcosa di positivo. Nel giro di un paio di settimane i malleoli di Becki si sgonfiano e la baracca con i malati di tifo viene isolata. Inoltre non rischiano più l'espulsione, perché gli inglesi hanno introdotto il diritto di soggiorno per chi è nella loro situazione. E da qualche giorno Olga ha trovato lavoro nella palude. È un'attività fisicamente molto impegnativa, ma per lo meno guadagna di nuovo qualche soldo. Con alcune persone della baracca, sette giorni alla settimana, prende un autobus e va a Jeddeloh, in campagna, e lì, insieme ad altre donne, dispone ad asciugare al sole le zolle di torba tagliate. Becki grida entusiasta quando ha il permesso di mettere il piedino nudo nel fango per poi tirarlo fuori tutto marrone. Ma deve sempre restare accanto a Olga, perché per la mamma la palude è un luogo inquietante. Prima di tutto perché teme che Becki possa sparire lì in mezzo: la bambina corre, si arrampica e insegue tutte le api, gli uccelli e le lepri che vede, pertanto Olga non può perderla di vista nemmeno per un secondo. E poi perché un tempo nella palude si seppellivano i morti e Olga ha paura che le mummie conservate nella torba possano mettersi a gironzolare per evitare di essere dimenticate, come in un cimitero di fantasmi. Ma intorno a sé ha già abbastanza fantasmi che non trovano pace.

E che di notte vanno a farle visita.

Come le grida dei bambini che sono morti nel mare con le loro madri suicide. Come le grida dei piccoli che a causa sua non sono venuti alla luce. Come le grida dei morti che hanno colorato di rosso il mare con il loro sangue.

Olga sente ancora sulla lingua il sapore salato e metallico dell'acqua del Baltico.

«Il mare è sangue e il sangue è mare», le aveva detto una volta il suo custode russo Juri. Entrambi hanno la stessa composizione minerale di sodio, potassio, calcio e cloruro. Forse questo spiega perché molte persone scelgano il mare per suicidarsi? Tornano da dove sono venuti, come un'onda. Di notte spesso Olga si sveglia con un sobbalzo, madida di sudore, e sente i punti doloranti del suo corpo che si è sfregata nel sonno perché stava sognando di doversi strofinare via gli odori della morte dal corpo. Non potrà più, lo sa, mettere il piede nell'acqua del mare. Non importa quanto si sforzi. I ricordi sono come cuciti sotto la nostra pelle e non si lasciano scrollare di dosso. Né nella palude durante il lavoro, né di notte, sul suo giaciglio.

La fede nel bene si era volatilizzata nel momento in cui era arrivata a Kühlungsborn e si era resa conto che persino nel luogo più placido del mondo c'era l'inferno, ma non il paradiso. Il fatto che il cielo resti lontano anche a Oldenburg non le rende più facile il risveglio.

Per quanto Olga sia felice di vedere che Becki sembra ambientarsi in quella nuova città, Oldenburg e i suoi abitanti le restano estranei, in un modo che la spinge a prendere le distanze da sé stessa. Come se le mancasse un punto di riferimento con cui orientarsi e a cui aggrapparsi. Ha perso il suo posto nel mondo e ora sta di fronte a un colossale nulla. Lei viene dal nulla, non conta nulla, non possiede nulla, non sa fare nulla e non appartiene a nessun luogo. Si sente come un pesce fuor d'acqua. E non c'è nessuno lì intorno con cui Olga possa condividere pensieri e preoccupazioni.

Fino al giorno in cui Trude Kleinschmidt, da Lipsia, non arriva nella sua stanza.

29.

GIUGNO 1947, OLDENBURG

Dopo aver adagiato Becki sul giaciglio per il suo riposino pomeridiano, Olga si siede su una sedia davanti alla baracca e osserva la sua nuova compagna di stanza che sta stendendo ad asciugare un abito e una gonna. C'è il sole e fa molto caldo per essere giugno. Olga cerca di non piangere. Esattamente quattro anni prima aveva dovuto dire addio a Fritz e agli altri amici. E ogni singolo giorno che è passato da allora ha pensato a loro e sentito la mancanza di Fritz, così come rimpiange tutta la sua vita prima di Kühlungsborn. Non ha idea di cosa sia accaduto a lui e a Lotte, se siano riusciti ad arrivare sani e salvi in Svezia insieme ad Anna, Tadeusz, Mamme e Pelle. Non ha mai ricevuto risposta alle innumerevoli lettere che ha scritto all'indirizzo di Mamme e Pelle a Öland. All'inizio dava la colpa al caos della guerra, in mezzo al quale spesso la posta andava perduta. Ma dopo un po' ha rinunciato ad aspettarsi un segno di vita da loro.

Guarda attraverso gli alberi, verso l'acqua. Sul più grande dei due Dobbenteiche si leva in volo un uccello. Come un'onda di piena, altri ricordi la sommergono e la riportano a un tempo in cui c'erano solo lei, Fritz e il loro martin pescatore.

«È così, Olga», le aveva sussurrato lui quell'ultima notte. «Prima che noi nascessimo, da qualche parte un'anima si è divisa in due metà.»

Loro sono un'anima in due corpi o due metà della stessa anima, e poiché le cose stanno così, la sua metà anima non avrà pace finché non avrà ritrovato l'altra metà. Olga ne è certa, quanto è vero il nome di Fritz.

E quando il martin pescatore cantar di te sentirò, seduta stante da te volerò.

Ora Olga non pensa più che Fritz manterrà la sua promessa. Cosa che non sarebbe un problema se solo lei fosse la figlia del dio del vento Eolo. Allora si trasformerebbe in un uccello e andrebbe a cercarlo in Svezia, invece di restare ancora lì ad aspettarlo. È un pensiero così assurdo che la tristezza svanisce e Olga è costretta a ridere di sé stessa.

«Cos'è che ti fa ridere?» Una voce calda e squillante la distoglie dai suoi pensieri. La sua nuova compagna di stanza si siede accanto a lei.

«Un uccello bizzarro», si schermisce, accettando la sigaretta che la nuova arrivata le offre.

Ha dieci anni buoni più di Olga, anche se ha la statura di una bambina – è più bassa di lei almeno di una testa e magra come un chiodo.

Con quegli occhi verdi un po' distanti tra loro, la pelle quasi trasparente e i capelli biondo platino, ha l'aspetto di un elfo meraviglioso e delicato.

«Sono Trude Kleinschmidt», dice la donnina presentandosi, e le racconta di essere arrivata il giorno prima dal campo di transito di Friedberg, nel settore britannico.

E senza nemmeno rendersene conto, Olga si ritrova a chiacchierare con Trude, come fossero vecchie amiche.

Quando Trude le chiede se è disposta a mostrarle la città, della quale lei conosce solo la stazione, Olga accetta istintivamente. Appena Becki si sveglia, si incamminano. Prima si dirigono alla Hunte, il fiume che attraversa Oldenburg, dove Olga e Becki sguazzano spensierate nell'acqua mentre Trude le osserva, poi vanno a vedere il castello e la piazza d'armi. Scalano i gradini del campanile della chiesa di San Lamberto e raccolgono mozziconi di sigaretta dalle cui cartine potranno grattare via i resti di tabacco per scambiarlo con latte e uova.

Ogni volta che vede una casa graziosa o un albero in fiore particolarmente bello, Trude grida entusiasta: «Oh, com'è incantevole!» oppure «Che carino!».

"E ha ragione", pensa Olga. Cerca di guardare la città con gli occhi di Trude, e quello che vede le piace.

Quando gli viene fame, si prendono una zuppa di piselli alla centrale dei quaccheri al Theaterwall, la strada su cui si affaccia l'antico teatro della città. Lì, con un po' di fortuna, si possono avere un piatto di zuppa e una fetta di pane nero, senza file, senza costi, senza sguardi cattivi. Al contrario della cucina popolare della Croce Rossa nella Ritterstraße, dove Olga spesso deve aspettare ore per avere un piatto di brodaglia. I quaccheri organizzano la mensa scolastica e distribuiscono ciò che avanza alle bocche affamate. La dritta a Olga l'ha data Hanni, una donna di Greifswald della baracca C, come ringraziamento per averle tolto un dente dolorante. È girata la voce che Olga Meier si intende di malattie, e sempre, quando uno dei profughi del campo ha un dolore qui o lì, lei è la prima a essere consultata. Da allora gode della riconoscenza degli altri per i suoi consigli e le sue erbe, che crescono per curare quasi qualsiasi acciacco.

Con la ciotola di latta che Olga ha preso per tutte e tre, si siedono davanti all'imponente edificio bianco dello Staatstheater. E mentre stanno lì sedute, sorbendo la zuppa col viso rivolto al sole, Olga, per la prima volta dopo tanto tempo, ha l'impressione che, certo, non va tutto bene, ma in fondo neanche tutto male.

«Che ne dici, mi propongo qui come attrice?» chiede Trude alzando lo sguardo verso l'entrata del teatro. «Potrei interpretare il mio ruolo preferito: Medea.» Indica il suo braccio sinistro. «Con un braccio solo.»

Olga è sorpresa al vedere che il braccio di Trude penzola floscio. Come l'aveva nascosto bene sotto la sua lunga camicetta! Forse è per quello che non aveva fatto il bagno nel fiume con loro?

«Non è la maga che ha ucciso i suoi figli?» chiede Olga. «Per vendetta contro il marito che l'ha lasciata?»

«Esatto, proprio lei», risponde Trude sorridendo. Poi si alza e fa un inchino teatrale.

«Me ne andrò via, in esilio, per la strage dei miei adorati figli,
«per avere osato il più sacrilego dei misfatti.»

Trude inizia a recitare con un tale fervore che Olga resta a bocca aperta.

«Sia come sia. Ma allora, cosa mi serve vivere?

«Non ho patria, non ho casa, non ho rimedio per le mie sventure.

«Mi dimentico che, esule dalla mia terra e fuggiasca, di amici ne ho pochi?»

Le parole penetrano lentamente, goccia a goccia, nella coscienza di Olga.

Me ne andrò via, in esilio, per la strage dei miei adorati figli, per avere osato il più sacrilego dei misfatti.

Inorridita, Olga guarda Trude, che senza saperlo, con versi vecchi di duemila anni, le ha appena messo davanti agli occhi le sue gravi colpe e le loro conseguenze. *Esule dalla sua terra e fuggiasca,* così sarebbe rimasta per sempre. Perché come è mai possibile sfuggire ai propri errori?

Olga è ancora confusa quando Trude scoppia a ridere e si inchina di nuovo. «Come sono andata?»

«Come se non avessi mai fatto nulla di diverso», risponde Olga esitante, mentre Becki applaude così forte che la gente intorno si volta a guardarle.

Quando, a tarda sera, l'autobus le riporta al campo e Becki le si è addormentata in braccio, Olga chiede a Trude della sua menomazione.

«È stato durante la "tempesta di fuoco" su Lipsia», taglia corto lei, e quando Olga sta per domandare altro, minimizza: «Lasciamo stare. Non voglio più avere a che fare con le vecchie storie. Perché dovrei ricordare e punirmi due volte per una cosa che è già così difficile da sopportare?». Gentile, ma decisa, posa una mano sul braccio di Olga. Con quel movimento il suo braccio morto si solleva leggermente e Olga vede che la pelle dell'intero avambraccio è bruciata.

«Noi siamo le donne senza ombre, senza fantasmi del passato, d'accordo?»

Olga annuisce, anche se sa che le sue ombre e quelle di Trude non scompariranno mai. E nemmeno le grida.

30.

AGOSTO 1945, KÜHLUNGSBORN

Olga è arrivata tardi. Davanti a lei, nell'acqua rossa, galleggia il corpo di una giovane donna, con un abito giallo limone a pois neri. Le sembra di conoscerla.

Si avvicina, e l'orrore le riempie il cuore. La donna davanti a lei è Sophie, la giovane sguattera della cucina dell'ospedale. Attorno a lei, quasi a scortarla nel suo ultimo viaggio, nuotano alcuni cigni bianchi, che non sanno come mai un corpo senza vita abbia di nuovo trasformato le loro belle acque in un cimitero rosso.

Il respiro di Olga è affannato. Meno di un'ora prima la ragazza era in piedi davanti a lei, più morta che viva nell'animo, e l'aveva pregata di aiutarla.

Olga sente un brivido correrle lungo la schiena. Urla il nome di Sophie con voce stridula. Senza riflettere, si getta in acqua e tira fuori il corpo. Sophie respira debolmente, il vestito giallo all'altezza del petto si muove appena. Olga le toglie la sciarpa dal collo, la strappa in due e la usa per bendare i polsi sanguinanti di Sophie, dove lei si è tagliata le vene.

«Resisti, Sophie! Ce la faremo», la implora, girandola velocemente su un fianco affinché l'acqua le esca dalla bocca. Le prende il polso ma non sente il battito. *Non respirava ancora, un attimo fa?*

Alternatamente, pone la propria bocca su quella della giovane per praticarle la respirazione artificiale e pone le mani una sull'altra al centro del petto, premendo rapidamente e con forza decine di volte.

Olga non ha idea di quanto tempo sia passato, quando

qualcuno la tocca sulla spalla. Si gira. Dietro di lei c'è Juri, il suo custode russo, che le posa una mano sulla spalla.

«È morta, Olga.»

Lei ci mette qualche istante a capire, e guarda la giovane donna. Dagli occhi aperti, ma spenti, Sophie ricambia il suo sguardo con aria di rimprovero, così almeno pensa Olga, che crolla a terra singhiozzando. Non vuole gridare, perché già il volto di Sophie è un grido terrificante. Tuttavia grida. Il suo corpo è scosso da spasmi e vomita, come se volesse liberarsi di tutta sé stessa.

"Perché non l'ho aiutata?" pensa, e vorrebbe poter riportare indietro l'orologio.

Nelle prime settimane del dopoguerra, all'arrivo dei russi, regnava un'enorme confusione e al tempo stesso un silenzio paralizzante. Solo qualche cane triste vagabondava per le strade, in cerca di qualcosa da mangiare. La paura di aggressioni aleggiava su Kühlungsborn come una nuvola nera. La strada e la spiaggia erano quasi deserte, ognuno cercava a modo suo di rendersi invisibile. Chi non si nascondeva in cantine o soffitte, si spalmava il viso con sangue e fuliggine, si truccava in modo da sembrare affetto da rosolia o tossiva con insistenza per simulare l'effetto della tubercolosi, quando i soldati erano di pattuglia. Ma le grida acute e piene di dolore delle donne e delle ragazze che non riuscivano a sfuggire agli occupanti risuonavano come un'eco per le strade e sulle dune, e nessuno poteva aiutarle. Olga ha ancora negli occhi il loro terrore, i visi trasformati in maschere, la loro andatura che ha qualcosa di spettrale. Molte, che non avevano la forza di sopportare, si arrendevano a modo loro. Sempre più spesso venivano trasportati a riva cadaveri completamente vestiti di donne e dei loro bambini, donne che, dopo aver subito violenza o per paura, erano entrate nell'acqua per abbandonare la vita. Il mare le sputava fuori tutte, morte, fradice, anche quelle che avevano legato un sacco pieno di pietre attorno a sé e ai loro figli. Alcune sembravano solo addormentate, altre erano gonfie e sfigurate.

Anche se la guerra ormai era finita, a Olga era sembrato

che tutte le luci si fossero spente di colpo. Nemmeno la natura sembrava voler rifiorire. Era la primavera peggiore che avesse mai vissuto. Come se il cielo, in una giornata nuvolosa, avesse scelto di mostrarsi di un grigio smorto e i prati, sebbene fosse inizio maggio, avessero optato per un verdastro avvizzito tendente al marrone; persino crochi e violaciocche chinavano il capo, dimenticando che avrebbero dovuto essere in piena fioritura.

All'inizio si erano nascosti nell'hotel di Helene, dove durante il conflitto era stato installato l'ospedale di emergenza e dove lei e Helene lavoravano, dopo aver frequentato insieme un corso della Croce Rossa per infermiere ausiliarie, due anni prima. Era l'unico luogo in cui si sentivano sicure e potevano restare indisturbate. Subito dopo l'ingresso dei russi, a maggio, avevano appeso le bandiere della Croce Rossa e affisso cartelli con su scritto in russo: ATTENZIONE, FEBBRE PETECCHIALE.

Il nuovo comandante della città, il tenente colonnello Popow, disapprovava le atrocità, anche se le minimizzava definendole «episodi immorali». In ogni caso, la prima furia sembrava passata, e da quando il numero degli omicidi e delle aggressioni era calato avevano osato cominciare a uscire. Poco dopo l'insediamento di Popow l'ospedale era stato chiuso per installare nell'albergo il comando russo. Da allora Pa, Becki e Olga erano tornati nella casa sulla spiaggia di Helene, e lei e Helene avevano cominciato a lavorare nell'ospedale di Bulow Weg, dove prima c'era l'Hotel Union. Non dovevano temere la mancanza di lavoro: la città era piena di profughi, molti dei quali senza un tetto sopra la testa, malati, indeboliti dalla fame e troppo spesso facili prede.

Il comandante manteneva l'ordine solo in parte. Non era in grado di ridurre alla ragione i suoi soldati, specie se avevano bevuto troppa vodka, in ogni caso era sempre possibile denunciare gli stupri. Cosa che però restava impossibile per le donne che erano state aggredite prima del suo arrivo.

Donne come Sophie.

Era lì in piedi davanti alla casa sulla spiaggia, il volto impietrito. Da alcune settimane Olga non la vedeva in ospedale, dove lavoravano insieme. Non si era preoccupata, perché molti approfittavano della notte per passare all'Ovest e Sophie aveva parlato spesso dei suoi parenti di Detmold. Invece era ancora lì.

«Devi aiutarmi a sbarazzarmi del bambino russo.»

Olga la guardò con aria interrogativa. «Io?» Gli aborti erano vietati dal paragrafo 218 e puniti con la prigione e il lager.

Naturalmente Olga conosceva la tecnica, a Ginsterburg aveva effettuato diversi raschiamenti dopo aborti spontanei, ma mai un'interruzione volontaria. E, soprattutto, non era un medico. Perché Sophie era andata proprio da lei?

Olga cercò di trovare le parole giuste – ma non ne trovò nessuna. Si limitò a scuotere il capo dispiaciuta.

«Ti prego, Olga, tu sai come si fa», la implorò Sophie. Era completamente fuori di sé. «In giro si dice che tu abbia fatto venire al mondo persino la figlia del comandante.»

Era vero. Quando erano iniziate le doglie, Popow aveva mandato a prendere Pa, perché era l'unico ostetrico nel raggio di chilometri. Olga aveva potuto seguirlo come assistente. Con un'arma puntata alla nuca, il nonno era stato costretto a visitare la moglie del comandante. Quando aveva iniziato a tremare, non per paura ma a causa del Parkinson, che nel frattempo era peggiorato, Olga si era fatta coraggio e aveva spiegato che avrebbe manovrato lei il forcipe, sotto la guida esperta di Pa. Con cautela, aveva preso la testolina tra le branche e tirato fuori la bambina sana e salva. Da allora Olga era sotto la protezione personale del comandante, nella figura di Juri, un giovane maggiore russo.

«Tuttavia non posso farlo», replicò a Sophie.

«Devi», ribatté l'altra disperata. «Io non voglio questo bambino. Tutti sapranno da dove viene. Sai cosa significa portarsi dentro una cosa simile?»

No, Olga non lo sapeva. Del resto godeva della protezione del suo «guardiano del ventre». Grazie a Juri, nessuno aveva mai osato avvicinarsi a lei, figuriamoci toccarla. Non aveva subito alcuno stupro, né aveva dovuto sopportare vessazioni. Persino i figuri più spaventosi si toccavano il cappello quando la incontravano. Per quanto possa essere felice di quel trattamento particolare, al tempo stesso lo detesta, perché scava un fossato tra lei e coloro che non possono difendersi. La definizione «guardiano del ventre» l'hanno inventata loro, le altre donne.

«Non hai inoltrato domanda all'ufficio d'igiene?» le chiese posandole una mano sul braccio. Anche se gli aborti erano vietati, c'era comunque una possibilità se i bambini erano frutto di violenze. O almeno quando un comitato di medici e giudici, dopo un esame approfondito, rilasciavano un'autorizzazione.

Sophie annuì.

«È stata rifiutata, con la motivazione che non mi sono opposta abbastanza alla violenza e che avrei dovuto metterla in conto, visto che ero andata a camminare da sola sulla spiaggia al tramonto. Ho spiegato che, quando avevo implorato di risparmiarmi, mi avevano colpito con il calcio di un fucile, ma non mi hanno creduto.»

«Ma che razza di bestie sono?» esclamò Olga inorridita.

«Chi? I medici o i soldati?» ribatté Sophie, pallida in viso per la rabbia. «Sono stati i tedeschi a cominciare con gli omicidi e le violenze. Cosa ti aspettavi?»

Olga poteva immaginarsi quanto doveva essere stato umiliante dichiarare davanti a un'orda di uomini il modo in cui era stata aggredita. Sophie non aveva perso solo la sua innocenza, ma anche la sua dignità, e per due volte.

Olga si chiese se non potesse ottenere qualcosa tramite il comandante, magari una sorta di autorizzazione speciale. Ma avrebbe avuto bisogno di sapere il nome del colpevole, il comandante avrebbe voluto farlo punire.

«Forse c'è un'altra possibilità, Sophie», cominciò a dire. «Chi è il padre? Si potrebbe consegnarlo alla giustizia?»

Sophie la guardò con occhi spenti.

«Erano undici soldati ubriachi», disse infine. «Contemporaneamente. Uno dietro l'altro. Uno sopra l'altro. Per tutta la notte.» Fece una risata isterica. «Scegli pure un padre per il bambino!»

Olga sentì un principio di nausea, e quando nella sua testa

le parole di Sophie si trasformarono in immagini atroci e ripugnanti di bestie ubriache, lei si scosse, come per scacciarle. Ma non ci riuscì. Come aveva potuto, fino ad allora, non farsi sfiorare dalla sofferenza delle persone? Come un soldato sul campo, si limitava a eseguire le mosse necessarie. Per lei contava solo Becki, tutto il resto era solo dovere, puro mestiere. Ma ora sentì che il suo scudo di indifferenza si rompeva e gli occhi le si riempirono di lacrime. Quelle atrocità avvenivano proprio lì, davanti al suo naso.

Si stava ancora chiedendo come poteva aiutare Sophie senza mettere in pericolo Becki o sé stessa, quando la ragazza scosse il capo e corse via.

E ora è morta, perché Olga non l'ha aiutata. Perché ha esitato troppo a lungo.

Ricorda quello che le aveva detto Pa. Che nell'emergenza un medico non può pensare alle leggi o alla colpa, ma deve seguire la sua coscienza. E lei non l'ha fatto. Non sa dove potrà prendere la forza per andare avanti.

Non passa giorno che non veda un vestito giallo a pois neri galleggiare sull'acqua e non pensi che sarebbe stato facile evitare la morte di Sophie. Non passa notte in cui nella sua testa non risuonino le grida delle donne. Quando si risveglia di colpo dai suoi sogni, si alza e vaga per la casa, incapace di trovare di nuovo il sonno. Spesso Helene la sente camminare su e giù e le prepara un tè, anche se sono le tre di notte.

Quella che era stata solo la soluzione più ovvia – trasferirsi nella sua casa sulla spiaggia, perché dopo la morte della cognata di Pa, Margarete, non potevano più vivere nell'appartamento di lei – si è rivelato una fortuna. Helene, sorella di Margarete, è più un'amica materna che una prozia. A vederla, non dimostra più di quarant'anni. In realtà ne ha quasi sessanta. Non ha nemmeno un capello grigio e la sua pelle e la figura sembrano quelle di una giovane donna. «Questo accade, mia cara, quando si rinuncia ad avere dei figli propri e si scelgono invece dei figlioli prediletti. Come te e Becki.»

Ed è così: Helene le ha sempre dato un sostegno incrollabile in ogni situazione, ha affrontato con lei le nozze con Gero, la nascita di Becki e tutto ciò che è venuto dopo, soprattutto l'arrivo dei russi. Senza di lei, Olga ne è certa, non sopravvivrebbe ai molti giorni bui.

Con la pazienza di un angelo, Helene ascolta Olga notte dopo notte e le tiene la mano. Ricordandole tutto quello che si è sobbarcata per proteggere la piccola Becki, cerca di mettere a tacere la sua coscienza sporca. Ma la sensazione di dover fare ammenda è più forte. Proprio perché ora Olga ha una figlia e non vuole vederla finire in un'analoga situazione senza via d'uscita, giura a sé stessa: mai più respingerà qualcuno. Se ha imparato qualcosa da tutto ciò, è che non c'è alcuna scusa per aver guardato dall'altra parte, per non aver fatto niente.

Comincia con una donna di venticinque anni di Stettino, che è stata portata in ospedale con sintomi influenzali e un'eruzione cutanea. Quando il medico, dopo la visita, le comunica che è incinta e che si è presa la sifilide, la donna crolla e implora Olga in ginocchio di liberarla da quella «cosa». È sposata solo da un anno, suo marito è prigioniero di guerra da qualche parte. Ma è convinta che lui non la toccherebbe mai più se sapesse che qualcun altro le è stato così vicino e l'ha violentata. Appena viene dimessa, Olga le pratica il raschiamento nella stanza di Helene, che ha attrezzato come sala operatoria sterile. Gli strumenti per l'intervento li ha ricevuti da Pa. Dopo un paio di giorni arriva da Olga la vicina quindicenne che soffre di forti nausee. Quando Olga, senza giri di parole, le dice che è in stato interessante, la ragazza si ferma direttamente lì. Proprio come sua madre che, nella stessa notte della figlia, è stata stuprata nella cantina della sua casa. La voce gira, e ogni giorno si presentano sempre più donne.

Vedere e lenire il loro dolore aiuta Olga a capire il proprio dolore e a togliere al destino un po' della sua violenza. Le donne conoscono gli abissi meglio di lei e sanno di avere solo questa occasione per risalire. Ma anche se sul loro corpo dopo l'aborto non si vede più niente, a Olga basta uno sguardo negli occhi morti per sapere che nella maggior parte dei casi ha operato un involucro vuoto. Lei ferma il sangue, ma il processo di guarigione devono intraprenderlo i corpi e le anime delle donne. Ma per lo meno, si consola, può affrontare un po' l'orrore, sopportandolo accanto a loro. È l'unica cosa, insieme a Becki, che la mantiene più o meno sana di mente. Tuttavia, la sofferenza che la circonda le sottrae tutte le energie. A volte prende in mano la piuma di Fritz, la rigira tra le dita, si accarezza il viso. Ma non sente niente. Nemmeno il fatto che Becki nel frattempo abbia imparato a camminare e dica «mamma» le dà conforto. Sostegno sì, ma non conforto. È come se il sole non fosse più in grado di illuminare il buio dentro di lei, come invece faceva prima. Al contrario, la acceca. E le impedisce di vedere la minaccia che incombe su di lei, se venisse scoperta.

Juri, il suo custode che nel frattempo è diventato un buon amico, le ricorda sempre: «Se solo una donna ti tradisce, sei in pericolo. E con te anche Becki».

Ma non sono le donne a mettere in pericolo sua figlia, bensì il nonno di Becki.

31.

GIUGNO 1947, OLDENBURG

Di fronte al malessere che l'assale al ricordo di Kühlungsborn, Olga si dice che Trude ha ragione. Chi ricorda viene punito due volte per uno shock che, già al momento in cui era sopraggiunto, era stato abbastanza duro. Olga non aveva ancora sentito un motivo per dimenticare così illuminante, e decide che non le interessa sapere se la nuova amica ha scheletri nell'armadio, e neppure cosa pensi dei nazisti. Così come Trude non sembra interessarsi a chi o cosa lei e Becki hanno lasciato dietro di sé – i lavoratori forzati di Ginsterburg, Sophie, Lotte, Annemie, Gero, il nonno di Becki. Chi non ha una storia, non può stare dalla parte sbagliata. Alla fine tutti vagano attraverso il tempo, e in qualche modo, lottando, ce la fanno.

Grazie a Trude, Olga riesce a dimenticare un po' di più ogni giorno, anche perché il presente, con lei, non è più così sconfortante.

Quando, una volta, vuole raccontarle del lavoro con Pa, Trude la interrompe a metà della frase. «L'hai già dimenticato? Noi siamo le donne senza ombre. E non lo dico perché sono piccolina e il sole riesce a malapena a proiettare la mia sul terreno...» dice, poi scoppia a ridere.

Ride, anche se non c'è niente da ridere; Trude possiede il dono di sapersi godere la vita, nonostante la vita finora l'abbia trattata in modo ignobile. Con la sua spensieratezza, pensa Olga, le ricorda dolorosamente Lotte, e già solo per questo le piace. Trude vive esclusivamente nel qui e ora, è intelligente, versatile e divertente. Eppure Olga sente che, in qualche modo, le resta stranamente estranea. "Il prezzo del silenzio", si dice con rincrescimento.

Più ancora che Olga, è Becki a essersi legata a Trude, e anche Trude va pazza per Becki. La bambina non si stacca mai dal suo fianco e quando Trude tira fuori la sua parlata sassone, le insegna a fischiare o la sfida a una gara di corsa all'indietro, i suoi occhi verdi si illuminano. Becki assorbe tutto di Trude, e non ci vuole molto perché anche la sua parlata assuma una cadenza sassone. Già di prima mattina, appena sveglia, gira subito la testa per vedere se Tru – come la chiama lei – sta ancora dormendo sul tavolaccio accanto, e la sera, quando le si chiudono gli occhi, deve essere Tru, e non Olga, a sdraiarsi vicino a lei e leggerle una storia, finché non si addormenta con Bu tra le braccia. Solo una cosa offusca la felicità di Becki: il braccio «rotto» di Tru. Non può tenerla in braccio. Se vuole passare del tempo con lei deve camminare, e Becki, che per solidarietà o per rispetto ha cominciato a lasciare il braccio sinistro penzoloni, lo pretende anche da Bu. Il suo coniglietto di pezza, del resto, ha quattro zampe sane, constata con aria seria, ottenendo l'approvazione divertita di Tru. Che, in men che non si dica, tira fuori da un pezzo di stoffa un guinzaglio per Bu.

«È così, signorina mia. Sono tre le cose che ti aiutano a sopravvivere: l'umorismo, la gentilezza e la fortuna.»

«Sì, *mami* Tru», dice Becki. Poi prende la mano destra di Trude e si allontana ridendo, trascinandosi dietro Bu.

Olga non ha molta voglia di ridere. Quel vezzeggiativo le provoca una leggera fitta al cuore. Non lo dà a vedere, ma sua figlia ha toccato un tasto dolente, alimentando in lei la paura di dissolversi nel nulla. Non che sia gelosa. O forse sì? Tutto d'un tratto si sente sostituibile. È la punizione per aver giocato a essere Dio? Non per la prima volta, Olga si chiede cosa le dia il diritto, dopo tutto quello che ha fatto, di essere madre. O se piuttosto non abbia perso quel diritto nel momento in cui ha portato sua madre alla tomba.

Ma, di fronte alla fame che stanno soffrendo, quei pensieri spariscono velocemente come sono venuti. Essere madre in quei giorni significa soprattutto una cosa: provvedere affinché alla bambina non manchi il necessario per sopravvivere.

«Sai con quali consigli ci hanno nutrito a Lipsia?» le dice Trude una sera, mentre per l'ennesima volta stanno discutendo di come sia possibile che ci siano continuamente persone che si tolgono la vita perché manca loro il pane quotidiano. «Andare a dormire presto, masticare meglio e non agitarsi.»

Olga la guarda sorpresa. Trude sta parlando del suo passato. Vorrà dire che, ora che sono così unite, aprirà uno spiraglio anche sulle sue ombre, marchiate a fuoco nel suo braccio sinistro?

Quella mattina un fabbro di Königsberg era stato trovato appeso al ramo di un castagno in riva al Dobbenteich, con i piedi a un soffio dal terreno, a meno di quindici metri dalla loro baracca.

«Pensi che avrebbe preso una decisione diversa se avesse masticato meglio?» chiede Trude con amara ironia. «Come usciremo da questa situazione?»

«La necessità non ha legge», risponde Olga sbadigliando, e sta già pensando di mettersi a dormire quando Trude salta su di botto.

«Hai ragione! La mia fame è più grande dei miei scrupoli. Sai come si dice: "Chi non muore di freddo nel 1946 e non muore di fame nel 1947, nel 1948 mangerà la prima cotoletta". Io ti prometto solennemente: già nel '47 tu mangerai la tua prima cotoletta, e pure il contorno di patate arrosto affogate nel burro.»

Subito Trude si mette il cappotto e si incammina verso il mercato dei cavalli, per scoprire come funziona il mercato nero. Dopo un po' torna con l'informazione che sigarette e alcol sono ancora le valute più importanti.

«Perché non distilliamo grappa?» suggerisce. «Se la guerra è servita a qualcosa, è stato insegnarmi tutto quello che c'è da sapere della vita.»

Olga è d'accordo, anche se produrre alcolici è vietato. Occhio non vede, cuore non duole. Così diceva sempre la governante quando distillava illegalmente la grappa sulla stufa nella cucina dei Blume; Pa la prescriveva come tonico ai suoi pazienti deboli di cuore. E in tempo di guerra ce n'erano parecchi.

Non ci mettono molto a trovare il posto adatto. La baracca a fianco, vuota dai tempi dell'epidemia di tifo, è una distilleria perfetta. Per dare alla cosa una parvenza di legalità, tira dentro nell'affare anche la responsabile del campo che, in cambio di un paio di bottiglie, promette di chiudere entrambi gli occhi e di mantenere la baracca «in quarantena» il più a lungo possibile.

«Ora ci servono una caldaia per il bucato e un recipiente per la raccolta, un paio di tubi di rame e un misuratore di alcol», annuncia Trude trionfante. «E naturalmente un po' di gente.»

Più in fretta di quanto avessero pensato, mettono insieme tutto il necessario. Ed esultano quando un ex chimico di Königsberg offre loro il suo aiuto. Non solo sa distillare, ma si intende anche di raffinazione. Mentre gli aiutanti procurano prugne, pere, mele, barbabietole da zucchero e patate per il mosto e li riducono a pezzetti, lui lavora alla ricetta finché non riescono a produrre qualche goccia gustosa, aromatizzata alle bacche di ginepro. Grazie al sapore estremamente gradevole, la grappa va a ruba persino fra i *tommy*, come vengono soprannominati i soldati inglesi. Una bottiglia rende almeno trecento marchi, il prezzo di mezzo chilo di burro. Senza Trude, è chiaro, tutto ciò non sarebbe stato possibile. Perché nessuno sa resistere al suo fascino. La sua andatura leggera, ondeggiante, femminile e orgogliosa, il suo sorriso consapevole e quel suo senso di superiorità – gli uomini le cadono ai piedi. Il modo di fare chiuso e un po' scontroso di Olga invece sembra tenerli a distanza, cosa di cui lei è grata. E così in breve Trude diventa il capo assoluto della distilleria clandestina, mentre Olga si ritira di buon grado nelle seconde file.

Quando pensa a tutto quello che aveva messo in piedi da sola in passato, si stupisce di aver lasciato così in fretta il comando all'amica. "Ho perso il mio fegato", pensa. Ma non le importa, perché finalmente, per la prima volta, è di nuovo sazia, e anche Becki rifiorisce splendidamente. E poi, una sera di settembre del 1947 Trude le prepara solennemente una cotoletta con le patate.

«Affinché in futuro non soffriamo più la fame!»

32.

SETTEMBRE 1947, OLDENBURG

Da quando la distilleria è in attività e non deve più lavorare così tanto, Olga può passare più tempo con sua figlia e insegnarle i segreti della natura come Pa aveva fatto con lei. Ogni volta che è possibile, va nel bosco con la bambina e le spiega tutto quello che sa. Nelle loro escursioni raccolgono erbe, mirtilli, more e mirtilli rossi, osservano la crescita di diverse specie di alberi, e Olga spiega a Becki come distinguere una poiana da un astore e la tana di una volpe da quella di un tasso. Becki adora tutto ciò che vola e quando un giorno la piccola, alla vista di una libellula cangiante, resta con la bocca aperta, Olga si ricorda di Pa e ripete le sue parole: «Verso l'alto, verso il basso, in avanti e all'indietro. E fino al Polo Nord. Solo la libellula può farlo». Poi ricorda anche qualcos'altro che lui aveva detto: «Il nostro mondo è pieno di meraviglie, pieno di vita. Fermati, stupisciti e osserva quello che succede intorno a te».

E Becki lo fa almeno tanto volentieri quanto lo faceva Olga alla sua età. Le sue domande sono furbe, il suo sguardo risoluto e penetrante, come se cercasse in tutto il nocciolo delle cose. Da quando passano tante ore insieme nella natura, Olga ha ritrovato sé stessa.

Alla fine di settembre Trude annuncia che è ora di cambiare vita. «In fondo che cos'ho da perdere, se ho già perso tutto? Vieni, andiamo a ballare!» Come tutte le domeniche, i *tommy* tengono un concerto in piazza, ed è lì che vuole andare Trude. «A trent'anni suonati, le mie chance di matrimonio non aumenteranno, Olga, se sto qui seduta mentre là fuori le calze di seta spensierate cominciano la loro danza di corteggiamento. Quindi godiamoci la vita! Voglio un marito e dei figli, come le altre persone.»

Olga non crede che riuscirà mai a liberarsi di quel dolore costante, nemmeno gettandosi in una nuova vita con musica, balli e un nuovo uomo. Neppure con altri figli. Tuttavia, ombre o no, non vuole fare la guastafeste, e poi per lo meno farà bene a Becki.

In Cäcilienplatz, proprio dietro lo Staatstheater, ci sono molte persone riunite in gruppetti, la maggior parte sono donne. Olga nota con stupore come molte sfilino davanti ai soldati indossando abiti che mettono in risalto la figura, come in una sfilata per giovanotti in cerca di moglie. Alcune di loro vengono chiamate con un cenno della mano e si vedono offrire una sigaretta. Anche i bambini cercano di avvicinarsi ai soldati inglesi, che distribuiscono cioccolato da un camion.

Olga ha preso Becki sulle spalle, in modo che possa vedere meglio il suonatore di cornamusa, e Trude ha fatto lo stesso con Bu. D'un tratto Becki, eccitata, indica qualcosa tra la folla, e Olga segue il suo sguardo. Lì in mezzo c'è il colonnello che le aveva aiutate così gentilmente al loro arrivo – come si chiamava? Olga preferirebbe rendersi invisibile, ma Becki, agitando la mano, si è già fatta notare. Quando il giovane la vede, si illumina in volto e si avvicina.

"Bloch", le viene in mente, "ma certo."

«È un piacere vederla qui!» dice lui, guardando prima Olga e poi Becki.

Olga lo saluta con un cenno, incerta su come reagire, ma Trude salva la situazione facendo un passo avanti e tendendo la mano.

«Io sono Trude, e il tipo sulle mie spalle è...»

«Bu, lo so», dice il militare fingendosi colpito. «Veniamo dallo stesso paese.»

Olga non saprebbe dire se si riferisce a Bu o a Trude. Solo che sembra che anche la sua amica sia stata colpita. Ha quella particolare luce negli occhi, come se tutto al mondo fosse meraviglioso. Il colonnello Bloch le invita a pranzo alla locanda Rotes Haus, nei pressi della caserma britannica. E prima che Olga possa rifiutare, Trude accetta con un sorriso raggiante. «Veniamo, naturalmente.»

Un paio d'ore più tardi sono sedute al tavolo con lui e bevono birra mentre Becki disegna al tavolo a fianco. Il colonnello è premuroso e gentile, senza mostrarsi per nulla invadente, e Trude pende dalle sue labbra. Olga si stupisce di quanto sia cortese e di buon umore nonostante le atrocità che i tedeschi hanno inflitto alla sua famiglia. Diversamente da lei, sembra non provare rancore nei confronti di nessuno.

Più tardi si siede con loro un altro ufficiale delle forze d'occupazione, che si presenta come sergente Smith e parla un ottimo tedesco. «Com'è bello stare qui seduti insieme, come se non fossimo mai stati nemici!» dice a Trude e Olga, squadrandole da capo a piedi. «Dunque ha un aspetto così grazioso, l'arma miracolosa con cui ci aveva minacciato il vostro Führer», continua senza alcuna ombra di charme, servendosi della birra del colonnello.

«Lei è di qui?» chiede a Olga.

«Vengo dall'Uckermark», risponde lei asciutta, poi si volta verso Becki, che continua a disegnare persa nei suoi pensieri.

«Pensavo fosse di Kühlungsborn», si intromette il colonnello.

Olga ha un sussulto. «Lì ci sono finita dopo la guerra», spiega, sulla difensiva.

«Kühlungsborn?» interviene Trude. Ci sono stata una volta in vacanza, in quella che una volta era Villa Kaufmann. Un castello meraviglioso. Era...» Si morde la lingua, come se si fosse pentita di averlo detto.

Olga lo sa cos'era. Nei primi anni del Reich il castello era la sede della Fondazione Goebbels per artisti teatrali, e durante la guerra una casa di vacanza per attori di teatro nazisti particolarmente fedeli. Una volta Helene l'aveva trascinata a una rappresentazione a cui era venuto ad assistere anche Goebbels che, tra applausi entusiasti, aveva definito Hitler «primo artista della nazione». Lì Olga aveva visto pezzi grossi del partito e attori sorseggiare champagne come se non ci fosse un domani, e come se non ci fossero né guerra né miseria. Cosa ci faceva Trude, lì? Olga ripensa alla sua esibizione nel ruolo di Medea, e nella sua mente balena un pensiero orribile, interrotto dal colonnello, che sospira ostentatamente.

«Ci tornerei molto volentieri», dice. «Vorrei vedere come se la passano i miei amici e capire se posso fare qualcosa per aiutarli.»

«Lo capisco perfettamente», commenta Trude, posando una mano sulla sua.

Davanti a quello spettacolo Olga sente caldo e freddo insieme. Cosa accadrebbe se il colonnello ritornasse e incontrasse Helene? Erano state così vicine... Helene era l'unica che conosceva i loro segreti e ora non sa cosa ne è stato di Olga e Becki. Erano sparite senza dire una parola, senza preavviso, mentre Helene era all'ospedale. Il colonnello parlerebbe sicuramente di Olga, e lei può immaginarsi la reazione sorpresa di Helene. Tanto era impossibile allora lasciarle una breve lettera di spiegazioni, tanto era stato impossibile più tardi – e lo è tuttora – scriverle senza mettere tutti in pericolo. E se il colonnello, attraverso una frase detta involontariamente, avesse capito cosa aveva fatto? Si tratta pur sempre di un crimine, e la punizione prevista è sempre la stessa. Aver praticato aborti illegali potrebbe farla finire in prigione. Ma, soprattutto, perderebbe Becki.

Il sergente, alzando teatralmente la voce, esclama: «Se puoi aiutarli, Max?» chiede. «Non vuoi nemmeno lasciare che i soldati tedeschi crepino nel settore russo? O cosa ne dice lei, signora Meier, visto che viene da quelle parti?» Le strizza l'occhio.

Olga reagisce solo quando lui le schiocca le dita davanti al viso. Meier. Quanto tempo le servirà per abituarsi al suo nuovo cognome? Per lei significa tanto poco quanto il matrimonio con Gero, anche se è stato concluso in modo del tutto legittimo.

«Be', la gente lì non se la passa poi così male», dice, e guarda Becki che si agita sulla sedia. «Non hanno molto, ma neppure molto meno di quello che si ha a Oldenburg.»

«E perché se n'è andata, se le cose vanno più o meno come qui?» ribatte lui in tono un po' offeso.

«Perché Oldenburg era il punto di incontro della mia famiglia. Mio fratello e mio padre sono dispersi. Se sono ancora vivi, verranno qui.»

Di nuovo volta lo sguardo verso Becki, che ha smesso di disegnare e ha posato la testa sul tavolo. «Sei stanca, tesoro?» le chiede.

«Devo tornare a casa», si scusa, sollevata per avere un motivo per andarsene.

«Hai qualcosa in contrario se accompagno i signori a ballare al Grüne Eiche?»

Certo che ha qualcosa in contrario. Preferirebbe che lei e Trude non avessero più niente a che fare con il colonnello Bloch; ogni nuovo contatto nasconde pericoli imprevisti. Ma come può dirlo alla sua amica? Così scuote la testa e, con Becki in braccio, si avvia verso casa.

Mentre Trude nei giorni seguenti si incontra con il colonnello per andare a ballare o al cinema Kapitol nella Heiligenstraße e addirittura passa qualche notte nel suo appartamento da ufficiale, Olga non riesce a togliersi un pensiero dalla testa. E se fosse una di quelle artiste che se la spassavano a spese di Goebbels nel castello sul mare? E ora si infila in una storia con un ebreo che ha perso tutta la sua famiglia a causa dei nazisti e non sospetta niente del suo passato. Helene una volta le aveva raccontato che un tempo la gente chiamava la villa Judenschloß am Meer, il Castello degli ebrei sul mare. Era l'epoca in cui l'edificio apparteneva ancora alla Fondazione Hausmann e ospitava una casa di cura per accademici ebrei e le loro famiglie, prima di essere espropriato, alla fine del 1935, e affidato agli attori di Goebbels per la loro villeggiatura.

Anche se cerca di ignorarlo, Olga sente che il pensiero che Trude possa aver avuto a che fare con i nazisti le risulta sempre più insopportabile. Perché tace così ostinatamente, se non ha nulla da nascondere?

La sola possibilità che i sospetti siano fondati è sufficiente perché Olga veda l'amica sotto una nuova luce, come se la nuova verità si sovrapponesse alla vecchia – Trude appartiene alla sua comunità del cuore, e ha sempre agito per il bene suo e di Becki.

Pa diceva sempre che si può guardare l'essere umano solo davanti alla testa, ma non dentro. Non si vedono i sentimenti, e nemmeno quello che hanno fatto.

"Anche dopo che ci siamo liberati di Hitler", pensa Olga, "il suo spirito continua a vivere." Come potrebbe essere diversamente? Le persone sono rimaste le stesse. E se Trude fosse una di quelle attrici che lo stato proteggeva e sosteneva in quanto «ariane»? Quali compromessi ha accettato, per non mettere in pericolo il suo successo? O magari nasconde qualcosa di peggio? Quali ombre ha voluto togliersi di dosso con tanta fretta? La sfiducia nei confronti di Trude la rode così tanto da non riuscire quasi più a stare nella stessa stanza con lei.

Due settimane più tardi Trude le racconta che il colonnello sta cercando di procurare per loro due un *Interzonenpass* par fare un viaggio di alcuni giorni a Kühlungsborn.

«Vogliamo prenderci una piccola vacanza. I *tommy* non amano molto che i loro ragazzi fraternizzino con donne come me. Ah, incrocia le dita per me, Olga! A Kühlungsborn avremo finalmente un po' di tempo per noi. Naturalmente passeremo anche dalla sua Helene – magari ha già riaperto l'albergo...»

Per fortuna Trude non può sentire come il cuore di Olga cominci a galoppare. Sa che le resta solo una possibilità. Deve pensare a un piano, se vuole proteggere Becki.

Qualche giorno più tardi trova una lettera di Trude sul suo cuscino. Il letto dell'amica è vuoto, come il suo armadietto. Olga legge qualcosa che non si aspettava, ma a lei sta bene. Anche se senza Trude è molto improbabile che la distilleria possa continuare la sua attività. Forse è meglio così, per tutti. Trude è andata a Londra con il suo colonnello per sposarlo. Scrive che il comandante militare ha avuto sentore di loro due e vuole trasferirlo al più presto.

C'è stata una denuncia anonima contro di noi. I soldati britannici che hanno rapporti con donne tedesche vengono tolti dalla circolazione al più presto, cosa che trovo molto buffa, vista l'ambiguità. Ma io, semplicemente, vado con lui. Perché l'amore è l'amore, Olga, e la grappa è la grappa. Non c'è dubbio su cosa sia più importante, e perciò spero che tu non ce l'abbia con me se la sorgente di grappa ora si esaurisce, e ti auguro amore, amore, amore. Te lo meriti come nessun altro. Ti prego di perdonarmi, se non ho detto addio a te e a Becki di persona, ma avrebbe solo causato lacrime. È meglio che tu mantenga i tuoi occhi asciutti per riconoscere meglio l'uomo che è destinato a te, quando ti starà davanti.

Riconoscerebbe Fritz anche se fosse cieca, dal rumore che fa quando batte i denti, dal suono della sua camminata, dal profumo del suo dopobarba. Ma la sua amica non sa niente di tutto ciò. Come potrebbe? "Sì, Trude", pensa con un sorriso, "siamo donne senza ombre.»

Non ha la coscienza sporca perché sa di non doversi preoccupare per Trude, che di certo la cancellerà dalla memoria non appena il colonnello le avrà messo l'anello al dito. Non perché non sia affezionata a lei e a Becki, ma perché è una persona che deve dimenticare, il male e il bene, per poter continuare a guardare avanti.

33.

OTTOBRE 1947, OLDENBURG

Qualche giorno dopo la partenza di Trude, Olga si siede su una panchina sulle rive del Dobbenteich e guarda Becki che raccoglie le castagne. Sonnecchiare e riflettere all'ombra dell'albero è tutto quello di cui si sente capace. Non può fare a meno di tormentarsi con una domanda: come ha potuto sacrificare in quel modo la sua amica, senza farsi alcuno scrupolo? In fondo Olga si ritiene una brava persona e pensa di agire sempre con le migliori intenzioni. Ma l'aver denunciato anonimamente la relazione tra Bloch e Trude, per liberarsi di entrambi, non si confà all'immagine che ha di sé. Così come quello che ha fatto ai Meier. Di cosa ancora sarà capace, quando si tratterà di nuovo di proteggere sua figlia?

Negli ultimi anni ha mentito e ingannato, e si chiede dove e quando ha perso la sua bussola interiore.

Nel bel mezzo di questi pensieri, apre gli occhi e si allarma.

Becki non si vede da nessuna parte. Il cuore di Olga accelera di colpo. Le canne palustri in riva allo stagno sono fitte, e Becki non sa nuotare. Olga salta su e corre verso sinistra, a scatti, fermandosi più volte, poi corre verso destra, guarda ancora verso l'acqua – forse laggiù la superficie dello stagno si sta muovendo? – urla il nome di Becki, sempre più disperata. Dal canneto si levano in volo alcune anatre starnazzanti, quasi volessero rimproverarla. Becki non si trova. Il panico acceca Olga. Questa è la punizione per Trude, pensa, la punizione per tutto quello che ha fatto.

D'un tratto sente la risata argentina di Becki e la vede arrivare dal prato in braccio a una signora anziana. È impazzita? Olga sente crescere in sé una rabbia incontenibile e vorrebbe scagliarsi sulla donna, quando la sfiora il pensiero che tutti i comportamenti sbagliati nascono dalla paura. Paura delle altre persone o della morte, paura di fare del male alle persone amate o di perderle. Per Becki farebbe qualsiasi cosa. Quando la donna con un sorriso cordiale le si avvicina, Olga sente che la rabbia si placa e che sta riprendendo il controllo di sé.

«Sua figlia voleva arrampicarsi fino in cielo per rubare le stelle», dice la donna sorridendo. «Permette? Borjahn. Ho tirato giù questa dolce signorina dall'albero.»

Che enorme sollievo, poter tenere Becki di nuovo tra le braccia e ricoprire di baci i suoi boccoli biondi! Olga si lascia cadere su una panchina con la bambina in braccio e comincia a singhiozzare. La donna sconosciuta le si siede accanto e la stringe a sé. La sua pelle è morbida e profuma di acqua di rose, e Olga pensa he anche sua madre avrebbe lo stesso profumo, se fosse ancora viva. La sconosciuta non è più una sconosciuta: consola Olga come aveva fatto Helene a Kühlungsborn quando pensavano che Becki sarebbe morta.

«Va tutto bene, ragazza mia, va tutto bene.» La donna le accarezza i capelli cercando di tranquillizzarla, e a Olga sembra che il suo corpo si liberi di una paura paralizzante che la opprimeva da anni. Ora comincia a sentire, a sentire tutto – il dolore per la sua perdita, per tutte le perdite.

«Che razza di madre sono?» dice tra un singhiozzo e l'altro, mentre Becki, seduta sul suo grembo, la fissa con occhi spalancati. Non ha mai visto Olga così sconvolta.

La signora Borjahn mette una mano sul suo mento, costringendola a guardarla. «Evidentemente una madre molto brava, se sua figlia vuole rubare le stelle dal cielo per donarle a lei. È una cosa davvero meravigliosa!» Poi, sorridendo, aggiunge: «Sebbene purtroppo il desiderio di raggiungere il cielo sulla terra non sia realizzabile. Ma chissà cos'altro c'è in serbo per lei...».

Olga non smette di piangere, e Becki si raggomitola ancora di più contro di lei.

«È molto pallida, ragazza mia», dice la signora Borjahn. «Ora venga, andiamo a berci un bel caffè forte.»

Poco dopo Olga e Becki sono sedute in una piccola cucina, e osservano la signora Borjahn che mette la caffettiera sul fuoco. Mentre si dirigevano verso la mansarda della meravigliosa villa ottocentesca in stile Gründerzeit erano passate davanti all'ambulatorio del figlio della donna: PROF ERWIN BORJAHN. MEDICO GENERICO E OSTETRICO.

«È una vera moka?» chiede Olga stupita, quando il profumo eccitante le sale nelle narici. Inspira profondamente, e già si vede seduta nella cucina di Mamme, dove aveva bevuto per l'ultima volta un vero caffè macinato dai grani, quattro anni prima. Grazie alle ottime relazioni di Pelle, Mamme aveva sempre sul fornello una caffettiera pronta. Olga si rende conto che quel profumo placa i ricordi.

La signora Borjahn ride. «Potrebbe andarci peggio, vero?» dice mentre prende dalla vetrinetta due tazzine e i piattini abbinati e li dispone sul tavolo. Con cautela, toglie la caffettiera dal fuoco e riempie le tazzine.

«E per l'occasione c'è anche qualcosa di dolce.» Sorridendo, taglia tre fette di torta alla crema di burro. Becki non ci fa molto caso, in realtà ha occhi solo per Giesbert, il gattino giallo, e un attimo dopo è sulle scale di casa e gioca a rincorrersi con lui.

Nel frattempo Olga beve il suo caffè e comincia a raccontare, della sua infanzia a Ginsterburg, di Pa, del lavoro appagante in ambulatorio con lui, del suo lavoro come infermiera a Kühlungsborn e dell'arrivo senza Pa a Oldenburg. La signora Borjahn ascolta con attenzione e annuisce qua e là. Irradia una tale bontà e calma e dimostra una conoscenza così profonda della vita e del dolore umano, che Olga, che da nessuna parte si sente a casa né in buone mani, davanti a quella donna, per la prima volta, è libera finalmente di respirare davvero.

La signora Borjahn le prende le mani. «In tutto c'è anche qualcosa di buono, ragazza mia. Perché lei, cara Olga, lei ci ha regalato il cielo! Mio figlio sta cercando urgentemente qualcuno come lei per il suo ambulatorio. Venga, glielo presento subito, e poi se vuole le faccio vedere la camera, qui da me.»

34.

OTTOBRE 1947 - APRILE 1948, OLDENBURG

Il giorno dopo, poco prima delle otto di mattina, Olga apre la porta dell'ambulatorio. È una bella giornata d'autunno, il sole è basso e la luce di un caldo arancione che entra dalle grandi finestre della graziosa sala d'attesa splende su di lei. L'odore di disinfettante e dalie fresche le ricorda Pa, lo studio medico della villa dei Blume. Ha la sensazione di essere tornata a casa, e che le vecchie stanze luminose e i profumi familiari la abbraccino e la tengano stretta. E le sembra che i suoi sensi si risveglino.

Non vede l'ora che l'ambulatorio si riempia di vita.

Becki dorme ancora nella stanza che la signora Borjahn ha preparato per loro. Più tardi andrà con sua figlia all'Eversten Holz, il bosco cittadino dietro l'angolo. Ma prima di tutto Becki deve riposare bene. La piccola sarà stanca, essendosi addormentata molto tardi per l'eccitazione.

Continuava ad accendere la luce, si metteva a pancia in giù sul lenzuolo, con la testa appoggiata alle braccia, e si guardava intorno nella stanza. «È bello, vero, mamma?»

«Eccome, tesoro mio!» rispondeva lei. Quasi non ci credeva: finalmente erano sole, loro due soltanto! Nessun'altra donna nella stanza, nessuno che tossisse, nessuno che imprecasse ad alta voce perché qualcun altro faceva rumore.

Quando la signora Borjahn aveva mostrato loro la stanza, Becki si ea sentita come in paradiso. Dentro c'erano un letto pieghevole appoggiato alla parete con sopra una tenda a fiori, un tavolino e una poltrona marrone; di più non ci stava, e comunque lo spazio risultava accogliente. Instancabile, Becki continuava ad arrampicarsi sul letto piegato, apriva la tenda, la richiudeva e ci si nascondeva dietro. «Non ci sono più.» Era meraviglioso vederla così felice.

Quando, guardando fuori dalla finestra nel bel giardino, aveva visto numerosi uccelli che si avvicinavano al piccolo abbaino, Olga aveva capito di essere nel posto giusto.

Dopo un po' di tempo l'orologio a parete suona. Il suo primo giorno di lavoro è ufficialmente iniziato. Fa un bel respiro e abbassa la maniglia. Davanti alla porta ci sono una ventina di pazienti che la guardano sorpresi.

«Buongiorno», dice cordiale, «sono Olga Meier, la nuova assistente del dottore.»

Poi li prega di seguirla al banco dell'accettazione. La storica aiutante del professore era andata in pensione poche settimane prima, e Erwin Borjahn è grato che sia arrivata una sostituta insperata. Perché non solo la città, ma anche lo studio sta scoppiando; sebbene ci siano molti medici, anche tra i profughi, troppo pochi tra loro hanno l'abilitazione alla professione.

Insieme ai pazienti passano davanti a Olga i ricordi. Pensa alla sala d'aspetto piena di Pa, dove i malati si lamentavano, piangevano e si scambiavano gli ultimi pettegolezzi , mentre aspettavano il loro turno. A come lei toglieva i punti in una stanza mentre Pa toglieva un dente nell'altra. A come l'avesse assistito per anni, mentre negli ultimi tempi era stato lui a farle da assistente, quando le sue dita tremanti non gli permettevano più di lavorare con calma. E pensa a quella mezz'ora dopo le ore di ambulatorio, quando entrambi bevevano un infuso d'erbe e parlavano dei casi più interessanti e dei fatti più curiosi della giornata.

«Perché sorride così?» le chiede una giovane donna che l'ha seguita al banco.

«Perché oggi sarà una buona giornata!»

Nelle prime settimane Olga cerca innanzitutto di governare la pressoché infinita fiumana di pazienti. Svolge il suo compito con grande zelo, indirizza le persone che hanno un appuntamento in una sala d'aspetto e i casi urgenti nell'altra. E invita tutti gli altri a tornare al pomeriggio, nell'orario delle visite libere. Per snellire le code, nella pausa pranzo riceve le richieste di ricette e di appuntamenti. Ed ecco che in un batter d'occhio ridona ordine al caos, e quando un giorno il professore spia fuori dalla porta del suo studio, la guarda stupefatto.

«Dove sono finiti tutti i pazienti? Non li avrà cacciati, eh?» le chiede strizzandole l'occhio. Da allora, almeno una volta al giorno le dice: «È il cielo che l'ha mandata!».

Che è esattamente quello che pensa lei di nonna Borjahn, che chiamano così da quando si sono trasferite da lei e alla quale ora danno del tu. Lei si occupa di Becki, fa da mangiare per tutti e ha sempre per loro un sorriso e un orecchio disposto all'ascolto. È una bella sensazione essere parte della sua famiglia. Come diceva sempre Mamme: «Nella vita si incontra molta gente, ma solo poche persone».

Nonna Borjahn e suo figlio sono queste persone.

Già dopo poche settimane, la vita di Olga prende una certa routine. Erwin Borjahn è molto amato dai suoi pazienti. Arrivano a frotte, e la sua parola è legge. "Anche a Oldenburg il medico è un semidio", pensa Olga. "Se poi è un professore, allora magari è anche qualcosa di più." Olga capisce i pazienti: il dottore si prende tutto il tempo necessario per loro, si occupa dei loro disturbi, li ascolta attentamente, agisce con accortezza ma anche con severità, quando serve.

E non fa differenze tra soldati occupanti, profughi e gente del posto. In quanto medico abilitato ha un'autorità tale che nessuno osa mettere in dubbio apertamente il suo dogma del pari trattamento. «Chi vuole un trattamento *più uguale*, non riceve alcun trattamento», dice sempre. «Se ne può tranquillamente andare via. Punto!»

Con le sue buone maniere, a Olga il dottore ricorda Pa, e si chiede come mai Erwin Borjahn a quarant'anni suonati sia ancora solo. Sebbene troppo vecchio per lei, è ancora nell'età migliore per un uomo, e inoltre impegnato, interessato e con un buon lavoro. Dopo la guerra ci sono molte più donne che uomini: dovrebbero essercene parecchie in cerca di qualcuno come lui. Quando una volta aveva fatto qualche cauta domanda in proposito a nonna Borjahn, lei le aveva raccontato che la moglie di Erwin, incinta, era morta cinque anni prima d'influenza a Tubinga, dove vivevano a quel tempo; lui era al fronte in Russia e non aveva potuto aiutarla. «Da anni non guarda più nessuna donna.»

Quel racconto l'aveva sconvolta. Solo chi ha perso qualcuno può comprendere cosa significhi. Sebbene Fritz non sia morto, Olga non sa immaginarsi di poter amare qualcun altro che non sia lui.

Il fatto che nemmeno il professore possa piegare il destino la colpisce. Le dispiace per lui, perché è solo e probabilmente pieno di sensi di colpa. Se fosse stato accanto a sua moglie, avrebbe potuto proteggerla, guarirla. Forse, probabilmente. Olga conosce molto bene quella sensazione.

È convinta che il peso più grande per un medico sia non poter salvare chi deve essere salvato, indipendentemente da quanta familiarità si ha con la morte.

Sebbene Erwin Borjahn le lasci molta libertà e la aiuti anche ad ampliare le sue competenze, dopo che il dottore, su sua insistenza, ha assunto una nuova aiutante, la graziosa vedova Petersen da Costanza, Olga comincia ad annoiarsi. Ora che è di nuovo circondata da pazienti e medicine, rinasce in lei il desiderio di lavorare come medico. Vorrebbe poter mettere in pratica le sue conoscenze, fare anamnesi, esaminare le situazione dei pazienti, curare. Non le basta organizzare l'ambulatorio e passare il tampone al professore. Ma non è un medico, e in tempo di pace bisogna agire secondo la legge. Quello che durante la guerra era giusto e possibile, poiché alleviava le sofferenze, ora non funziona più. È sbagliato, ricorda sempre a sé stessa, fare diagnosi di propria iniziativa, è sbagliato dare sollievo a pazienti con sintomi chiari che resistono faticosamente per ore in sala d'aspetto. Guardare in silenzio sopra la spalla del professore e imparare è tutto quello che le è concesso, così si fa coraggio e un giorno, mentre cenano con nonna Borjahn e Becki, gli chiede se può portarla con sé nelle visite a domicilio.

Dal giorno seguente si reca con lui in caserme e campi

profughi, e ovunque vede imperversare le malattie. Olga è turbata dalla quantità di casi di tubercolosi, rachitismo, febbre petecchiale e scabbia che il professore deve trattare. Ma ci sono anche malattie veneree come la gonorrea o la sifilide, che non risparmiano nemmeno i soldati britannici.

«Abbiamo troppo pochi medici che si occupino dei malati», commenta il dottor Borjahn.

«Ma tra i profughi ci sono molti dottori che stanno disperatamente cercando lavoro e potrebbero alleggerire la situazione.»

Erwin Borjahn sospira. «Il governo militare sta denazificando la classe medica. Io faccio parte della commissione della Camera che esamina le richieste di abilitazione relativamente al cosiddetto coinvolgimento nazista. Chi è compromesso non ottiene il permesso di soggiorno.»

«Questo non lo sapevo.» "Meno male", pensa Olga, "che almeno gli inglesi si preoccupano di rendere inoffensivi i nazisti che si nascondono tra i medici."

Il dottore si acciglia. «Non si tratta solo di quelli che hanno ucciso in prima persona e che hanno preso parte a quei raccapriccianti esperimenti umani o comunque operato nei campi di concentramento», continua lui. «Si tratta soprattutto dei molti pesci piccoli, quelli poco appariscenti. Ho ex colleghi che non praticano più perché hanno partecipato alle procedure per l'immunità da tare ereditarie e hanno imposto sterilizzazioni forzate. E altri che negli uffici d'igiene hanno fatto la preselezione delle vittime dell'eutanasia. Colleghi che non curavano determinati pazienti a causa della loro razza o religione e, anzi, li denunciavano, dandoli in pasto ai lupi.»

Olga sa di cosa parla. «Come le due facce di una medaglia. Curare e uccidere», mormora.

Lui annuisce. «Finora a Oldenburg sono stati licenziati trecento medici. Alcuni tra questi sono anche stati arrestati.»

«Ma che razza di persone sono?» esclama Olga. «Pensano di poter andare avanti tranquillamente, come se niente fosse...»

Nonna Borjahn aveva detto a Olga che suo figlio durante la guerra aveva un incarico come docente all'Università di Tubinga, prima di essere destinato a un ospedale militare in

Russia. Poiché laggiù si occupava anche della popolazione locale era stato processato per «malintesa umanità», ma in seguito assolto per «mancanza di medici».

«Sono persone come lei e come me», riprende ora lui. «Non le si nota. L'anno scorso si è presentato alla commissione un profugo con la richiesta di abilitazione. Un tipo simpatico, con una formazione professionale impressionante. Ma poco prima che prendessimo in esame la sua domanda, venne arrestato. Era uno dei ventitré imputati che erano stati chiamati in giudizio per crimini medici nel cosiddetto "Processo dei dottori" di Norimberga. Il dottor Helmut Poppendick», precisò con disprezzo, «ex provato esperto di igiene della razza e di questioni riguardanti la razza. Non voglio nemmeno sapere per quali efferatezze debba saldare il conto con la giustizia.»

Al pensiero che persone come lui vogliano prendersi cura degli ebrei che vivono nei campi profughi e degli ex lavoratori forzati, a Olga vengono i brividi. E trova insopportabile che proprio coloro che hanno tanto sofferto per mano dei tedeschi oggi si trovino a vivere in condizioni così spaventose.

«Perché alcuni nazisti continuano ad abitare in case belle e accoglienti e queste povere persone vivono come lebbrosi fuori dalla città, come se non fossero mai stati liberati?» si lamenta, dopo che hanno dovuto quasi raccogliere dal pavimento un ex lavoratore forzato con una grave polmonite per trasferirlo in ospedale. In centinaia dormono sulle assi nude del pavimento, altri condividono un letto.

Frustrato, Erwin Borjahn alza le spalle. «Ciò che non si vede, non esiste...» risponde. «Il fatto è che tutti vogliono dimenticare, lasciarsi alle spalle i tempi bui.»

Olga non ne può più di gente simile! Tutti quelli che si fingono convertiti, innocenti o amaramente delusi, a seconda di chi hanno di fronte in quel momento. Persone che non sentono ragioni, che prima facevano di ogni sciocchezza una questione di stato e ora fanno di ogni questione di stato una sciocchezza. «Non erano poi così tanti gli ebrei...» – quante volte aveva sentito questa frase!

Una volta, Olga e il dottor Borjahn si recano insieme a Dietrichsfeld, dove l'amministrazione di recente ha aperto una casa d'accoglienza per «ragazze vaganti». A voler dar retta alle chiacchiere della sala d'aspetto dell'ambulatorio, la questione riguarderebbe la lussuria di ragazze depravate che, in cerca di divertimento, sono passate dal settore russo a quello occidentale e hanno portato non solo malattie veneree contagiose ma anche la tendenza a commettere reati. Quali cose terribili avranno dovuto sopportare, quelle giovani donne, prima di arrivare lì? Nessuna di loro può aver scelto volontariamente una vita simile. Lo sdegno per la corruzione morale diffusa tra loro è così forte che alcuni abitanti di Oldenburg hanno chiesto con forza la chiusura della casa o addirittura la sterilizzazione delle ragazze.

Olga è sconvolta. Quei mostri non hanno capito né imparato niente?

Sul tavolaccio che fa da lettino in infermeria c'è una ragazza magra magra che si contorce per il dolore. Viene dalla Slesia, e non avrà nemmeno diciott'anni. Nella stanza c'è odore di vomito, e in effetti accanto a lei è posato un secchio.

Il professor Borjahn vuole visitarla, ma appena la tocca lei inizia a tremare, con gli occhi spalancati per il terrore. Olga conosce quello sguardo, e sa di cosa ha paura. Di lui, perché è un uomo. Quante volte, a Kühlungsborn, ha guardato in occhi come quelli!

«A quanto pare il mio aiuto non è gradito», dice il medico, facendo un passo indietro. «Non posso fare niente.»

Olga lo trattiene per il braccio, con delicatezza. «Forse se provo io?»

Lui alza le spalle. «Faccia pure.»

«Sono Olga», dice dolcemente, prendendo la mano della ragazza. «Posso?» Le sente il polso e la fronte. «Quando hai mangiato l'ultima volta?»

«Non ho fame», risponde la ragazza, guardandola timorosa.

Olga le tasta l'addome, che subito si tende. Appena tocca il basso ventre, sul lato destro, la ragazza manda un urlo.

«Dolore alla pressione in basso a destra, addome non trattabile, febbre, polso accelerato», riferisce Olga al professore, che la guarda sorpreso.

«Chapeau, dottoressa!» Sorride. «Sembrerebbe un'appendicite acuta, cosa ne pensa?»

Olga scuote il capo. «Ancora un momento. Si rivolge di nuovo alla ragazza. «Quando hai avuto il ciclo l'ultima volta?»

Lei deglutisce. «Due mesi fa.» E sussurrando, in modo da non farsi sentire dal professore, aggiunge: «Ma da qualche giorno ho delle perdite».

Olga comincia a immaginare quale potrebbe essere la causa. «Posso parlare un momento da sola con la ragazza?» chiede al professore.

Lui esita un attimo, poi annuisce. «Vado a fumare una sigaretta.»

Un tempo abbastanza lungo perché Olga possa interrogare più a fondo la giovane donna e farsi confermare il suo sospetto.

«Penso che si tratti di rottura delle tube di Falloppio in seguito a una gravidanza extrauterina», dice poco dopo a Erwin Borjahn, quando lo raggiunge al termine del colloquio con la ragazza. «L'addome è pieno di sangue, deve andare in clinica il più presto possibile.»

Il professore la guarda, poi annuisce ed entra in casa per chiamare un'ambulanza.

Sulla via del ritorno, chiede a Olga da dove le vengano quelle solide conoscenze di medicina, e soprattutto di ginecologia.

Olga esita.

Come può raccontargli delle donne che stavano in fila davanti alla sua porta perché lei non era un uomo, degli aborti che aveva praticato perché le madri di quei bambini erano state vittime di violenza? Delle ragazze e delle donne disperate che non aveva potuto salvare, che si davano appuntamento sulla spiaggia e insieme cercavano la morte in mare, perché non potevano dimenticare quello che i soldati russi avevano fatto loro o perché avevano terrore di quello che sarebbe potuto accadere loro in futuro?

Ma c'è anche un'altra verità, e questa la racconta: «Vengo da una famiglia di medici. Ero sempre circondata da malati e pazienti che mio nonno ricuciva». Usa volutamente un tono leggero, ma poi torna seria. «Per me non c'era niente di più straordinario che accompagnarlo e imparare da lui.»

«Cosa la affascina così tanto, esattamente?»

«Non c'è niente di più che si possa fare per una persona che guarirla, e quindi fare in modo che possa continuare a vivere – e ad amare. Per me non c'è professione più bella», confessa sorridendo.

Lui risponde al suo sorriso.

«Ha centrato il punto», dice, e il suo sguardo esprime ammirazione, cosa che la riempie di orgoglio. «Avrei voluto vedere la stessa passione per la professione nei miei ex studenti di Tubinga!»

«Mio padre diceva sempre che io ho troppa passione per la medicina», replica lei con un'alzata di spalle.

«Non vorrebbe studiare medicina, un giorno?»

Lei lo guarda perplessa. Non sa quanto è difficile per una donna riuscire a entrare all'università? C'è scritto in tutti i giornali!

Olga scuote la testa. «Forse in un'altra vita vorrei farlo.»

«Cosa glielo impedisce?»

«Mia figlia. I soldi. E il numero chiuso.»

35.

APRILE-AGOSTO 1948, OLDENBURG

Il giorno del ventitreesimo compleanno di Olga, che coincide con il quarto di Becki, all'improvviso suo padre si presenta alla porta. Lei è quasi spaventata a morte e non sa nemmeno dove mettere le mani. Per cinque anni aveva aspettato quel momento e aveva cercato di immaginarsi più e più volte che cosa avrebbe fatto se si fosse ritrovata davanti lui o suo fratello. E ora che il momento è arrivato, impietrita dalla sorpresa, non riesce nemmeno a proferire parola.

Deve abbracciarlo oppure dargli la mano? Non fa nessuna delle due cose e si limita a osservarlo. I suoi occhi evitano lo sguardo di lei, e la testa si muove continuamente avanti e indietro.

Sembra un mendicante, cencioso e sudicio, nel suo cappotto consumato, e la barba, che un tempo era ben curata, è candida e sfilacciata. Per lo meno è vivo, cosa che Olga non sa se possa valere anche per suo fratello.

«Sentiti auguri di buon compleanno», dice. E sembra quasi che le stia dando del lei.

«Chi è?» chiede Becki, che senza far rumore è comparsa accanto a lei e guarda in su verso lo sconosciuto a occhi spalancati.

Olga ci mette qualche istante a ritrovare la parola. «Di' buongiorno a tuo nonno, Becki.»

La sua voce trema, quando si rivolge a suo padre: «Posso presentarti tua nipote Becki?».

La bambina fa un inchino e gli tende la mano.

Il padre di Olga fa un sorriso stanco; è il primo, da quando lei gli ha aperto la porta. Si china su Becki e la prende in braccio. Olga si stupisce che Becki lo lasci fare: in fondo, per lei è un estraneo.

«Ho una nipote?»

«E oggi è il mio compleanno!» replica la bambina orgogliosa.

«Quanti anni compi?» le chiede lui, ma Olga non riconosce alcun vero sentimento nella sua voce.

«Quattro», pigola Becki mostrando la cifra anche con le dita. «E tu, quanti anni hai?»

«Io sono vecchissimo», risponde lui.

"Ingrigito anzitempo, in effetti", si dice Olga.

«Per questo hai una barba così bianca», osserva Becki, e gliela attorciglia. Quel momento commuove Olga, nonostante cerchi di resistere.

«Da dove vieni?» vuole sapere, e in quello stesso istante si accorge che tutto, davanti ai suoi occhi, si offusca. Suo padre mette giù Becki e si sorregge la schiena come se anche quel peso piuma fosse troppo per lui.

«Da un campo di prigionia americano, nell'Alto Palatinato», spiega Otto, e Becki guarda Olga con aria interrogativa.

«Torno subito, okay mami?»

«Sarò qui quando torni», risponde lei automaticamente.

Becki si gira e corre in cucina, probabilmente per raccontare di suo nonno a nonna Borjahn.

Olga si chiede se vuole davvero sapere cosa è successo a suo padre durante la sua detenzione. Sente così tante storie spaventose di fame, malattie e punizioni riguardanti i campi di prigionia... ma gli americani – questo dicono i pazienti del professore che sono ritornati a casa – trattano i prigionieri abbastanza decentemente.

Per non far notare il malessere che si sta impossessando di lei, invita il padre a entrare con un rapido movimento del braccio.

«Posso offrirti un caffè, o un panino?» gli chiede.

Lui esita qualche istante, prima di seguirla in cucina. Nonna Borjahn, che è già lì per cuocere una torta, si presenta. Lui è insicuro, guarda Olga e capisce. Dev'essere terribile, per uno come lui, che ha sempre dato molta importanza a un aspetto inappuntabile, rendersi conto di apparire invece così trasandato. Il suo sguardo vaga per la stanza, come se cercasse le parole. Al loro posto trova le forbici su una credenza, e le prende.

«Posso?» chiede, indicando la barba. «Sarebbe bello tornare a sembrare un uomo civile.»

«Naturalmente», dice nonna Borjahn, che gli procura anche dei vestiti puliti dal guardaroba del professore. Quando Otto rientra in cucina, un'ora più tardi, l'anziana donna gli mette sul tavolo una fetta di torta alla crema di burro. «Di sicuro avrete molte cose da raccontarvi», dice con gentilezza, ed esce dalla cucina tenendo Becki per mano.

Olga versa una tazza di caffè per suo padre.

«Grazie», mormora lui, cominciando a sbocconcellare la torta con cautela. Tiene gli occhi fissi sulla tovaglia, evita lo sguardo della figlia. "Com'è magro", pensa Olga .

«Una torta così è davvero speciale, papà.» Si sforza di sorridere.

Lui annuisce, ma continua a non guardarla negli occhi, mentre con il dito raccoglie le ultime briciole di dolce.

«Ho saputo dalla Croce Rossa che Karl è ancora disperso. Ma dov'è tuo marito?» chiede d'un tratto.

Olga ha un sussulto. "Mio marito? È questo che gli interessa?" E, comunque, Gero è morto ormai da molto tempo. D'altra parte, come potrebbe saperlo suo padre? La sua benedizione per le nozze l'aveva mandata via telegrafo. Poi, il giorno prima della data fissata, era arrivata la notizia che lui era stato dichiarato disperso. Quel ricordo le fa venire un nodo alla gola.

«Gero è caduto», dice.

Per la prima volta, lui la guarda negli occhi, ma nel suo sguardo Olga non riesce a vedere alcuna traccia di compassione. «Quando?»

«Nell'ottobre del '43.»

«Così poco tempo dopo il matrimonio?» chiede scuotendo il capo. «I più paurosi e i più spavaldi muoiono per primi.» Fa una pausa. «Lui qual era, tra i due?»

Olga trova quella domanda crudele, ed esita.

«Era troppo sensibile per quell'orrore.» In realtà era persino troppo sensibile per vivere, pensa, e rivede davanti a sé gli occhi umidi e commossi di Gero quando le aveva chiesto la mano e le sue lacrime di dolore poche settimane dopo, quando lei era tornata a rifiutargliela.

«Orrore?» sbotta suo padre con aria stupita. «È la guerra! Uomini lanciati gli uni contro gli altri per massacrarsi. Credimi, ho visto più vita e morte di quanto avrei voluto.»

Olga sente gli occhi riempirsi di lacrime. Con la guerra si impara a conoscere della vita più di quanto si possa esprimere a parole? Per quanto riguarda suo padre, pensa che sia così. Naturalmente vuole sapere cosa ha visto, cosa gli ha fatto la guerra. Ma ora lo sente più distante che mai. Come se fosse sopravvissuto solo perché ha represso ogni sentimento dentro di sé e si è indurito, come una pietra grigia senza vita. Se un tempo già era serio e taciturno, ora sembra totalmente chiuso in sé stesso.

Nelle settimane seguenti, però, in lui sembra scorrere un po' di vita. Tuttavia questo non lo rende più sopportabile: il suo stato d'animo oscilla di continuo tra abbattimento e malumore, e non migliora nemmeno quando nonna Borjahn gli offre la sua stanza e si trasferisce al piano di sotto da suo figlio. Invece di essere riconoscente per quella accoglienza così cordiale, ha sempre qualcosa da ridire su tutto. Nella stanza ci sono troppe correnti d'aria, la città è troppo affollata, il tempo troppo fosco e umido, le patate troppo piccole e la carne di cavallo immangiabile. Olga vorrebbe pestare i pugni sul tavolo, oppure mandarlo via – era così bello, prima, senza di lui –, ma non ha il coraggio di farlo. Dopotutto, per quanto possa essere stato cattivo il loro rapporto, è pur sempre suo padre. Ciononostante, fa male. Tanto più perché il suo ritorno le ricorda che suo fratello è ancora disperso. Ha saputo dalla Croce Rossa che Karl, dopo essere stato ricoverato per un po' all'ospedale militare di Magonza, era stato trasferito in Nordafrica, a Tunisi. Molti soldati di stanza là sono finiti nei campi di prigionia americani. Spera che sia ancora vivo. Come vorrebbe averlo al suo fianco!

Olga teme che i Borjahn possano aversene a male per l'ingratitudine del padre, ma il professore prende la cosa con molta calma.

«Chissà che tipo scontroso sarei diventato, se avessi sofferto così tante perdite...»

Olga non può fare a meno di sorridere. Non riesce proprio a immaginarsi Erwin Borjahn come tipo scontroso, soprattutto non da quando finalmente si è innamorato – della graziosa vedova Petersen, la seconda assistente. Da allora è sempre raggiante. Olga è sinceramente contenta per lui. Ruth, che viene dal lago di Costanza, è un vero tesoro: proprio la persona giusta per il professore. Cresciuta tra quattro paesi, porta con sé un'apertura mentale e una conoscenza delle cose del mondo che la rendono l'esatto opposto di suo padre.

«Dagli tempo.» Anche nonna Borjahn cerca di tranquillizzarla, quando scende da lei per una tazza di tè e una spalla su cui piangere. Momenti preziosi, nei quali si sente al sicuro e fa il pieno di energie. «Ne ha passate tante. Forse lo aiuterebbe riprendere a lavorare...»

«...ed essere impiegato in qualcosa, naturalmente.» Olga conclude il pensiero e le dà un bacio sulla guancia. «Anche stavolta hai ragione!»

Il lavoro l'ha aiutata ad ambientarsi nella sua nuova vita, nella nuova patria. Così comincia a riflettere su quale incarico potrebbe restituire a suo padre la sensazione di essere qualcuno. Qualche giorno dopo viene a sapere dal professore che sette degli undici ufficiali sanitari sono stati licenziati per alto tradimento del giuramento di Ippocrate.

«Ci sono posti liberi all'ufficio d'igiene», riferisce a suo padre con gli occhi che brillano. «È quello che hai sempre fatto. Perché non fai domanda? Quei soldi ci farebbero comodo.»

Ma lui fa segno di no con la mano. Non intende accettare, così come rifiuta di chiedere il sussidio di disoccupazione. «Io non sono un accattone.»

"Cosa devo fare con lui?" si chiede Olga. Già fatica ad accettare che il padre se ne stia lì seduto in mansarda, mentre lei si occupa tutto il giorno dei pazienti. E teme il momento in cui, la sera, dovrà stargli accanto. Come preferirebbe avere con sé il suo amato Pa o suo fratello Karl. Oppure Fritz… perché doveva tornare proprio suo padre, che o sta lì muto a fissare la parete o si lamenta di tutto e di tutti?

L'unica che riesce a farlo sentire un po' meglio è Becki. Basta che lei gli sorrida e il suo malumore svanisce. Con lei si scioglie, forse perché la bambina lo prende per quello che è o forse perché lei è tutto quello che lui non è. Quando gli salta in braccio con la sua risata argentina e gli arruffa i capelli, quando lo prende per mano e lo trascina con sé per mostrargli un uccello, o quando ride a crepapelle per strada guardando un cane bassotto che rincorre la propria coda, allora il broncio di Otto si trasforma in qualcosa che si avvicina all'allegria.

«Vieni, nonno, ti svelo dove si possono trovare i funghi.» Olga sente la voce squillante della figlia. «Ma solo se mi metti in spalla.» La bambina non ammette obiezioni e il nonno non si fa pregare. Nonostante la sua gamba rigida, la prende sulle spalle e trotterella via con lei.

Un giorno ritornano da una delle loro scorrerie con una bicicletta per Becki. Otto l'aveva scambiata con il suo orologio rotto alla «centrale di scambio» dei magazzini Leffers. Olga li osserva dalla finestra, mentre il nonno, sul vialetto, insegna alla bambina tutti i passaggi: salire, pedalare, frenare, scendere. Guardarli è commovente e doloroso allo stesso tempo. Quando era piccola lei, c'era solo il nonno a fare cose da papà. Otto, invece, che avrebbe dovuto essere una delle persone più importanti della sua vita, le è rimasto estraneo fino a oggi. Eppure lei lo avrebbe amato, se lui glielo avesse permesso. Come sarebbe stato, crescere con l'attuale Otto in versione nonno? Che dedizione e interesse dimostra per Becki! In ogni caso non si può fare altrimenti, ed è felice per sua figlia.

All'improvviso sente un grido. Becki è a terra, con la bicicletta accanto, e grida come un'ossessa. Anche dalla finestra Olga capisce che qualcosa non va nel suo braccio destro, che ha un'angolazione strana rispetto al corpo.

Disperata, si precipita giù dalle scale. Da quando Becki si

era ammalata di difterite a Kühlungsborn, ogni volta che sente gridare la figlia in quel modo la assale il panico. Esce di corsa dalla porta e raggiunge Becki, stesa a terra come fosse un'ombra proiettata dal nonno, in piedi immobile accanto a lei. Un brivido le percorre la schiena. Senza far caso a suo padre, solleva con prudenza la bambina e la porta nel giardino davanti alla casa, su un tavolo con un sostegno di ghisa e il piano di legno. Si siede dal lato del braccio ferito e lo esamina. Come sospettava, la testa dell'omero è uscita dalla cavità glenoidea. «Andrà tutto bene», le sussurra più volte. Intanto mette un piede contro il bordo del piano del tavolo e afferra la mano della figlia. Con una pressione sempre maggiore tira il braccio disteso di Becki finché la testa dell'omero non si sblocca con un leggero scricchiolio.

E d'un tratto anche suo padre si sblocca dalla sua paralisi e le raggiunge correndo.

Quando più tardi crea una sorta di laccio ripiegando un asciugamano da cucina e lo lega sul braccio della piccola come fosse un'onorificenza, «a testimonianza del suo coraggio», Becki lo guarda orgogliosa. Olga si morde il labbro per non rimproverarlo davanti alla nipote. Cosa avrebbe fatto Otto, se lei non fosse subito corsa in aiuto? Becki sarebbe rimasta per sempre sdraiata accanto alla sua bicicletta, gridando per il dolore? Che cosa gli è accaduto? Cosa lo ha reso così rigido?

Solo a sera, quando Olga è seduta sul letto di Becki e le legge *Alice nel paese delle meraviglie*, alla bambina spuntano di nuovo le lacrime, questa volta non per il dolore ma per la paura.

«Chi si occuperà di me quando il nonno, nonna Borjahn e tu non ci sarete più?» chiede, come se quell'incidente le avesse per la prima volta aperto gli occhi sulla fragilità della vita.

36.

AGOSTO 1948, OLDENBURG

Il giorno dopo Olga porta la figlia all'Eversten Holz. Le piace quel piccolo bosco luminoso al centro della città, dove quasi non si incontra anima viva, come se quell'angolino di natura appartenesse solo a lei – le voci degli uccelli, il profumo della resina e dei pini e le orme di volpi e lepri.

Olga si siede su un tronco davanti a un olmo maestoso e prende Becki in braccio. In mano ha il vecchio binocolo del professore. Alla fine, sul ramo di un castagno, scopre un cardellino. Elettrizzata, passa il binocolo a Becki. «Vedi quell'uccello?» le chiede. «Quello, Becki, è il tuo uccello protettore.» Riflette su quale sia il modo giusto di comunicarle la promessa, le parole che porta nel cuore da più di quattro anni. Poi continua: «Tutte le volte che vedi o senti un cardellino, saprai che lassù c'è qualcuno di molto speciale che per tutta la tua vita pensa a te e si prende cura di te. E la cosa più straordinaria è che prende su di sé le tue preoccupazioni e le porta via, vola su un vecchio olmo e lì le nasconde in un nido delle preoccupazioni, prima di ritornare da te».

Becki è come rapita, e non riesce a staccare lo sguardo dall'uccello. Solo quando vola via, abbassa il binocolo e si volta verso la madre.

«Ma da cosa riconosco il mio uccello protettore?» La fissa in trepida attesa, e a Olga si allarga il cuore.

«Dalla sua testa nera, bianca e rossa e dalla striscia gialla sull'ala.»

Restano in silenzio per un momento, poi Becki si appoggia alla madre. «Anche tu hai un uccello protettore?»

«Tutti ne hanno uno», risponde Olga, sperando che il suo

dubbio non si noti, perché sente che quello, per Becki, è un pensiero consolatore. «Il mio è il martin pescatore!»

Quando il professore, qualche giorno dopo, la prende da parte e le comunica che, a sua insaputa, l'ha iscritta all'esame di ammissione all'università che si terrà il mese seguente, in lei sboccia una nuova speranza. Forse l'uccello protettore c'è davvero. È da un po' che Erwin Borjahn la esorta a studiare medicina, ma il fatto che abbia così tanta fiducia in lei la sorprende.

«L'ho osservata dalla finestra. Eccezionali, la calma e la lucidità con cui ha sistemato la spalla di Becki. Mi creda, ce l'ha nel sangue. Diventi medico!»

Da allora lo assiste anche in ambulatorio. Ruth, che da alcune settimane non solo è la prima assistente dello studio ma anche la sua fidanzata, è così svelta che non ha più bisogno di Olga all'accettazione. Pertanto lei, alla presenza del professore, può condurre i primi colloqui, visitare ed eseguire piccoli interventi. Di solito, poi, il professore fa uscire i pazienti per qualche istante e si fa dare da Olga una valutazione riguardo a diagnosi, terapia e prognosi. Se coglie nel segno, come accade quasi sempre, gli occhi del medico brillano. «Lei mette in ombra i miei assistenti!» esclama. «Se non passa lei l'esame, chi può farlo?»

Ma anche se lui ha ragione... come potrà seguire gli studi, in quanto donna, e per di più madre?

Tuttavia il professore non ammette le sue obiezioni, e insiste nel volersi adoperare per lei presso il decano dell'Università di Tubinga, che è un suo vecchio amico.

«Non è un favore che le faccio», ribadisce. «Al contrario, io gli sono debitore. Una studentessa così intelligente... cosa può pretendere di più da me, il mio amico, per aver ritrovato la mia abilitazione che avevo perso nella birreria all'aperto? Naturalmente mi assumo io l'onere delle spese universitarie.»

Le ronzano le orecchie. Olga apprezza enormemente la fiducia e la generosità del dottor Borjahn, cionondimeno cerca di smorzare il suo entusiasmo. Lei non avrebbe abbastanza denaro per pagare una stanza per sé e per Becki, per non parlare del costo di una tata, che non potrebbe permettersi.

«Io non ho il benché minimo dubbio sulle sue capacità. E cosa ci sta a fare mia cugina Geli?» ribatte lui, come se anche questo problema fosse già risolto. «Lei affitta una stanza proprio all'angolo dell'università, e amerà Becki per lo meno tanto quanto mia madre.»

Anche nonna Borjahn cerca di convincerla: «È ora che tu trasformi i tuoi sogni in realtà. In questi nuovi tempi servono donne coraggiose come te, Olga cara. Mostragli chi sei».

Ma chi è lei?

«E che ne sarà di mio padre?» chiede. Per quanto l'idea di studiare medicina lontano da lui sia inconcepibile, ha anche qualcosa di elettrizzante, di liberatorio. Olga sente che dal giorno dell'incidente di Becki dentro di lei si è mosso qualcosa. «Come posso lasciarlo solo?» aggiunge. «Non è in grado nemmeno di fare la spesa o di cucinare per sé.»

«Di lui mi occupo io, quando voi non ci siete», la rassicura nonna Borjahn.

«Perché la cena non è ancora in tavola? Per favore, togli la tua roba.» Così la saluta suo padre una sera entrando in cucina, dove lei, dopo aver cenato con Becki e averle raccontato la fiaba della buonanotte, esausta, è seduta davanti ai suoi libri.

Ma Olga non ha nessuna intenzione di soddisfare quella pretesa: impila i libri in una torre nel bel mezzo del tavolo, quasi volesse contrapporre qualcosa alla testardaggine del genitore. Manca una settimana all'esame di ammissione. Ma cosa gli passa per la testa?

«Non vedi quanto è stupido?» continua lui, che da settimane cerca di dissuaderla da quelle «sciocchezze». «Tu sei un'assistente di ambulatorio, non una studentessa di medicina.»

"Non ancora", vorrebbe rispondergli. Invece continua a tacere, mentre lui prende i libri e li mette davanti alla porta. «Non importa cosa ti ha messo in testa Pa. Tu non sarai mai un medico, Olga. Togliti questa assurdità dalla testa, una volta per tutte.»

"Questo lo vedremo", pensa Olga mentre si alza, tira su i libri e scompare nella sua stanza. Non le piace discutere con suo padre. È cresciuta, e prende le sue decisioni. E non c'è bisogno che lui sappia che anche lei a volte si chiede che senso abbia tutta quella faccenda, soprattutto quando passa la notte sui libri e il giorno dopo non riesce a tenere gli occhi aperti. Ma poi, ogni volta che il professore le permette di fare cose che lei già padroneggia nella teoria e nella pratica, osa sognare un futuro come medico.

Due settimane più tardi, non solo ha superato l'esame di ammissione e ottenuto un posto a Tubinga ma riceve anche la notizia che Karl è vivo e a quanto pare in buona salute. La Croce Rossa le ha comunicato che era stato in un campo di prigionia negli Stati Uniti dal quale era stato rilasciato due anni prima. L'indirizzo attuale è a Austin, nello stato del Texas. Senza indugio, Olga si mette a scrivere una lettera, l'appallottola e ne scrive un'altra. Non riesce a trovare le parole giuste. Dopo parecchi tentativi scende da dieci pagine a due, nelle quali racconta brevemente di Becki, dei Borjahn, di Pa e del loro padre. E gli chiede di farle sapere se avrà ricevuto la lettera.

Alcune settimane dopo vede arrivare un pacco CARE dagli Stati Uniti con giocattoli e vestiti per Becki, caffè per lei e persino del tabacco da pipa per suo padre. All'interno Karl ha inserito una cartolina su cui non c'è scritto altro se non che sta bene e che si farà sentire presto.

Olga si aggrappa a quella promessa più forte che può.

37.

OTTOBRE 1948, OLDENBURG

Una domenica mattina – mentre suo padre fa la solita passeggiata quotidiana in città e Becki una gita sulla costa, a Dangast, con nonna Borjahn – Olga sta rientrando da una visita domiciliare con il professore, quando sente dei movimenti in cucina. Ai fornelli c'è Karl che si fa un caffè, come fosse la cosa più naturale del mondo. Ruth Borjahn, come si chiama ora, deve averlo fatto entrare. Per qualche istante Olga resta con le mani davanti alla bocca. Poi, senza una parola, lascia andare la borsa e si getta fra le sue braccia.

Dopo alcuni istanti che sembrano infiniti, si stropiccia gli occhi.

«Mio Dio, Karl, quanto mi sei mancato!»

Mentre il fratello la stringe a sé, lei si sente inondare dalla felicità.

«Anche tu, sorellina!» risponde lui.

Olga non vuole lasciarlo andare mai più.

«Lasciati guardare», dice infine Karl allontanandola leggermente da sé. «Accipicchia, sei diventata una vera signora!»

"E tu un uomo", pensa lei. Così disinvolto, in camicia e persino con i blue jeans, che finora Olga aveva visto solo indosso ai soldati americani.

«Perché non mi hai scritto che venivi?» chiede, prendendogli la mano.

«Volevo vedere la tua faccia sorpresa e la tua nuova lentiggine tra gli occhi.» Fin da quando erano piccoli, Karl diceva che le spuntava una lentiggine ogni volta che si spaventava.

Con la punta del dito le sfiora fraternamente la punta del naso, la guancia e la fronte, come una volta, quando aveva collegato tra loro le sue lentiggini con una matita per creare «un'immagine dello spavento».

Karl versa una tazza di caffè per entrambi e si siede al tavolo. «Lo stai facendo davvero, Olghetta», dice, dopo aver preso in mano uno dei suoi testi universitari. «Tu tieni alto l'onore della famiglia. Perché non mi hai scritto che studi medicina?»

Olga non osa parlargli di Tubinga. Perché in quel caso dovrebbe anche raccontargli che non ha intenzione di accettare il posto all'università, sebbene Erwin Borjahn le abbia già procurato una stanza per lei e Becki presso la cugina. Ha paura di ricominciare da capo. Ma soprattutto ha paura della reazione di suo padre. Vorrebbe tanto che non le importasse dell'approvazione del genitore, ma non è così. Non vuole deluderlo, non di nuovo.

Karl la scruta per qualche istante, poi svuota la sua tazzina. «E riguardo al sussidio per le vedove?»

«Non lo prendo», replica lei, e sente che le ginocchia vengono meno. Naturalmente ci ha pensato. Il denaro la renderebbe più libera. Ma questi sono solo giochi mentali. Subito si riprende e scuote le gambe. «Facciamo un giro sul Dobbenteich», suggerisce. «È un po' come lo Schwanensee, ma più in piccolo.»

Vuole avere suo fratello tutto per sé per un po', prima che rientri papà.

Camminano sulle rive dello stagno finché non trovano un bel posto sotto un castagno e si siedono su una panchina. Chiacchierano del più e del meno, come se non si vedessero solo dal giorno prima e si raccontano degli ultimi anni, chi ha vissuto cosa, dove, quando e come. Interrompendosi a vicenda di continuo, come facevano un tempo, e punzecchiandosi spensieratamente, come i bambini che erano. Solo quando ritornano seri e Olga comincia a raccontare di Pa e dei suoi ultimi mesi a Kühlungsborn, si rende conto di quanto le sia mancato Karl. Lui è l'unico che capisce e condivide il suo dolore.

«Con Pa, il nostro mondo ha perso la sua anima», dice lui dopo un po', poi continua parlandole della sua ragazza, che dimostra per il volo lo stesso ardore che Olga ha per la medicina. I suoi occhi brillano, ed è chiaro che ormai si è lasciato alle spalle da tempo il vecchio mondo e non ha intenzione di tornare. La gioia di Olga si trasforma in delusione.

Fa un respiro profondo. «Resterai là, vero?» gli chiede, quando lui le prende la mano.

Karl annuisce. «Venite con me in America! Tu e Becki! Ci penso io al visto.»

«E cosa faccio là?» replica lei con voce velata, sottraendo la mano alla sua presa.

«Puoi fare quello che vuoi.» Karl tenta di convincerla. «Studiare medicina. Perché questo è quello che devi fare, Olga. Ce l'hai nel sangue! Hai un futuro, qui?»

Lei sospira. «E che ne sarà di papà? Cosa pensi che gli accadrà?»

Lui la osserva a lungo. L'espressione del suo volto non lascia trasparire i suoi pensieri.

«Di cosa hai paura, davvero?» le domanda infine. Olga sente accumularsi in lei la rabbia, nel constatare che la responsabilità ricade sempre e solo su di lei, mentre Karl ha potuto prendere le decisioni sulla sua vita solo in base alle proprie esigenze. Tuttavia resta in silenzio.

«Lui non fa che tenerti lontana dai tuoi sogni», insiste Karl, prendendola a braccetto. «Perché tutto deve essere riferito a lui? Ha mai fatto qualcosa per te? Per noi?»

Karl e suo padre si erano allontanati dopo aver litigato quando lui aveva gettato alle ortiche i suoi studi per frequentare la scuola di volo; erano volate parole grosse, per quanto aveva capito Olga. Subito dopo Karl aveva lasciato la casa paterna e non era più tornato. Il motivo esatto della rottura, però, Olga non l'ha mai saputo.

«Quindi, secondo te, posso semplicemente piantarlo in asso?»

Non gli rivela il secondo motivo della sua esitazione. Se dovesse andare con lui negli Stati Uniti, si priverebbe per sempre della possibilità di ritrovare un giorno anche Fritz – per quanto irrealistico possa sembrare.

Karl si ferma e la guarda negli occhi. «Come ha fatto lui

con te? O con la mamma?» La sua voce non riesce a nascondere la delusione.

«Tu sei arrabbiato», commenta Olga. Saluta una paziente che li supera col suo bassotto lanciando un'occhiata curiosa a Karl.

Per il resto del tragitto verso casa, non dicono più neanche una parola.

38.

OTTOBRE 1948, OLDENBURG

«Come stanno le tue amiche di un tempo? Lotte, Annemie?» Arrivati davanti a casa si fermano, e Karl riprende il discorso. «Di loro non mi hai raccontato niente, finora.»

«Con Lotte non ho più avuto contatti. E Annemie... è morta. Per le conseguenze della guerra.» Olga vorrebbe evitare di pensare all'amica, perché ogni volta la tristezza rischia di travolgerla, ma di tanto in tanto deve farlo.

«Cos'è successo?» chiede Karl. Ma mentre lei sta per rispondere, Otto compare davanti a loro e fissa Karl attonito.

«Figlio mio!» esclama con la voce rotta dal pianto, e lo abbraccia come qualcuno che non è abituato ad abbracciare. «Sei tornato!»

Karl si schiarisce la gola e si libera dall'abbraccio. Olga si accorge che il fratello è a disagio di fronte a quell'esplosione di sentimento.

«Sono qui solo di passaggio, devo ripartire già domani», risponde freddo. «Studio costruzioni aeronautiche a Austin, e sono venuto in Europa per una conferenza a Parigi.»

«Costruzioni aeronautiche?» ripete suo padre, asciugandosi le lacrime con il dorso della mano. «In America? Non vorrai mica rimanerci!»

Olga sente ronzare le orecchie. Cerca di elaborare quello che ha appena sentito, ma per niente al mondo vorrebbe perdersi quella conversazione.

«Perché non dovrei volerlo?» ribatte Karl, ostentando indifferenza.

«Perché appartieni a noi», sussurra Otto, e Olga coglie con chiarezza il dolore nella sua voce. Per lei non si sarebbe dispiaciuto così, pensa. Karl, per lui, è sempre stato più importante.

«Io appartengo solo a me stesso», replica Karl, tagliando corto. A Olga dispiace per suo padre. Sembra che gli orrori della guerra non abbiano riavvicinato i due uomini della famiglia. Al contrario. Conosce abbastanza bene suo fratello da sapere che l'oceano corrisponde alla distanza che lui ha bisogno di mettere tra sé e il genitore e che non ha alcuna intenzione di ridurla, né ora né mai. Rapida, apre la porta e sale le scale, davanti a loro, verso la mansarda.

Appena entrano in cucina, il padre apre il frigorifero e si versa una birra.

«America. E poi cos'altro?» sbuffa, e butta a terra i libri di medicina di Olga che stavano su una sedia, profondamente arrabbiato per il fatto che nessuno dei due figli vuole le stesse cose che vuole lui.

«Più alto vola la colomba, più è probabile che il falco la catturi», continua con voce tagliente.

Olga è in piedi davanti ai fornelli e prepara panini per tutti, ma non riesce a staccare lo sguardo da Otto e Karl. Suo fratello si tira le dita e le fa schioccare, come faceva un tempo, quando voleva sciogliere la tensione. Perché ce l'ha così tanto con il padre, si chiede Olga, da ritenere il dissidio inconciliabile, nonostante gli atroci anni di guerra?

«E il falco saresti tu?» ribatte Karl, sedendosi. «Perché distruggi tutto ciò che è buono e tutti quelli che ti vogliono bene? Adesso anche Olga?»

Lei trattiene il respiro. Naturalmente capisce l'origine del rimprovero di Karl. Anche lei si è arrabbiata spesso perché Otto stronca tutto ciò che le procura gioia, che sia il lavoro con il professore o l'interesse per la medicina. Ma Karl deve proprio aggredirlo a quel modo? Non è che questo la distrugga. La trattiene, sì, forse le impedisce di sognare, ma...

«Non ti basta quello che hai fatto alla mamma?» continua il giovane.

Per qualche istante regna il silenzio. Finché Olga non sente il leggero fruscio dei sorsi del padre che svuota il bicchiere. Resta immobile, come se non fosse lì. Si schiaccia contro il lavello. Angosciata, vede il padre diventare sempre più rosso in volto e sbattere con decisione il bicchiere sul tavolo. Il suo sguardo è vuoto, il volto impietrito.

«Come osi?» Gli tremano le mani, mentre si versa un secondo bicchiere di birra. Ultimamente beve molto.

«Quante vite vuoi ancora rovinare, papà?» chiede Karl. «Pensi che abbia dimenticato l'immagine della mamma in una pozza di sangue, che ti implorava di prendere il forcipe?»

Olga ci mette qualche istante a capire cosa ha appena detto suo fratello. Aveva visto come era morta la loro madre? *E papà può essere responsabile della sua morte?* Le torna alla mente il giorno in cui Becki era a terra piangente accanto alla sua bicicletta e Otto non era stato in grado di aiutarla, come se le grida della bambina e il suo dolore l'avessero gettato in uno stato di shock.

L'espressione di Otto passa dall'incredulità all'indignazione. «Karl, tu hai sempre avuto una fantasia fervida. Smettila di propinarmi storie del genere! Avevi solo quattro anni...»

"L'età di Becki", pensa Olga rabbrividendo.

«Ero grande abbastanza da ricordarmi, giorno dopo giorno, le suppliche della mamma», lo interrompe Karl. «Anche se ho frequentato l'università solo per qualche semestre, so che tu non hai sfruttato l'unica possibilità che avevi di salvarla: il forcipe.» Fa una pausa, poi aggiunge: «Per molto tempo mi sono chiesto perché. Finché non ho incontrato un tuo vecchio compagno dell'università».

Olga vede un'ombra insinuarsi sul volto del padre.

«All'ospedale militare di Magonza sono stato curato da un certo dottor Wiegelmann. Quando ha notato il mio cognome, mi ha raccontato qualcosa di molto interessante.» Si ferma, come per concentrarsi. «Ha detto che avete fatto insieme gli esami a Rostock. E che tu in seguito sei stato espulso dalla clinica ginecologica perché hai spappolato la testa di un neonato con il forcipe.»

Olga guarda il padre inorridita. Lui tiene il bicchiere talmente stretto nella mano che sembra voglia farlo scoppiare.

Ma Karl non ha ancora finito. Appoggia le mani sul piano

del tavolo e inspira profondamente. «Da allora non ti è stato più permesso praticare come ginecologo. Cosa che mi fa sorgere una domanda: ti era consentito far venire al mondo me e Olga?»

Olga trattiene il respiro, in attesa della risposta di suo padre.

A quel punto anche lui si alza. «È una menzogna senza fondamento», grida. «Se tu sapessi come era a quel tempo, non parleresti così! Il bambino non era in grado di vivere già prima di nascere!»

Olga prende un'altra pagnotta dal portapane, ma la sua mano trema troppo per riuscire a tagliare fette tutte uguali.

«Non era in grado di vivere o non ne era degno?» chiede Karl con una calma minacciosa. A quelle parole suo padre pare afflosciarsi, e anche la presa della mano sul bicchiere diventa fiacca. Il bicchiere cade a terra andando in frantumi, e una piccola pozza di birra appiccicosa si allarga sulle piastrelle.

«Vuoi forse dirmi», singhiozza Otto, «che non sono degno di essere un medico, un marito, un padre?» Indica col dito verso il soffitto. «Il buon Dio ti darà sicuramente ragione», continua. «Quale altro motivo avrebbe avuto per portarmi via la mia Elli?» La sua voce ora è un ruggito. «Credi che non le senta anch'io le sue grida? Ogni singola notte?»

Olga teme che le gambe non la reggano e per prudenza si accovaccia. E mentre è lì accucciata, comincia a raccogliere i frammenti di vetro. Il bordo tagliente di una scheggia le incide la pelle del palmo, ma lei si accorge del taglio solo quando il sangue gocciola sul pavimento. Ci preme subito contro l'altra mano.

«Santo cielo, adesso è anche colpa di Dio?» ribatte Karl. «Spietato con gli altri e patetico con sé stesso.»

Olga sa che suo fratello non resterà un minuto più del necessario. Che ha messo la parola fine al rapporto con suo padre.

Karl si alza, si avvicina a Olga e la solleva. A quel punto vede il sangue sul pavimento. «Accidenti, perché non hai detto niente?»

Mentre il loro padre è ancora lì in piedi con aria impacciata, perso nelle sue vecchie pene, Karl porta la mano di Olga sotto il rubinetto e gliela lava delicatamente – sebbene un tempo non potesse reggere la vista del sangue. Poi prende un fazzoletto di stoffa bianco dalla tasca e lo avvolge sulla mano della sorella.

«Ti aspetto davanti alla porta», sussurra, prima di voltarsi un'ultima volta verso il padre.

«Ti ricordi quando mi hai detto che il mio desiderio di entrare in aviazione era puro suicidio? Penso che avessi ragione. Sentire l'ultimo grido di mia madre, senza poterla aiutare, ha provocato qualcosa in me.» Si mette in spalla la borsa. «Ma come è stata la tua strada, papà? Come hai affrontato il tuo senso di colpa?»

Senza aspettare una risposta, Karl esce dalla cucina. Un attimo dopo Olga sente la porta d'ingresso chiudersi.

Ed è come se quel suono liberasse i ricordi. Cose davanti alle quali finora aveva chiuso gli occhi e le orecchie, ora ottengono ascolto e trovano forma in un'immagine che all'inizio appare sfocata e incolore, poi si fa nitida e assume contorni precisi.

Sente le liti tra suo padre e Pa, mentre lei, la sera tardi, era già nel suo letto, le parole del nonno secondo cui Otto era sulla strada sbagliata. La strana reazione del professore, quando gli aveva raccontato che suo padre era stato dirigente medico nell'ufficio d'igiene. Il ruolo di responsabilità di Otto, i certificati di immunità da tare ereditarie, i questionari sulla famiglia, gli attestati per dimostrare l'ascendenza e le pagelle scolastiche di bambini stranieri sulla sua scrivania, che lei aveva scoperto rovistando allo scopo di avvicinarsi a suo padre e che le erano sembrati così innocui e insignificanti. Niente di tutto ciò era insignificante. Olga preme con forza sulla sua ferita, come se volesse infliggersi un dolore più forte di quello che prova in questo momento.

Il lavoro di suo padre non aveva niente a che fare con il contrasto alle epidemie, come pensava all'epoca. Nulla a che vedere con colera, tubercolosi, tifo. Con le sue perizie e le sue firme, Otto aveva deciso chi doveva essere sottoposto a sterilizzazione forzata, chi doveva abortire, chi poteva vivere e chi no. "Così ha affrontato il suo senso di colpa, Karl, e tu lo sai", pensa.

Come aveva potuto essere così cieca? Così stupida?

Osserva suo padre con un misto di disgusto e incredulità, sperando di imbattersi in qualcosa, sul suo volto, che possa scagionarlo: una contraddizione, un segnale che si tratta di un equivoco. Ma non c'è niente. Naturalmente, non c'è niente.

D'un tratto, le pare di sentire la voce di Karl: *Sì, Olghetta, è così che ha convissuto con il suo senso di colpa.*

Lei non ha colpe per la morte di sua madre. Suo padre è il responsabile. Così come lo è della morte e della rovina di molti altri.

Senza degnarlo di un altro sguardo, Olga corre dietro a Karl. Lo accompagna a una piccola pensione poco lontano e gli promette di raggiungerlo più tardi con Becki. Per passare una serata insieme, prima che lui torni negli Stati Uniti. Lei gli farà visita laggiù, un giorno, ma ora deve prendere in mano la sua vita. Lo deve a Becki e a sé stessa.

Quando Olga torna in cucina, un'ora dopo, suo padre è seduto al tavolo con un nuovo bicchiere di birra, in silenzio, e guarda fisso davanti a sé.

«Papà...» inizia a dire.

«Lasciami in pace», brontola lui, senza alzare lo sguardo. «Devi sempre ricordarmi la mia maledetta miseria?»

All'udire la sua voce cupa, le torna alla mente qualcosa a cui non aveva più pensato da anni. Un tempo, da bambina, voleva sempre accompagnare suo padre quando lui alla domenica faceva un giro per Ginsterburg e poi si concedeva una bevuta del tardo pomeriggio con una Spezial Hell da Meier. Suo padre non ne era particolarmente felice, ma per lo meno glielo permetteva. «Come un cagnolino», diceva spesso Meier scherzando, quando i due entravano nella locanda. Ma una volta – Olga avrà avuto non più di sei anni – suo padre, dopo pochi metri, si era voltato di colpo verso di lei sibilando rabbioso: «Smettila di venirmi sempre dietro!».

D'un tratto capisce perché. Per Otto la figlia era sempre

stata una sorta di fantasma dal passato, un'ombra oscura, che gli ricordava di avere la propria moglie sulla coscienza. E non solo lei, ma anche il bambino della clinica. Da allora avevano dovuto morire molti bambini e adulti innocenti, solo perché lui non ricordasse la sua colpa. Lontano dagli occhi, lontano dal cuore.

«Tu non hai idea di quante persone ho salvato», dice suo padre improvvisamente, quasi le avesse letto nel pensiero. Olga non ha più la forza di discutere con lui. A cosa servirebbe rimproverargli tutti i suoi misfatti, se lui non fa che nascondersi dietro menzogne, leggi o sotterfugi? Pensa a Pa, che era stato non solo un padre migliore per lei, ma anche un medico migliore. Le sembra di sentire ancora le sue parole: *Bisogna sempre avere un occhio per i bisogni e le necessità degli altri.* Come era stato per le donne che aveva aiutato a Kühlungsborn. Ai sensi della legge era ed è sbagliato ciò che Olga e quelle donne hanno fatto. Tuttavia lo rifarebbe di nuovo. Perché come può essere un crimine aver evitato le conseguenze di un crimine?

Pa aveva cercato di trasmetterle il suo sapere sulle profonde connessioni della vita. E la natura era stata la sua maestra migliore. D'un tratto nella mente le sorge un pensiero: non potrebbe dunque, considerato che conosce la vita nelle sue manifestazioni più miserabili, diventare un buon medico? E non ha forse la responsabilità di diventare medico, anche se è una madre, o magari proprio per questo?

Quando suo padre si accorge che lei è immersa nei suoi pensieri e non fa più caso a lui da un pezzo, le prende la mano, senza badare alla ferita. Il dolore le attraversa il braccio, e d'improvviso Olga capisce. È il dolore di suo padre quello che infuria in lei fin dall'infanzia. Ma ora è tutto finito. Non permetterà che le ferite del padre continuino a vivere in lei: si libererà, per amore di Becki. L'anima di Otto potrà anche essere perduta, ma la sua no. Lei lo sente ancora, il coraggio di vivere, e persino un accenno di gioia. Lui non potrà portarglielo via. Andrà a Tubinga e studierà medicina.

E per la prima volta si chiede se non sia più forte di suo padre.

39.

30 MARZO 1991, GINSTERBURG

Già dopo aver pronunciato le prime parole, Olga si era resa conto che era giusto raccontare a Sara di Oldenburg. Provava un senso di liberazione, come se le sue stesse parole le fossero servite per comprendere finalmente quanto dolore aveva dentro di sé quando era arrivata a Oldenburg, e come la vitalità si era fatta strada in lei a poco a poco. Mentre camminavano fianco a fianco lungo la riva del lago e lei era assorta nei suoi pensieri, si chiese se senza Trude e senza i Borjahn avrebbe mai trovato il coraggio di studiare medicina e di voltare le spalle a suo padre.

«Dopodiché ho impacchettato le mie cose, ho salutato i Borjahn e sono fuggita da Karl, alla pensione», disse, quando, dopo una lunga camminata, si ritrovarono all'improvviso davanti alla saracinesca del cantiere navale Schneider. Olga si interruppe, e vide che era chiusa. Aveva la bocca secca, sentiva le lacrime inondarle gli occhi.

«Il giorno dopo Karl mi ha accompagnato a Tubinga», continuò con un tremolio nella voce. «Alcuni giorni più tardi i Borjahn mi hanno raggiunto, e sono rimasti, come Karl, il tempo sufficiente per assicurarsi che muovessi davvero i primi passi nella mia nuova vita.»

Per qualche secondo Sara la fissò con un'espressione seria sul volto, senza dire una parola, e Olga pensò a Erwin e Ruth, che nel frattempo avevano superato l'ottantina ed erano come dei nonni per Sara e Becki. Quando non erano in viaggio in giro per il mondo, li incontravano abbastanza spesso: a Oldenburg per Natale, a Plön per i compleanni oppure nella casa di vacanze della coppia sul lago di Costanza. L'ultima volta avevano trascorso proprio lì le vacanze con nonna Borjahn, quando Sara aveva un anno. Qualche tempo dopo, a poco più di novant'anni, si era addormentata per sempre. Al pensiero dell'anziana donna, Olga si sentì pervadere da una sensazione di calore.

«Oh, nonna, cara nonna...» Sara la cinse con il braccio e la strinse forte, come se volesse spremerle fuori tutto il suo dolore. Era quello che faceva la nonna con lei quando, da piccola, si sentiva triste. «Lo sai quanto ti vogliamo bene!»

Olga deglutì e si sciolse dall'abbraccio. «E io voglio bene a voi!» disse, dando un bacio sulla guancia alla nipote.

Sara le prese la mano e la guardò negli occhi.

"Quanta insicurezza c'è nel suo sguardo", pensò Olga. "Questo non si addice a Sara."

«E tuo padre?» chiese poi la ragazza. «Come può, uno che ha vissuto cose così terribili e ha perso molto, portare tanto dolore ad altre persone?»

«Forse è proprio per quello», rispose Olga. «Così come però ci sono anche persone che danno un senso al loro essere sopravvissuti salvando gli altri.»

«Come te?»

Olga la guardò un po' stupita. «Forse... può darsi. Non lo so.»

«Non l'hai più rivisto?»

«No», sospirò Olga. «Me ne sono andata. Per sempre.»

In una vita normale non si farebbe così con i propri genitori – andarsene per sempre. E comunque si proverebbe tristezza per un addio definitivo. Ma cosa c'era stato di normale nella sua vita? Quando lui era morto, tre giorni prima del suo Physikum, l'esame di fisica previsto per gli studenti di medicina al termine del primo semestre, Olga non aveva versato neppure una lacrima.

Tuttavia, nel profondo di sé sentiva un dolore che il tempo non poteva guarire. E nemmeno la salvia, l'olio di fegato di merluzzo o le tinture a base di erbe.

«Sono stata meglio senza di lui.» Era stato facile, e forse sapere che non avrebbe più avuto a che fare con il padre, né nella vita reale né nei suoi pensieri, era stata l'unica terapia in grado per lo meno di lenire il dolore. Lontano dagli occhi, lontano dal cuore. Funzionava anche per lei.

Sorrise incerta, quasi temendo di avere detto troppo. «Di lui ne parliamo un'altra volta, okay?»

Sara le strinse la mano. «D'accordo, nonna.»

D'un tratto Olga notò la scritta che spiccava a grandi lettere sulla parete di legno del capannone: SCHNEIDER. Si sentì quasi mancare l'aria.

Perché il cantiere portava ancora il nome della famiglia di Fritz?

Su un rimorchio per imbarcazioni c'erano alcuni *gilu* assemblati e su un carrello di alaggio scoprì una meravigliosa yole di legno di mogano.

«Che ne è stato di Trude?» Sara la riportò alla loro conversazione.

Olga si passò una mano sul volto.

«Ti ricordi quando siamo andate a trovare Becki a Colchester?»

Sara annuì e si strinse alla nonna. «Certo! Quella volta mi sono caduti due denti da latte nello stesso giorno!»

«Ah già... E non c'era modo di consolarti...» Olga rise.

«E cosa ti aspettavi? Non potevo più fischiare...»

«Un vero sollievo per le mie orecchie!» replicò Olga divertita, facendo una carezza sulla guancia a Sara. «Ma io volevo parlarti di un'altra cosa, tesoro. Mentre eravamo là, in un'edicola ho visto una rivista: Trude mi sorrideva dalla copertina. Sorpresa, ho chiesto al negoziante se sapesse dirmi chi era quella donna. Lui si è messo a ridere, gli sembrava incredibile che non conoscessi la Regina. Mi ha spiegato che la donna in copertina era una delle più grandi star del Royal National Theatre. Naturalmente ho subito acquistato la rivista...»

«Ce l'hai ancora?» la interruppe Sara.

«Sì, sì... ovviamente. Te la cerco, quando torniamo a casa. In ogni caso, riportava un'intervista a Trude, in cui lei raccontava di essere stata l'unica della sua famiglia sopravvissuta a Theresienstadt e di essersi bruciata il braccio di proposito per cancellare il numero identificativo che vi era tatuato.

Non voleva fare ai tedeschi il piacere di farsi ricordare tutti i giorni la sua sofferenza.»

Olga tacque. Sentiva ancora un profondo dolore per aver giudicato male Trude a suo tempo. Al pensiero di quello che le aveva fatto, fu di nuovo assalita dai sensi di colpa.

«Oh, nonna», esclamò Sara. «Posso immaginare come ti senti. Ma forse Trude, in seguito, era stata contenta di essersi trasferita in Inghilterra. Visto il suo successo attuale...»

«Per lo meno all'epoca dell'intervista era ancora sposata con il colonnello Bloch e madre di quattro figlie.»

«Dovresti scriverle, non credi?» suggerì Sara.

«Mah... è passato tanto tempo... Io non sono più la stessa, e nemmeno lei. A che scopo riaprire vecchie ferite?»

«Non saprei, magari per curarle.»

«Le sue ferite o le mie?» Olga prese la mano di Sara. «Sai, a volte bisogna semplicemente dirsi addio.»

«Come hai fatto tu con tuo padre?»

«Come ho fatto io con mio padre», confermò, anche se non era più convinta che quella fosse l'unica strada possibile.

Per quanto ingenuo potesse essere, il suggerimento di Sara le si era conficcato in testa. In qualche modo doveva confrontarsi con il passato, prima che altre ombre calassero sulle sue ragazze, si disse.

Olga si allontanò di un passo da Sara e diede uno scossone alla saracinesca.

«Che cosa fai? Non è violazione di domicilio?» obiettò la nipote, ma sempre nel suo tono spensierato.

«Finché non scavalco per entrare...» ribatté Olga, e sospirò.

Avrebbe dato volentieri un'occhiata dentro il vecchio edificio. Chissà se Fritz sapeva che l'impresa esisteva ancora e costruiva barche con il nome di famiglia?

«Nonna, sei pallida...» Sara la risvegliò dai suoi pensieri. «Vuoi che torniamo alla pensione?»

«No, no. Al contrario. Che ne dici se ti mostro la mia casa natale?»

«Bene, allora. Andiamo!» rispose Sara, prendendo a braccetto la nonna.

«Dunque sei cresciuta qui?» chiese Sara meravigliata quando, qualche minuto dopo, si ritrovarono di fronte al cancello del giardino. «Con questa vista pazzesca sul lago? Non mi stupisce che tutta quella gente abbia paura di perdere i propri terreni... Ma nella DDR non avevano i soldi per i colori?»

Prima che Olga potesse dire qualcosa, Sara spinse il cancello, la cui vernice verde era stata sfaldata dalla ruggine. Il movimento produsse un forte cigolio. Un tempo a Olga piaceva utilizzarlo per fingere di andare a cavallo: si sedeva a cavalcioni sulla sbarra, mentre Lotte e Annemie facevano oscillare il cancello avanti e indietro. Sentì dentro di sé la nostalgia per quei tempi. Tuttavia affrettò il passo per raggiungere Sara che si stava avvicinando all'ingresso.

Ferme davanti alla sua vecchia casa, videro qualcuno, in ginocchio nell'orto, che strappava le piante infestanti.

«Scusi se siamo piombate qui in questo modo», gridò Sara.

L'anziana donna si girò e le osservò attraverso i suoi grandi occhiali. Sul volto le comparve un'espressione di stupore, mentre anche Olga restava impietrita. La loro governante, lo spirito buono dei Blume.

«Olga, la mia piccola Olga... sei davvero tu?»

Si sollevò lentamente. Le lacrime percorrevano le sue guance rugose, mentre stringeva a sé Olga. Odorava di terra e di casa, e subito Olga si sentì al sicuro. Rosie, la sua governante! Era andata a stare da loro a quindici anni, poco dopo la nascita di Olga, e viveva nella stanza sotto il tetto, proprio di fronte alla sua camera, finché a ventitré anni non si era sposata, trasferendosi a casa del marito Freddy. Ma, anche in seguito, passava più tempo dai Blume che a casa sua, per lucidare i pavimenti, cucinare e preparare la cioccolata calda a Olga, ogni volta che si faceva male al ginocchio.

«Fatti guardare, cara Rosie...» Olga fece un passo indietro. Sei ancora qui a lavorare e a ricavare verdura da un terreno infruttuoso... Ma ti ha mantenuto giovane, non c'è dubbio!»

La governante rise, perché anche un tempo quel terreno aveva dato poco più che piante deformi e raggrinzite, e per questo in casa Blume era stato fonte inesauribile di battute.

«Non c'è niente che non cresca nell'Uckermark...» iniziò a dire.

«...solo su queste zolle sterili non cresce nulla, neppure la malerba.» Olga concluse la frase di Pa e, con amarezza, pensò quanto questo fosse vero anche per lei.

«E chi è questa bella ragazza?» chiese Rosie.

«Questa è mia nipote Sara.»

«Sembra una vera ragazza Meier.»

«Gero Meier è mio nonno», disse Sara.

«Tuo nonno?» Rosie sollevò gli occhiali e lanciò a Olga uno sguardo dubbioso. «Non può essere, Olga. Mi sa che ti sbagli.»

Olga rise.

«Ma sì, Rosie. Alla fine ci siamo sposati.»

«Non ci capisco più niente in questo mondo...» borbottò l'anziana donna. «E come sta il tuo Pa?»

«Ah, Rosie, avrebbe centotrent'anni se fosse ancora vivo...»

«Un uomo così sensibile...»

«Proprio così.»

«Sarebbe stato un bravo medico socialista. Non ha mai mandato via nessuno, tutti venivano curati, non importava quanto fossero poveri.» Rosie si appoggiò a una panchina.

«Come dalla nonna», interviene Sara, con una sfumatura di orgoglio nella voce. «È la migliore ginecologa del mondo e non respingerebbe mai nessuno.»

«L'hai fatto davvero, Olga, sei diventata medico! Ah, se qualcuno ce l'aveva nel sangue, quella eri tu. Molto più di tuo padre o di tuo fratello.» Fece una pausa. «Sono ancora vivi?»

«Mio padre no», rispose Olga, e Rosie alzò gli occhi al cielo.

«E Karl?»

Olga si schermò gli occhi perché il sole era spuntato da sopra gli alberi. «Lui vive negli Stati Uniti, ha fatto fortuna nel settore della costruzione di aerei.»

«Con la signorina Annemie?»

Olga dovette prendere un respiro prima di rispondere. «No», rispose. «Mio fratello ha sposato un'americana e ha avuto tre figli.»

«Ah, la mia cara Olga...» L'ex governante la abbracciò di nuovo e le diede un bacio sulla fronte. «Non vuoi far vedere la casa a tua nipote? Elisabeth di certo non avrà nulla in contrario.»

«Elisabeth?» chiese Olga.

Rosie sorrise con dolcezza. «Mia figlia», disse. «Non ti ricordi?»

Naturalmente, ora le era tornato tutto in mente. Doveva avere dieci anni buoni meno di lei. A volte Rosie la portava a casa loro, quando era malata, e lei giocava volentieri con le bambole di Olga. Alla fine lei gliele aveva regalate tutte; anche perché in casa sua si limitavano a stare sparpagliate qua e là. Del resto, perché mai avrebbe dovuto occuparsi di qualcosa che non aveva vita?

«Abitiamo qui tutti insieme: lei, suo figlio con la moglie e i miei tre bisnipoti.»

Olga piegò la testa di lato e sorrise. Le piaceva che ora nella casa vivesse la sua governante e che sotto il suo vecchio tetto ci fossero quattro generazioni.

«Non lo sapevo. Che bello! È sempre stata casa tua tanto quanto mia.»

Anche se ormai si era fatto pomeriggio, Olga sentì caldo e si tolse rapidamente la giacca. Una libellula verde-azzurra svolazzò nell'aria, prima di scomparire nella siepe. I cinque meli, nodosi e vecchi tanto quanto Rosie, erano in piena fioritura. I piccoli petali rosati si distribuivano sul terreno a formare un tappeto.

«Com'è bello, qui!» esclamò Sara, entrando. La vite selvatica sul muro esterno ricopriva il balcone della vecchia stanza di Pa. Quanto era cresciuta, in tutti quegli anni! Olga ricordava ancora il giorno in cui Pa l'aveva piantata, poco dopo i «Santi di ghiaccio» – i giorni che portano l'ultima ondata di freddo di maggio –, nella primavera del 1942. «Verde naturale per parete», la chiamava, perché in tempo di guerra non era possibile comprare colori per dipingere le case. "Più o meno come ai tempi della DDR", pensò.

Quando oltrepassò la pesante porta d'ingresso, che aveva ancora l'aspetto di un tempo, Olga si fermò per un istante.

«Prima di tutto un bicchierino di grappa di prugnole in cucina, d'accordo?» disse Rosie. Olga fece cenno a Sara di seguire Rosie. «Io vengo subito», disse, felice di avere un momento tutto per sé.

Le pareva che nella casa aleggiasse ancora il profumo di suo nonno, e chiuse gli occhi. Lo vide scendere le scale, con la pipa in mano. *Già sveglia, Pratolina mia?* E fece scomparire una moneta dietro l'orecchio.

Olga aprì gli occhi e si guardò intorno.

L'ingresso era come lo ricordava. La maggior parte delle cose erano ancora quelle dei Blume: il guardaroba, l'armadietto con davanti lo specchio dorato, e anche il vecchio tappeto variopinto sopra il parquet. Persino il vecchio orologio da parete ticchettava ancora. Un minuto alle tre. Trattenne il respiro, come faceva da ragazzina. Se riusciva a non respirare finché non batteva le ore, poteva esprimere un desiderio. "Fatto!" pensò, e sorrise. Dall'ampio corridoio si aprivano a destra l'ambulatorio di Pa e la sala d'attesa, a sinistra il vecchio studio di suo padre. Aprì la porta e restò sulla soglia. Era vuoto, tranne che per la sua vecchia scrivania, sulla quale c'era un telefono. Olga sentì una pressione sul petto, come se qualcuno le avesse stretto una fune attorno al busto. Una sensazione simile agli effetti dell'angina pectoris, pensò, quando i vasi sanguigni non riescono a fornire abbastanza sangue e ossigeno ai muscoli. I luoghi avevano una memoria e conservavano ogni emozione, questo lo sapeva. Ma a quella emozione non era preparata. Si allontanò rapidamente dalla stanza.

Sentì la voce di Rosie dalla cucina: «Quando tornava dopo aver raccolto le prugne selvatiche, la mia piccola Olga era sempre così sporca e piena di spine, che dovevo toglierglìele tutte appena arrivava a casa. Poi la mettevo nella vasca e la sfregavo da capo a piedi finché non tornava bianca mentre l'acqua diventava nera. Mi sono sempre chiesta cosa mai ci trovasse il vecchio signor dottore nella natura».

Nel tardo autunno, dopo il primo gelo, lei e Pa «andavano a prugnole», come Pa amava chiamare la caccia alle piccole bacche blu. Con un secchio raccoglievano il loro bottino, che poi Pa prescriveva praticamente per tutto, dato l'alto contenuto di tannini e vitamine. Come infuso per gargarismi in caso di infiammazioni della bocca e della faringe e come tè ai fiori di prugnolo contro dolori di stomaco e stitichezza, così come per le infezioni delle vie urinarie. Con le bacche che restavano, Rosie preparava la grappa di prugnole.

«Portandomi con sé nella natura, Pa pensava di affinare i miei sensi, affinché io fossi acuta anche di fronte alla natura umana», spiegò Olga, entrando in cucina. «Cosa che al momento è impossibile, dato che sono completamente stordita dal profumo pungente della tua grappa...»

La vista di Rosie e Sara sedute al tavolo le diede un brivido. La governante sbucciava una mela. Anche un tempo doveva sempre tenere le mani in movimento. Non era capace di stare semplicemente seduta a parlare. Quante volte era stata lì con lei a dividere le prugnole del giardino! Commossa da quel ricordo, sorrise a Rosie e prese un bicchiere dal tavolo. Se lo portò alla bocca e inspirò l'aroma a occhi chiusi. Riconobbe subito il profumo pungente e speziato, con una nota di anice, cannella e chiodi di garofano. Ne prese un sorso e osservò la cucina. Aveva una nuova carta da parati, che si staccava in alcuni punti. Al di sotto facevano capolino i resti del motivo floreale a lei così familiare.

«Ah, ecco perché io sono così acuta!» Sara rise. «Anch'io dovevo sempre pellegrinare per il bosco con la nonna e annusare la vita.» Poi, all'improvviso strillò: «Mio Dio! Nonna, pensavo che tu fossi l'unica a sbucciare le mele creando un'unica lunga striscia!».

Rosie ruotava abilmente la mela senza mai sollevare il coltello, e alla fine porse il lungo e sottile serpente di buccia a Sara.

«Altrimenti non si potrà mangiare», dissero Rosie e Olga all'unisono. E Olga aggiunse sorridendo: «Dal nostro giardino».

Come faceva da bambina, Sara si lasciò scivolare lentamente la buccia in bocca, finché non la inghiottì intera.

«Pensa che potrei usare il vostro telefono? Vorrei chiamare il mio ragazzo.»

«Naturalmente, ragazza mia. Vieni nel vecchio studio di tuo nonno. Nessuno ti disturberà.»

Quando Rosie ritornò, si sedette accanto a Olga e le mise un braccio attorno alle spalle. «E così sei diventata un medico. Il tuo Pa sarebbe incredibilmente orgoglioso di te, lo sai, vero?»

«Purtroppo non ha potuto vederlo.»

«E tuo padre?»

«Dubito che ne sia stato felice. Per questo sono andata a Tubinga, lontano da lui.»

«A Tubinga? È quasi in Italia!»

«Be', non proprio...» osservò Olga ridendo.

40.

OTTOBRE 1948, TUBINGA

Olga si infila l'autunno nella tasca del cappotto: tre castagne e una manciata di foglie d'acero di vari colori – giallo-verde, ocra e rosso vino – che ha raccolto nel Giardino botanico sulla strada per l'università. Le porteranno fortuna. Pa diceva sempre che la parola tedesca per l'autunno, *Herbst*, è un termine antico per *Ernte*, raccolto, e che quest'ultimo andava riposto nel granaio quando i tempi erano maturi.

Sì, Pa, i tempi sono maturi. Olga è davanti all'Istituto di anatomia al centro di Tubinga e osserva, quasi con devozione, l'edificio a due piani dai muri ricoperti di edera e incorniciato da due torri, chiamato Alte Anatomie. All'improvviso si sente così commossa che un nodo le stringe la gola. Ma anche felice, come mai avrebbe immaginato. Per quanto tempo aveva aspettato quel giorno, quell'occasione unica di poter studiare medicina in un'università tedesca? Ha ventitré anni, e alla fine è arrivata dove aveva sempre desiderato. Quando si accorge che il sole fa capolino attraverso la coltre di nubi, solleva lo sguardo verso il cielo. Lo vede come un segno: andrà tutto bene.

Alza il bavero del cappotto e attraversa il portone.

Quando poco dopo entra nell'aula magna, la sua euforia si smorza rapidamente. Appena inizia a scendere la scala dell'aula, con i suoi ampi pantaloni scuri e la camicia inamidata, qualcuno alle sue spalle sussurra: «Quello è un uomo o una donna?».

Aveva immaginato che, come donna tra molti uomini, non

avrebbe avuto vita facile, così aveva adattato qualcosa nell'aspetto in modo da evitare qualsiasi tocco di femminilità e non attirare troppa attenzione. Aveva imparato da Annemie quanto sia utile essere sottovalutati e ignorati. Le prime vittime erano stati i suoi lunghi ricci rossi, la gonna e, cosa ancora più importante, la sua lingua tagliente. Ma pare che il suo piano non abbia funzionato.

«Forse una *uonna*», ghigna un altro, mentre lei si siede tra due posti vuoti. «Una via di mezzo.» Ha l'impressione che tutta la fila nel banco dietro a lei scoppi a ridere. Arrossisce e vorrebbe rispondere, quando le vengono in mente le parole del professor Borjahn.

«A Tubinga gli inverni possono essere estremamente freddi», le aveva detto, dando alle sue parole un senso non solo letterale, e le aveva donato un mantello di lana di pecora come regalo d'addio. «Ci si avvolga dentro, quando soffierà la fredda brezza di monte e di valle. Lei è un talento naturale, Olga, e questo metterà paura ai signori uomini. Quindi non ascolti i discorsi stupidi, e soprattutto non metta mai in dubbio le sue capacità, solo quelle degli altri.» Olga intende seguire questo consiglio.

Perciò si volta, risoluta. «Mi chiamo Olga Meier, primo semestre medicina umana», si presenta. «Con chi ho il piacere di parlare?»

Se l'interno dell'edificio appare antiquato, non meno sorpassate risultano le opinioni di alcuni professori. Sembrano credere che il genere femminile abbia meno valore, sia meno intelligente, meno resistente, meno capace. Già dopo alcune settimane la metà delle sue compagne ha abbandonato lo studio, mentre Olga non si lascia scalfire da quel comportamento assurdo, e ogni giorno rinnova il proposito di dare più di chiunque altro, restando nascosta e silenziosa e comportandosi saggiamente. Ai suoi compagni maschi prima o poi passerà la voglia di fare commenti condiscendenti.

Le lezioni sono troppo interessanti per perdere tempo occupandosi di cose così marginali. Sebbene le materie del primo semestre non abbiano molto a che fare con la medicina, ci sono degli argomenti chiave che la entusiasmano particolarmente: botanica e zoologia. Le ricordano Pa e il suo modo di comprendere la vita e la natura, anche quella umana.

Olga nota Hans per la prima volta durante una lezione sui vertebrati. Non tanto per il suo bell'aspetto – lunghe ciglia folte, meravigliosi occhi marrone scuro e tratti delicati – quanto perché non tratta le poche donne che frequentano i suoi stessi corsi come se non dovessero stare lì. Per lui sembra non fare alcuna differenza se si è maschi o femmine, finché si può studiare bene insieme.

Perciò Olga è felice quando, nella prima parte del corso di anatomia, lui viene assegnato al suo stesso tavolo di dissezione. Nell'aula fredda sono allestite quasi due dozzine di tavoli di metallo; attorno a ognuno di essi, per un anno intero, otto studenti dovranno dissezionare un cadavere. Nell'aria aleggia l'odore dolciastro e pungente della formalina. Olga vede che la maggior parte dei suoi vicini di tavolo stringe con forza i propri ferri da dissezione, quasi fossero la mano della madre. Si erano dimostrati tanto presuntuosi in precedenza, ora la compagnia dei defunti li fa ammutolire. Olga stessa, a quella vista, sente uno sgradevole brivido che risveglia brutti ricordi, tuttavia non prova paura. Con i suoi ventitré anni, non solo è più grande di molti dei suoi compagni, ma ha anche già visto abbastanza morti.

Per fortuna il professor Borjahn le aveva dato il suo set di ferri: impugnatura per bisturi, sonda, forbici, due pinzette, una appuntita e l'altra smussata. Perché quelli doveva portarseli ogni studente. "Almeno si tratta solo di questi", pensa Olga, ricordando quello che le aveva raccontato un giovane assistente medico che aveva iniziato gli studi subito dopo la guerra. A Würzburg, per poter ottenere un posto all'università, aveva dovuto portarsi il suo cadavere. E dove poteva procurarselo così in fretta, aveva chiesto lo studente inorridito al preside di facoltà. «Da un qualsiasi fosso ai lati della strada», era stata la risposta. Lì, in effetti, a quell'epoca ce n'erano parecchi.

Quando Olga arriva al tavolo in leggero ritardo, Hans le fa spazio, rivolgendole un cenno d'incitamento. Un assistente sta per togliere il lenzuolo dal cadavere. Tutti i presenti indietreggiano di un passo. Anche Hans tutto d'un tratto impallidisce. Olga pensa sia per il forte odore di formalina, oppure per la vista del corpo nudo, ma lui le sussurra: «Lo conosco. È Fuchs».

Olga non può evitare di ridacchiare e solleva un sopracciglio. «*Fuchs*, ossia una volpe?» ripete sottovoce, ma abbastanza forte perché gli altri la sentano. «A me sembra più un uomo del tutto normale.» Il volto del morto è pacifico, gli angoli della bocca leggermente rivolti all'insù. "Come se ridesse sotto i baffi nel sonno", pensa Olga. Tuttavia non sembra una persona, ma una bambola di cera dalla pelle grigio-giallastra. «Morto, certo, ma, considerate le circostanze, un uomo nudo ben fornito di tutto», continua.

Tutti la guardano. Sul gruppo scende un silenzio imbarazzato, che Olga immagina sia dovuto alla sua affermazione non proprio da signora.

«Umorismo morboso», dice alla fine uno dei presenti, sorridendo. Lei risponde al sorriso e sfiora con la mano il braccio del cadavere. La pelle sembra qualcosa di totalmente alieno, fredda e dura come il cuoio.

Un uomo dal volto ovale e dai capelli radi, con il camice da laboratorio macchiato di giallo, interviene scuotendo la testa. «Irrispettoso, se volete il mio parere», dice. «E anche mostruoso. Che una donna sezioni un uomo nudo», aggiunge, con una smorfia di disgusto.

Olga sta per dargli una risposta pepata, ma Hans la precede e dice in tono cortese: «Professor dottor Fuchs, se non vi dispiace, un vecchio amico di famiglia. E, gentilmente, si metta un camice pulito quando sta di fronte all'ex preside.»

Sebbene sappia difendersi da sola, Olga è grata per il suo aiuto. E pure sollevata, quando il tizio dal camice macchiato si allontana irritato per prendere posto a un tavolo circondato da soli uomini.

Hans riporta la sua attenzione sul cadavere.

«Professor Fuchs», dice pensoso. «Cosa fa qui?»

«Aspetta che lo spogliamo del tutto», risponde Olga asciutta.

Quando Olga lascia l'aula di anatomia alla fine della lezione, Hans è davanti a lei e sta già fumando. Senza dire una parola, le porge il pacchetto e si presenta come Hans Bley.

Olga lo ringrazia e prende una sigaretta. «Non sorprende che lei sia una persona così delicata. Porta la pesantezza già nel suo cognome, che richiama *Blei*, il termine tedesco per "piombo".»

«E lei prende incredibilmente alla leggera il lavoro con i cadaveri – oltre a non dare importanza ai commenti stupidi dei compagni», risponde lui, facendola accendere.

«Cos'altro potrei fare?»

Lui la guarda con aria comprensiva. «Se la cava davvero bene! Meglio di Fuchs, devo dire.» Sospira. «Per me non è stato facile, vederlo freddo e nudo.»

Per due semestri dissezionano Fuchs. Olga stessa si stupisce della rapidità con cui riesce ad accantonare il pensiero della persona che sta dietro il corpo, sebbene all'inizio questo l'avesse fatta sentire a disagio.

È come se portasse allo scoperto, dal profondo, l'essenza dell'esistenza umana, quando, con bisturi e pinzette, rimuove pelle, grasso e tessuto muscolare e seziona tendini, vasi sanguigni e muscoli. L'uomo, impara, è un essere estremamente complesso, fatto di carne e sangue, e più Olga penetra in profondità negli strati inferiori delle sue cellule, più comprende il corpo dell'individuo come simbolo della sua umanità e finitezza. E giura a sé stessa: finché durerà la vita, lei la vivrà non nonostante, ma proprio perché un giorno finirà. "Del resto, chi può sottrarsi all'ineluttabilità della natura?" si chiede, mentre osserva Hans che si passa una mano tra i capelli.

Di questo e altri argomenti Olga parla spesso con Hans durante il «banchetto funebre»; è così che lui ha soprannominato il momento della sigaretta dopo la dissezione. Hans le racconta che gli ci è voluto molto tempo per elaborare la morte dei suoi fratelli, caduti in guerra, e di suo padre, che fino all'ultimo era stato primario alla clinica universitaria di Friburgo. Che lui è l'ultimo Bley in vita, insieme a sua madre, e che ora studia medicina per continuare la tradizione di famiglia. Non perché gli interessi particolarmente, ma perché è ovvio. Lei, a sua volta, gli dice che studia come vedova, moglie e madre perché le interessa molto, anche se non è per niente ovvio.

Non gli racconta, però, quello che ciò esige da lei e da Becki: non vuole lagnarsi. Se già è difficile essere presa sul serio in quanto donna che studia, è praticamente impossibile frequentare l'università come madre sola con una bambina. Per fortuna ha una borsa di studio e la pensione sociale a favore delle vedove, a cui ha fatto ricorso nel frattempo. E poi ha la meravigliosa Geli, la cugina cinquantenne di Erwin Borjahn, che le ha ceduto un locale e mezzo del suo grazioso appartamento nella Silcherstraße, tra il Giardino botanico e la clinica universitaria. Nella stanza più piccola c'è spazio a malapena per il letto di Becki, ma nell'altra ci sta anche un vecchio secrétaire, e dietro una carta da parati gialla si nasconde un grande armadio a muro per tutte le loro cose. Olga può utilizzare anche la cucina e il soggiorno, cosa che fa soprattutto nel fine settimana, quando Geli va dal suo fidanzato a Ulm. La gentilezza evidentemente è una caratteristica della famiglia, e quando, mentre lei è a lezione, Geli resta a casa e canta, dipinge e ride con Becki, Olga sa che sua figlia è nelle mani migliori.

Nonostante l'aiuto di Geli, Olga non ha un minuto libero. Corre su e giù tra casa e università, studia di sera, quando Becki è a letto, e va a dormire solo verso mezzanotte, stanca morta. Per gli amici non ha tempo. Quando i suoi compagni vanno al parco o al cinema nei fine settimana, lei passa il tempo con la figlia. Amano passeggiare nella foresta di Schönbuch per «annusare la vita», osservare gli uccelli o cercare le tracce degli animali. Olga adora lo spirito di ricerca della sua piccola detective. Quando scopre un'impronta di zampa sul terreno sabbioso i suoi occhi brillano come quelli di una cacciatrice che fiuta una pista. Olga la lascia fare. Appena la bambina trova la tana abbandonata di una volpe o di un tasso, insieme seguono le tracce a ritroso, finché non raggiungono il luogo in cui l'animale ha ucciso la sua preda. Solo allora Becki è soddisfatta, e possono tornare a casa.

41.

GIUGNO 1949, TUBINGA

Un giorno, poco prima della fine del secondo semestre, Olga è in biblioteca e studia per l'esame di anatomia. Di tutti i posti dell'università, questo è quello che ama di più. Ogni volta che entra nella sala di lettura si ferma, con un profondo senso di rispetto. I rumori attutiti, le lampade da lettura che gettano una luce fioca sui tavoli di legno scuro, i libri sugli scaffali, l'odore di polvere, lucido e vecchia carta – in una simile atmosfera, pensa, si è quasi obbligati a trattenere il respiro per un istante. È un luogo magico, e Olga non capisce come sia possibile trovarsi qui e non volersi spingere fin negli strati più profondi dell'anima medica. E come non si possa desiderare di rovistare senza sosta in quegli alti scaffali, nei quali si trova tutto ciò che è necessario sapere per comprendere e scandagliare quest'anima.

Mentre sta per mettere via penna, calamaio e carta, le cade lo sguardo su un articolo sulla labiopalatoschisi che qualcuno ha lasciato sul tavolo accanto. Olga lo tira verso di sé e comincia a leggere avidamente, quando qualcuno le tocca la spalla. Si gira di scatto, spaventata.

«Olga?» sussurra Hans, sollevando le sopracciglia. «Posso chiederti una cosa?»

Lei gli sorride e lo invita a sedersi. Cosa vuole da lei? Non portarla a ballare o invitarla al ristorante, si spera. Lui sa che Olga ha una figlia e che non ha tempo per i divertimenti da studenti.

«Mi sono scervellato, credimi. Ma non capisco come mai il nervo ottico sia circondato dalle meningi. Me lo puoi spiegare?»

Eccome se può, pensa Olga sollevata. Proprio la settimana precedente avevano asportato il tessuto adiposo dietro cui si trova il nervo ottico, per poi finalmente cominciare ad aprire con la sega la cavità oculare. L'occhio la affascina perché, insieme al naso, è l'organo sensoriale più importante. Può distinguere infinite tonalità di colore e, Pa di questo era convinto, ancor più sfumature intermedie. A patto che si abbia una buona vista, naturalmente. Il nonno padroneggiava come nessun altro l'arte di «pensare con gli occhi», come lo chiamava lui: la capacità di cogliere nel loro insieme e comprendere persone, situazioni e malattie con una sola occhiata, senza che fosse necessaria alcuna parola. Una qualità incommensurabile per chi si occupa di bambini piccoli e di pazienti confusi o privi di conoscenza, che non sono in grado di dire cosa non va. Olga si dice spesso che vuole diventare come lui ed è felice che anche sua figlia pratichi con entusiasmo questa arte del pensiero, quando vanno insieme nel bosco in cerca delle tracce della vita.

Guarda Hans negli occhi, il cui marrone profondo è punteggiato di screziature gialle, come piccoli soli.

«Perché la visione ha luogo nel cervello», gli spiega. «Il *nervus opticus* non è un nervo periferico ma una via nervosa centrale che collega il bulbo oculare e il talamo, dove vengono elaborate le impressioni ottiche.»

«Ho capito», annuisce lui, colpito. «E puoi spiegarmi anche cosa sono gli assoni?»

Olga guarda l'orologio. Manca poco alle tre. «In realtà tra poco devo andare, ma un quarto d'ora ce l'ho.» Vuole aiutarlo almeno un po', Hans sembra davvero in difficoltà.

Così Olga inizia a spiegargli la struttura dell'occhio. Da qualche parte deve pur cominciare. Hans sta seduto al suo fianco, la testa appoggiata sulla mano, e la guarda ammirato, mentre lei continua a spiegare finché lui non ha compreso a fondo. E Hans la guarda così anche il giorno seguente e quello ancora successivo, e tutti gli altri giorni in cui si siede accanto a lei in biblioteca per farsi spiegare i fondamenti dell'anatomia che è necessario conoscere in vista dell'esame.

Dopo averlo superato grazie all'aiuto di Olga, Hans la invita a festeggiare in mensa. E anche il giorno dopo e quello seguente ancora, solo che da quel momento pagano il pranzo a turno. Non gli importa degli sguardi irritati che gli lanciano i compagni quando si trova in un gruppo di soli maschi e, se vede passare Olga, le fa cenno di avvicinarsi, come se fosse la cosa più naturale del mondo. Lei sa cosa pensano gli altri, e dallo sguardo di Hans capisce che anche lui lo sa e che vede la lotta che Olga deve affrontare ogni giorno in università: le frasi oscene, le occhiate indecenti e le insinuazioni sul fatto che lei sia stupida oppure che sia lì solo per prendere all'amo un uomo – quindi Hans. Lei non vuole sposare né lui né nessun altro. E lo dice anche a Hans, adirata, quando un compagno, da uno di quei gruppetti di soli maschi, la accusa apertamente di voler accalappiare Hans con la tipica astuzia e perfidia femminili, perché, in quanto vedova, non riesce a trovare nessun altro.

«Forse devo giurargli che non studio per sposarmi ma, anzi, proprio per non sposarmi?» sbotta, col respiro affannoso. «Deve proprio ritenermi stupida, se pensa che voglia mettermi le catene di proposito.»

Hans si limita a guardarla confuso e non dice nulla.

Quando lui non c'è, gli altri la evitano, come se non volessero essere visti con lei. Hans dice che è per via dei suoi ottimi voti, spesso comprensivi di lode, che intimidiscono quegli imbecilli. Ma a che le servono i voti migliori, se poi non riceve quello che le spetta? E con ciò lei intende non solo l'apprezzamento dei compagni ma anche quello dei docenti.

Qualche settimana prima del suo Physikum, il professore di fisiologia promette un posto come suo assistente scientifico allo studente che supererà l'esame nel modo più brillante. La prospettiva di aiutare il professore nelle sue ricerche e di seguire i tirocini degli studenti più giovani la sprona a impegnarsi ancor più del solito. Quando, un mese più tardi, viene a sapere che la gara è stata vinta da qualcun altro, Olga dà voce alla sua indignazione durante l'orario di ricevimento del docente. «Lei aveva detto che chi avesse superato il Physikum coi voti migliori avrebbe...»

«Che impressione farebbe, signora Meier», la interrompe lui, «una donna che spiega il sistema nervoso a degli uomini?»

Di fronte all'accenno di protesta di Olga, il professore alza gli occhi al cielo, come se non avesse tempo per simili stupidaggini. «Lasci perdere...»

"Quante battaglie dovrò ancora affrontare perché infine mi si prenda sul serio?" si chiede. "Un numero infinito", si risponde da sola, disillusa. Durante i suoi studi, si dice, quella situazione non cambierà. Ma forse arriveranno tempi migliori, appena non si chiamerà più «signora Meier» ma «dottoressa Meier». Allora potrà finalmente voltare le spalle a quel posto.

A un certo punto, durante il terzo anno di studi, Hans comincia a far visita a Olga durante la settimana. Inizialmente con il pretesto di portarle un libro, farle un'ultima domanda o informarsi sulle date degli esami. Poi per portare a lei e a Becki delle cosette comprate al mercato o per riparare qualcosa nell'appartamento. Anche se di rado resta più di una mezz'ora, è evidente che il suo interesse non è più di natura puramente scientifica: noduli epatici, occlusioni dei vasi sanguigni e accumulo di grasso nel pancreas non sono più gli unici motivi per suonarle il campanello. Olga si chiede spesso se si senta attratto da lei o se semplicemente sia solo. E cosa abbia a che fare tutto ciò con i suoi stessi sentimenti.

Non che senta battere più forte il cuore o che le sudino le mani quando lo guarda. Non desidera nemmeno baciarlo. Tuttavia sarebbe una bugia dire che le è indifferente. Le piace averlo intorno e le manca quando non c'è, così come manca a Becki. Ma non vuole dargli false speranze e più di una volta, nelle loro chiacchierate, ha accennato per inciso che dalla morte di suo marito non ha più avuto interesse per un'altra relazione.

Sempre più spesso Hans va a trovarle di sabato, quando Geli è a Ulm. Quando costruisce insieme a Becki un recinto per il coniglio o monta con lei il vecchio trenino di legno che ha portato dalla sua vecchia cameretta di Friburgo e poi ci fanno correre i convogli per ore, a Olga si scalda il cuore.

«Puoi restare tranquillamente a mangiare, vero mami?» gli propone Becki un giorno. Olga fa capolino dalla cucina e lo incoraggia a sua volta: «Certo, ce n'è abbastanza per tre». Ha cucinato le fave, l'unica ricetta che le riesce, e Hans è entusiasta. «Che banchetto gioioso!» esclama. Da quel momento in poi, cena con loro tutti i sabati. Senza nemmeno accorgersi, sono passati dal banchetto funebre al banchetto gioioso.

Al settimo compleanno di Becki, il 1° aprile 1951, Hans le invita al giardino zoologico Wilhelma di Stoccarda, a un'ora di viaggio da Tubinga. Becki è fuori di sé dalla gioia – e in fondo lo è anche Olga – mentre girano per lo zoo, circondati da animali: le sembra di vivere un'avventura. Né Olga né la figlia hanno mai visto leoni, tigri, zebre ed elefanti, e quando Hans prende Becki sulle spalle, la bambina grida felice: «Sono una giraffa!».

Hans guarda Olga e fa un tiro con la pipa. «E tu?» le chiede.

«Una leonessa», risponde lei, senza pensarci troppo.

«Cos'altro, se no?» commenta lui ridendo.

«Meglio un giorno da leone che cento da pecora, diceva sempre mio nonno.»

Hans rimette Becki a terra con delicatezza. «Non conosco nessuno tra i nostri compagni a cui tu non abbia ancora mostrato gli artigli.»

Da allora vanno quasi ogni sabato allo zoo, fanno escursioni nelle Alpi Sveve o vanno in bicicletta lungo la Neckar. La domenica Hans la riserva per sua madre a Friburgo. A Becki piace lo zio Hans, e per tutta la settimana non vede l'ora della gita seguente. Quando Hans e Olga la mettono in mezzo tra loro, lei gonfia il petto, come per dire: "Guardate, questa è la mia famiglia".

Sì, pensa Olga, anche a lei era successo lo stesso quando camminava per Schwedt insieme a Mamme, Pelle e Lotte, e faceva finta di essere parte della loro famiglia.

D'un tratto le viene nostalgia dei Rasmussen, soprattutto di Lotte, che per lei era al contempo amica e sorella. «La mia amisorella», dice a bassa voce, e le viene automaticamente da sorridere.

Lotte le manca, e molto, anche perché lì a Tubinga non ha una vera amica. Ci sono alcune studentesse con cui chiacchiera spesso, ma con nessuna di loro ha un rapporto stretto. Oltre a lei, al suo stesso anno di studi ci sono altre quattro donne. Tre sono sposate, l'altra è un po' strana: scivola via lungo i corridoi, pallida e poco appariscente, come un fantasma, e non degna nessuno di uno sguardo. È così. Del resto, dove troverebbe il tempo per le amiche, impegnata com'è con lo studio e con Becki? Ha solo Hans. E lui, cos'è per lei? Un compagno di studi, un amico o qualcosa di più? È la prima volta che le interessa qualcuno che non sia Fritz. Anche se pensa ancora a lui, la nostalgia non è più così lacerante.

Hans è lì, e Olga non sa immaginare come sarebbe senza di lui. Non riesce nemmeno a ricordare come fosse senza di lui. Se Hans se ne andasse, a lei mancherebbe qualcosa. Anche se quando lo vede non si sente mancare la terra sotto i piedi, come succedeva con Fritz, lui le dà sostegno. E le piace quando sta seduto in poltrona e legge un libro o quando fanno lunghe passeggiate insieme. Quella è la sua idea di famiglia.

La sera del primo giorno di scuola di Becki, occasione per cui sono arrivati anche i Borjahn, Olga chiede a Hans se ha voglia di bere un altro bicchiere di vino con lei. Becki dorme, e i loro amici sono già sulla via del ritorno a Oldenburg. Lui la cinge con il braccio e le sorride, ed è come se in quel momento Olga si rendesse conto per la prima volta che lui è un uomo e lei una donna. Ma Hans le dà solo un bacio sulla guancia e dice: «È stata una giornata meravigliosa, con te e la tua famiglia. Ma sono stanco». Olga sente il calore del suo corpo e prova una punta di delusione per il fatto che ha evidentemente cercato un pretesto per scomparire in fretta. Ma come può dargli torto? Lui sa bene come la pensa lei.

42.

CAPODANNO 1952, TUBINGA

Circa a metà del primo anno di scuola di Becki Olga capisce all'improvviso che la natura dei suoi sentimenti è cambiata. Le vacanze di Natale le passa con i Borjahn sul lago di Costanza. L'ultimo giorno, nonna Borjahn la mette alla prova. Passeggiano tenendosi a braccetto, fa molto freddo.

«Bambina mia, nessun uomo passa così tanto tempo con una donna se non nutre un serio interesse per lei. Hans è un uomo molto attraente e di sicuro non vorrà restare per sempre uno scapolo impenitente. Se non gli lanci un segnale in fretta se ne andrà, e sono sicura che te ne pentiresti.»

Mentre cerca di opporsi al vento gelido, Olga sente crescere dentro di sé la sensazione familiare di forza e abbandono. «Ma io non voglio sposarmi di nuovo», risponde.

«Forse dovresti smettere di seppellirti nei vecchi ricordi, e al contrario guardare avanti, angelo mio. Vedi come è diventato felice mio figlio perché ha dato a sé stesso una nuova chance con Ruth?»

«E se volessi diventare un medico ma non una moglie?»

Fissa la superficie del lago ricoperta di neve e riflette, chiedendosi se riesca almeno a immaginare di formare una famiglia con Hans e Becki. Di certo non se questo dovesse obbligarla a rinunciare ai suoi sogni.

«Allora dovresti chiedergli se sono possibili entrambe le cose.» Nonna Borjahn le stringe la mano.

La prima domenica sera dell'anno, Olga torna a Tubinga con Becki e, con sua grande sorpresa, prima ancora di scendere dal treno vede Hans sulla banchina della stazione.

«Buon anno nuovo a tutte e due!» le saluta gioioso, e si fa passare le valigie da Olga. «Con questo tempo schifoso non vorrete lasciarmi vagare da solo per mezza città! È tutta una lastra di ghiaccio.»

«Zio Hans!» grida Becki sorpresa. E si infila tra Olga e la porta del treno per saltare direttamente tra le braccia di Hans. Quando mette giù la bambina, la guarda negli occhi e le porge la mano. «È bello che siate tornate.»

"Sì, è bello", pensa Olga abbracciandolo. «Anno nuovo, vita nuova!» gli sussurra nell'orecchio in maniera eloquente.

«Sento già che il 1952 sarà un buon anno», risponde lui sorridendo.

Aveva nevicato parecchio, e sulle strade si era formato uno spesso tappeto bianco. Mentre Becki scoppia di gioia e forma piccole palle di neve, anche il mondo di Olga si rischiara d'improvviso. Hans. È lì perché tiene a lei.

«Posso restare ancora un po'?» le chiede lui, dopo aver messo a letto Becki. «Mia madre mi ha dato una bottiglia di spumante per brindare al nuovo anno.» Olga sente un formicolio nello stomaco. Certo che può restare. Si accorge di desiderare la sua vicinanza, di desiderare un suo segnale.

Più tardi, mentre sono seduti in soggiorno, Hans le scosta una ciocca di capelli dal viso. Lei inspira profondamente e spera che lui metta finalmente da parte il suo riserbo.

«Lo sai quanto sei bella?» Le prende la mano, se la porta alla bocca. Olga sente il suo respiro caldo sulla pelle. Quando lui si china in avanti e le sfiora l'orecchio con le labbra, lei sente un brivido percorrerle tutto il corpo.

«Cosa fai?» sussurra con voce tremante.

«Come futuro medico», bisbiglia lui, lasciando scivolare le dita dal collo di Olga giù verso la clavicola e slacciando il primo bottone della camicetta, «devo controllare se è tutto a posto.»

E quando comincia a spogliarla lentamente, lei lo lascia fare, e anche se non sono sposati si sente bene, e tutto le sembra giusto. Perché è Hans.

Da allora trascorrono insieme non solo i giorni ma, nei fine settimana, anche le notti. Appena Becki si addormenta, loro vanno a letto. Olga ama il contatto fisico, si gode il risveglio del proprio corpo, come se fosse stato in letargo per tutti quegli anni, e con l'energia che sprigiona si getta nello studio. I mesi seguenti passano in un lampo. Lei e Hans vivono come una coppia, senza esserlo ufficialmente, e con tutta quella vicinanza a Olga non viene neanche in mente di fare piani per il futuro. Vuole diventare medico. E quello che verrà dopo si vedrà.

Hans invece, a quanto pare, vuole vedere cosa verrà dopo, e la incalza.

«Vorrei che tu e Becki veniste finalmente a conoscere mia madre.»

Lei interpreta la frase come espressione delle sue serie intenzioni e si sente mancare l'aria. Sa che Hans non ha una mentalità antiquata ed è l'ultimo che potrebbe pretendere da una donna che adempisse i doveri prescritti.

«Perché non lasciamo le cose come sono? Senza pressione. È meraviglioso. E tua madre posso sempre incontrarla, ma non ora.»

« Ma allora quando? Che ne sarà del futuro?»

«Parlare del futuro porta sfortuna. Il presente è più importante.»

Lui la guarda per qualche istante e lei sostiene il suo sguardo. «Per favore, Hans, facciamo l'esame, e poi vedremo.»

Lui scuote la testa sospirando. «Altre donne sono state educate a fare e dire quello che vogliono i loro mariti. Non oserebbero mai ribellarsi contro il loro ruolo naturale», dice con un sorriso, strizzandole l'occhio. «Tu invece sei così ostinata, testarda e intransigente. Sei così forte... Credo che tu non abbia bisogno di nessuno.»

Non è così, ma Olga non glielo dice. Con lui si sente più forte, è come se nessuno potesse più farle del male perché lui è lì e veglia su di lei.

«Vuoi una donna come quelle?» gli chiede, assalita dalla paura di perderlo.

Lui la guarda in modo strano.

«Credimi, so che tu sei diversa. Ma tu sei la mia donna per la vita», dice. «Non voglio nessun'altra, solo Becki e te. Ma tu… tu cosa vuoi?»

Olga è commossa dalle sue parole e sente che il suo cuore si scioglie per lui. Potrebbe diventare il suo uomo per la vita?

«Un lavoro e un uomo che mi soddisfino», risponde, guardandolo con aria seducente, per porre fine all'argomento.

«Cosa ci si può aspettare di diverso da una figlia di medico privilegiata e viziata?» replica Hans baciandola.

La mattina seguente, al seminario di ginecologia, l'assistente accompagna nell'aula una paziente coperta sulla sedia a rotelle. Poco dopo appare il professor Thoben, con i suoi capelli brizzolati impomatati, che lascia vagare lo sguardo tra le file degli studenti, fissandolo infine su Hans e Olga. «Giovane signora», dice con un sorriso radioso, «proviamo con lei.»

Dopo che Olga si è lavata e disinfettata le mani, il professore toglie la coperta che riparava la donna. Le gambe sono divaricate, i fianchi sollevati, le gambe sistemate negli appositi reggigambe.

Il professor Thoben attende che le risatine degli studenti si spengano lentamente. «Dunque cominci l'esame e ci spieghi cosa vede e cosa sente.»

Alla parola «sente», sui visi dei suoi compagni compaiono di nuovo quegli stupidi sorrisi.

Olga capisce che per la donna quella situazione è estremamente umiliante e si chiede cosa possa averla indotta a sottoporsi pubblicamente a quell'ispezione intima. Magari l'indifferenza, o forse solo la prospettiva di un pasto caldo. Dal suo aspetto, sembra che la vita l'abbia messa a dura prova. I radi capelli biondo cenere sono tutti appiccicati, e quando apre la bocca svela una fila di denti marci. Appena si avvicina per presentarsi, Olga viene investita dall'odore pungente del suo alito. «Come si chiama?» le chiede con gentilezza.

«Martha Klipp», risponde lei con un filo di voce.

Olga guarda verso Hans, che la incoraggia con un sorriso. "Figlia di medico privilegiata e viziata", così l'aveva chiamata il giorno prima, e, anche se scherzava, aveva comunque colto nel segno. Com'era stata fortunata, rispetto a Martha Klipp, a nascere nella famiglia Blume e a crescere con Pa, che non faceva differenze tra lei e Karl. È ingiusto, ma proprio quelle condizioni l'avevano aiutata ad affrontare la vita, a superare ostacoli e sfide. Subito le vengono in mente quelle povere donne di Oldenburg, che erano state portate nella casa per ragazze perdute e venivano regolarmente insultate e umiliate. Le vengono in mente le donne stuprate a Kühlungsborn, che non potevano decidere del proprio corpo e dovevano portare a termine gravidanze generate dalla violenza. Le vengono in mente le sue compagne di studi, che sono tutte considerate stupide e, se hanno fortuna, sono oggetto solo di battute a doppio senso. E tutte le altre donne, che sono svantaggiate, non sono libere e non possono decidere per sé stesse. E un'altra cosa le passa per la mente: che sente quelle donne stranamente vicine, come se le facessero percepire qual è il fulcro della sua storia. Qual è il suo compito.

Posa delicatamente una mano sul braccio della paziente e la guarda negli occhi. «Ha qualcosa in contrario, signora Klipp, se ora la visito?»

Quando la donna la guarda un po' stupita e annuisce – evidentemente non è abituata a sentirsi chiedere il permesso – a Olga diventa chiaro che è suo dovere sfruttare il suo privilegio. Che diventerà medico per sostenere donne come Martha Klipp, invece di abbandonarle nelle mani di qualche rozzo dottore che non farebbe altro che privarle un'altra volta della loro dignità.

Ringrazia la donna con un cenno del capo. «A volte, signora Klipp, le cose sembrano peggio di quello che sono», dice. Le solleva la mano e le sente il polso, poi prende lo stetoscopio e ausculta il cuore. Dopodiché tasta la vulva dall'esterno con una mano, prima di introdurla nella vagina. Al termine dell'esame, riassume: «Vedo un'eruzione cutanea rossa a macchie sull'addome e sento sulla vulva un'ulcera dura, delle dimensioni di una moneta, dai margini rilevati e dalla superficie umida». Aspetta qualche istante, poi tasta i linfonodi inguinali. «Le fa male, signora Klipp?» domanda. Quando la paziente scuote la testa, Olga guarda il professor Thoben e dice: «Considerevolmente gonfi, ma non doloranti».

«Ottima descrizione!» osserva il docente impressionato, e si rivolge alla platea di studenti. «Qualcuno tra i signori ha un'idea?»

Resta in attesa, e dopo alcuni minuti, visto che nessuno ha chiesto la parola, Olga nota con compiacimento che l'orizzonte dei suoi compagni non arriva più in là dell'ombelico. «Che ne dice di una signora?» chiede al professore sorridendo. «Io in effetti un'idea ce l'avrei.»

«Parli pure», risponde lui. «Mi piacciono molto le idee e soprattutto... le signore...»

Olga lo interrompe bruscamente. «L'ulcera si è formata là dove la *Spirochaeta pallida* è penetrata nelle mucose. Sono certa che si tratti di lue. Sifilide.» Si volta verso Martha Klipp e le posa una mano sul braccio per rassicurarla. «È un'infezione batterica che risolveremo con la penicillina.»

«Sei felice, *dottoressa* Meier?» le chiede Hans la sera del suo esame di stato superato con successo, ancora elettrizzato ed entusiasta, mentre sono sdraiati a letto nudi, fianco a fianco. Dopo cinque anni hanno finalmente terminato i loro studi. Quando Olga non risponde, lui la cinge con un braccio, e lei pensa a tutto quello che ha fatto e conquistato da quando ha lasciato Oldenburg, e gli occhi le si riempiono di lacrime. Dottoressa Olga Meier, medico – con gli esami più brillanti dell'anno. Cosa avrebbe detto Pa?

«Sì», risponde alla fine, «sono felice.»

«Quanto felice?»

«Felice.»

«Solo felice?»

«Molto felice», ammette, e pensa che l'idea di essere felice la rende straordinariamente contenta.

Hans si siede e la guarda con tenerezza. «Se ti prometto che non metterò alcun ostacolo se vorrai lavorare e guidare la macchina, o se ti rifiuterai di portarmi un Martini, potresti promettermi – senza alcuna pressione, naturalmente – di... sposarmi?»

Lei lo guarda quasi scioccata. «Ma...»

«Il futuro è adesso, Olga. Ti amo. Sposiamoci.»

Sposarsi? Amore? Olga deglutisce.

«Che cos'è l'amore?» aveva chiesto una volta a Juri, quando lui, con gli occhi che brillavano, le aveva parlato della moglie Masha. Juri l'aveva guardata e aveva risposto: «Una scintilla in un mare di cenere».

Naturalmente Olga aveva subito pensato a Fritz, comprendendo che era lui quella scintilla che l'aveva tenuta in vita. L'immagine di lui, che lei evocava nei momenti più bui.

Ma come mai le viene in mente proprio ora?

Fa un respiro profondo. Perché d'un tratto le sembra di trovarsi su una strada che l'ha condotta lontano da quella scintilla, da Fritz. Anche se non ama Hans con la stessa passione, forse deve solo soffiare leggermente sulla brace per accendere un'altra scintilla. Per Hans. Per lui prova qualcosa di speciale, qualcosa di tenero e dolce, che la fa stare bene. Lui le piace, e anche molto, le piace che dia sicurezza a lei e a Becki, che si fidi di lei e che abbiano obiettivi comuni. E non è questo quello che conta? Si è concessa molto tempo per capirlo, ma forse i grandi sentimenti hanno bisogno di tempo. Tempo di andare e venire.

Naturalmente vuole sposare Hans. Renderlo felice, quell'uomo affettuoso che ha così tanta pazienza con lei.

Quando, alla fine, da tutti questi pensieri non riesce a tirar fuori nient'altro che un cenno affermativo col capo accompagnato da un sospiro, Hans la tira verso di sé per un lungo, tenero bacio, come se volesse rendere indimenticabile per lei quel momento.

«Vorrei che fossimo una famiglia vera. Becki, tu, io e i bambini che avremo insieme», dice, dandole un buffetto sul naso.

Bambini? Quando ha detto sì, non ha detto sì al capovolgimento della sua vita. Fino a quel momento non sapeva neanche di volersi sposare. Come poteva sapere se voleva altri figli?

«A questo per ora non voglio pensare», dice, stringendosi a lui.

«Quindi non vuoi avere dei figli con me?» le chiede Hans sollevandosi.

«Ma sì, sì...» risponde lei un po' vaga. «Ma per ora una bambina è abbastanza. A tutto il resto penseremo dopo il nostro tirocinio.»

«Hai ragione, aspettiamo finché io non guadagnerò abbastanza soldi.»

Olga lo guarda stupita.

«O io», ribatte ridendo, felice per il rinvio.

Quella notte, per la prima volta dopo tanto tempo, sogna di nuovo i bambini che non hanno potuto vivere. Galleggiano nell'acqua accanto a lei, privi di peso, come lei. Si guarda intorno in preda al panico e riconosce il corpo senza vita di suo padre, poi compare quello di Sophie, nel suo vestito giallo, e via via tutte le donne che ha aiutato ad abortire, e anche quelle che non ha aiutato. Il mare si colora di rosso. Sangue, sangue ovunque!

Si sveglia con un sobbalzo, ansimando.

Ancora in ansia, allunga il braccio accanto a sé e sente l'avvallamento lasciato da Hans sul materasso. Quando saranno sposati, resterà tutte le notti, così lei non sarà più sola. Si alza in fretta e va a controllare Becki, che dorme profondamente, come un angelo. L'accarezza sulla guancia e capisce che deve concentrarsi sul bello che ha davanti a sé.

43.

30 MARZO 1991, GINSTERBURG

«Ancora un po' e mi verrà la testa a forma di prugnola», disse Olga divertita, quando Rosie le versò il terzo bicchiere di grappa di prugnole. Si rendeva conto che l'alcol faceva già effetto, o forse erano i ricordi dei primi anni con Hans.

«È quello che diceva sempre tuo nonno quando volevo riempirgli di nuovo il bicchiere.» La governante stortò la bocca e imitò la voce di Pa: «Dopo il terzo bicchiere basta. Altrimenti mi viene la testa a forma di prugnola».

Olga rise. «Lo diceva e poi continuava a bere allegramente! Ma io purtroppo devo passare.» Chiese un bicchiere d'acqua, lo fissò pensosa per qualche istante, poi lo vuotò d'un fiato.

«Ah, cara la mia Olga... non avevo dubbi che avresti seguito le sue orme.»

«E ora le segue anche mia nipote», disse, quando Sara rientrò e si appoggiò a lei.

«Saluti da Hendrik, nonna. Pensa, ha trovato una stanza in un appartamento condiviso, così non si trasferirà da me.»

«Delusa?» chiese Olga alzando lo sguardo su di lei.

Sara prese il bicchiere di grappa che Olga aveva rifiutato e lo buttò giù.

«Non vuole che io mi debba stringere per fargli posto», rispose la ragazza, poi scoppiò in una risata. «Oppure è lui che non vuole stare stretto. In ogni caso, Becki sarà felice della mia ritrovata libertà.»

"La mia bambina sta diventando grande", pensò Olga, prendendo la mano della nipote. Vide che era ferita. Sara sembrava non accorgersi di quello che per tutti gli altri era evidente: Hendrik non si tirava indietro perché voleva essere più libero, ma per distogliersi dal pensiero che amava Sara più di quanto lei amava lui. Non avrebbe funzionato, lo sapeva dalla sua storia con Hans. In un modo o nell'altro l'aveva allontanata, verso la libertà. E purtroppo l'aveva allontanata anche da sé.

Sara si strinse nelle spalle e cambiò argomento: «Potrei dare un'occhiata alla camera della nonna?».

«Ma certo», rispose Rosie. «Olga, tu conosci il posto: fai strada.»

Olga e la nipote iniziarono il tour del piano superiore. Sugli scaffali della sala del camino, che un tempo erano stati pieni dei libri di Pa, si aprivano dei grandi buchi. Osservando più da vicino, Olga scoprì un romanzo di Tolstoj, *Anna Karenina*. Quante volte Karl aveva dovuto leggere brani da quel libro quando, con Pa e la Babushka, si riunivano tutti lì per l'ora del tè. Tirò fuori il volume e lo sfogliò. Dalle pagine volò fuori un foglietto ingiallito. Rapida, lo raccolse e riconobbe la scrittura della nonna. C'era scritta questa frase:

Mi è stata data la bacchetta magica. Devo solo imparare a usarla.
Lev Tolstoj

Pa aveva conosciuto la sua Babushka a Soči. *Nell'unico posto, Pratolina, dove il sole splende sempre.* Un giorno, verso la fine dell'Ottocento, era rimasto bloccato lì durante il suo viaggio da Tbilisi a Odessa, mentre lei era in vacanza sulla riviera caucasica con i genitori. Quando Pa aveva visto che leggeva Tolstoj in francese, le aveva citato l'unica frase che conosceva dell'autore russo. Era stato sufficiente per conquistare il suo cuore. Tre mesi più tardi erano sposati.

Sara sbirciò sopra la spalla di Olga. «Anche tu dici spesso una cosa del genere, nonna. Che devo ricordarmi dei miei poteri magici.»

«Sì, Sara, una volta che tu...» Qualcuno che si schiariva la voce la fece zittire. Si voltarono entrambe, e di fronte a loro c'era una donna che sembrava il ritratto di Rosie. «Cosa fa nella mia biblioteca?» chiese in tono aspro.

Olga all'improvviso si sentì un'intrusa. «Sua madre mi ha

fatto entrare. Una volta abitavo qui.» Esitò e fece un passo indietro. «Questo libro… è di mia nonna.»

«E adesso è venuta a reclamarlo?» domandò la donna, fissandola. «Il libro, la casa, tutto?»

Olga scosse il capo senza dire una parola: non sapeva cosa rispondere. La donna temeva per la sua casa, era chiaro. Tuttavia, anche lei aveva un forte legame con quel posto.

«Sarà anche la sua casa», disse infine, «ciononostante qui ci sono anche i miei ricordi, tutta la mia infanzia e la mia giovinezza.»

Sara le mise una mano sulla spalla, per tranquillizzarla. «È naturale che si senta minacciata da noi», disse, rivolta alla donna. «E ha tutto il diritto di essere arrabbiata. Ma sua madre ci ha dato il permesso di guardarci intorno, così che mia nonna possa mostrarmi dove è cresciuta.»

Olga era grata alla nipote per la sua capacità di soffocare una lite sul nascere. Sara possedeva un talento innato per la diplomazia, cosa che mancava totalmente a lei e alla figlia. Mentre Becki montava facilmente su tutte le furie, pronta alla battaglia, nella vita di Olga c'erano già state così tante battaglie che lei preferiva ritirarsi in sé stessa finché la bufera non era passata.

«Nessuno vuole mandarvi via da qui», disse, in sintonia con Sara.

Nel frattempo era arrivata Rosie, che cinse con un braccio le spalle della figlia. «Hai sentito, Lisi: nessuno vuole mandarci via. Questa è la mia cara Olga.»

Elisabeth la guardò sorpresa.

«Da cui ho ereditato le bambole medicate e ricucite… mi ricordo…» mormorò, chiaramente sollevata.

Si rivolse a Olga con un sorriso. «Mi scusi, ma solo la scorsa settimana una mia amica ha ricevuto una lettera da un avvocato che, per conto del proprietario dell'Ovest, le ingiungeva di lasciare casa e terreno entro il primo giugno. Siamo tutti un po' nervosi.»

«Sì, lo capisco bene. Noi vogliamo davvero solo guardarci intorno. Non sono più stata qui da molto tempo.»

La governante si schiarì la voce. «Guarda che cos'ho per

te», disse, e prese qualcosa da uno scaffale dietro di lei. Olga dovette inforcare gli occhiali per riconoscerla.

«Questa è...»

Rosie annuì sorridendo. «...la vecchia Leica di tua madre, con tanto di pellicola», concluse lei. «L'ho conservata per te per tutti questi anni.»

Le mani di Olga tremavano, mentre prendeva l'apparecchio. Si ricordò che nella pellicola c'erano foto di Pa a pesca, di Annemie che saltava dal ponte con Fritz e di Lotte con lei nell'ultima regata. Batté le palpebre per trattenere le lacrime.

«Tutto bene, nonna?» le domandò Sara.

«È solo...» Capovolse la macchina fotografica e sfiorò il telaio con le dita. «Mi chiedo se dopo tanti anni la pellicola sarà ancora in buono stato. Se si possano sviluppare le foto.»

«Perché no?» disse Elisabeth. «Se l'apparecchio non è stato aperto e la pellicola non ha preso luce...»

Persa nei suoi pensieri, Olga guardò fuori dalla finestra, come una volta, quando passava molto tempo a osservare gli uccelli sull'olmo. Non sapeva se avrebbe avuto la forza di guardare i vecchi scatti. Stava succedendo tutto troppo in fretta. Ma non voleva continuare a far finta che il suo passato non esistesse. Era riuscita a tornare nella sua vecchia casa, e non l'avrebbe certo fermata qualche fotografia in bianco e nero.

«Quello è un *gilu*?» chiese sorpresa quando intravide in giardino una canoa pieghevole.

Elisabeth annuì. «Il cantiere Schneider ha ricominciato a produrli dall'anno scorso. Se vuole, può prenderlo in prestito.»

Olga le sorrise. «Magari lo farò. Un tempo facevo le gare con una barca come quella.» Esitò qualche istante. «Potrei dare un'occhiata alla mia vecchia stanza?» chiese infine. «Poi ce ne andiamo, promesso.»

Mentre salivano verso la mansarda passarono davanti a un dipinto raffigurante un *Cervo fiero*. Era stato donato dal barone von Hettersdorf qualche settimana dopo la nascita del figlio Rudolph.

Olga si fermò davanti al quadro e lo raddrizzò. Quando

notò lo sguardo severo di Sara, spiegò: «Questo quadro aveva già un tempo la cattiva abitudine di andarsene in giro. Mio nonno diceva sempre che il cervo aveva paura che alla fine qualcuno lo catturasse.»

Elisabeth rise e le accarezzò il braccio. «Lo vuole indietro?»

Nelle orecchie di Olga quelle parole risuonarono come "Vuole indietro il suo passato?".

Scosse la testa. Quello era chiuso, come una buona parte della sua vita. Non aveva bisogno di tornare lì, nella sua vecchia casa, per sapere che era scomparso. E dubitava fortemente che ci fosse un modo di riavere indietro il tempo perduto. Di certo non attraverso un quadro o una casa. Tuttavia c'era qualcosa che in effetti avrebbe portato volentieri con sé, perché era ancora attuale come allora. «Il dipinto no, grazie. Ma se potessi avere la Leica...»

«Naturalmente!» esclamò Elisabeth. «Quella è rimasta ad aspettarla per anni.»

«Come me, Olga cara, come me», disse Rosie, prendendola sottobraccio.

Olga salì la scala fino in cima al fianco di Rosie, dietro Elisabeth e Sara. Si fermò davanti alla porta della sua vecchia camera.

«Nel frattempo è diventata il ripostiglio», spiegò Elisabeth aprendo la porta.

Olga superò alcuni scatoloni e un'asse da stiro. Raggiunse la finestra e diede un'occhiata giù, sul lago, mentre Rosie spiegava a Sara: «Ogni mattina tua nonna sedeva lassù sull'albero con quel ragazzo. Io la guardavo e pensavo a quanto doveva essere bello il primo amore».

Olga ebbe un sussulto. Aveva sempre pensato che nessuno avesse notato i suoi incontri per l'ora del martin pescatore.

«Con Gero?» chiese Sara.

«Oh, come se lui fosse alla sua altezza... No, con il giovane Schneider. Fritz, naturalmente.»

«Fritz?» Sara si voltò verso Olga stupita.

«Fritz Schneider?» chiese Elisabeth. «Quello del cantiere dei *gilu*?»

Rosie annuì. «Proprio lui.» Poi si rivolse a Olga. «Quando tu sei scappata, prima delle nozze, conoscevo il motivo. Come avresti potuto sposarlo, se eri innamorata di Fritz?»

Lo sguardo di Sara la trafisse. «Come... Sei scappata prima delle nozze?» chiese. «Non hai sposato mio nonno?»

A Olga parve che il suo corpo fosse diventato insensibile. "Una vita con la menzogna", pensò, "e ora sono qui e non ho risposte."

Strinse il braccio di Sara. «Naturalmente l'ho sposato, solo più tardi», rispose. «Fritz è diventato il marito della mia amica Lotte», aggiunse. E in quel momento, attraverso la finestra aperta, sentì provenire dal giardino la sua voce.

Lotte!

Olga guardò dalla finestra e infatti la vide. Là, accanto a Becki, c'era lei, la sua vecchia amica. Come un tempo, quando passava a prenderla per andare a giocare insieme. La sua amisorella, che allora la conosceva meglio di chiunque altro. Finché non si erano tradite a vicenda. Era lì e gridava verso la finestra, come niente fosse: «Olga, vieni giù!».

44.

2 APRILE 1955, FRIBURGO

Quando Lotte scende dal treno, elegante, con pelliccia e cappello, Olga quasi non la riconosce. Solo da pochi metri di distanza capisce che è lei. Lotte le va incontro con un sorriso radioso, ma Olga, con il cuore che batte, guarda oltre. Alle spalle dell'amica, però, spunta solo il facchino con due valigie pesanti. Nessuna traccia di Fritz. Sollevata, Olga respira e stringe la mano di Becki.

Lotte tiene incastrato sotto il braccio un enorme mazzo di papaveri, anemoni e partenio, e Olga pensa istintivamente che quei fiori, più che in un vaso, dovrebbero stare in un infuso. Se in quel momento potesse versare acqua bollente sui fiori del partenio, forse riuscirebbe a far sparire il mal di testa che la tormenta da quando Lotte le aveva telegrafato il suo arrivo il giorno prima.

Non si sentono da quasi dodici anni, e ora Lotte si presenta come niente fosse. E come moglie di Fritz. Fino all'ultimo Olga non sapeva se Lotte l'avrebbe portato con sé, il telegramma era ambiguo: DOMANI SONO A FRIBURGO STOP VOGLIAMO VEDERTI STOP LOTTE SCHNEIDER.

«La vedi?» chiede Hans, allungando il collo e seguendo lo sguardo di Olga senza sapere esattamente chi debba cercare.

Lei esita un istante, poi annuisce. «La donna col cappello», dice, appoggiandosi a lui. "Lotte non può fare a meno di un'entrata in scena", pensa.

«Mami, com'è bella quella signora!» La sua figlia undicenne resta a bocca aperta di fronte al portamento maestoso di Lotte.

Un secondo più tardi l'amica si ferma davanti a lei e Olga comprende la reazione di Becki. Tutto in Lotte appare perfetto: le labbra carnose, i ricci biondi e i grandi occhi blu che si fanno lucidi. Una vera signora.

«È meraviglioso rivederti!» esclama Lotte, abbracciandola così forte che Olga quasi perde l'equilibrio. Sente il profumo dei fiori che Lotte ha in mano e il delicato aroma di lavanda che avvolgeva Lotte fin da piccola. «Questi sono per te. Tanti auguri – in ritardo – per il tuo compleanno!»

Olga annuisce in silenzio, mentre pensa febbrilmente a un modo per ricambiare. Non aveva proprio pensato a un regalo di compleanno per Lotte!

«Posso presentarti mia figlia Becki e mio marito Hans? Specializzando in medicina al secondo anno, come me.»

"È davvero questa la prima cosa che ti viene da dire dopo tutti gli anni di silenzio, Olga?" dice a sé stessa, rimproverandosi.

Lotte rivolge lo sguardo verso Becki e la squadra da capo a piedi. Alla fine si china verso di lei e le dà un bacio sulla guancia. «Molto lieta, signorina», le dice, poi si volta verso Hans. «Un medico, che altro.» Gli sorride. «E per giunta così prestante...»

Hans le stringe la mano, e Olga nota che è arrossito.

«Purtroppo è un po' in ritardo per il nostro matrimonio, di sei mesi, per la precisione.» Hans cinge con il braccio le spalle di Olga e la stringe a sé.

«E di un giorno per il mio compleanno», si intromette Becki. «Sono nata lo stesso giorno della mamma.»

Lotte batte le mani. «Anch'io!» Scoppia a ridere e si fa passare dal facchino una scatola portatorta. «E qui ho quello che serve per festeggiare.»

Olga apre la scatola e per un attimo resta senza parole. «Una torta del martin pescatore...» sussurra infine, abbassando la scatola in modo che Becki possa dare un'occhiata.

«Da Mamme, con tanti cari auguri per il tuo trentesimo compleanno.»

«Ma ci pensi che abbiamo già trent'anni?» le chiede Lotte mentre, due ore e una fetta di torta dopo, stanno salendo insieme verso il castello, lasciandosi alle spalle la città.

Olga fa fatica a tenere il suo passo. Il tempo, come accade spesso a Friburgo, cambia da un minuto all'altro, e Olga si chiede perché abbia proposto all'amica di pranzare al Dattler. Il sole era comparso per qualche minuto, ma ora c'è un po' di nebbia. Con questo tempo da lassù non si vede niente, e il panorama è l'unico motivo valido che le viene in mente per sobbarcarsi la fatica della salita.

Ma la sua vecchia amica voleva restare da sola con lei, e questo Olga lo capisce; in fondo, non si vedevano da lungo tempo. Una passeggiata sul monte del castello le era sembrata una buona occasione, visto che Hans si era stortato un piede e Becki aveva ancora da studiare. Ma ora si pente della sua decisione, non solo perché l'ascesa le risulta così pesante ma anche perché teme gli argomenti che potrebbero saltare fuori in una chiacchierata a quattr'occhi con l'amica: ha paura delle ombre del passato.

«Se ci penso?» risponde con il fiatone, ma accennando una risata. «Me lo ricordano tutti i giorni le mie vecchie ossa.»

«Ma va'», fa Lotte. «Guardati! Sei bella, sei giovane, sei senza difetti.» Si ferma e squadra Olga. «Ma sei anche felice?»

«Sì, certo. Ho tutto quello di cui ho bisogno. Hans, Becki, il lavoro in ospedale», risponde Olga, e ci crede davvero.

«Hai proprio una famiglia meravigliosa, Olga. Spero tu sappia che è una grande fortuna.» Lotte si piega in avanti e mette le mani sui fianchi. «Scusa, sono totalmente senza fiato.»

«Trent'anni, te l'ho detto...» ribatte Olga con una smorfia. Indica una panchina con la vista sul duomo di Friburgo, che però è avvolto nella nebbia. «Vieni, facciamo una pausa.»

La precede e si siede sulla panchina, Lotte la raggiunge qualche istante dopo.

«Lascia che ti dia un consiglio», dice Lotte mentre, seduta accanto a Olga, si riavvia con entrambe le mani i capelli sudati. «Gli uomini non vogliono una donna più scaltra di loro, che ha sempre ragione. Vogliono una donna che ha bisogno di loro, che non sia complicata.»

Olga corruga la fronte e guarda Lotte di traverso. «Vuoi dire una sempliciotta?»

«Voglio dire una donna che si prende cura di loro.» Lotte la scruta con aria indagatrice. «Una che tiene lo sguardo fisso dentro la pentola e non lo lascia vagare al di fuori.»

Olga abbozza un sorriso. «Che profonda saggezza! Chi te l'ha insegnato?»

«Anni di esperienza come moglie», replica lei. «Fritz non lo dice ma lo pensa, glielo leggo in faccia.»

Quelle parole sono una stilettata per Olga, che sente il dolore diffondersi in tutto il corpo. Fin lì il discorso non era ancora andato su di lui, ed era una buona cosa. Perché sente che anche se non è lì, contro ogni aspettativa lui prende forma semplicemente attraverso il suo legame con Lotte, come se fosse davvero presente. *Wicca,* lo sente sussurrare, e vede il suo dito muoversi rapidamente verso l'occhio sinistro, il segno del loro sodalizio segreto. *Sono tornato.* Olga si passa la mano sul volto, per scacciare quelle immagini, quelle parole. Per giunta comincia anche a piovigginare. Olga alza il bavero dell'impermeabile imprecando, mentre Lotte si asciuga le gocce dalla guancia con le dita

«Quindi pensi che dovrei occuparmi esclusivamente di Hans?» Il tono di Olga è tagliente, se ne accorge lei stessa. «So che molti uomini la pensano così ma, credimi, mio marito è diverso. Mi ama così come sono.»

Quella, però, è solo una mezza verità. Il giorno prima era seduta con la suocera sull'ampia terrazza della villa di famiglia dei Bley, mentre Becki faceva un giro con la sua bicicletta nuova nel quartiere di Herdern, accompagnata da Hans. Quando si era tagliata un altro pezzo di torta – più per noia che per fame –, Herta aveva bisbigliato: «Magnifico, un appetito così sano! A vederti trangugiare in quel modo, si potrebbe pensare che mangi per due...».

Olga aveva sorriso chiudendo gli occhi. Non voleva lasciarsi rovinare la giornata e preferiva pensare alla torta con sopra il martin pescatore che un tempo il fornaio Zapfen le preparava sempre per il suo compleanno e alle quattro grosse fette che poteva ingollare senza rovinarsi lo stomaco; alle molte feste di compleanno della sua infanzia, che avevano sempre chiamato «pranzo della mamma»; e a quel compleanno in cui il sole si era svegliato dal suo letargo invernale e Pa le aveva detto: «Vedi, sei la mia figlia del sole». Anche quella volta in terrazza si stavano godendo il primo giorno caldo dell'anno, e niente, nemmeno Herta, avrebbe potuto impedirle di godersi i primi raggi primaverili.

«Perché stai sempre con il viso al sole?» le aveva chiesto la suocera, distogliendola dai suoi pensieri.

Olga aveva aperto gli occhi sorridendo. «Mio nonno diceva: "Così che l'ombra cada alle mia spalle".»

Herta aveva fatto una smorfia. «Be', io direi che è sciocco. Così ti invecchia la pelle, e prima che tu te ne accorga...»

Olga era trasalita, per l'asprezza nella voce di Herta.

Quanto aveva sperato, entrando nella famiglia Bley, di poter colmare il suo bisogno di recuperare calore materno! Hans le aveva detto che Herta aveva sempre desiderato una figlia, un essere femminile con interessi femminili a cui lei potesse trasmettere tutto ciò che aveva imparato da sua madre. E nelle prime settimane dopo il fidanzamento era stata deliziosa sia con Becki sia con Olga. Ogni volta che Hans tornava da una visita alla madre, portava sempre dei pensierini per lei e per la bambina: una volta dei cioccolatini, un'altra volta un fazzoletto chic per lei e una bambola per sua figlia. Ma ora che erano sposati e vivevano sotto lo stesso tetto con Herta, Olga non sapeva più come poter stabilire una vicinanza con quella donna. Le idee di Herta su come doveva vivere una donna, specie se era la moglie di suo figlio, non collimavano con le sue.

«Hai trent'anni», aveva proseguito Herta senza concludere la frase precedente. «Pensavo che dopo il matrimonio avresti lasciato la tua professione. Ma sono già passati mesi e...»

Olga aveva capito che il momento di relax era finito e l'aveva interrotta: «Hans e io siamo d'accordo di completare entrambi la nostra formazione. Quindi perché dovrei smettere?».

Ma lei e Hans erano ancora d'accordo? Quella sera, quando gliel'aveva raccontato, lui aveva detto: «Mia madre semplicemente si preoccupa. Lei sente che per te potrebbe essere troppo: il lavoro, la casa, Becki. Io, in ogni caso, guadagno abbastanza per entrambi». Anche se prima del matrimonio le aveva promesso che non avrebbe dovuto rinunciare a ciò che amava più di tutto, ora suo marito si augurava che mettesse lui al primo posto e fosse disposta a cambiare la sua vita per lui.

Per dimostrargli di essere all'altezza di entrambi i ruoli, Olga si occupa del frigorifero pieno, delle questioni scolastiche di Becki e delle loro gite di famiglia, batte a macchina la sua tesi di dottorato, legge con ostinata serietà ogni articolo specialistico, fa più turni dei suoi colleghi e sbriga anche le loro scartoffie.

Ed è sempre esausta. L'equilibrio si è spostato impercettibilmente, solo a favore del marito.

Lotte stringe delicatamente il braccio di Olga, infondendole calore. «No, devo scusarmi. So quanto è importante per te il tuo lavoro. Hai sempre voluto diventare medico.» Sospira. «Ora siete sposati, e non so come riuscirai a farcela con tutto, lavoro e famiglia. Hans vorrà presto un figlio vostro. Forse dovresti mettere da parte i tuoi interessi privati.»

«Interessi privati?» Olga sbuffa, ma non vuole ferire l'amica. Abbozza un sorriso.

L'espressione del volto di Lotte cambia. «Credimi, io so che è un errore volere tutto», dice con aria triste. Ti ricordi quanto desideravo il mio principe azzurro? E ora vivo con un ranocchio.»

Olga è confusa. Dove vuole arrivare Lotte? Non è felice con lui?

«Fritz lo sa che sei qui?» La voce le esce stridula e Olga deve schiarirsi la gola. Non riesce a pronunciare il suo nome senza che la propria voce abbia un cedimento.

Lotte beve un sorso dalla sua bottiglia d'acqua.

«No», risponde abbattuta. «Insomma, vorrei chiederti una cosa… La faccenda è questa…» Prende un bel respiro. «Sono incinta.»

Di nuovo quella stilettata. *Un figlio. Con Fritz.* Dunque è così. "L'ho perso per sempre", pensa Olga. «E non è una buona notizia?» le chiede sottovoce, meravigliandosi che quella domanda le faccia così male anche dopo tanti anni.

«Non so cosa succederà, se non mi aiuti.»

Olga la guarda incredula. «Cosa vuoi dire? Aiutarti in cosa?»

«A sbarazzarmi del bambino.» Gli occhi di Lotte sono pieni di lacrime.

Ma Olga non può consolarla. *Sbarazzarsi del bambino?* Come può pretendere da lei una cosa simile? Non sa quanto ha sofferto Fritz per essere stato rifiutato da suo padre? Olga è sorpresa. No, forse Lotte non lo sa. Forse non sa proprio niente di lui e dei suoi sentimenti. Altrimenti non gli farebbe questo.

Tutto in lei si oppone alla richiesta di Lotte.

«Per l'amor del cielo, perché non vuoi vostro figlio?» Quando Lotte non risponde, Olga continua: «Non posso aiutarti». Si alza, vuole solo andarsene. «Mi dispiace.»

Lotte balza in piedi a sua volta e afferra l'amica per le spalle, trattenendola. «Tu devi!»

Lotte non vede cosa sta facendo a lui e a sé stessa?

«Lo perderai, se non vuoi il vostro bambino», insiste Olga.

Se sa qualcosa con certezza, è questo. E sa anche un'altra cosa: Fritz non perdonerebbe nemmeno lei se praticasse quell'aborto. Le riesce difficile deludere Lotte, ma non può aiutarla. Si libera dalla stretta dell'amica e si allontana di qualche passo.

«Santo cielo, no, Olga, non è suo!» prorompe da Lotte.

Olga resta per un attimo senza respiro. «Come?» Si volta verso l'amica.

«È di Mads Gustavson, un amico d'affari di mio padre. Ti prego! Io amo Mads e non voglio perderlo», la implora Lotte. «Se tenessi il bambino, Fritz non accetterebbe mai una separazione! Non permetterebbe mai che crescesse come un bastardo.»

Lotte è incinta. Ma non di Fritz.

Lotte inganna Fritz e poi fa grandi discorsi a lei su come

deve comportarsi con Hans, pensa Olga esterrefatta, e scuote la testa.

«Me lo devi», dice Lotte. «Ti prego, Olga, devi aiutarmi! A causa tua sono infelice, a causa tua il mio matrimonio è stato falso fin dall'inizio.»

«Che cosa c'entro, io, con il tuo matrimonio?» chiede Olga, e quasi scivola su una pietra bagnata. La nebbia è sempre più fitta e a causa della pioggia il sentiero è sdrucciolevole. "Perché?" impreca in silenzio, perché ha ceduto alle insistenze di Lotte quando ha proposto quella passeggiata? Adesso ha capito perché l'amica voleva restare sola con lei.

Come potrà perdonarsi, se a Lotte, in quello stato, accadrà qualcosa?

«Che cosa c'entri?» Lotte fa una risata amara. «Lo sai bene! Il dolore nello sguardo di Fritz, quando nei miei occhi cerca te, quando mi fa notare che Olga avrebbe fatto o visto questo o quello in tutt'altro modo. I suoi occhi che si illuminano quando Mamme, raccontando qualcosa dei vecchi tempi, fa il tuo nome. Pensi che sia una bella sensazione?»

La sua voce si è fatta dura, più dura di quanto Olga l'abbia mai sentita.

Lotte volta la faccia dall'altra parte, e lei riesce a capirla.

«Mi ha sposato per poter restare in Svezia, non perché mi amava. Ma questo lo sai», aggiunge Lotte, con una profonda nota di disperazione nella voce.

«No, non lo so», dice Olga.

Lotte, gli occhi di nuovo pieni di lacrime, non ribatte, e anche Olga non ha molta voglia di continuare su questo tema. Invece prende l'amica sottobraccio.

«Posso?» le chiede con cautela. «In due è più sicuro.»

Ma Lotte, singhiozzando, si allontana da lei. «Allora lasciami cadere, così almeno mi libererò del bambino!» grida, e in effetti finisce per scivolare. Olga riesce ad afferrarla e la tiene per la mano.

«Ti prego, Lotte, il sentiero è pericoloso, anche per te...»

Con riluttanza, Lotte si arrende. Si aggrappano l'una all'altra e si concentrano sulla discesa scivolosa. Più volte devono afferrare i rami per non perdere la presa sui tratti più ripidi. Di tanto in tanto Olga lancia un'occhiata all'amica e nota che continua a piangere, ma senza emettere un suono e mantenendo il volto impassibile. Olga prova una sincera compassione per Lotte, per le sue tribolazioni, e allo stesso tempo è interamente pervasa da questa frase: Fritz non ha mai amato Lotte? Ha la testa che ronza, il corpo intorpidito. Per anni era stata convinta che lui l'avesse dimenticata. Quando finalmente arrivano a valle sane e salve, Olga tira un sospiro di sollievo.

Ma Lotte si volge ancora verso di lei, e a Olga basta uno sguardo per capire che l'amica non ha ancora finito.

«E tu?» Lotte si ferma e si asciuga le lacrime. «Basta solo che evochi il suo nome e i tuoi occhi si illuminano. Lo ami ancora, vero?»

Olga deglutisce. È così? Ma per fortuna Lotte non aspetta la risposta e riprende: «E sai una cosa? Ti capisco, perfino. Da quando conosco Mads so cosa significa amare ed essere ricambiati». La sua voce si riempie all'improvviso di dolcezza. «Per questo non voglio continuare a vivere una vita falsa e restare con un uomo che non amo.»

Olga trasalisce involontariamente. Lotte non l'ha espresso, ma forse non si riferisce solo a sé stessa bensì anche a lei?

Può essere che conduca una vita falsa, perché non ama Hans tanto quanto aveva amato Fritz?

Nel frattempo sono arrivate allo Stadtgarten, i giardini pubblici di Friburgo. Da lì casa sua, in Mozartstraße, è a un tiro di schioppo. Olga si ferma e guarda in alto. La nebbia si è alzata, ma il cielo grigio è ancora pesante su di loro. Per lo meno non piove più.

«Cosa ne sai del mio matrimonio?» replica debolmente. «Io amo Hans.» Tuttavia non riesce a guardare Lotte negli occhi.

«Ne dubito, Olga. Tu tieni il mondo a distanza, è così da quando ti conosco. In realtà eri felice solo quando eri con Pa. O con Fritz.»

«No, Lotte», ribatte Olga, premendosi le dita contro le tempie, come se cercasse di allentare la pressione. «Questo non è vero. Tu, Mamme e Pelle eravate la mia seconda famiglia. Vi ho voluto bene, e tu lo sai!»

Lotte resta immobile per qualche istante, senza dire una parola. Non sembra più arrabbiata, piuttosto triste.

«Avrei fatto qualsiasi cosa per te, Olga. Ti avrei persino lasciato Fritz, se solo tu mi avessi detto almeno una volta, chiaro e tondo, che lo amavi. Ma tu non te ne sei mai nemmeno accorta», sbotta quasi senza fiato. «E tu? Tu cosa fai per me?»

Olga la guarda confusa, le pare di non capire più niente. E dentro di sé sente crescere lentamente la rabbia. «Chi sei tu, per dire questo? Tu volevi costringermi a sposare Gero, l'hai dimenticato? Secondo te questa sarebbe amicizia? Anche se avevi capito cosa provavo per Fritz? Tutto quello che è successo a Kühlungsborn non ci sarebbe mai stato se tu non...» D'improvviso si blocca. «Se tu sapessi cosa ho fatto per gli altri, non parleresti così.»

Fa una pausa, perché si rende conto che sta per scoppiare a piangere.

«Quello che dici non è vero», conclude infine.

«Ah, no?» Lotte scuote la testa. «E soprattutto, come sai cosa è vero e cosa è falso? Del resto, hai persino falsamente attribuito una figlia a un morto...»

Olga china il capo, sente che la vergogna le infiamma le guance.

«Io so che Gero non può essere il padre di Becki», continua Lotte. «La sua ultima lettera, un paio di settimane prima che morisse. Ha scritto a Fritz che gli avevi spezzato il cuore, perché non amavi lui ma Fritz. Che eri rimasta a Ginsterburg solo perché Fritz potesse fuggire. Non vado fiera del fatto di aver aperto quella busta, credimi, ma Gero era anche mio amico... Fritz non sa nulla della lettera, l'ho distrutta, per paura che potesse fare le valigie e venire a cercarti.»

Olga sente le ginocchia molli. Cerca sostegno appoggiandosi a un faggio.

«Becki non è figlia di Gero. È di Fritz», dice Lotte sottovoce. «Di mio marito.» Olga coglie un dolore antico nelle parole di Lotte. «Non preoccuparti, da me non saprà niente. Ma non pensi di dovermi qualcosa?»

Olga è frastornata. Le ronzano le orecchie, vede Lotte e il mondo intorno a lei come attraverso un velo. Non vuole più discutere, se Lotte pensa che le cose siano andate così. Deve togliere di mezzo l'argomento di sua figlia, deve fare quello che dice Lotte. Altrimenti corre il rischio di perdere Becki.

Sì, potrebbe perdere sua figlia. E non può permettere che accada. Farebbe di tutto, davvero di tutto, per evitarlo.

«Va bene», cede alla fine. «Se è davvero quello che vuoi.»

45.

APRILE 1946, KÜHLUNGSBORN

Una mattina Olga si sveglia di soprassalto da un sogno. Il cuore batte a mille. Sempre lo stesso sogno. Quando gira il capo e vede Becki accanto a sé, fa un respiro di sollievo. Le dà un bacio delicato sulla guancia, ma sua figlia non se ne accorge. Il suo respiro è regolare, seppure un po' veloce, e fischia attraverso la laringe, come provenisse da una macchina surriscaldata. Normalmente a quest'ora Becki è già in piedi. Appena si sveglia, si arrampica su Olga e le riempie la faccia di baci finché non apre gli occhi. Poi la fissa con uno sguardo radioso. «Svegliati, mami!» dice ogni volta con la sua vocina acuta, e a Olga si apre il cuore. Quelli sono i momenti più belli della giornata.

Ma da giorni Becki giace lì come il suo orsacchiotto di pezza, fiacca e immobile.

Olga non ha bisogno di toccarle la fronte per sapere che ha ancora la febbre. Scotta, i boccoli biondo-rossicci sono calati sugli occhi come una tenda appiccicosa e arruffata. D'un tratto comincia ad agitarsi, rigirandosi da una parte all'altra. «È solo un sogno febbrile, angelo mio», le dice Olga, sollevandola e mettendola bocconi sopra di sé. Restano così per un po'. E più Olga sente il battito del cuore di Becki vicino al proprio, più si tranquillizza.

Olga sogna di nuovo la morte. È sempre intorno a lei, che dorma o sia sveglia. Di recente, una sera, dopo che lei gli aveva dato il bacio della buonanotte e aveva chiuso le finestre della sua stanza, Pa le aveva detto all'improvviso: «Ho intenzione di morire nel sonno, Pratolina mia. Per favore, lascia le finestre aperte».

Così che la sua anima potesse volare via?

Lei l'aveva guardato inorridita e l'aveva afferrato per le spalle. «Cerca di non morire, né nel sonno né da sveglio. Ho ancora bisogno di te!»

Lui aveva posato la sua mano tremante e avvizzita sulla guancia della nipote. «Più fiducia in te stessa, questa è l'unica cosa di cui hai bisogno.»

Il giorno seguente era stata Olga stessa a morire. O almeno così sarebbe stato se fosse dipeso dal tenente Smirnov, che era in cura da loro da un anno e mezzo; aveva una ferita alla testa e non era sempre in sé. Quel giorno, durante il giro in reparto, Olga e Helene erano entrate nella sua stanza, trovando il suo letto vuoto. Si erano guardate sorprese, poi avevano sentito degli strani rumori provenire da sotto il letto del paziente vicino. Contemporaneamente, Olga si era vista puntare contro la canna di un fucile formato da due mani e aveva udito uno sparo uscire dalla bocca di Smirnov. «*On mörtw*», aveva urlato in russo, qualcosa come "quello è morto". Senza indugio, Olga era crollata teatralmente a terra. Era rimasta lì con gli occhi chiusi, perché lui – lo sapeva da episodi precedenti – sarebbe uscito solo se l'avesse creduta morta. Helene aveva fatto uscire il soldato, visibilmente sollevato, da sotto il letto, riportandolo nel suo. «Nemico eliminato» gli aveva detto in russo, dandogli una pacca sulla spalla, Di più, per lui, non poteva fare.

Olga lo capisce. Anche lei a volte vorrebbe nascondersi sotto il letto premendosi le mani sulle orecchie, e non uscire finché il suo mondo non si sia rimesso a posto. Il tenente avrebbe bisogno delle vere medicine, ma non ce ne sono.

Né lì né nel più grande ospedale di Bad Doberan. Mancano morfina, penicillina, cloroformio. Negli armadietti dei medicinali chiusi a chiave ci sono più che altro le bottiglie di vodka del direttore dell'ospedale. I pazienti, soprattutto i bambini, muoiono ancora come mosche, per le epidemie, per la fame, per semplici infezioni.

«Chi non ama la monotonia, qui è nel posto giusto», aveva commentato Helene un po' cinica, aggiungendo poi: «A volte siamo infermiere, altre volte dottoresse, sorelle, confidenti o becchine. E a volte», aveva concluso scherzando, «persino cadaveri.»

E infine, da due notti Olga è tormentata dai suoi vecchi sogni. Si trova in acqua, circondata da morti e quasi morti, i bambini e le madri che con le ultime forze che hanno in corpo gridano verso di lei, come se lei fosse l'unica che può salvarli. Ma stavolta tra coloro che stanno affogando c'è anche Becki, che ha gli occhi aperti e viene sospinta via, verso l'oceano, lontano da lei.

Anche se è solo un sogno, le fa paura.

Un violento colpo di tosse scuote il corpicino di Becki. La piccola apre gli occhi e la fissa con sguardo vitreo, come se non l'avesse mai vista prima.

Rapida, Olga si raddrizza, la porta un po' in giro per la stanza e le dà qualche colpetto sulla schiena. Quando l'attacco di tosse è terminato, Becki comincia a piagnucolare. Il pianto sembra ancora più roco che nei giorni precedenti. Vedere sua figlia che soffre e non poter fare nulla è la sensazione peggiore che Olga abbia mai provato.

Vorrebbe piangere con sua figlia. Invece tossisce vigorosamente, per mostrare alla bambina che non è sola. Quando Becki la guarda stupita, lei le scosta i capelli appiccicati dal viso. «Ah, tesorino, ma cosa mi combini?»

Si sente bussare alla porta. Un attimo dopo compare Helene, con alcune pezze umide in mano.

«Allora, come va la nostra piccola, oggi?» chiede, dopo aver posato le pezze sul comodino.

«Scotta ancora», risponde Olga, e le passa la bambina. «E poi c'è questa brutta tosse. Ha pianto per metà notte.»

Helene si siede sul bordo del letto, con Becki in braccio. «Non si poteva fare a meno di sentirla...» E scruta la bambina costernata. Con mani esperte, posa gli impacchi sulle gambine e sulla fronte, come aveva fatto nei giorni precedenti.

«Anche tu, però, sembri debole.» Helene accarezza sulla guancia Olga, che si è seduta sul letto accanto a lei. «Come hai passato la notte?»

«È stata terribile. Ho fatto ancora quel sogno. Questa volta c'era anche Becki.» D'improvviso si lascia andare a un singhiozzo. «E se fosse un cattivo presagio?»

«I sogni sono solo paure represse, Olga. Becki guarirà», la rassicura Helene, che poi torna a volgere l'attenzione alla piccola malata.

«L'hai già auscultata?»

Olga scuote la testa e riprende la figlia. Lo sguardo di Becki è fisso nel vuoto. La solleva, tenendola con le braccia tese davanti a sé, poi posa l'orecchio sul suo petto, prestando attenzione ai rumori.

Ripensa alle parole che una volta le aveva detto Helene: lei è così abituata ad auscultare gli altri che si dimentica di ascoltare anche dentro di sé. «Perché ti preoccupi solo dello stato d'animo degli altri, e mai del tuo?» le aveva chiesto.

"Perché quello che ho dentro non è nulla in confronto ai tormenti che altri hanno dovuto affrontare", avrebbe voluto risponderle. Invece aveva solo replicato con un'altra domanda: «Non è quello che dovremmo fare, come infermiere?».

Tuttavia ora non si sente un'infermiera, ma una mamma preoccupata, che ha paura di trascurare qualcosa di importante. Il suo amore per Becki spegne tutto il resto.

«Il crepitio non è peggiorato, credo», dice incerta. Quando guarda in bocca alla bambina, nota le tonsille ricoperte di giallo. «Vedo un rivestimento. Probabilmente è angina, una tonsillite batterica. Magari potresti prepararle ancora un infuso di timo e piantaggine? Per combattere l'infiammazione.»

Qualche minuto più tardi Helene somministra alla bambina un po' di infuso, cucchiaio dopo cucchiaio. Metà Becki lo sputa fuori per colpa di un nuovo attacco di tosse.

«Ohi, ohi», fa Helene. Sulla sua fronte si formano profonde rughe di preoccupazione. «Tu guarirai presto, piccola mia, hai capito?»

«Se solo Pa potesse aiutarci...» dice Olga. Neanche a pensarci. Il Parkinson l'ha indebolito. È costretto a letto e fa fatica a tener giù un pasto. Il suo sistema immunitario è talmente debole che la nipotina malata non gli si può nemmeno avvicinare.

Olga si alza e va alla porta.
«Sento Juri. Magari riesce a mettere insieme delle medicine per Becki.»
Quando Juri arriva, verso mezzogiorno, porta un rimedio casalingo russo. Le condizioni di Becki sono ulteriormente peggiorate. La febbre è salita, le labbra sono viola, ma la cosa peggiore è quel rantolo, come se non riuscisse a inspirare. Olga teme che soffochi.
«Un cucchiaio di rafano, un cucchiaino di miele e un cucchiaino di chiodi di garofano in un bicchiere di acqua calda. In questo modo mia nonna ha sempre curato ogni tonsillite.»
Il tedesco di Juri è quasi perfetto. Sua madre in effetti è di Rostock, ma da giovane si era trasferita a San Pietroburgo con il marito.
«E se non funziona?» chiede Olga preoccupata.
«Allora cercherò di rimediare della penicillina da qualche parte», risponde lui. Poi tira fuori dalla borsa un pollo spennato. «Ma forse, per ora, potrebbe funzionare un buon brodo...»
Da quando i russi si comportano in modo più civile e non si hanno quasi più notizie di aggressioni, Juri è stato promosso autista del comandante. Ma il suo istinto di protezione è immutato. Quando Olga torna tardi dall'ospedale, lui insiste per andare a prenderla, e se va nel bosco a raccogliere erbe per la clinica, lui la segue come un'ombra. Si assicura che sulla sua tavola ci sia sempre qualcosa. Solo con quello che era riuscito a portare in estate e autunno, lei e Helene avevano potuto mettere insieme scorte per tutto l'inverno.
A volte sparisce per giorni, e quando torna non manca mai di portare qualcosa per Pa, Helene, Becki e Olga. «Quando vengo distaccato, dovete avere qualcosa in cambio», dice a Olga, per convincerla ad accettare. «Credetemi, nulla di tutto questo è stato portato via a degli innocenti.» A volte lei pensa che Juri li aiuti perché nella sua mente vuole salvare sua moglie e sua figlia nella lontana Leningrado; la piccola ha la stessa età di Becki.
Olga non riesce a immaginare come farebbero senza di

lui. Appartiene a loro come Pa e Helene; quando la sera passa da loro e mangiano insieme, sembrano quasi una vera famiglia. Sono i pochi momenti in cui Pa sembra non sentire la stanchezza. «Anche se non posso godere più dei miei sette sensi tutti insieme... l'udito funziona ancora perfettamente», dice spesso ridendo, per poi invitare Juri a suonare qualcosa sul piano di Helene. Il brano che preferisce è il secondo concerto per pianoforte di Rachmaninov. Quando poi lui e Juri parlano di Tolstoj e della cultura russa, gli occhi di Pa si illuminano. Allora sembra risorgere il suo vecchio mondo, nel quale l'adorata moglie Irina è ancora viva e balla con lui in biblioteca.

«Dove l'hai preso?» gli chiede Olga, quando Juri le agita il pollo davanti al naso.

«Io non rivelo mai le mie fonti, dovresti saperlo, ormai», risponde lui ridendo sotto i baffi, e comincia a tagliuzzare le verdure.

Nel frattempo Olga torna a controllare la figlia, e di nuovo è assalita da quello strano senso di premonizione. Se le sfuggisse qualcosa? Non le resta altro da fare che chiedere aiuto al nonno. Gli sistema un cuscino dietro la schiena e lo prega di dare un'occhiata alla bambina.

Pa la esamina rapidamente.

«Hai pensato alla difterite?» le chiede con aria preoccupata.

Per Olga è un duro colpo. Stringe la testiera del letto con tanta forza che le dita le fanno male.

«Perché non ci ho pensato?»

A Ginsterburg aveva visto ben più di un bambino con la difterite.

Pa scuote la testa, comprensivo.

«L'amore offusca la vista, Pratolina.»

D'un tratto la paura la gela. Sente il sangue defluire dal volto. Si lascia cadere lentamente sulla sedia accanto al letto di Pa.

«No, non può essere...» Sa cosa potrebbe significare una difterite per Becki. La malattia ha spesso un esito mortale, soprattutto per i più piccoli, la cui trachea è ancora stretta.

Le sembra che tutto si faccia nero. Vorrebbe afferrare Becki e scappare lontano con lei. Ma non ha senso. Non può chiudere gli occhi: la cosa è seria.

Olga resta a lungo in piedi sulla riva, con Becki in braccio, e guarda il mare. La fresca brezza marina darà un po' di sollievo ai polmoni della piccola, o almeno lo spera. Il respiro di Becki è pesante, come se qualcuno le togliesse l'aria.

Che cosa deve fare?

La nebbia è così fitta che quasi non riesce nemmeno a vedere la propria mano. Il faro si intravede appena, sembra un tronco in mezzo a una superficie piatta. Ma nemmeno quello potrà indicarle la strada, questa volta. Fa alcuni passi avanti e indietro.

Sente gli uccelli cinguettare, cantano più forte del solito, come se annunciassero la primavera. Come può la vita allontanarsi da sua figlia, proprio lì, dove l'aria pulsa di vita?

"E se per Becki fosse troppo tardi?" pensa, sentendo la paura crescere dentro di sé. Copre di baci la testolina della figlia e prega Dio di non portarle via quella bambina, chiama il martin pescatore, la madre, il cardellino, Annemie. Grida forte, sempre più forte nella nebbia. Ma non arriva nessuna risposta. Si lascia scivolare a terra, con Becki stretta a sé.

Senza Becki l'esistenza di Olga perde il suo senso. Se sua figlia muore, morirà anche lei. E tutto l'espiare sarà stato vano.

«Olga.» Sente la voce lieve di Helene alle sue spalle. Si volta e si trova di fronte la sua prozia e Juri.

Juri le prende la mano e la aiuta ad alzarsi. «Nel frattempo si sono ammalati altri quattro bambini. Il comando sta facendo di tutto per procurare l'antitossina. Io cercherò di trattenerne una parte per Becki.»

Olga lo fissa. Non vede che la sua bambina sta per morire tra le sue braccia?

Anche se lui avesse già in mano l'antitossina, a Becki non servirebbe. Il tempo che le resta non è sufficiente per l'immunizzazione, non è sufficiente nemmeno per superare la prossima notte. Becki soffocherà, se lei non farà subito qualcosa.

«Cosa devo fare?» singhiozza.

«Ascolta, Olga», le dice Helene, prendendole la bambina inerme, «lo sai che c'è un'altra possibilità.»

«Se i batteri hanno già aggredito reni, cuore e polmoni, neppure incidere servirà», ribatte lei.

In realtà è in preda al panico. In tutti gli anni passati al fianco di Pa, durante i quali gli ha dato una mano a fare un po' di tutto, una cosa non l'ha mai affrontata: la tracheotomia. Pa ha sempre detto che un'incisione della trachea fatta a regola d'arte è la specialità regina dei medici di famiglia. Basta un attimo di disattenzione, un breve starnuto, un leggero tremore, un taglio impreciso, e il paziente muore.

«È l'unica chance per Becki», insiste Helene.

Ma Pa non è più in condizioni di praticarla, la zia l'ha dimenticato? Le sue mani tremano. Non riesce neppure a portare la forchetta alla bocca senza far cadere il cibo.

«Come può farlo Pa, con il suo Parkinson?»

«Non tuo nonno, Olga. Devi farlo tu», dice Helene risoluta. «Ci riuscirai, ne sono certa.»

E se non ci riesce? Dopotutto non è un medico. Olga esita. Se lo fa, Becki potrebbe morire. Ma se non lo fa, morirà comunque.

«Non c'è gesto d'amore più grande», aggiunge Helene.

«Vuoi dire che dovrei inciderle la gola?» dice Olga con voce spezzata.

La gabbia toracica di Helene si alza e si abbassa come se stesse per scoppiare in lacrime o per mettersi a urlare da un momento all'altro. Becki per lei è come una figlia, questo Olga lo sa.

«Temo che tu debba farlo», sussurra.

«Non posso. Non potrei mai.»

Olga è paralizzata dalla paura.

Helene le posa una mano sulla spalla e la guarda dritta negli occhi.

«Olga, ti capisco. Se Dio lo vorrà, chiamerà a sé Becki...» La sua voce vacilla. Poi continua: «Tu sei giovane e sana. Puoi avere ancora molti figli».

Olga vorrebbe gridare. Le parole di Helene sono un affronto. Come può essere così brutale e crudele? Lei non vuole altri figli, vuole questa bambina, solo e soltanto questa bambina! Guarda Becki che dorme nelle braccia di Helene. Quasi avesse sentito su di sé lo sguardo della madre, la bambina apre gli occhi proprio in quell'istante e fissa Olga con uno sguardo penetrante. Uno sguardo che esprime fiducia. "Fallo!" vi legge Olga, e immediatamente si sente più calma e meno ansiosa.

Riprende Becki tra le sue braccia.

«Lo farò.» E in quel momento capisce che Helene le ha solo dato la spinta che le serviva.

Nemmeno un quarto d'ora più tardi, dopo aver disinfettato il bisturi e una canna nell'alcol denaturato e aver predisposto tutto, Helene si siede con Becki accanto al letto di Pa. Olga ha bisogno di sentirlo vicino. Lui le sorride fiducioso. Da quel sorriso Olga trae il coraggio che le serve. Le dà la sensazione che tutto andrà bene.

Tuttavia sente la tensione. Non sapeva quanto veloce può battere il suo cuore, e si costringe a calmarsi, inspirando ed espirando un po' di volte a occhi chiusi.

"Wicca", pensa, e sente la risacca dietro le dune.

Poi piega la testa di Becki all'indietro e la tiene salda. Con l'inchiostro traccia una linea retta dal margine inferiore della cartilagine tiroidea giù fino al margine superiore dello sterno. Helene le porge il bisturi affilato di Pa.

«Ce la farai», la incoraggia.

Con la mano sinistra Olga fa una piega cutanea, poi, con la destra, posiziona il bisturi e incide. Un movimento rapido, come una frustata.

46.

MARZO 1956, FRIBURGO

«L'orario di lavoro è terminato, dottoressa Bley. È ora di staccare», le dice sorridendo Mona, l'ostetrica. «Sono le otto e dieci.»

Il sole picchia già senza pietà attraverso la finestra in quella mattina di domenica, mentre Olga toglie il camice. Sbadiglia, esausta, e pensa che, dopo un estenuante turno di quarantott'ore nel reparto femminile, più che di un semplice stacco ha bisogno di un lungo sonno. Tuttavia vuole prima passare un istante dalla sua paziente preferita, Rita Braune, che, dopo aver sperato per anni di restare incinta, ci è riuscita solo grazie a una particolare terapia a base di artemisia. Olga non aveva mai visto una coppia più raggiante, quando il primario, in sua presenza, aveva comunicato loro che erano in dolce attesa.

Ora la trentacinquenne è in prossimità del parto, ma poiché una gravidanza alla sua età non è senza rischi, dopo la comparsa di contrazioni premature ha passato gli ultimi due mesi nel reparto di ginecologia. A volte, finito il suo turno, Olga si siede accanto al suo letto, e quando Rita Braune, gesticolando senza sosta, le racconta del suo lavoro di architetto e dei numerosi viaggi in Italia e Spagna, gli occhi le brillano come quelli di un bambino. Olga non riesce a immaginare una madre più appassionata della signora Braune.

Quando entra nella sua stanza, il professor Schimmer è già accanto al suo letto. Alle sue spalle una schiera di assistenti e aiuti primari. Come da routine, tasta il ventre della donna.

«Allora, signora Braune, qualche novità?»
«Si sono appena rotte le acque», interviene Mona Licht.
«Allora non ci vorrà ancora molto.» Le fa l'occhiolino e lascia la stanza con il suo seguito. Olga si chiede per l'ennesima volta a cosa servano i giri del primario, se al bene dei pazienti o all'ego del professore.
Pochi minuti dopo, quando Olga sta per accomiatarsi da Rita Braune, la donna le chiede, come ogni giorno: «Andrà davvero tutto bene?».
Olga le stringe la mano.
«Certamente», la rassicura. «Il professor Schimmer è un luminare nel suo campo, con lui è in buone mani. Vedrà, fra poche ore stringerà già il suo bambino fra le braccia.»

Quando arriva a casa, Hans e Becki sono seduti a tavola e fanno colazione. Olga sente lo stomaco che brontola. Braccia e gambe sembrano di piombo, tanto sono stanche, e le risulta faticoso anche pensare. Tuttavia si accorge che il marito sta per mangiare l'ultimo pezzo di pane.
«Potresti prepararmi qualcosa per la colazione, tesoro?» gli chiede. «Sono completamente sfinita.»
«Mi spiace, ma non c'è più niente», dice lui. «Avresti dovuto comprare qualcosa di più. E poi lo sai cosa dice la mamma», aggiunge sorridendo. «Quando la cameriera ha il giorno libero, la cucina è il tuo regno.»
Sta scherzando? Quando avrebbe potuto fare la spesa? È stata in ospedale da venerdì mattina. Sa che lui la considera alla pari, anche se a volte sembra convinto che i propri diritti siano «più pari» di quelli della moglie. Per esempio, quando resta fedele alla sua abitudine di prendere dal vassoio il pezzo di carne più grosso o di mangiare l'ultimo yogurt, oppure in momenti come quello.
«Quindi vuoi una casalinga?» ribatte lei sforzandosi di sorridere, mentre lui si alza e l'abbraccia da dietro, sussurrando: «E una madre che mi regala un'orda di piccole Becki che tu renderai felici con le tue fantastiche zuppe». Si volta verso la figlia, come se cercasse un complice. «Cosa ne dici?»
Becki si illumina in viso. «Oh, sì, papà, per favore!»

Olga sente che qualcosa in lei la spinge a chiudere la porta ai progetti del marito.

«Ma no, tesoro, Hans mi prende in giro!» Si sforza di suonare allegra. «Per altri figli vogliamo aspettare finché le nostre strade professionali non saranno più chiare. E poi le mie pazienti hanno bisogno di me.»

Hans solleva un sopracciglio, leggermente irritato.

«Anche noi.»

Da tre mesi hanno finalmente ottenuto l'abilitazione ed entrambi, terminata l'esperienza come assistenti, lavorano in ginecologia. Dopo aver concluso il periodo obbligatorio in pediatria, medicina interna e chirurgia, Olga si trova dunque nel suo reparto preferito.

Pensa che le faccia bene soprattutto il fatto che lì ci si occupa della vita, e solo raramente della morte. Gli eventi lieti prevalgono di gran lunga. Per lei non c'è niente di più gratificante del sorriso di una giovane madre che, dopo un parto faticoso, tiene fra le braccia il suo bambino sano. Proprio quella notte era riuscita a girare dall'esterno un bambino messo di traverso, aiutando la paziente a portare a termine un parto naturale. È come se in simili momenti catturasse un'istantanea della persona che vuole essere. Il padre del bambino le aveva donato un enorme mazzo di fiori, dicendole che lei era il miglior medico che avesse mai incontrato. Nel reparto femminile non era mai accaduto che una paziente, al momento in cui lei iniziava la visita, pretendesse un medico maschio, come invece era accaduto a medicina interna e soprattutto a chirurgia, dove a volte era stata trattata come se, in quanto donna, non conoscesse il mestiere. È felice, più di quanto potesse immaginare. Prova un senso di appagamento che si avvicina a quello che vedeva un tempo negli occhi di Pa.

«E allora quando?» chiede Becki, mettendo il broncio.

«Non lo so. Prima o poi.» Sa bene quanto suoni scostante la sua risposta, ma non può fare diversamente.

Ma Hans non è soddisfatto. Quando Becki scende al piano di sotto da Herta, Olga va a letto, con lo stomaco vuoto, però felice di poter finalmente chiudere gli occhi. Tuttavia non passano due minuti che Hans è sulla soglia della camera e sussurra: «Tesoro, vuoi che ti faccia compagnia?».

Prima che lei possa dire di no, lui le è già sdraiato accanto e le solleva la camicia da notte con chiari intenti.

Olga lo respinge, è stanca. «No. Sono nei miei giorni fertili.»

«E allora? Cosa ci sarebbe di male ad allargare un po' la nostra piccola famiglia? Lo sai quanto desidero avere un figlio con te.»

Olga lo guarda, indignata. «Eravamo d'accordo che avremmo aspettato per vedere che piega avrebbe preso il lavoro e tutto il resto!» Come può Hans non attenersi ai loro accordi?

Lui le si riavvicina. «Avanti, Olga. Sei medico, cosa vuoi ancora?» E si mette sopra di lei, respirando affannosamente.

Non la sta ascoltando! «A te piace lavorare, vero?» ribatte lei, sforzandosi di avere pazienza. E quando lui annuisce, continua: «E per me è lo stesso. Anch'io lavoro volentieri». Forse Hans ha dimenticato quanto è importante la sua professione per lei?

Lui le sfiora con le dita l'interno della coscia. «E quindi cosa dobbiamo aspettare?»

Olga sente montare la rabbia. «Ne abbiamo già parlato, Hans.» Cerca di sfilarsi da sotto il suo corpo, ma lui ride e le bacia il collo.

Perché a volte quando è con Hans si sente più sola di quando lui non c'è? Hans le piace, e adora stare con lui e Becki. Ma da quando lavorano entrambi nella clinica, in lei non si accende più la passione. Se prima delle nozze pensava che i grandi sentimenti avessero bisogno di tempo, ora si accontenta di quelli piccoli. Qualcosa in lei è cambiato, senza che riesca a definire con precisione cosa sia. All'improvviso tutto le sembra irreale, e prova una tristezza inspiegabile. L'insinuazione di Lotte che viva una vita falsa si è diffusa in lei come un veleno.

"Forse Lotte ha ragione", pensa, "se non altro sul fatto che sono bloccata in una vita falsa. Come se fossi un'ospite nella mia stessa vita, come se fossi nel posto sbagliato perché quello giusto non esiste. O per lo meno non più." Dalla sua fuga da Ginsterburg è sempre stata un'emarginata. A Kühlungsborn, come profuga a Oldenburg, in università come una delle poche studentesse. E anche ora, in ospedale, talvolta viene trattata da pazienti, infermieri e medici come una curiosità con la laurea in medicina, quasi non sapessero se Olga susciti in loro paura o rispetto. Anche a casa sua, nel suo matrimonio, si sente un'emarginata. «Una donna che lavora, guida la macchina e si veste come un uomo, Olga.... è ovvio che la gente parli», aveva commentato Hans di recente, quando lei si era lamentata degli sguardi scontrosi dei vicini.

«Finché lavoro in ospedale, non se ne parla. Come potrei fare tutti i turni di notte e nei fine settimana, se resto incinta?» dice, mentre Hans le sfila la camicia da notte.

«Allora smetti», le sussurra, e la penetra gemendo. Prima che lui, con le sue pretese, decida per lei, Olga lo spinge via da sé e rotola via da sotto il suo corpo. Incinte sono le sue pazienti, non lei.

Quando Hans lascia la stanza, Olga non riesce a prendere sonno, nonostante sia stanca morta. I suoi pensieri girano intorno al marito, che non riesce a smettere di tormentarla. Perché non gli ha detto chiaro e tondo che adesso che ha realizzato i suoi sogni ed è medico non vuole subito un bambino? Come può dirgli che preferirebbe prendere una specializzazione in ostetricia che aprire un ambulatorio con lui come medico generico? Ha paura di come potrebbe reagire di fronte ai suoi progetti. Di fronte al fatto che il professore le ha offerto un posto per un corso di aggiornamento che lei vorrebbe accettare. Non vuole ferire Hans. Dopotutto, prima di sposarsi si erano sempre immaginati quanto sarebbe stato bello lavorare insieme in un ambulatorio come marito e moglie. Lui la pensa ancora così? Non ne parlano da tempo, e a volte le sembra quasi che d'un tratto Hans dia per scontato che lei, come madre dei suoi figli, appenda il camice al chiodo.

Alla fine i suoi pensieri tornano a Rita Braune. Avrebbe

assistito volentieri al suo parto. Perché il bambino aveva deciso di nascere proprio quando lei se ne doveva andare? Non aveva promesso alla paziente di esserle accanto, se le cose si fossero messe male? Dà un'occhiata all'orologio e sente una sorta di inquietudine nelle gambe e nella testa, un formicolio che la intontisce, come un presentimento.

Senza aver dormito neanche un minuto, si alza e si veste.

«Dove vai, mami?» le chiede Becki quando la vede prendere le chiavi dell'auto dal comò. «Pensavo che saremmo andati tutti insieme a passeggiare al castello e a mangiare dolci, dopo che avevi dormito.»

«Scusami, ma devo tornare un momento in ospedale», le spiega. «Un'emergenza.»

«Naturalmente, un'emergenza...» Sente le parole sussurrate da Becki e il suo sguardo sulla schiena. Sa che sua figlia è frustrata perché la madre passa così poco tempo con lei, ma questo può aspettare. Ora deve andare alla clinica. Subito.

Quando entra nella stanza di Rita Braune, accanto al letto c'è un giovane estraneo in camice bianco che le preclude la vista della paziente.

«Mi prenda uno spasmolitico... e un caffè!» dice a Olga, facendole un cenno col capo.

Probabilmente è il nuovo specializzando, arrivato in reparto dopo il periodo passato in chirurgia. Non sono ancora stati presentati.

«Sul serio? Devo portarglielo io?»

«Ascolti, infermiera, non ho intenzione di discutere con lei.» Chiude gli occhi, solo per riaprirli subito lentamente, come se in quel modo volesse scacciare l'incubo. «Per favore, mi prenda quello che le ho chiesto.»

Ha alzato la voce, scandendo ogni parola.

«Adesso mi ascolti lei, giovanotto. Come si permette di usare questo tono? Anche se fossi un'infermiera e non un medico – la prego di non parlare così con i suoi colleghi.»

L'uomo balbetta delle scuse, mentre lei gli passa davanti e si avvicina al letto. Olga, in ogni caso, ha occhi solo per la signora Braune. Vede la pancia grossa e il volto pallido, e si spaventa. La sua paziente ha gli occhi chiusi e i capelli scuri appiccicati alla fronte imperlata di sudore, e si lamenta.

«Mio Dio, il parto è tuttora in corso! Pensavo che il bambino fosse già nato da un pezzo.»

«Le contrazioni sono sempre più frequenti, perciò ho pensato che ci serve uno spasmolitico, in modo che non...»

Con un cenno risoluto della mano lei lo interrompe. «Dove sono l'ostetrica e il professor Schimmer?»

«Cesareo per posizione trasversale. Oggi abbiamo poco personale.»

«Ha sentito il tono cardiaco del bambino?»

Si rimbocca le maniche del camice e indossa i guanti sterili. L'aria nella stanza è soffocante. Quasi non si riesce a respirare.

L'uomo alza le spalle. «Sì, una mezz'ora fa.»

«Mezz'ora fa?» grida Olga, mentre tasta con entrambe le mani il ventre della signora Braune. Santo cielo, già nei primi anni di studio si impara che nella fase di dilatazione del collo dell'utero, in presenza di contrazioni forti e numerose, il tono cardiaco va controllato dopo ogni contrazione.

«Ma...» balbetta lui, sollevando le mani, poi però le lascia cadere, così come il resto della spiegazione.

«Avanti, mi dia lo stetoscopio. Garze sterili, forbici, pinze», gli ordina, poi si rivolge di nuovo alla paziente.

«Da quando ha le contrazioni?» le chiede, sistemandole sotto un cuscino.

«Sono iniziate dopo colazione», interviene lo specializzando, ora a sua volta chino sulla donna.

E finora non l'ha notato nessuno, tranne questo incapace?

Tastando, Olga non sente più la testa del bambino. Deve essere già scesa verso il collo dell'utero.

Olga sente la paura stringerle la gola e cerca di inspirare profondamente. Sforzandosi di mantenere un tono di voce normale, dice: «Cerchi di respirare regolarmente e lentamente, e non spinga, se può».

La signora Braune la guarda spaventata e vorrebbe replicare, ma in quel momento sente una forza potente attraversarle il corpo, come una scossa elettrica, che la fa inarcare verso l'alto.

Olga ausculta il cuore del bambino con lo stetoscopio fetale. Durante la contrazione il battito è notevolmente rallentato.

È possibile che il cordone ombelicale si sia posizionato tra il bambino e il bacino, anche se succede raramente alle primipare.

Quando, anche al termine della contrazione, il tono cardiaco non migliora, Olga ne è certa. La prossima contrazione causerà una pressione sul cordone e l'afflusso di sangue sarà interrotto: se non si interviene subito, il bambino morirà.

Olga guarda la paziente e non riesce a trovare parole per consolarla o tranquillizzarla. Disperata, cerca con la mano la testa del bambino, e sente il cordone, liscio e spesso un dito, tra la parete pelvica e la piccola testa. Il bambino sta per soffocare.

«Mio Dio... Faccia entrare un po' d'aria», dice brusca all'assistente, che le sta di fianco immobile come una statua. Se fosse arrivata prima, il bambino avrebbe avuto maggiori possibilità di sopravvivere.

«E prepari 2 cc di Cardiazol.» Nello stesso istante in cui lo dice, Olga sa che è troppo tardi. Il bambino deve uscire subito. Prima della prossima contrazione.

«Niente Cardiazol», urla. «Il forcipe. Veloce!»

Pochi secondi dopo posiziona il forcipe e tira fuori il bambino. Ma è troppo tardi. Quando solleva il piccolo, non sente né polso né battito né un urlo. Solo il proprio respiro.

47.

APRILE 1956, FRIBURGO

Qualche settimana più tardi, Olga è ancora frastornata. Non dimenticherà mai lo sguardo vuoto di quella donna che prima era così piena di gioia di vivere, fisso sulla misera parete della sua stanza d'ospedale, come se fosse morta anche lei. Non dimenticherà il modo in cui aveva stretto al seno quel cosino bluastro e non voleva lasciarlo, quasi preferisse avere un figlio morto piuttosto che non averne affatto. Tutto quello che alla fine è rimasto a Rita Braune è il ricordo di ciò che avrebbe potuto essere.

Pur non avendo colpe, Olga si sente in colpa. Le aveva promesso che tutto sarebbe andato bene, e aveva infranto quella promessa. Il bambino era morto – per pura sciatteria, e non perché l'utero non era stato in grado di portare il suo frutto. Olga vorrebbe piangere ma, proprio come Rita Braune, non ci riesce. I suoi occhi restano asciutti.

Quando una sera, con la testa dolorante, racconta a Hans dei suoi sensi di colpa mentre sorseggiano del vino, lui si limita ad alzare le spalle.

«Alla sua età doveva mettere in conto che qualcosa potesse andare storto. Perché dai la colpa a te stessa?» La guarda con insistenza. «Questo, Olga, è il rischio che si corre quando si aspetta troppo.»

Olga reprime un gemito. Hans dirotta ogni conversazione sull'argomento «figli», come se fosse l'unico tema del loro matrimonio.

«Sono sicuro che non avrebbe girato per il mondo, pensando solo a lavorare e continuando a rimandare la gravidanza», continua, «se avesse saputo quali conseguenze poteva avere la sua decisione.» La questione per lui sembra chiara.

«Tu non mi ascolti!» ribatte Olga, cercando di mantenersi calma. «Lei non ha perso il bambino perché è vecchia e ha aspettato troppo, ma perché quel dilettante dello specializzando non ha chiesto aiuto in tempo.» Sbuffa. «E comunque», aggiunge acida, roteando il suo bicchiere di vino, «cosa ne sai del corpo femminile?»

Lui sorride con aria triste. Olga conosce quel sorriso, e non le piace. Hans lo esibisce quando lei lo ferisce – una cosa che fa di continuo, a giudicare dalla frequenza del sorriso triste.

«Abbastanza da sapere che deve stare a riposo quando porta in sé un bambino. Soprattutto dopo i trent'anni.»

Proprio come lei che, se restasse incinta, avendo trentun anni sarebbe considerata una partoriente attempata? Olga evita lo sguardo del marito.

«Dove vuoi arrivare?» Decide di passare all'offensiva.

Lui trattiene il fiato per qualche istante. «Voglio dire che per te tutto il resto è più importante che avere un figlio per fare di noi una vera famiglia.»

Olga sente la rabbia arrossarle il volto. «Perché voglio lavorare finché non sono incinta?»

«Finché non sei incinta?» Hans si interrompe. Poi continua: «Sii onesta: e cosa accadrà quando poi ci sarà il bambino?».

«Cosa vuoi dire?» gli chiede, pur sapendolo benissimo.

Hans sospira. «Cosa accadrà dopo? Continuerai a lavorare? O ti prenderai cura di nostro figlio?»

«In che senso? Comunque, potremmo assumere una bambinaia e...»

«E nostro figlio dovrebbe crescere con degli estranei che vanno e vengono...» la interrompe aspro. «Come Becki?»

Olga fa un respiro profondo. «Sai bene che non avevo scelta.»

«Ma adesso hai la possibilità di scegliere per o contro la nostra famiglia.» Lo sguardo di Hans si fa tagliente. «Mi chiedo perché mai si dovrebbero volere dei figli se poi non si passa del tempo con loro. Già ora io vedo Becki molto più spesso di te.»

Olga si sente mancare il respiro. *Colpita.* Lo fissa turbata, e capisce dallo sguardo provato di Hans che deve essergli pesato ferirla in quel modo.

«Ah, Olga», dice stanco. «A volte ho l'impressione che ti interessi solo dei malati, e non dei sani. Becki e me compresi.» Si strofina gli occhi. «Cosa vuoi da me?» le chiede, e quando lei non risponde continua: «Diversamente dalle altre donne tu con me hai molte libertà. Altri uomini ti avrebbero già proibito di lavorare».

«Ah, sì?» Olga ride amaramente. «Dovrei forse esserti grata perché siamo uguali?»

«No, ma forse dovresti essere più disposta a scendere a compromessi», ribatte lui posando il suo bicchiere. Quasi senza forze, si lascia andare sprofondando nella poltrona. «E dovresti esserci un po' di più per noi.»

Ha davvero trascurato la figlia, sacrificandosi solo per i pazienti? Quanto aveva sofferto perché suo padre si interessava solo dei morti, quando passava ore sulla tomba di sua madre? Come se la vita si svolgesse al cimitero e non con la sua famiglia.... È così anche lei? Sta rinunciando a una famiglia con Hans perché preferisce stare coi malati piuttosto che con lui e Becki? Perché ha quella stupida abitudine di complicare sempre tutto inutilmente? Cosa non va, in lei?

Non ha più la forza per discutere e si siede sulle ginocchia del marito. Lui apre le braccia e lei si accoccola sul suo petto, affondando il viso nella sua spalla. Pensa al modo in cui quella donna stringeva a sé il figlio morto. Naturalmente Rita Braune avrebbe dato tutto – i suoi anni, i viaggi, il lavoro, se questo avesse potuto riportare in vita il suo bambino. Olga si stropiccia gli occhi e si chiede se il suo lavoro valga tutto ciò. Perché rende infelici suo marito e sua figlia, solo per il fatto di volere tutto subito? Perché non è disposta a rinunciare a qualcosa? No, non vuole finire come Rita Braune, così piena di rimorsi. Potrà diventare ginecologa anche più avanti, tanto quanto ora.

«Va bene», mormora, perché così è più facile. «Allora proviamoci.»

Lui le mette le mani sulle spalle. «Vuoi un bambino?»

Olga si accorge che Hans quasi non si fida a lasciarsi andare alla felicità che gli sta nascendo dentro, e si commuove.

«Sì, voglio un bambino», risponde, e non sa se sia vero.

«Ah, Olga mia cara...» Si stringe la testa di lei al petto. «Un figlio ci renderà più uniti e ci farà felici, vedrai.»

Ma allora perché non è felice? si chiede Olga tra sé e sé. Perché non percepisce quel senso di unità? Ha sempre di più l'impressione che i suoi sensi si intorpidiscano. Nemmeno il pensiero della risata gorgogliante di un neonato le risolleva l'umore. E se il suo mondo avesse perso i colori, come quello di suo padre?

E, anche se non ne ha voglia, va a letto con Hans senza sapere se siano i suoi giorni fertili. È così stanca...

Mentre per le sue pazienti che desiderano un figlio prepara varie miscele di infusi per aumentare la fertilità, Olga per sé non fa nulla del genere. Niente alchemilla, niente rosmarino né foglie di lampone per favorire l'ovulazione, e niente agnocasto per stimolare l'annidamento. Le sue mestruazioni sono irregolari già dai tempi di Kühlungsborn, quando sia il suo corpo sia il suo spirito erano andati fuori fase. Lei e Hans dormono insieme spesso, come nei primi mesi della loro relazione, con la differenza che ora lei sopporta a malapena il tocco di Hans e le paroline dolci sussurrate all'orecchio. In compenso, sempre più spesso gli occhi le si riempiono di lacrime, fatto che Hans interpreta come segnale di una gravidanza imminente.

«Allora?» le chiede qualche mese più tardi, mentre mangiano insieme pollo in fricassea alla mensa dell'ospedale.

Olga si mette rapidamente il cucchiaio in bocca. Ha notato che nei giorni del ciclo il suo appetito aumenta, quasi come se fosse incinta.

Scuote tristemente la testa, sebbene in segreto sia felice di aver evitato l'amaro calice...

«Ancora niente?» Tre cicli, tre insuccessi, come se non fosse in grado di restare incinta.

«I bambini non piovono dal cielo», risponde lei nervosa. «In fondo non è molto che ci proviamo.»

«Se smettessi di lavorare, probabilmente tutto accadrebbe più in fretta», dice lui.

«Mi stai accusando di nuovo di non voler rimanere incinta?»

Hans fa un respiro profondo, mentre allontana il piatto. Gli è passata la fame. «Dico che non stai facendo tutto il possibile per avere un bambino.»

«Devo lavorare», ribatte lei scuotendo la testa, poi si alza.

«*Quod erat demonstrandum*», le urla dietro Hans.

«Ormai siete sposati da due anni», dice Herta un giorno mentre, sospirando, taglia le foglie avvizzite da una petunia. È una giornata d'estate nuvolosa, opprimente: il sole non vuole saperne di uscire.

Olga è seduta con Becki al tavolo del giardino e ritaglia da fogli di carta bianca uccelli che in precedenza avevano disegnato e colorato insieme.

«Io dopo due anni avevo già due figli», continua Herta.

Olga si mette istintivamente una mano sul ventre. Ecco che comincia anche la suocera…

«Sai che la petunia è il simbolo dell'amore che non si nasconde?» Herta si volta e la osserva attentamente, prima di continuare. «Ama il sole, come te, e ha un ciclo di vita piuttosto corto, perché non sopporta il gelo.»

«Dove vuoi arrivare?» le chiede Olga, sforzandosi di mantenere un tono cordiale.

«Al fatto che le annuali sono un incidente della natura. Ho deciso di non piantarle più anno per anno, ma di ricavare un posto in giardino per quelle piante che possano durare più di una primavera. Guarda come è secco il fiore…»

«Ah… è così?» ribatte Olga, mentre accarezza i capelli di Becki.

Secche. Così la gente si diverte a chiamare le donne che cercano invano di rimanere incinte. Probabilmente è questo che intende Herta, pensa Olga. Che lei è un incidente della natura. Con un solo figlio e un solo ciclo. Che sfacciataggine! Tuttavia tace. Per amore di Becki non vuole litigare di nuovo.

Quella sera, quando racconta a Hans il paragone con le petunie, lui si limita a un'alzata di spalle.

«Cos'ha fatto di male? Parlava dei fiori, non di te.»

Olga lo guarda e si chiede se non abbia ragione e se non sia lei a pensare erroneamente che tutto sia sempre riferito alla sua persona, solo perché il pensiero di una gravidanza le offusca la ragione.

«Mi dispiace che tu non abbia una madre», continua lui, «e che tuo padre sia morto senza che vi siate chiariti, ma ti prego, non far pagare tutto questo a mia madre.»

Olga trasalisce. Come si permette di parlare così dei suoi sentimenti? Quando suo padre era morto, sei anni prima, di fronte a Hans non aveva sprecato nemmeno una parola riguardo al suo rapporto con lui. Hans adesso parla solo per avere un argomento in più contro di lei e difendere sua madre. Solo perché Herta vuole un nipote. Lui un figlio. E Becki un fratellino. Tutti vogliono qualcosa. Solo quello che vuole lei pare non interessare a nessuno.

Olga soffoca un gemito ed esce di casa, prima di soffocare per tutte quelle aspettative.

Per questo è ancora più felice quando lei e Hans, su raccomandazione di Erwin Borjahn, vengono invitati a un congresso medico a Roma. Olga aveva visto l'ultima volta il professore, la moglie Ruth e nonna Borjahn in maggio, quando avevano passato insieme il fine settimana nella casa di vacanza sul lago di Costanza. Durante una passeggiata aveva raccontato al suo vecchio mentore, che nel frattempo era diventato buon amico, del loro viaggio di nozze in Italia saltato all'ultimo momento. Poco prima, infatti, Hans si era ammalato, perciò avevano dovuto rinunciare. Il buon Erwin doveva esserselo ricordato, e come regalo di compleanno in ritardo le aveva offerto una settimana a Ischia. Olga quasi non se ne capacitava.

Non sono mai stati in vacanza! L'idea di trascorrere qualche giorno sotto il sole italiano proietta Olga in una cauta euforia. Forse è proprio quello di cui hanno bisogno per salvare il loro matrimonio. Corre da Hans e gli mostra l'invito. «Pensa: noi due, Roma, Napoli e infine Ischia!» esclama elettrizzata. «Nel frattempo i Borjahn porteranno Becki con loro al lago di Costanza.»

Ma Hans si mostra stranamente indifferente.

«L'Italia in piena estate?» commenta con scarso entusiasmo.

«Passare del tempo insieme, solo noi due, ci farà bene», insiste lei, stringendosi al marito. Olga pianifica tutto e prepara le valigie per entrambi finché il giorno della partenza non scopre che Hans non la accompagnerà.

«Semplicemente non si può fare, Olga. Settimana prossima ho un appuntamento in banca per il finanziamento dell'ambulatorio. Non posso andare via.» Le accarezza una spalla. «Vacci tu, tesoro. E riposati un po'.»

Anche se, da parte sua, non gli ha ancora confessato che preferirebbe specializzarsi in ostetricia, Olga in una certa misura si stupisce di essere così poco coinvolta dal marito nei suoi progetti. Come se il suo ambulatorio fosse l'unica cosa che conta. Fa un respiro profondo e si stampa un sorriso in faccia. Non è il momento di dirgli che lei resterà in ospedale.

Vuole solo una cosa: andarsene da lì.

48.

LUGLIO 1956, IN VIAGGIO

Olga fissa la sua valigia di cuoio al ripiano sotto il lunotto del suo Maggiolino blu decappottabile. La sua prima auto. Se l'è comprata da sola, con il denaro guadagnato – quattromila marchi. Hans era rimasto sbalordito, quando gli aveva fatto una sorpresa presentandosi in macchina fuori dall'ospedale con Becki.

Non sono ancora le nove del mattino ma il caldo è già opprimente. Quando a Friburgo si installa quel «clima da pentolone», per giorni resta afoso e insopportabilmente caldo. Niente brezza fresca, nessuna possibilità di respirare ogni tanto: regna l'aria pesante, e non solo a casa, pertanto Olga è felice di potervisi sottrarre per un po'.

Prima di andare a scuola, Becki aveva pianto disperatamente. Olga cerca di scacciare quel pensiero, ciononostante vede ancora davanti a sé sua figlia abbarbicata a lei con il viso rigato di lacrime, che le chiedeva se sarebbe tornata. Anche per lei l'idea che tra loro ci sia un intero paese è terribile. Non sono mai state così lontane e per così tanto tempo. Certo che tornerà. Olga cerca di consolare anche sé stessa, come aveva fatto poco prima con Becki. Nemmeno la prospettiva di passare dei giorni al lago con i Borjahn era riuscita a rinfrancare la bambina. Solo quando Olga le aveva promesso di portarle un pezzo di Italia, si era calmata.

«Qualcosa che ha a che fare con la spiaggia, con le onde e il sole. Solo per te.»

Quella era stata infine, per lei, la garanzia che la madre sarebbe tornata.

Olga sfiora con le dita il metallo liscio dell'auto. È rovente, come se la macchina si stesse già riscaldando per prepararsi al viaggio di quattordici ore che l'aspetta. Se tutto andrà bene, dovrebbe essere a Roma per mezzanotte. Troppo tardi per chiamare Becki, ma non per bere il suo primo bicchiere di vino italiano in piazza Navona.

L'Italia. Come sarà? Non è mai stata all'estero, tantomeno da sola. Disorientata ed elettrizzata al tempo stesso da quell'avventura, è agitatissima.

Qualcuno le picchietta sulla spalla. Si gira. E rimane di sasso.

È lui. Fritz.

Olga si copre la bocca con la mano, boccheggia in cerca di aria e infine deve aggrapparsi all'auto per non perdere l'equilibrio. È come se qualcuno avesse fermato il mondo per un secondo. Un secondo che sembra un'eternità.

Se mai aveva pensato che rivedendolo sarebbe rimasta impassibile, il suo battito ora dice esattamente il contrario.

«Wicca!» La voce di Fritz è giovane e limpida, come la ricordava. «I tuoi capelli sono sempre rossi come il peperoncino.»

Mentre lo guarda, Olga sente il cuore martellare. Tutto in lui è come un tempo: i begli occhi blu, il viso affilato abbronzato, il neo sopra il labbro superiore. Solo la morbidezza è scomparsa: i tratti si sono fatti più spigolosi, in lui non c'è più niente di giovanile.

«Cosa ci fai qui?» Poi Olga si blocca. «E Lotte dov'è?»

Fritz fa un passo verso di lei, ed è così vicino che Olga può sentire il calore del suo corpo e l'aroma del suo dopobarba. Un misto di cedro e tabacco. Come può, dopo tredici anni, semplicemente riapparire e avere un profumo così familiare?

«Dobbiamo parlare», dice secco, togliendole la chiave dell'auto dalle mani. Quel breve contatto è sufficiente. Sente pulsare le tempie. Lotte non gli avrà detto di Becki, l'aveva promesso quando era stata a Friburgo nella primavera dell'anno prima. Da allora Olga non l'ha più sentita. Perché non è con lui? Si sono separati? Ha avuto il bambino?

«Non è possibile.» Fa fatica a pensare lucidamente. «Devo essere a Roma domattina.»

«Fino a Roma abbiamo tempo a sufficienza.» Si siede al posto del passeggero, con la sua chiave in mano.

Come, prego?

Qualsiasi sia il motivo che l'ha spinto a salire sulla sua auto, non pare intenzionato a scendere. Da dietro il finestrino Fritz con la chiave le fa cenno di entrare, e la determinazione di Olga comincia a vacillare. Teme che Herta possa uscire o che la vedano i vicini. Tuttavia scaccia subito quei pensieri. "E allora?" si dice infine. Si mette rapidamente al volante, prende la chiave che lui le porge e avvia il motore senza più protestare.

Restano in silenzio per un po', mentre Olga vede le case scomparire alle loro spalle nello specchietto retrovisore. Cerca di respirare profondamente, per calmarsi e rimettere in ordine sentimenti e pensieri. Invano. È terribilmente confusa.

Come può essersi seduto lì di fianco senza una parola di spiegazione, come se andare con lei in Italia fosse la cosa più normale del mondo? E perché lei l'ha lasciato fare?

Se continua a guardare dritto davanti a sé, probabilmente riuscirà ad abituarsi a poco a poco all'idea che lui è lì. E nel frattempo potrebbe riflettere su quello che gli vuole raccontare. Ma come può dirgli le cose che non gli ha mai detto? Fargli le domande che le girano in testa da tredici anni? "Non ci riesco", pensa. "Non posso farlo."

«Non sono mai stato in Italia», dice Fritz, e all'improvviso le viene in mente il loro primo incontro, quando l'aveva visto appoggiato all'auto di Pa. Ora lo guarda e sente che pian piano si sta calmando. «Ma volevi andarci con una Horch 830, non con un Maggiolino.»

Fritz ride, e di nuovo Olga ricorda. Quella risata è come il sole, pensa, e all'improvviso un dolore familiare le stringe la gola.

Paesi dai tetti rossi, vigneti e sponde dei fiumi scorrono accanto a loro come in un film. Come se avessero lasciato la realtà a Friburgo. Sì, come in un film: è così che si sente ora, lì in auto con lui.

Fritz la guarda di traverso.

«Sbagliato», ribatte. «Mi era del tutto indifferente con quale macchina ci sarei arrivato. Volevo solo andarci con te. E tuo nonno aveva una Horch.»

«Ah...» Olga sorride. «Quindi vent'anni fa sapevi già che un giorno saremmo andati insieme in Italia.»

«Certo, dal primo momento», precisa lui, e la guarda serio.

Olga si sente avvolgere da una strana sensazione, un misto di commozione e nostalgia.

Dopo due ore raggiungono il lago di Costanza. La strada costiera si snoda come un nastro grigio scuro lungo il lago, che brulica di pedalò. Perché non era mai andata su un pedalò, sebbene fosse stata lì decine di volte con i Borjahn? pensa distrattamente.

Dopo qualche istante di silenzio, Fritz chiede: «Cos'è successo a Pa?».

Olga sa bene quanto piaceva a Fritz, e non è facile per lei raccontargli qualcosa che ancora oggi le provoca dolore.

«È morto di Parkinson... A Kühlungsborn, un anno dopo la fine della guerra.» Cerca a tentoni una sigaretta nel cruscotto, per guadagnare tempo. Fritz la anticipa e gliene accende una.

«La postura curva, i tremori, la perdita dell'olfatto...» continua dopo un lungo tiro. «È stato orribile vederlo soffrire così.»

Fritz allunga il braccio verso di lei e le posa una mano sulla spalla. «E non poter fare niente per lui», aggiunge.

Olga abbassa istintivamente la spalla, non vuole essere toccata, neppure da lui. «Purtroppo non crescono piante medicinali contro questa malattia.» Getta dal finestrino aperto la sigaretta fumata solo a metà. «La malattia gli ha portato via quello che per lui era stato sempre così importante: muoversi e orientarsi nella natura utilizzando tutti i sensi. Gli ho chiesto come ci si sente a non poter odorare e lui mi ha detto che è come se il cielo, i fiori, gli alberi e i prati primaverili apparissero di colpo in bianco e nero.»

«Un mondo senza colori», mormora Fritz, e lei annuisce.

All'improvviso torna il ricordo degli ultimi giorni di Pa.

Era l'inizio di maggio, poco dopo la guarigione di Becki. Pa voleva andare con lei nel bosco e «annusare la vita», come diceva sempre. Sentire il profumo della primavera, anche se il suo odorato si era addormentato da tempo. Camminando a passettini e facendo stranamente oscillare le braccia, la precedeva sul sentiero, finché, esausto, non si era fermato a riposare su un tronco. Nei mesi precedenti aveva lasciato il letto solo di rado.

«Portami un petalo appassito di ciliegio, Pratolina», le aveva chiesto. Parlava lentamente, a scatti, lei riusciva a capirlo solo con fatica.

Così Olga si era allontanata ed era tornata con una manciata di petali. Pa li aveva presi nella sua mano avvizzita, quasi trasparente, e li aveva accarezzati con le dita malferme. «Dimmi che profumo hanno...»

Lei aveva tenuto i piccoli petali rosa sotto il naso e aveva risposto: «Dolcemente polveroso».

Soddisfatto, le aveva chiesto di cercare dei lillà. Quando gli aveva messo in mano un rametto con una rigogliosa pannocchia lilla, lui l'aveva fatto cadere. Lei l'aveva subito raccolto e annusato chiudendo gli occhi. «Limone, fruttato, con un sentore di cannella!»

Infine Olga dovette trotterellare ancora per raccogliere, su richiesta di Pa, dell'aglio orsino. Lui si era messo a ridere, con quella sua risata furba che a Olga era tanto mancata. «Questo lo sento persino io che sono anosmico: sa di aglio.»

Commossa, lei l'aveva abbracciato come faceva un tempo, e come un tempo lui le aveva accarezzato i capelli. «Va tutto bene, Pratolina», aveva detto sottovoce. «Va tutto bene.»

In quel breve momento di affetto spontaneo, Olga aveva davvero creduto che tutto potesse andare bene. Che l'irrefrenabile impulso della natura avesse riacceso anche lo spirito vitale di Pa.

Ma quando l'aveva guardato di nuovo, aveva visto le lacrime nei suoi occhi, e aveva capito che erano andati fin lì affinché lui prendesse congedo. Dal suo amato bosco, da lei, dalla sua vita.

«Come medico devi sapere quando è finita», le aveva detto

baciandola sulla fronte, «quando ci si deve dichiarare sconfitti. Dal nemico, dal destino e dalla malattia.»

Quando quella sera si erano salutati, l'aveva pregata di spalancare la finestra e, con un debole sorriso, aveva aggiunto: «In te brilla una luce, da quando il sole ti ha acceso, Pratolina mia. Promettimi che non lascerai mai che si spenga».

Il mattino dopo giaceva morto nel letto e sembrava in pace. "Ha sempre desiderato morire così", aveva pensato lei. "Nel sonno."

Una volta terminato il racconto, lancia un'occhiata furtiva verso Fritz. "È cambiato, non è più così passionale", pensa, "è molto più riflessivo."

Lui le sorride triste, e lei capisce che condivide il suo dolore. Non servono parole, in silenzio ricordano quell'uomo meraviglioso che era stato Pa. Olga aveva dimenticato come si può tacere bene con Fritz.

Hanno appena passato la frontiera svizzera quando finalmente Olga gli chiede: «Di cosa dobbiamo parlare, Fritz? Perché sei qui?». In realtà dovrebbe chiedergli che ne è di Lotte, ma preferisce l'incertezza.

Fritz esita. «Abbiamo tempo, Wicca. Raccontami ancora un po' di te. C'è così tanto tempo tra noi...»

"Sì", pensa lei, "ha ragione. Ci separa solo il tempo. Niente di più." Il suo respiro fa appannare il finestrino.

Abbassa il vetro fino in fondo. L'aria che entra è fresca, sa di polvere e di sole. Poi racconta. Di Helene, dell'ospedale e del momento in cui erano arrivati i russi. Quello che tralascia è la faccenda con le donne. Queste cose le serba ben chiuse dentro di sé. E non dice nulla neanche di Becki. Non sia mai che anche Fritz, come Lotte quella volta, si faccia un'idea sbagliata.

Quando si lasciano alle spalle Zurigo, Olga non riesce più a reggere la tensione. Perché è venuto? Anche se ha paura della risposta – magari a lei non piacerà il motivo del suo viaggio – glielo chiede un'altra volta. Ma Fritz, di nuovo, si rifiuta di rispondere.

«Abbiamo ancora dieci ore buone fino a Roma», dice serio. «Avrai la tua risposta, Olga.»

C'è così tanto di non detto, e lui sa tanto quanto lei che sta rimandando il momento della verità. "Forse potrebbe anche essere un bene", pensa Olga. Il suo viaggio è come un sogno, un viaggio irreale che non deve finire tanto in fretta.

49.

LUGLIO 1956, IN VIAGGIO

Mentre fuori dal finestrino scorrono laghi dalle più svariate sfumature di blu e di verde, a destra e sinistra mucche su prati lussureggianti e dietro di loro un mare di imponenti montagne innevate, i loro sguardi si incrociano di continuo. Poi lui sorride e lei gli sorride di rimando, o viceversa. Lei gli racconta dei primi tempi a Oldenburg con Trude, e aggiunge qualche aneddoto divertente dalla vita di una distillatrice di grappa. Parla del lavoro con il professore e del ritorno di suo padre. Di Karl. E di nuovo tralascia qualcosa. Becki, il motivo per cui ha spedito Trude in Inghilterra. Perché altrimenti avrebbe dovuto spiegare anche cosa le faceva tanta paura.

Dopo un po' il Maggiolino combatte salendo lungo la strada accidentata del passo del San Gottardo, tra brulle pareti scoscese, alpeggi e laghi di montagna. Si sgranchiscono un po' le gambe, poi Fritz prende il volante e infine anche la parola, così che lei possa godersi il paesaggio. Perché finora ha risposto a tutte le domande con altre domande.

Acqua di fonte scorre verso il basso dalla roccia al lato della carreggiata. Dal ghiaione ai margini crescono piccole piante. Si uniscono a una fila di auto che si arrampica a passo d'uomo sulla strada che serpeggia sul fianco della montagna, e più salgono, più facile diventa il dialogo. Sotto di loro luccica un lago dall'acqua cristallina, e Olga apprende che Fritz aveva imparato a costruire barche in un piccolo cantiere navale aperto da poco nei dintorni di Göteborg, sull'isola di Orust. Che il suo capo, Harry Hallberg, gli aveva trasmesso tutto ciò che si deve sapere in quel campo. Che Hallberg, appena aveva capito quanto era infelice Lotte, a ore di distanza da Mamme, Pelle e dal suo fratellino, lo aveva incoraggiato ad aprire il proprio cantiere a Öland. Che lì Fritz aveva iniziato a costruire barche a vela, ma anche imbarcazioni sul modello degli «incrociatori di stracci».

«E adesso indovina chi mi sono – letteralmente – portato a bordo.»

Lei scrolla le spalle.

«Tadeusz e la piccola Olga.»

Lei solleva la testa. Sentire il nome di Tadeusz la fa sobbalzare. E chi è...

«La piccola Olga?» chiede un po' intontita.

«La figlia maggiore di Tadeusz e Anna», spiega lui. «È l'assistente più dolce che si possa desiderare.»

Improvvisamente dagli occhi di Olga cominciano a scorrere le lacrime. Perché Lotte non le aveva detto niente? Aveva parlato della nascita del suo fratellino Johann, del fatto che Mamme e Pelle stavano bene, ma non una parola su Tadeusz e Anna.

«Quanti figli hanno?» gli chiede, asciugandosi le lacrime.

Lui la guarda, e lei sa di non potergli nascondere i propri sentimenti. «Tre meravigliose ragazze.»

Olga pensa al dolore di Anna e Tadeusz, alla loro disperazione nella dacia, alla loro partenza. È felice che abbiano avuto una seconda chance. Al contrario di Annemie e Adam.

«E Adam? Sai dove sia andato a finire?» La domanda rompe il silenzio intorno a loro.

Fritz alza lo sguardo e annuisce. «La sera in cui io sono fuggito, mio zio lo ha portato nei dintorni di Cracovia, dove intendeva unirsi ai partigiani. Dopo la guerra ho inoltrato una richiesta di ricerca alla Croce Rossa, e in effetti nell'autunno del '49, poco dopo la morte di mio zio, Adam mi ha spedito una lettera da Vancouver, dove era approdato dopo un'odissea tra Varsavia, New York e Montreal. Nel frattempo si era sposato – con Jessy – e aveva avuto due figli. È felice, almeno credo.»

È vivo e ha una sua famiglia. Olga tira un sospiro di sollievo. Ma al tempo stesso prova anche un'ombra di tristezza. Chissà se Adam ha mai pensato a Annemie?

Prima di scavallare il passo, fanno una pausa per uno spuntino in un punto panoramico. Olga ha portato panini imbottiti, mele, un thermos di caffè e uova sode, sufficienti per un'intera squadra di calcio. Dopo gli anni di carestia ha preso l'abitudine di preparare sempre razioni doppie. Si siedono su una panca di legno, che mostra i segni delle intemperie, con vista sulla valle verde. In lontananza Olga distingue il campanile di una chiesa, le case si intuiscono appena.

Nonostante splenda il sole fa piuttosto freddo, e lei si mette la giacca, prima di tirar fuori le provviste dalla borsa e disporle sulla panca, tra sé e Fritz. Presto dovranno dirsi addio. Cerca di reprimere il senso di tristezza che la assale, ma le resta un nodo alla gola. Mentre versa il caffè dal thermos, Fritz scarta un panino con i würstel e lo divora in tre morsi. «Viaggiare fa venire fame...» spiega sorridendo. Quando Olga gli porge un bicchiere le loro mani si toccano, e a Olga sembra che lui indugi qualche istante prima di allontanare la sua.

Dopo aver mangiato, si soffermano a guardare la valle e il massiccio montuoso sullo sfondo. Olga ascolta il silenzio tra loro e pensa che tutte le preoccupazioni che aveva a casa di colpo sembrano irrilevanti lì, in mezzo a quel panorama immenso.

Il bisbiglio di Fritz irrompe nei suoi pensieri. Seguendo il suo dito puntato verso il cielo, anche Olga le scorge: due aquile che volano in cerchio sopra di loro ad ali spiegate. Quella vista le toglie il respiro, e sente agitarsi dentro di sé una forza che si diffonde nel suo corpo come i raggi del sole. In genere Olga non è il tipo di persona che si lascia facilmente impressionare, ma ora non riesce a pronunciare nemmeno una parola. Anche Fritz tace.

A un certo punto lo sente sussurrare teneramente, come se non volesse disturbare il silenzio: «Solo in simili momenti di pace, in questa solitudine, senti la tua voce interiore, per quanto sommessa possa essere. E vedi i luoghi più sorprendenti, Wicca, e... gli uccelli». Fa una pausa. «Ti ricordi?»

L'ora del martin pescatore? Come potrebbe averla dimenticata? Quante volte aveva cercato il silenzio per ritrovare Fritz, per pensare a lui e a lei, al martin pescatore. A quel ricordo, si sente invasa da una sensazione di calore. È come se gli anni trascorsi nel frattempo fossero scomparsi, come se Hans non esistesse. È così commossa che vorrebbe prendere la mano di Fritz, e si rende conto di quanto ardentemente abbia desiderato questa armonia con lui.

«La mia voce interiore», dice d'un tratto, forse in un tono troppo alto, «mi avvisa che dobbiamo proseguire, se non vogliamo arrivare tardi.»

Naturalmente non può semplicemente chiudere il sipario sugli anni passati e dimenticarli. È sposata e ha una figlia, Becki.

«Davanti a queste pareti di roccia erte e scabre, il tuo richiamo così materiale non mi pare del tutto degno», replica lui sornione.

«Penso che tu debba farti sturare per bene la testa...» Olga ride, e apre la capote prima che entrambi risalgano in auto.

Dopo essersi lasciati alle spalle il Canton Ticino e i suoi meravigliosi laghi, superata un'ultima curva, si ritrovano in Italia. Fritz accosta e apre la portiera.

«Qui comincia la vita», dice, respirando a pieni polmoni.

Olga lo guarda stupita. Prima non avevano forse una vita? Ma gli dà corda e scende a sua volta dall'auto.

Non ha fatto nemmeno due passi che si toglie le scarpe e si sente rilassata, quasi liberata. Nell'aria aleggia il profumo di oleandri e timo, e il terreno è piacevolmente tiepido.

Fritz la guarda pensieroso, poi la imita sfilandosi le scarpe, e mentre sentono la calda terra italiana sotto i piedi si guardano ridendo. Ha ragione lui, pensa Olga, quella sembra proprio vita.

Passata Como, mentre vengono investiti da una nuvola di polvere sollevata da un camion che li precede, Fritz le chiede: «Allora, com'è essere la dottoressa Olga Blume?».

Olga tossisce – forse dovrebbe chiudere il tettuccio.

Dottoressa Olga Blume. Nell'immaginazione di Fritz forse è così, ma di fatto lei non lo è e non lo è mai stata. Ora il suo nome è Bley e prima si chiamava Meier – ma di questo lui evidentemente non vuole sapere niente, proprio come lei non vuole sapere se lui abbia amato Lotte o la ami ancora. Quello che invece vuole sapere è se ha dimenticato lei, Olga, se ha dimenticato la notte passata insieme. Ma questi pensieri non raggiungono le sue labbra.

Sorridendo, sorvola sulla sua domanda e invece gli racconta dei suoi studi e del suo desiderio di specializzarsi in ginecologia. Si guarda bene, però, dal dire anche solo una parola su Hans. Sembrerebbe un tradimento, ma di chi? Gli racconta di Rita Braune e di come la felicità possa trasformarsi in infelicità in un istante. Le piace che Fritz faccia continuamente domande intelligenti e che mostri interesse per le sue risposte, cosa che non accade con Hans.

«Hai realizzato il tuo sogno, Wicca, e sei di certo un medico fantastico. Comunque hai tutte le carte in regola. Te l'avevo detto. Sono orgoglioso di te.»

Olga si sente invasa da una sensazione di felicità. Quelle sono le parole che aspettava da tempo, quello è lo sguardo speciale che aveva desiderato vedere per sentirsi certa di aver fatto la cosa giusta. Con Fritz era sempre stato così: non deve fingere, è pienamente sé stessa. Ancora di più: sotto lo sguardo di Fritz lei cresce.

«Quanto tempo pensi di restare in Italia?» gli chiede quando sono all'altezza di Milano. Appena ha posto la domanda si rende conto di quanto si stia godendo le ore con Fritz e di come non stia pensando a Hans.

«Finché non avrò la risposta che mi serve», risponde lui. Poi inspira profondamente, e Olga spera che in quel modo inghiotta la sua domanda. Così resterà più a lungo. E in effetti la domanda che pone ora è un'altra, una che lei ha desiderato fare fin da quando aveva letto per la prima volta qualcosa sull'argomento.

«Un espresso?» Indica verso l'esterno.

Sul ciglio della strada c'è una casupola color grigio spento sul cui tetto si riverbera il sole.

«Oh sì!» esclama lei. «Da anni non vedevo l'ora!»

«Allora vediamo di non farti aspettare oltre.» Fritz sorride e parcheggia.

Osservando il suo goffo tentativo di ordinarle un caffè, le si scalda il cuore. Si volta verso il sole. I raggi la riscaldano, inondano il suo corpo fino alle punte delle dita e lei sente la voce di Pa: *Allora, cara la mia figlia del sole, alla fine ti sei svegliata?*

L'italiano di Fritz è terribile, e ci vogliono alcuni minuti prima che l'uomo dietro l'impressionante macchina cromata indovini cosa vuole.

«Devi lavorare ancora un po' sul tuo italiano», gli dice Olga ridendo, quando si siede accanto a lei al tavolino traballante.

«*Non capisco, signorina*», risponde lui in italiano, stringendosi nelle spalle.

L'espresso è forte e amaro, un sapore a cui Olga non è abituata, tuttavia è divino, e prima che lei se ne renda conto Fritz si è già sbracciato per ordinarne un altro, insieme a un dolce di pasta sfoglia leggerissimo, che si scioglie in bocca.

«Del conto purtroppo devi occupartene tu, Wicca. Io non ho lire con me. Dopotutto fino a stamattina non sapevo che sarei venuto in Italia.»

Olga inspira il caldo vento estivo. «Una donna che paga… Ma dove si è mai visto?»

«In Italia, dove se no? Qui vivono gli uomini del futuro», replica lui sogghignando.

«D'accordo…» concorda lei, dandogli un buffetto. «Se tu esaudisci il mio desiderio più grande, io pago con grande piacere.»

Olga si rende conto che sembra che stia flirtando, ma è solo felice per quella inattesa leggerezza che sente dentro di sé. D'un tratto tutto appare diverso, come se fosse passata da un mondo a un altro.

50.

LUGLIO 1956, ROMA

Il sole è già tramontato, una leggera brezza porta aria più fresca. Olga e Fritz sono seduti sulla terrazza di un piccolo ristorante in piazza Navona e lui, tra vino bianco e pasta alla carbonara, le racconta del suo nuovo tentativo di ordinare un espresso – dopo aver ascoltato a lungo gli italiani che facevano le loro ordinazioni al bar.

«*Un caffè corretto, per favore*», li imita con un ampio gesto. «Come sono andato?»

Lei annuisce in segno di approvazione e con la coda dell'occhio guarda una signora dai capelli scuri, carina ed elegante, che alla luce dei lampioni lava un panno nella più grande delle tre fontane al centro della sontuosa piazza. È perfettamente in tono con i meravigliosi palazzi intonacati di diversi colori che la circondano. «Letteralmente impeccabile.»

«Ma a quel punto cosa fa il cameriere?» continua Fritz indignato. «In perfetto dialetto di Colonia urla verso la cucina: "*Uschi, machste dem Kerl 'n Käffchen?* Uschi, fai un cafferino a 'sto tizio?". Poi, rivolto a me, in tedesco corretto: "*Zucker und Sahne?* Zucchero e panna?".»

Immaginando la scena Olga scoppia a ridere, così forte che tutte le teste si voltano verso di lei.

Durante la giornata, mentre cercava di ascoltare i relatori in una sala soffocante, aveva pensato a Fritz con il cuore che le batteva, cercando di indovinare dove lo stesse portando il suo girovagare per le strade di Roma. Se visitava il Pantheon, se strizzava gli occhi di fronte al sole come Audrey Hepburn in *Vacanze romane*, se mangiava un gelato sulla scalinata di piazza di Spagna, se lanciava una monetina nella Fontana di Trevi, promettendo di ritornare. Con lei, magari? Di nuovo aveva sentito quella strana sensazione nello stomaco, e non sapeva se fosse determinata dalla paura che Fritz ci avesse ripensato e fosse ripartito o dalla paura che non ci avesse ripensato e la stesse aspettando. A ben guardare, entrambe le alternative costituivano un rischio, per quanto lei, seguendo il proprio cuore, preferisse la seconda. E ora sono lì seduti, come una coppia innamorata in luna di miele.

Arriva un cameriere e ordinano un'altra bottiglia di vino. Anche se è già sera, la città vibra, vivace e febbrile, e Olga sente quella vitalità riversarsi su di lei. Ai tavoli intorno a loro ci sono mani che gesticolano, bicchieri che tintinnano, e lo scoppiettio delle motorette talvolta è così vicino che lei distingue a malapena le proprie parole. Le preoccupazioni per il suo matrimonio, le fatiche dei turni di notte, il lungo viaggio del giorno prima, la giornata pesante alla conferenza, tutto è dimenticato. È seduta di fronte a Fritz e si sente come una foglia al vento, viva e leggera. In lei si insinua il pensiero che lui non sia del tutto innocente, che abbia messo in moto qualcosa nel suo intimo, che non sa dire se sia ancora amore o sia diventato solo sentimentalismo.

Fritz beve un lungo sorso di vino e, dopo aver posato di nuovo il bicchiere sul tavolo, ne percorre il bordo con il dito.

«Perché quella volta mi hai lasciato andare?» le chiede tutto d'un tratto. Sul suo viso c'è... che cosa...? Vulnerabilità?

Olga si sente serrare la gola. «Era questa la tua domanda?»

Lui scuote la testa. «Perché, Olga?»

Ora la morsa è nello stomaco. «Per salvarti, Fritz. Perché fossi fuori pericolo.» Lo guarda. Deve saperlo. «Non ti ricordi? Hai pensato davvero che non facessi sul serio con te?»

Lui posa la forchetta. «Non so cosa ho pensato in quel momento. Forse che, al contrario di Gero, non ero abbastanza per te, non potevo offrirti un futuro. Ero sotto shock. Una parte di me forse sapeva che la mia incoscienza ti aveva costretto a prendere quella decisione. Che l'avevi fatto per me. Ma la parte scettica di me era insicura...» Si interrompe. «E lo è ancora.»

Olga percepisce quanto gli faccia male quel pensiero. L'eredità di un padre che l'ha abbandonato.

«Ma non sai quanto ti amavo?» gli chiede lei, senza esitare. «Avrei fatto qualunque cosa per te. Qualunque cosa.»

Forse è colpa del vino, ma Olga ha le vertigini.

Fritz sembra sollevato. Le prende la mano e lei lo lascia fare. «Lo sai cosa mi ha detto Anna un paio d'anni dopo la nostra fuga in Svezia? Che io e te avevamo qualcosa in comune.» Lei lo guarda curiosa. «Entrambi avevamo qualcosa di simile a un uccello: da un lato la libertà e dall'altro la vulnerabilità. Perché basta che un uccello si spezzi un'ala per...»

«Ora sei sposato», lo interrompe Olga in tutta fretta, perché il solo pensiero di vederlo vulnerabile le fa male.

«Divorziato, Wicca. Lotte mi ha lasciato per un amico di suo padre», dice lui. «Si è risposata e ha avuto una figlia da lui. Anouk.»

Lotte dunque ha avuto la bambina. E Fritz l'ha lasciata andare. Il pensiero che la sua amica sia felice la rincuora.

«Ma come potevo biasimarla?» continua Fritz. «Io l'ho resa infelice fin dal primo giorno. Perché volevo te, e non lei.»

Al rientro in hotel, lui la accompagna in silenzio fino alla porta della sua camera. Lei lo guarda, piena del desiderio che voglia baciarla in quel momento. Ma Fritz si limita ad accarezzarle la guancia.

«È bello rivederti, Wicca. Dormi bene.»

Olga, però, non riesce a dormire. Si rigira di qua e di là, chiedendosi se al mattino Fritz sarà scomparso. Dopo un po' si alza e, agitata, comincia a fare su e giù per la stanza. A un certo punto indossa persino la vestaglia per andare a bussare alla sua porta. Un semplice «sì», è tutto quello che vuole sentire.

"Che idea stupida", si rimprovera. Resta seduta sul letto, indecisa sul da farsi. Ma alla fine la stanchezza ha il sopravvento e si addormenta.

A colazione non lo vede, e quando si informa alla reception si sente dire che è già partito. Senza porre la sua domanda. Olga sente le lacrime salirle agli occhi. Deglutisce più volte, per soffocare il pianto. Arrivato dal nulla e scomparso nel nulla – perché si stupisce? “Un uccello”, aveva detto Anna. E lui lo era sempre stato: impulsivo e volubile. Uno accanto al quale – diversamente da quanto accadeva con Hans – non poteva mai sentirsi sicura. Aveva davvero creduto che avrebbero potuto ricominciare da dove si erano interrotti? Come se Hans, Becki e la sua vita a Friburgo non esistessero?

Quando in qualche modo si è ripresa e ha fatto i bagagli, esce e cammina nel parcheggio dietro l’hotel, persa nei suoi pensieri. Si accorge di Fritz solo quando alza la testa ed è quasi arrivata alla sua auto. È appoggiato con fare disinvolto al Maggiolino, proprio come quel giorno alla Horch di Pa. Si picchietta col dito sotto l’occhio sinistro e Olga sente il cuore in gola.

«Va a Ischia, signorina?» le chiede con quel suo sorriso speciale, e mette fuori il pollice.

Le ginocchia di Olga vacillano.

«Mi porterebbe con lei?»

Lui la guarda e adesso lei lo vede, lo vede nel luccichio dei suoi occhi, nel suo sorriso, nella tensione del suo corpo. Anche lui la ama. Sente un vuoto allo stomaco, e quando lui spalanca le braccia lei vi cade dentro. Non è sentimentalismo, e neppure l’inizio di un amore. È il corso del loro amore, che ha sconfitto il tempo.

51.

LUGLIO 1956, ISCHIA

Olga si sveglia di soprassalto. Fuori, da qualche parte, rintoccano le campane, una, due, tre, quattro, cinque volte. Fritz respira profondamente accanto a lei. Come sembra tranquillo! Com'è bello...

Scivola fuori dal letto in silenzio e si mette la vestaglia. Dai tempi della guerra l'alba è il suo momento preferito della giornata, perché ogni volta rinnova in lei la certezza che l'oscurità svanisce.

Quando entra nella piccola cucina, i suoi piedi nudi sentono il freddo del pavimento in terracotta. Il suo rituale mattutino in quella vacanza include la preparazione di un vero caffè italiano. Mette una manciata di chicchi in un macinacaffè di legno e comincia a girare la manovella. Poi svita la caffettiera di acciaio inossidabile, la riempie d'acqua, con un cucchiaino mette la polvere nell'imbuto, la riavvita stretta e la mette sul fornello. Soddisfatta, osserva la caffettiera e aspetta finché nel silenzio non si sente ribollire, gorgogliare, sibilare. Quando il vapore sale e fa appannare la finestrella, Olga prende la caffettiera dal fornello e si versa il liquido bruno-dorato. Al suo primo tentativo, qualche giorno prima, al comparire del sibilo si era spaventata ed era fuggita dalla cucina; ora sa che non c'è pericolo di esplosione.

Con la tazzina in mano, fa un giro nel giardino e respira a pieni polmoni l'aria ricca di profumi. Tutto è in fiore: gli oleandri, il sambuco e quei fiori bianchi che somigliano a trombette.

Si ferma sotto un vecchio ulivo e posa la mano libera sul

tronco. La corteccia argentea è ruvida, rugosa e squamosa. Una volta aveva letto che il tronco dell'ulivo è così nodoso perché nel corso degli anni ruota sempre su sé stesso. Svuota la tazzina e le viene da sorridere, pensando che anche lei ha fatto un giro su sé stessa, ma solo per ritrovarsi finalmente, grazie a Fritz. Pensa a Becki, al fatto che la stia nascondendo a Fritz. Con lui non parla nemmeno del suo matrimonio, di Hans, come se tra loro vi fosse un tacito accordo per cui in quella settimana esiste solo il loro presente insieme. Con un sospiro soffoca il nascente senso di colpa. Aveva promesso di chiamare la figlia, e lo farà.

Il giardino a terrazza si estende fino al limite della scogliera. Olga fa qualche passo e si appoggia al parapetto, lasciando vagare lo sguardo.

Davanti a lei c'è il mar Tirreno, che riluce dorato sotto il sole nascente. Alla sua sinistra un roccia si erge ripida dall'acqua.

Olga si gode il silenzio del mattino, come se appartenesse solo a lei. Lontano, all'orizzonte, vede un pescatore che getta le reti. È come guardare una cartolina che cambia soggetto ogni mattina: a volte sono barche a vela isolate, altre volte gabbiani ancora assopiti sulle onde lievi – al contrario di lei, che non vuole perdersi neanche un minuto della giornata. L'atmosfera varia come i colori del mare. In caso di nebbia fitta l'acqua è grigia; ma poi la nebbia si dissipa rapidamente come è arrivata, proprio come capita ai pensieri oscuri di Olga. Basta non pensarci, si dice, basta dimenticare che questa bella magia finirà presto. Oggi il mare luccica azzurro, e lei è felice. Perché Fritz è ancora lì con lei.

Già solo la traversata del Golfo di Napoli su un traghetto arrugginito era stata magica. Il Vesuvio alle spalle, sulla sinistra l'isola di Procida, più in là Capri e poi la vista su colline ricoperte di pini e vigneti, su cipressi, palme e alberi di limone via via che si avvicinavano a Ischia Porto. Quando avevano attraccato al suono di un'orchestrina, Fritz aveva suggerito di bere subito un espresso. In piazza c'era il mercato. Le bancarelle offrivano frutta e verdura in grande quantità: carciofi, pesche, sontuosi pomodori, montagne di meloni. Per non parlare del pesce fresco.

Quando aveva scorto la casa in cui avrebbero trascorso sette giorni, Olga era rimasta senza parole. La villetta intonacata di giallo sorgeva solitaria in cima a un'altura e offriva una vista mozzafiato sulla baia che si apre davanti a Forio.

Il proprietario, che li aspettava sulla porta con le chiavi in mano, li aveva salutati come "il dottor Bley e la dottoressa Bley", e loro si erano limitati a fare un cenno col capo, strizzandosi l'occhio a vicenda con fare cospiratorio. Una settimana in quel paradiso, sola con Fritz – niente poteva guastare l'umore di Olga.

Il giorni passano in un lampo, non c'è tempo per sentirsi la coscienza sporca. Né per quella domanda che Fritz non ha ancora fatto.

Nelle ore mattutine esplorano l'isola su uno scooter e camminano mano nella mano lungo la riva del mare. Al pomeriggio gironzolano senza meta per i vicoli tortuosi di Forio. Ammirano il panorama dalla chiesa bianca che sorge in posizione elevata e salutano i pescatori che riparano le reti nel porticciolo. Quando il caldo si fa sentire, Fritz fa qualche bracciata in mare e punzecchia Olga perché lo aspetta sulla spiaggetta sotto la loro abitazione e non mette mai nemmeno un piede in acqua. Il motivo, però, non glielo dice. La sera, dopo aver cenato in una delle tante graziose trattorie fanno rientro, stanchi, nella villetta gialla e lasciano che la giornata si concluda bevendo un bicchiere di vino bianco in terrazza. Olga potrebbe continuare così in eterno. Solo di tanto in tanto restano in silenzio, e sanno entrambi che l'altro sta pensando al ritorno e *alla domanda*. Ma fintanto che Fritz non la pone, per Olga non esiste nessuna delle due cose.

Lei prende tutto questo felicemente: Fritz che coinvolge i pescatori in conversazioni a gesti sulla costruzione delle barche di legno; la biancheria appesa in alto, da un lato all'altro dei vicoli, ad asciugare all'aria; le grida in una lingua a lei sconosciuta; le risate delle persone in piazza; le innumerevoli casette color pastello.

Fritz dice che, con lei, persino i colori nei toni pastello diventano brillanti e vivaci. Fritz non lo sa, pensa Olga, ma è lui che porta alla luce la bellezza delle cose, perché solo ora lei si rende conto quanto siano stati incolori i suoi ultimi anni. Se aveva creduto che i suoi sensi si fossero atrofizzati, a Ischia si è dovuta ricredere.

«Senti che sapore, Fritz?» gli chiede quando, per la prima volta in vita sua, mangia un risotto al limone e zafferano.

«Senti che profumo, Fritz?» quando da un ristorante si diffonde un aroma di frutti di mare e pomodori che la manda in estasi.

«Li senti, Fritz?» quando i grilli accompagnano col loro frinire le serate in terrazza e l'ultimo bicchiere di vino.

Come la sera prima, quando Fritz l'aveva stretta fra le sue braccia.

«Un mondo pieno di colori, questa è la mia Wicca.»

Lei si era accoccolata contro di lui. «Da bambina pensavo davvero che un tempo il mondo fosse in bianco e nero, perché vedevo tutte le fotografie così.»

Lui aveva sorriso. «E che le persone nelle foto apparissero serie e infelici perché il loro mondo era triste e grigio. Anch'io pensavo la stessa cosa.»

Fritz la colpisce con le sue parole e i suoi sguardi e lei si fida di lui, e per questo vorrebbe a sua volta colpirlo. Ogni notte si sveglia e cerca la sua mano. Baciarlo, sentire il suo corpo – è come se, dopo un lungo sonno, si fosse svegliata in un'altra vita, in un altro corpo, che ora sta scoprendo pezzo dopo pezzo con Fritz. Aveva dimenticato come ci si sente a farsi trasportare, e ora si sente vibrare. Di vita e di amore. Di amore per la vita.

Il clacson chiassoso di una motoretta irrompe nel silenzio e nei suoi pensieri. Torna dentro a vedere se Fritz dorme ancora. Poi va in soggiorno e fa il numero di casa. Becki è tornata dalle vacanze con i Borjahn.

Appena sente la dolce voce assonnata della figlia, deve sforzarsi di trattenere le lacrime.

«Mami?» Becki d'un tratto è perfettamente sveglia. «Quando torni? Mi manchi tanto!»

«Anche tu mi manchi, tesoro mio», sussurra lei nella cornetta. «Torno domani.»

«Che cosa mi porti?»

Olga le ha preso una di quelle palle di vetro con la neve, che però, quando la si agita, non si riempie di neve ma di sabbia dorata. Al centro, due ragazze nuotano nel mare. Cerca di immaginarsi la faccia che farà Becki quando vedrà quella tempesta di sabbia e aspetterà, elettrizzata, che il pulviscolo si depositi per far riemergere le due figure.

«È una sorpresa.»

«Anche io e papà abbiamo una sorpresa per te.»

Hans ha dimenticato che a lei non piacciono le sorprese?

Quando ripone la cornetta viene assalita da una tristezza paralizzante, perché sa di avere ancora solo una notte con Fritz, prima di ritornare in Germania. Fa un respiro profondo e torna di corsa in camera. Per un istante resta immobile davanti al letto.

Ascolta il suo respiro regolare e studia il suo viso addormentato, il piccolo neo sopra il labbro superiore, le ciglia folte, la cicatrice sopra il sopracciglio destro che non sa come si sia procurato. Ci sono ancora troppe cose che non sa. Le viene da piangere, osservando le sue mani ruvide, nelle quali sembra risiedere tutta la sua contraddittorietà. Sono le mani forti di un lavoratore, callose, screpolate, segnate da cicatrici, che però sanno essere estremamente delicate e percepire al tatto più ancora delle sue. Nel suo intimo si agita il desiderio, e reprime l'istinto di baciarlo. Non vuole svegliarlo, hanno passato tutta la notte in terrazza a mangiare e parlare.

Perché non gli ha chiesto della cicatrice?

Mentre in lei la ragione vince sulla passione, in lui è il contrario. Come se i suoi pensieri indecenti l'avessero svegliato, Fritz allunga le braccia, la attira a sé e la bacia.

Lei lo lascia fare volentieri.

Pian piano il respiro di Olga riprende il suo ritmo regolare. Appoggia la testa sul petto di Fritz e resta in ascolto della risacca, che si sincronizza con il battito del cuore di lui. Non ha mai sentito niente di più meraviglioso. Quando è con lui, si sente a casa.

«Cosa senti?» le chiede Fritz dopo un po'.

Lei lo guarda. «Cento battiti al minuto. A riposo.»

«È molto?»

«Se è molto?» gli chiede di rimando fingendosi seria. Poi gli prende il polso. «Normalmente si hanno da sessanta a ottanta battiti al minuto.»

Lui si mette seduto. «Come può essere?»

«Tipico caso di tachicardia», replica lei asciutta. «Battito accelerato all'ultimo stadio. Ti serve subito un medico, che...»

«Te l'ho detto, Wicca, tu mi appartieni, per sempre, o mio amore imperituro», esclama Fritz, stringendola più forte.

Olga, ridendo, cerca di liberarsi.

Non ricorda di essere mai stata così felice e al tempo stesso così triste.

«Come ti sei fatto quella cicatrice?» gli chiede, quando la tristezza prende il sopravvento. Gliela sfiora delicatamente.

«Uno svedese furioso, in una birreria, poco prima della fine della guerra, che ne aveva abbastanza dei tedeschi», taglia corto lui. «E tu come ti sei fatta la tua?» Tocca il segno in rilievo sulla sua fronte.

Come può rispondergli? «L'anta di un armadio», mente, e ripensa al giorno delle sue nozze, quando Gero, nel tentativo di trattenerla, l'aveva involontariamente spinta giù dalle scale. A come era saltata sull'auto di suo padre, con la ferita ancora aperta, e se n'era andata senza aver pronunciato il suo «Sì». Verso Kühlungsborn.

Lui le posa la mano sulla guancia. Il cuore di Olga batte forte.

«Ti amo», sussurra Fritz. «Perché non restiamo qui?»

Lei vorrebbe ridere, vorrebbe piangere, vorrebbe restare con lui e, sapendo che non è possibile, lo bacia.

Dopo essersi amati una seconda volta quella mattina, restano a letto uno accanto all'altra. Quando lui comincia ad accarezzarle la mano e si schiarisce la voce, Olga sente che sta per arrivare qualcosa di funesto. Vorrebbe alzarsi, ma Fritz la trattiene.

«Aspetta. Ti sono ancora debitore di una domanda.»

Olga non può evitare che la leggerezza tra loro si trasformi in serietà.

Dopo un momento di silenzio, Fritz continua, a bassa voce: «So che hai una bambina. E so che si chiama Becki. È mia figlia?».

Olga trasalisce. Era questa la domanda che aveva temuto fin da quando erano saliti in auto insieme. Dunque Lotte gliel'aveva detto, nonostante avesse promesso di non farlo. Per tutta la settimana Olga non aveva detto una parola su Becki, aveva fatto come se sua figlia non esistesse, per paura della reazione di Fritz e delle conclusioni che avrebbe potuto trarre. Dunque ne era al corrente. Olga si preme entrambe le mani sulla bocca, come se in quel modo potesse soffocare la disperazione che dal profondo del suo corpo preme per uscire.

Se solo lui sapesse cosa ha scatenato con quella domanda...

«Olga...» riprende lui, poi però ammutolisce. Si guardano negli occhi, ma lei tace, e del resto cosa dovrebbe dire? *Ha detto Olga, non Wicca.*

«Rispondi solo a questa domanda», insiste lui. «Solo a questa semplice domanda.»

Ma che cos'ha di semplice quella domanda? pensa Olga, e dice: «Che cosa vuoi da me?».

«Sapere se Becki è mia figlia.» La sua pinna nasale trema. «Me lo devi. Lotte me l'ha detto. E so anche che non hai sposato Gero.»

"La lettera di Gero", pensa Olga, "che era indirizzata a lui."

Non è né Gero né Lotte a mettersi tra loro, ma Becki. Olga cerca le parole giuste. «Se devo qualcosa a qualcuno, è a Becki. Devo a mia figlia un'infanzia felice, Fritz.»

Il suo sguardo triste la colpisce al cuore. Sa quanto gli sta facendo male. E proprio a lui...

«Tra due settimane parte la mia nave per Vancouver», dice Fritz serio. «Adam mi vuole nella sua impresa di costruzioni nautiche. Non è pazzesco? Perché non venite anche voi due?» aggiunge affannato, come se fosse la soluzione a tutti i problemi.

Olga ha un sussulto. Con lui in Canada, da Adam? Mai. Come può spiegargli che porterebbe via a Becki la sua storia? Che rischierebbe di perdere sua figlia?

«Non posso», risponde, scuotendo lentamente la testa. Le lacrime le scorrono sulle guance.

Come se potesse fare questo a Becki. O a sé stessa.

Il viso di Fritz sembra chiudersi. «Se non vuoi darmi la risposta, allora me ne vado.» Si alza, risoluto.

Lei continua a tacere. Deve farlo, perché non trova le parole giuste. Tutto il suo corpo trema.

Quando si rende conto che lei non gli darà alcuna risposta, Fritz le volta le spalle e comincia a vestirsi.

«Ti capisco, Wicca.» Ha la voce spezzata. «Becki ora ha una vera famiglia. Tu non vuoi che lei debba crescere come me, vero? Come figlia illegittima.»

"Sbagliato", pensa lei, mentre lo guarda mettere le sue cose alla rinfusa nella borsa.

"Becki non deve crescere come me", vorrebbe dirgli. "Come un'emarginata." Ma se glielo dicesse, poi dovrebbe anche raccontargli tutto il resto. E questo non avrebbe il coraggio di farlo.

Vorrebbe trattenerlo, più di qualunque altra cosa. Ma a chi o a cosa servirebbe? Niente più serve a qualcosa. Nemmeno le lacrime.

«Becki non è tua figlia», dice sottovoce. «Questa è l'unica risposta che ti posso dare.»

Fritz la guarda a lungo. «Capisco», dice, e scompare dalla sua vita, senza più voltarsi indietro.

52.

AGOSTO 1956, FRIBURGO

La prima cosa che Olga vede quando scende dall'auto è un grande cartello svolazzante sulla porta d'ingresso. BENTORNATA A CASA! legge da lontano, nonostante i colori un po' sbiaditi. Una raffica di vento più forte strappa il cartello. Friburgo la accoglie – insolitamente, per essere inizio agosto – con pioggia e vento freddo. D'un tratto sente le lacrime scorrere sulle guance. La coscienza sporca emerge goccia a goccia dal profondo, e con lei il desiderio che l'intervallo con Fritz sia stato ciò di cui aveva bisogno per assicurarsi di essere al posto giusto, per essere certa che Hans è l'uomo giusto al suo fianco. *Bentornata a casa!*

Al contrario di Fritz, lui c'è. Inoltre si prende cura di Becki in maniera commovente, come fosse il suo padre biologico. La famiglia è tutto quello che conta, e tutto ciò di cui Becki ha bisogno. Cosa aveva detto l'ufficiale di stato civile durante le nozze? Un matrimonio consiste nel fatto che ci si sceglie e si resta insieme. E lei ha dato la sua parola.

Sì, Hans ha ragione quando dice che lei è troppo poco disposta a scendere a compromessi. Quando aveva avuto problemi con lui era sempre stato perché voleva tutto, tranne rinunciare. Ma questo deve finire. Un ambulatorio con suo marito. Questo li riavvicinerà. Pertanto rinuncerà alla specializzazione, ai suoi sogni, a Fritz.

Si impone di non pensare più a lui. E se si dovesse insinuare nei suoi pensieri o nei suoi sogni, allora lei si ricorderà di essere una donna di scienza, e, come tale, di essere in grado di opporre resistenza a sentimenti eccessivi come l'amore, la gelosia o il dolore. Al bisogno, anche con una semplice valutazione: figli, famiglia e professione da un lato, irrazionali turbolenze dell'animo dall'altro. Sì, è fermamente decisa a liquidare il suo ribollire di sentimenti per Fritz come sentimentalismo. Il suo bisogno di sensazioni forti è appagato.

Tuttavia il terreno su cui cammina per portare avanti questo proponimento non sembra molto saldo.

Fritz. Il cuore di Olga trabocca di desiderio per lui.

Resta ferma qualche istante, per calmarsi, per riprendersi. Poi si strofina le mani sul viso, si china infilando il braccio nell'auto, suona due volte il clacson e aspetta che la porta si apra.

«Mami!» grida Becki, precipitandosi fuori. La avvolge nel suo abbraccio, come se non volesse più lasciarla andare. Ma è Olga a non volerla più lasciare andare. Ricambia l'abbraccio e ride. «Mi sei mancata tanto, tesoro mio!»

Quando si stacca dalla figlia, Olga vede Hans che le sorride esitante. «È bello che tu sia qui», dice, dandole un bacio quasi timido sulla guancia.

Del resto, di più Olga non avrebbe potuto sopportare. Le sembra così sbagliato stare con lui, quasi un tradimento nei confronti di Fritz, tuttavia il suo posto è lì.

«Ho una sorpresa per te», annuncia Hans, ora più sicuro di sé, dondolandosi avanti e indietro come un bambino elettrizzato. «Lascia qui la valigia. Ti racconto tutto il resto quando siamo là.» Poi si rivolge a Becki. «Vai su dalla nonna e l'aiuti ad apparecchiare la tavola?»

«Di cosa si tratta?» chiede Olga nervosa. *E adesso cosa succede?*

«Vedrai.» Tutto allegro, le fa strada nell'ingresso e lì Olga vede la targa appesa accanto alla porta dell'appartamento di Herta.

DOTT. HANS BLEY. MEDICO GENERICO E OSTETRICO

Olga si sforza di sorridere. Dov'è il suo nome? E perché nella villa dei Bley, dove a lei già manca l'aria? E, soprattutto, perché Hans ha deciso tutto alle sue spalle?

Lui la guarda incerto.

«Allora, cosa ne dici?» le chiede. «La mamma si è trasferita in mansarda. La posizione è perfetta. A due passi da te e dai nostri bambini.»

Quali bambini? Il sorriso le si gela sul volto. Potrebbe di nuovo lamentarsi – perché sarà sempre così, perché lui non la capisce, perché decide anche per lei, perché lei dovrà restare a casa e occuparsi esclusivamente della famiglia.

Si asciuga il sudore dalla fronte. «E che ne è di me?» domanda, rendendosi conto che la sua voce suona cavernosa.

Per un attimo Hans sembra in imbarazzo.

«Ci ho pensato a lungo», spiega. «Penso che sia meglio che tu ti riguardi per un po'. E in seguito vedremo.»

«Davvero?» ribatte pungente. «E cosa vedremo, esattamente?»

«Be'... se vorrai ricominciare a lavorare.»

In realtà non ha ancora smesso di farlo.

«Eravamo d'accordo», continua lui con fare implorante, «che vogliamo essere una vera famiglia, tesoro. E che per questo dobbiamo scendere a compromessi.»

Noi? O io? Olga lo guarda perplessa. Quanto la conosce davvero? E quanto lei conosce lui?

Quando sembra non riuscire più a sostenere il silenzio di Olga, Hans dice: «La mamma ti ha preparato il tuo piatto preferito: arrosto di capriolo con purè di patate e carote. Vieni, non facciamola aspettare».

Solo in quel momento Olga sente il profumo del cibo che si diffonde nell'ingresso.

Le è passato l'appetito.

In silenzio si allontana e va a prendere la sua valigia. Si ferma sui gradini dell'ingresso. Riesce a vedersi ancora nella villa dei Bley? Hans di sotto, Herta di sopra e lei in mezzo, stritolata fra le loro aspettative...

A essere sincera, vede solo una cosa. Fritz.

Nei giorni seguenti si rifugia nel lavoro e fa lunghe passeggiate con Becki. I lavori di ristrutturazione nella villa sono in pieno svolgimento e non c'è un attimo di silenzio. Già alle sette di mattina arrivano i primi operai. Si abbattono pareti e si montano armadi e scaffali alti fino al soffitto, il banco dell'accettazione trova posto nel vecchio soggiorno di Herta. Poi è la volta degli imbianchini. Si susseguono furgoni con lettini, sedie per la sala d'aspetto, e casse su casse di attrezzi, materiali per medicazione, siringhe e medicinali. Lo studio aprirà nel giro di quattro settimane. Hans ha la testa che scoppia, tanto è oberato di cose da fare, ma nella testa di Olga non sa cosa succede. E come potrebbe? Si parlano a malapena, al massimo si scambiano monosillabi o rapidi sguardi, niente di più. Quando hanno avuto l'ultima volta una conversazione sincera su come e dove vogliono vivere e lavorare?

Se da un lato Olga desidera questo dialogo, dall'altro lo teme. Sembra che la mancanza di comunicazione tra loro abbia liberato dei pensieri che lei finora aveva messo da parte per il quieto vivere. Il fatto che lei non voglia abbandonare la medicina, che fin da quando era piccola era stato tutto per lei ed è l'unica cosa che l'aiuta a sopportare tutte le contraddizioni e le paure della vita. E il fatto che non riesca neppure a immaginare di avere un figlio con lui. Di notte, quando Hans si stringe a lei tanto che può percepirne il desiderio, Olga si irrigidisce e si sposta sul bordo del letto. «Lascia stare, sono stanca.»

Prima del suo viaggio in Italia, lui in qualche modo la spingeva, cercava di vincere la sua ritrosia con qualche bacio, ma ora Olga non lo sente più protestare, solo il suo russare un minuto dopo che si è addormentato, come se si piegasse di buon grado al proprio destino. O forse lei si sbaglia, ed è solo lo stress per la ristrutturazione e i costi elevati che incombono su di lui. Ma in segreto spera che Hans si sia arreso, come lei. Ma come potrà il loro matrimonio reggere a tutto questo? Esiste ancora solo nel loro ricordo, e ogni giorno che passa sparisce un altro pezzo di ciò che li univa.

Mentre lo ascolta dormire, i pensieri non le danno pace e la tengono sveglia. Una notte non ce la fa più, lascia il letto matrimoniale e si intrufola nei locali dell'ambulatorio. La villa ora le appare estranea. Quante volte aveva pregato Hans di trovare un posto tutto loro, solo per lei, lui e Becki. Abita in quella casa da quasi due anni, ma si muove ancora al suo interno come se fosse un'ospite.

Forse è a causa di Herta, che è tigliosa come il suo arrosto di capriolo, oppure dipende dal fatto che Hans è cresciuto nella casa dei genitori come cocco di mamma? Non riconosce più l'uomo progressista che aveva ammirato un tempo.

Dalla finestra giungono i rintocchi della campana del duomo. È mezzanotte. Senza far rumore, Olga apre la porta dello spazioso ambulatorio. Cammina strascicando i piedi sul pavimento polveroso, non le importa di sporcarsi le calze sottili. Si ferma davanti alla grande scrivania di quercia. Dietro, sulla parete, c'è un ritratto del padre di Hans in camice bianco che non aveva mai visto. Probabilmente Herta l'ha fatto realizzare appositamente per lo studio, in modo che il figlio ricordi ogni giorno quali orme sta seguendo. Uno stetoscopio pende dal collo del professor Rupert Bley, che tiene il mento appoggiato su indice e medio di una mano e ha uno sguardo serio. *Semidio pensante in bianco*, potrebbe essere il titolo del quadro. Osservando con più attenzione Olga nota alcune somiglianze tra Hans e suo padre. Le stesse zone grigie sulle tempie, gli stessi capelli marrone chiaro sulla fronte, il labbro inferiore un po' sporgente, tipico di Hans quando non vuole essere disturbato. Sebbene il locale sia freddo e la finestra aperta a ribalta, Olga è sudata fradicia. Lo sguardo penetrante del padre di Hans, dall'alto in basso, le provoca ondate di calore, come se entrasse profondamente in lei e tuttavia non capisse niente. Come può Hans, sotto quello sguardo severo, condurre una vita che non corrisponda alle aspettative dei genitori? Con cautela passa la mano sulla superficie liscia della scrivania, portando via una parte dello strato di polvere.

Sente che dentro di lei qualcosa barcolla e si aggrappa al piano della scrivania, poi si volta e torna a rapidi passi fino al letto. Non vede l'ora di abbandonare quello spazio, quel tempo, Hans e suo padre, e di evocare il pensiero di Fritz, così potente da farla sentire di nuovo viva. "Una scintilla in un mare di cenere", aveva detto Juri una volta. Una scintilla che, come lei sa da tempo, non si è mai spenta. Fritz è il suo dolore fantasma, è sempre con lei. Ed è felice di avere qualcosa di suo, di sentirlo accanto a sé, nel suo rifugio dentro di sé.

Il giorno seguente, mentre sono insieme a un gruppo di medici, Olga osserva Hans che offre una sigaretta all'infermiera Gitte e poi, proprio mentre lei sta per prenderla, gliela sottrae ridendo, perché è incinta. Si trova così a riflettere su come continuare quel matrimonio. Si rende conto che Hans con gli altri è sereno e spensierato. Solo tra loro due è diventato tutto così pesante. Pesante come piombo, si dice lei, giocando sul cognome del marito, e subito sente su di sé lo sguardo inflessibile del padre di lui.

L'infermiera Gitte spinge in fuori orgogliosa la pancia, e Hans la guarda quasi incantato. È una pugnalata per Olga. È chiaro che lui desidera ardentemente un figlio. Olga sa che sarebbe felicissimo se anche la sua pancia diventasse così rotonda, e allo stesso tempo sa quanto sia deluso perché ciò non accade. Per lui, lei ormai è solo una bambola. Ha tutto, ma è finta. Senza vita. Non interessante. Perché non adempie il suo dovere biologico. Ma una donna non viene al mondo già madre, lo diventa. E lei non è certo una persona incompleta per il semplice fatto di non volere o non poter avere un figlio con lui!

Negli ultimi anni ha cercato di convincere tutti che si merita il suo posto nel mondo. Si è regolarmente messa a disposizione, ha ambito a favore e riconoscimento, come se fosse in debito. Come figlia, madre, moglie o medico. Ora ne ha abbastanza! Ne ha abbastanza delle persone che le dicono cosa fare e cosa non fare. E dei suoi sensi di colpa. Il suo corpo non è più importante dei suoi pensieri, delle sue idee e desideri.

E in quello stesso istante un pensiero l'attraversa come un lampo. Ora lo sa. Non amerà mai veramente Hans, e non vuole più nemmeno provarci, ne con il corpo né con la mente. Non continuerà a vivere una vita che non vuole.

Deve andarsene.

Quella consapevolezza è così inaudita che le dà le vertigini.

Solleva la testa e sente qualcosa che si irradia dentro di lei, che afferra le sue membra e il suo viso e la trascina, tanto che Hans la guarda con aria interrogativa. Lei scuote la testa e gli sorride. Potranno parlare più tardi.

«Non lasciare che la luce dentro di te si spenga», le aveva detto Pa poco prima di morire, e lei aveva promesso di prestarvi attenzione. Non solo per sé stessa, ma anche per Becki.

Perché cosa avrebbe sua figlia da una madre le cui luci si spengono?

Tuttavia le dispiace per Becki e per la famiglia che le porta via. Per Hans non prova dispiacere. Non perché gli dia la colpa per il fallimento del loro matrimonio, ma perché si merita una moglie che lo ami per come è. Che lo faccia brillare e gli dia dei figli. Lui è un padre meraviglioso, e Olga sa quanto gli dia fastidio sapere che alle sue spalle la gente consideri una sua debolezza il fatto che la moglie lavori e non gli dia un figlio.

Ma cosa desidera per sé stessa? Olga sorride. Quello che ha sempre desiderato: diventare ginecologa.

Fritz, a Ischia, aveva parlato di un amore imperituro. Ma non è così. Fritz e lei si sono persi. Lei stessa si è persa. È ora di ritrovarsi, di ritrovare sé stessa e i propri sogni. Di riempire la vita con quello che la rende felice. E a quel punto sparirà anche il vuoto dentro di lei, ne è convinta. E chissà, forse verrà anche il tempo di ritrovare Fritz.

Magari il meglio deve ancora venire.

53.

30 MARZO 1991, GINSTERBURG

Per un attimo Olga, vedendo le lacrime nei suoi occhi. pensò che Lotte volesse abbracciarla. D'istinto si tirò indietro e le porse la mano, come a un'estranea, anche se quel saluto formale le sembrava fuori posto. Perché la donna di fronte a lei era pur sempre Lotte, la sua amica d'infanzia. Sebbene fossero passati molti anni, le era ancora incredibilmente familiare. Com'era bella! Un po' invecchiata, naturalmente, ma con i capelli ancora biondi e folti e lo sguardo vivo, fresco.

«Quasi non riesco a credere che siate davvero venute a Ginsterburg», disse Lotte dopo qualche istante, facendo un cenno a Olga per invitarla a sedersi con lei sulla panchina davanti all'olmo. «Quando quell'avvocato impossibile mi ha contattato e mi ha dato il tuo indirizzo», disse prendendola a braccetto, «ho davvero sperato di rivederti, finalmente. Non avevo più avuto tue notizie!»

Lotte aveva pensato spesso a lei? Olga deglutì. Lei aveva scacciato regolarmente qualsiasi pensiero sull'amica, come se non fosse mai esistita.

«E quando non hai risposto alla mia lettera, Olga, ho temuto il peggio.»

Cosa doveva dirle? Come poteva spiegare a Lotte perché non le aveva risposto? Non lo capiva più neanche lei. Davvero non voleva più vederla?

«Fino a ieri non sapevo nemmeno che sarei venuta a Ginsterburg», disse esitando e guardando le sue ragazze, che nel frattempo si erano avvicinate a loro. «È stata una sorpresa di compleanno.»

All'improvviso fu assalita dal vecchio panico e temette che tutto potesse andare all'aria. Lotte aveva forse rivelato a Becki che Gero non era suo padre? Ma un'occhiata al volto divertito di sua figlia le fu sufficiente a stabilire che non aveva nulla di cui preoccuparsi: Lotte aveva tenuto il becco chiuso.

«E che sorpresa di compleanno!» intervenne Becki ridendo. «La mamma è addirittura svenuta...»

Lotte sfiorò il braccio di Olga. «Ti succedeva anche un tempo, quando qualcosa era troppo per te.»

La prima volta il giorno del suo tredicesimo compleanno, pensò Olga, al parto della baronessa.

Lotte sospirò. «Sai, Becki, per noi vecchie signore non è facile viaggiare nel passato in questo modo. Ma io sono incredibilmente felice che l'abbiamo fatto. Anche solo per rivederti, Olga. E per conoscere finalmente voi due», aggiunse rivolta a Becki e Sara.

«Sì, anche noi ne siamo felici.» Becki cinse le spalle della figlia con un braccio. «Lo sai, Sara, quella volta che siamo andati a prendere Lotte alla stazione di Friburgo, io ero del tutto sconvolta. Penso di non aver mai visto una donna più elegante in vita mia. Sembrava una stella del cinema.»

Lotte ride, imbarazzata. «Ed ero già al quarto mese di gravidanza!»

«Anouk?»

Istintivamente, Olga ripensa al modo in cui Fritz, in Italia, le aveva raccontato della figlia di Lotte. Ora doveva essere sulla trentina.

Lotte la guardò sorpresa. «Sì, esatto. Anouk. Arriverà domani con Svea, mia nipote», spiegò raggiante. «E viene anche mio marito, Mads. Lunedì vogliamo festeggiare qui tutti insieme il mio compleanno.» Guardò Olga e Becki. «Il nostro compleanno.»

Sara corrugò la fronte. «Pensavo che tuo marito si chiamasse Fritz», disse, spostando poi lo sguardo su Olga, confusa. «Perché Rosie ha detto che hai lasciato Gero per lui?»

Prima che Olga potesse dire qualcosa, Lotte rispose al suo posto. «Sai, a quell'epoca siamo state tutte innamorate di

Fritz, prima o poi. Ma l'ho sposato io, hai ragione. Più tardi abbiamo divorziato. Ma questo...»

«Guarda!» la interruppe Olga, per distogliere il discorso da Fritz. Indicò il *gilu* adagiato sull'erba della villa dei Blume. «Che ne dici, facciamo un giro per ricordare i vecchi tempi?» Si alzò dalla panchina. «È della figlia di Rosie, abbiamo il permesso di usarlo.»

Non c'era niente di meglio per schiarirsi le idee, pensò, ed era ciò di cui aveva bisogno in quel momento. Ma soprattutto voleva sottrarsi all'inquisizione di Sara.

«Tu sei matta», replicò Lotte ridendo. «Non vogo da anni. Ma in fondo... perché no?»

A Olga sembrava di sognare quando, pochi minuti dopo, portarono la barca sulla riva e la calarono in acqua – lei e Lotte insieme su un *gilu*.

«Vogliamo andare?» chiese all'amica un po' esitante.

«Ci puoi scommettere!»

Già alla prima pagaiata le pale si scontrarono rumorosamente. Da lontano probabilmente sembrava che stessero combattendo con delle spade.

«Touché!» Lotte rise, voltandosi indietro verso l'amica. «Forse siamo un po' fuori allenamento.» E Olga pensò che quella frase si addiceva bene anche alla loro amicizia.

Dopo i primi movimenti incerti, però, riuscirono a prendere il ritmo e fecero scivolare il *gilu* sul lago con eleganza, senza scossoni e rollii. Ogni loro gesto era ben calcolato, e mostravano una calma e dimestichezza tali che sembrava non fossero mai scese dal loro due-senza.

Una sapeva istintivamente cosa faceva l'altra, e mentre si allontanavano dalla riva con pagaiate lente ma vigorose e ritmiche, ripresero vita i ricordi, le immagini e le sensazioni dei giorni d'estate trascorsi insieme sullo Schwanensee. Loro due che, al centro del lago, ritiravano le pagaie sulla barca e si lasciavano trasportare dalla corrente. O che saltavano dalla canoa, mano nella mano, per nuotare sotto l'imbarcazione e rovesciarla. O ancora quella volta che avevano fatto una gara fino alla Mohninsel, con Annemie e Gero su un due-senza e Fritz da solo; e chi perdeva doveva trascinare il vincitore trainandolo con una corda sulla via del ritorno.

Quando la canoa si ritrovò a scivolare sull'acqua al largo, fuori dalla portata d'udito di Becki e Sara, ritirarono i remi e Lotte si sedette al contrario, in modo da guardare Olga negli occhi.

«Le tue ragazze non sembrano conoscere molto del tuo passato, è così?»

Olga annuì, un po' a disagio. «Fino a ieri non pensavo che la mia vecchia vita trascorsa qui potesse essere in qualche modo d'interesse.» Tacque. Come poteva spiegare quanto tutto fosse confuso? Le serviva ancora un po' di tempo per riflettere e decidere come raccontare – e anche *cosa* raccontare.

Lotte la fissò con aria seria. «Lo capisco, Olga. E spero che tu possa perdonarmi per averti messo così sotto pressione quella volta. Per essere poi ripartita precipitosamente, senza lasciarti nemmeno un messaggio. Ma la situazione in quel momento, con Mads, Fritz, la gravidanza... era troppo per me.»

Olga lo ricordava bene. Era passata in ospedale a prendere gli strumenti e poi era andata all'hotel e aveva bussato alla porta della camera di Lotte, ma la sua amica se n'era già andata, senza dire una parola. E aveva pensato, sollevata, che l'amica le aveva evitato di dover prendere una decisione.

«Per fortuna mi avevi fatto una lavata di capo, prima che costringessi te e me stessa a fare una sciocchezza», disse Lotte.

Olga annuì, compassionevole. «Sono felice che sia andato tutto bene. Sembri felice, con Mads e la tua famiglia.»

«Sì, lo sono», rispose Lotte sorridendo. «Tuttora.» Guardò Olga scrutandola in volto. «Anni dopo ti ho scritto una lunga lettera, un tentativo di darti una spiegazione e di scusarmi. Ma è ritornata indietro senza essere stata aperta.»

«A quel tempo non abitavo già più a Friburgo», replicò Olga.

«Becki ha detto che tu e Hans vi siete separati e che sei diventata ginecologa a Plön.»

«Due anni abbondanti dopo il matrimonio. Tu me l'avevi predetto.»

«La mia stupida insinuazione che tu non amavi Hans ma Fritz?» chiese Lotte. Ormai erano arrivate al centro del lago.

«Be', per lo meno era stato uno stimolo per farmi riflettere sui miei sentimenti.» Olga sorrise.

Non volle dire altro, e Lotte parve capirlo. Si voltò di nuovo e prese il remo. Come si sentivano bene, di nuovo insieme sull'acqua! Olga si godette il ritmo, la leggerezza. Pagaiarono in perfetta armonia, senza sforzo. E in lei germogliò la speranza di poter, con la stessa leggerezza, riannodare i fili con i vecchi tempi, con i tempi belli. Guardò la schiena di Lotte e si disse che le era mancata. Non aveva mai più sentito un'amica così vicina come era stata lei.

«Lo sai?» riprese il discorso. «Su tante cose avevi certamente ragione. Per esempio sul fatto che Hans volesse una moglie che guardasse nella pentola ma non fuori di essa. Avevi detto così, no?» domandò ridacchiando.

«Più o meno...» Lotte rise, gettando all'indietro la testa. «Non che ti augurassi di divorziare, ma tu sei sempre stata troppo indipendente per fare quello che ci si aspettava da te.»

«È così?»

Lotte tolse di nuovo la pagaia dall'acqua e si girò verso Olga. «Quando mai ti sei accontentata di qualcosa?»

Quella frase ferì Olga.

«Ti riferisci a Gero?» le chiese triste. «Non mi hai mai perdonato il fatto che Fritz si era allontanato da te, vero?»

«Non c'è niente da perdonare, Olga. Mi ricordo bene come ti aveva guardato Fritz la prima volta che era entrato in classe. E come l'avevi guardato tu.» Restò in silenzio qualche istante. «Era stato innamorato di te fin da subito. E io ero gelosa perché voleva portarti via da me. E naturalmente anche un po' offesa perché non mi guardava nemmeno.»

Olga si accigliò. «Non mi devi nessuna spiegazione.»

«Invece vorrei spiegare», ribatté Lotte. «Semmai, poi mi potresti perdonare. Solo quando ho conosciuto Mads ho capito che voi vi appartenete, tu e Fritz, che siete fatti l'uno per l'altra. Quando è nata Anouk, ho cercato in qualche modo di rimettere le cose a posto.» Sorrise.

«Cosa intendi?» chiese Olga sconcertata.

Lotte alzò un sopracciglio. «Prima del Canada ti ha cercato.»

Olga arrossì. «Sì, è così», replicò asciutta.

«Qualche giorno prima gli avevo parlato di Becki e del fatto che Gero non poteva essere suo padre.»

«Perché l'hai fatto?»

Lotte sembrava combattere con sé stessa. Poi si piegò in vanti, verso Olga. «In qualche modo avevo la sensazione che non fossi stata tu a distruggere il mio matrimonio, ma io a distruggere la vostra felicità. Sai, gli ho raccontato così tante cose che non gli è restato altro da fare che cercarti. In qualche modo speravo che aveste ancora una chance.»

Olga avvertì una punta di irritazione. Era tipico di Lotte immaginarsi la vita come un gioco, e non solo pensare l'impensabile ma anche metterlo in atto. Come se Olga e Fritz fossero solo pedine su una scacchiera, che lei doveva collocare e muovere nel modo giusto in modo che alla fine vincessero. Solo che la vita non era un gioco. Entrambi avevano perso, si erano persi, e nessun gioco poteva cambiare le cose.

Ma prima che potesse replicare, Lotte per fortuna si voltò dall'altra parte e riprese a pagaiare. Tacquero per un po', finché non raggiunsero la Mohninsel. Olga scese e porse la mano a Lotte. Percepì ogni singolo muscolo del suo corpo, mentre insieme tiravano in secco la canoa.

«Facciamo il giro da destra o da sinistra?» domandò Lotte, lasciando vagare lo sguardo sull'isola. Olga non poté fare a meno di sorridere. Quante volte loro due avevano attraccato lì e si erano fatte la stessa domanda… Quando non riuscivano a mettersi d'accordo, si separavano e ognuna andava per la sua strada, e a un certo punto, quando si rincontravano, circa a metà strada, il disaccordo era ormai dimenticato, così si sedevano e divoravano lo *hällakakor*, il gustoso pane piatto che Mamme cuoceva e ricopriva di pomodori e formaggio.

«Sinistra», disse Olga, e si misero in marcia. Nel primo tratto la riva era ricoperta di una vegetazione fitta, come se dopo la loro fuga nessun giardiniere fosse più stato sull'isola. Lotte scostò alcuni rami per farle spazio e la lasciò passare davanti.

In realtà Lotte aveva avuto buone intenzioni, pensò Olga quando la rabbia per la sua intromissione fu svanita.

«A quell'epoca ero sposata, e dovevo occuparmi anche di Becki», riprese il discorso. «Canada? Come sarebbe potuta andare tra me e Fritz?»

«Ma non è il padre di Becki?»

Olga scosse il capo.

«Per l'amor del cielo, no!» rispose, e cominciò a raccontare.

54.

LUGLIO 1944, ROSTOCK/KÜHLUNGSBORN

Olga guarda nervosa l'orologio. Il suo matrimonio inizierà tra cinque minuti! Insieme a Helene aspetta il suo sposo sulla piazza detta del Mercato nuovo, di fronte al municipio di Rostock. Continua a dondolarsi da una gamba all'altra, guardandosi intorno in attesa. La piazza ha ancora l'aspetto di un luogo in cui sia appena scoppiata una bomba. A parte il municipio, tutto è ridotto in macerie o in cenere. Il lato sud è completamente distrutto, e anche nella parte nord è rimasta in piedi solo una manciata di case. L'abito da sposa sventola come una bandiera bianca, come se lei stesse per capitolare. Finalmente ecco la limousine degli ufficiali. "Si può cominciare", pensa. L'autista apre lo sportello del passeggero e dall'auto, con il suo aiuto, scende Annemie, con in mano un elmetto. Ha un'aria malata. Le forze l'hanno lasciata, ogni movimento pare costarle fatica. Ma per niente al mondo vorrebbe perdersi le nozze tra suo fratello Gero e Olga.

Proprio in quel momento comincia a piovere. La sua amica Helene, che tiene in braccio Becki, ormai di tre mesi, e ha in mano il bouquet di papaveri e fiordalisi, scompare nel municipio, mentre Olga si avvicina a Annemie e la prende a braccetto, aiutandola a salire i gradini.

Dietro di lei spunta un'anziana signora, che si ferma a guardare ammirata. «È meraviglioso, di questi tempi, vedere una sposa felice. Ma dov'è il suo sposo?»

«Qui», dice Annemie, sollevando l'elmetto d'acciaio. «Sei emozionata?» sussurra poi a Olga, senza far caso alla reazione scioccata della donna.

«Non si sposa un elmetto tutti i giorni», risponde Olga, storcendo la bocca.

«Olga Blume? Stanza quattro», dice una voce. Il suo cuore comincia a battere un po' più forte. Il momento è arrivato. Sta per diventare la moglie di Gero. Al secondo tentativo, dopo che il primo era fallito circa un anno prima.

Quando entrano nella bella sala, Annemie posa sulla sedia di Gero l'elmetto, il suo rappresentante legittimo. Le sue spoglie mortali giacciono da nove mesi in una qualche fredda tomba in Russia. Olga si guarda intorno nella sala, prima di prendere posto accanto all'elmetto. Dietro la scrivania del funzionario c'è un enorme ritratto del Führer, e lei prova una certa soddisfazione all'idea che le sue leggi, utilizzate in modo illegale, per una volta abbiano prodotto qualcosa di buono.

Dopo un breve giro di saluti, l'ufficiale di stato civile scorre i documenti relativi al matrimonio e chiede: «Perché non vi siete sposati il 3 agosto 1943?».

Olga inspira profondamente. «Perché è morta la mia prozia e io ho dovuto precipitarmi a Kühlungsborn per occuparmi di mio nonno malato. Ha il Parkinson.»

Sperando che la sua voce tremula non la tradisca, porge al funzionario il certificato medico e una lettera in cui Pa spiega di approvare il matrimonio ma di non poter partecipare per motivi di salute.

«E perché non avete rimandato le nozze solo di poco?»

«Perché il mio fidanzato è stato chiamato a combattere in Russia, dove lo scorso ottobre è caduto sul campo.»

Incerta, guarda Helene con la coda dell'occhio. È stata sua l'idea del matrimonio postumo. Per decreto del Führer le nozze post mortem sono consentite da circa un anno, per – così si dice – compensare la «perdita del sangue migliore». Per quanto all'inizio la cosa fosse sembrata macabra a Olga, era l'unico modo per permetterle di tenere Becki e per dare alla bambina una posizione sociale sicura. Se finisse negli ingranaggi dell'assistenza sociale e venisse posta sotto tutela d'ufficio, Olga correrebbe seriamente il rischio di vedersela togliere.

Helene le lancia uno sguardo rassicurante. Nei giorni precedenti avevano esaminato tutte le domande possibili. Per favorire la concessione dell'autorizzazione avevano fornito le lettere d'amore di Gero, l'anello di fidanzamento, che portava il giorno della sua morte – solo lui sa perché – e la testimonianza di Annemie. Niente dovrebbe andare storto, tanto più che proprio grazie a sua sorella anche la famiglia di Gero testimoniava la loro relazione e le serie intenzioni di matrimonio di Olga e del defunto.

Ora l'ufficiale di stato civile, attraverso gli occhiali, guarda con occhio critico Becki, che tutta contenta lancia gridolini in grembo a Helene, e scuote la testa con aria di disapprovazione. «E per quello non potevate aspettare di essere legalmente marito e moglie?» chiede rivolto a Olga.

Lei sostiene il suo sguardo. È preparata anche a questa domanda.

«Solo il destino sapeva se lui sarebbe tornato a casa. Aveva avuto il presentimento che potesse non tornare vivo e...» Secondo il piano a lungo provato a casa, fa una pausa più lunga e abbassa lo sguardo. «... e ha voluto lasciare qualcosa.»

Helene fa un passo avanti e continua la frase di Olga: «Una figlia di sangue buono. Una bambina così straordinariamente graziosa è un barlume di speranza in un mondo in cui così tanti bravi uomini trovano una morte eroica e gloriosa per il Führer, il popolo e la patria. Non crede?».

Il funzionario annuisce commosso.

Non è che la morte di Gero non l'abbia toccata nel profondo. Al contrario, si rimprovera di averlo abbandonato nel giorno in cui avrebbero dovuto pronunciare il loro sì e di averlo lasciato andare in guerra con il cuore spezzato.

Ma poco prima della cerimonia di nozze il coraggio l'aveva abbandonata. Era in piedi davanti allo specchio e, mentre si guardava, all'improvviso le mancò l'aria. Era come se la sua immagine riflessa fosse invecchiata tutto d'un colpo, e quello che vide era la Witte con un sorrisetto sardonico, una vecchia amara con gli occhi spenti. Quella visione di sé stessa la spaventò al punto che svenne, come le accadeva spesso quando la sua mente si sentiva assediata. Quando riaprì gli occhi, qualche minuto dopo, c'era una cosa che sapeva con angosciosa certezza: non avrebbe potuto mantenere la sua promessa.

Fece invece la valigia, per sparire da Ginsterburg e fuggire a Kühlungsborn, da Pa. A parte Annemie e la governante, non c'era più niente che la trattenesse lì. Fritz e Lotte erano partiti già da due mesi e i lavoratori forzati, dopo la fuga di Anna e Tadeusz, erano così ben sorvegliati che lei non riusciva a passar loro neanche un po' di cibo di nascosto. Si era appena chiusa alle spalle la porta della camera e stava per scendere le scale quando Gero arrivò come una furia. La governante doveva averlo fatto entrare.

«Ma dove sei stata? È mezz'ora che ti aspetto davanti al municipio...»

Vide la valigia e impallidì. «Olga, che cosa succede?»

Le sembrava di avere un nodo alla gola. «Mi dispiace, non posso sposarti.»

«Sono solo i nervi, Olga», disse lui con voce malferma. «Sei agitata e triste perché non c'è nessuno della tua famiglia.» La prese per mano. «Ora vieni, ti prego. Faremo una grande festa con tutti, quando la guerra sarà finita.»

Lei ritrasse la mano.

«Io non ti amo, Gero. Non come una donna dovrebbe amare un uomo.»

Lui cadde sulle ginocchia e affondò il volto nelle mani. Olga, però, non provò nemmeno a consolarlo. Perché doveva lasciarsi andare così? Non riusciva a tenere a freno le sue emozioni?

Avrebbe voluto prendere la sua valigia e precipitarsi fuori.

«Prima o poi lo farai», disse lui sottovoce.

«Alzati, Gero, per favore.»

Lui balzò in piedi, come se lei gli avesse detto di essersi sbagliata.

Perché non la capiva?

«Non ti sposerò», insistette lei. «Me ne vado.»

«Olga, ti prego!» la implorò.

«Per l'amor di Dio, Gero, io non ti amo perché... perché amo Fritz.»

«Fritz?» esclamò lui, arrossendo. «Naturalmente.» Si sentiva tradito, Olga lo capiva dalla sua voce. E non poteva biasimarlo. Per qualche istante lui la squadrò dall'alto in basso, come se stesse soppesando le sue opzioni. Lei scosse la testa rammaricata e prese la valigia.

A quel punto Gero si aggrappò al suo braccio come se volesse trattenerla per sempre. «No, Olga, ti prego! Resta!» Ormai quasi singhiozzava. «Senza di te sono perduto.»

Lei si liberò con uno strattone e fece un passo verso la scala, ma inciampò nel piede di Gero e ruzzolò in avanti, giù per i gradini. Avvertì un dolore acuto alla testa e sentì il sangue caldo scorrerle sul viso. Pochi secondi dopo lui era al suo fianco. «Non volevo», gridò disperato. «Olga!» Lei si riprese e senza una parola lasciò la casa.

Naturalmente ha la coscienza sporca, e naturalmente si chiede se lui si sia comportato in modo poco prudente sul campo di battaglia, o abbia addirittura cercato la morte, a causa sua. Quante volte, da allora, gli ha silenziosamente chiesto perdono...

L'ufficiale di stato civile guarda Helene e poi Annemie. «Chi di voi è Annemie Meier?»

«Sono io», risponde Annemie, con voce roca.

«Può testimoniare che suo fratello intendeva sposare Olga Blume anche dopo il matrimonio saltato?»

«Lo giuro, quanto è vero che mi chiamo Annemie Meier», dice, prima di essere colta da un attacco di tosse. «Se mio padre non fosse al fronte, le direbbe la stessa cosa.»

In realtà non lo farebbe di certo, ma non c'è bisogno che il funzionario lo sappia. Per fortuna il futuro suocero di Olga è da qualche parte nella profonda Russia e non sa niente.

«E le direbbe», continua Annemie, «che la nostra famiglia non desidera altro che mia nipote Rebecca porti il cognome di suo padre, e non la macchia dell'illegittimità.» Accenna un sorriso e le si formano le fossette sulle guance. "Così segnata, eppure così carina", pensa Olga, stanca.

L'ufficiale annuisce, apparentemente soddisfatto. «Tuttavia, signorina Blume, sa che solo la bambina, e non lei, ha diritto all'eredità?»

«Lo so», risponde Olga.

«Bene. Allora procediamo con il matrimonio!»

A cerimonia conclusa, dopo aver messo la prima firma sul registro come Olga Meier, Olga respira sollevata.

«Le mie più sincere condoglianze per la morte di suo marito», dice il funzionario, improvvisamente commosso, perché attraverso una firma una giovane non sposata con una figlia ora si è trasformata in una rispettabile vedova di guerra. Quando la congeda, le mette in mano con fare solenne una copia del *Mein Kampf* di Hitler.

Appena rientrano a Kühlungsborn, dopo aver gettato la bibbia del Führer in un fosso, Annemie si deve stendere a letto. È esausta per il viaggio.

Olga si siede vicino al letto e le adagia accanto Becki.

«Grazie per quello che fai per me», dice Annemie, sollevandosi leggermente.

Olga le prende la mano. «Per te e Becki farei qualunque cosa.» E le sorride, anche se avrebbe voglia di piangere.

Quando Annemie aveva bussato improvvisamente alla porta di Helene a Kühlungsborn, quattro settimane dopo la fuga di Olga, era incinta al quinto mese ed era scappata da suo padre. Meier era venuto a sapere della gravidanza e aveva minacciato di affogare nello Schwanensee quel «marmocchio estraneo alla specie», che sicuramente discendeva «da quel polacco». Annemie non sapeva come facesse a sapere di lei e Adam, ma non aveva potuto negarlo.

A Olga era bastato uno sguardo per capire che la sua amica non era solo incinta ma anche malata. I suoi grandi occhi verdi sembravano ancora più grandi, come se il suo volto non consistesse d'altro. Già al suo arrivo soffriva di dolori al cuore e difficoltà respiratorie. Quasi non poteva fare un passo senza crollare per lo sfinimento. E più il suo ventre cresceva nelle settimane seguenti, più lei perdeva peso. Pezzo a pezzo sembrava scomparire in sé stessa, come se alla fine di lei dovesse restare solo la pancia e quello che conteneva. Pa aveva diagnosticato una miocardite, scatenata da una brutta influenza. Quando Olga gli aveva chiesto come intendesse intervenire, lui, abbracciandola, aveva risposto: «Nessuno può far niente contro la morte».

All'inizio Olga si era ribellata contro quella diagnosi devastante. Doveva esserci un errore, Annemie non sarebbe morta, per lo meno non nel giro di breve tempo. Era molto più forte di suo fratello, robusta e in grado di difendersi. No, Annemie ce l'avrebbe fatta. Se ne sarebbe occupata lei.

Portando esempi di alcuni pazienti di Pa che erano guariti nonostante condizioni molto avverse, Olga aveva cercato di risvegliare lo spirito combattivo dell'amica. «Devi solo volerlo, Annemie, e potrai farcela anche tu. Pensa che il tuo bambino ha bisogno di te!»

Ma Annemie aveva già rinunciato, forse fin da quando Adam era fuggito. Qualcosa in lei si era lacerato. E anche la nascita della piccola Becki, che aveva ereditato il nome dalla madre defunta di Annemie, Rebecca, non le aveva restituito il coraggio di affrontare la vita.

Annemie accarezza Becki sulla testa con mano tremante. «Pensi che senta quanto la amo?»

«Con ogni singola fibra del suo meraviglioso corpo», risponde Olga. Non le viene in mente niente di più confortante. Ora sa che Annemie sta per morire, e lo sa anche Annemie. Da qualche giorno non ne parlano più.

«Mi sarebbe piaciuto vederla crescere, raccontarle di Adam e del nostro amore. E invece Becki non saprà mai che siamo esistiti», dice con voce rotta.

Olga sente gli occhi inumidirsi. Per riguardo nei confronti dell'amica si avvicina rapidamente alla finestra e si asciuga le lacrime con la manica. Quando si è ripresa, torna a sedersi sul bordo del letto.

«Un giorno le racconterò di voi, te lo prometto. E allora saprà che persona stupenda, coraggiosa, intelligente e gentile eri. E lei sarà orgogliosa di te, perché le hai fatto il regalo più meraviglioso che si possa fare a qualcuno.»

Annemie la guarda con aria interrogativa.

«Donare la vita», sussurra Olga con voce strozzata.

Annemie batte le palpebre per scacciare le lacrime e annuisce debolmente. «Anche tu le doni la vita, Olga. Spero che tu lo sappia.»

A quelle parole Olga trasalisce. Una paura indefinibile la paralizza. Saprà essere una buona madre per quella bambina? Lei, che una madre non l'ha avuta? Ma non è il momento per farsi simili domande.

Prende le mani di Annemie tra le sue. «Io amo Becki, e l'amerò anche per te quando tu non ci sarai più. Per il resto della mia vita e oltre, te lo prometto. Quanto è vero che mi chiamo Olga Meier», aggiunge con un sorriso di compiacimento.

Un timido sorriso compare anche sul volto di Annemie. «Olga Meier. Ora siamo cognate, ti rendi conto?»

«Sì, è così. Cognate», ripete Olga piano. «Sai cosa mi ha detto Pa una volta?» Deglutisce e le dà una carezza sulla spalla. Ha paura che le venga meno la voce. «Che l'anima di mia madre, al momento della sua morte, si è materializzata in un martin pescatore. E che io, quando ne vedo uno, devo pensare a lei, perché così per me non sarà mai davvero morta e potrà proteggermi.» Il cuore le batte forte e sente la bocca secca. «Che uccello vorresti essere, Annemie?»

L'amica riflette e accenna un sorriso triste quando alza leggermente il capo per guardare fuori dalla finestra. «Penso che vorrei essere un cardellino.»

«L'uccellino che ama i semi di cardo?»

Annemie annuisce. «Canta tutto l'anno... la melodia della vita... Come una promessa eterna, non credi?» La sua voce è sempre più debole. È come se dovesse spremere fuori da sé stessa ogni parola. «E anche perché mi ricorda te, con quella sua testolina rossa.»

Olga si china e bacia la bambina sulla testa. «Il tuo uccello protettore sarà il cardellino, Becki.»

Quel pensiero le fa sentire il cuore un po' più leggero. Restano lì in silenzio per un po', finché, dal respiro regolare di Annemie, Olga capisce che si è addormentata.

Nei giorni seguenti le sue condizioni peggiorano ulteriormente. Non mangia più, non lascia il letto e diventa di giorno in giorno più debole. Una settimana dopo il matrimonio

Olga capisce che restano loro solo poche ore da passare insieme.

Si siede con Becki vicino al letto di Annemie, è ora di dirsi addio.

Annemie apre gli occhi per un istante e Olga ha l'impressione che l'amica voglia dirle ancora qualcosa, ma si limita a sorridere debolmente.

Con cautela, Olga le mette la sua bambina sul petto, perché sa d'istinto quanto faccia bene a entrambe, se mamma e figlia sentono il reciproco battito del cuore, se i loro cuori battono all'unisono per un'ultima volta prima che quello di Annemie si fermi definitivamente. Forse darà alla sua amica la forza di andarsene, e a Becki quella di restare.

A un certo punto Olga non sente più il respiro di Annemie. Alza lo sguardo e lo sa. È tutto finito.

Si contorce e singhiozza forte, ma quando Becki comincia a piagnucolare spaventata si ricompone e reprime il suo dolore. Solleva delicatamente la bambina e apre la finestra, affinché l'anima di Annemie possa uscire. Resta lì in piedi con Becki per un momento e guarda dalla finestra, verso il mare, come se osservasse una barca che scompare all'orizzonte. La bambina tende le manine verso di lei, le afferra il viso, come se volesse assicurarsi che sia tutto a posto. Olga sente montare dentro di sé un'ondata di commozione. E di amore, amore incondizionato per quella creaturina senza madre, come era stata lei un tempo. Si stringe Becki al cuore e, anche se non l'ha partorita lei, sente che il suo respiro, il suo pianto il suo battito fluiscono dentro di lei, e riconosce l'ineluttabilità della sua vita. Da adesso quella meravigliosa bambina appartiene a lei, e Olga giura a sé stessa che sopravvivrà per lei, finché Becki stessa non sarà in grado di sopravvivere. Giura che farà qualsiasi cosa, assolutamente qualsiasi cosa per proteggerla dal dolore e dalla sofferenza.

55.

30 MARZO 1991, GINSTERBURG

«Sei di gran lunga la persona più straordinaria che abbia mai incontrato, Olga. Grazie per avermi raccontato tutto questo», disse Lotte quando l'amica fu giunta alla fine della storia. La abbracciò e Olga, seppure inizialmente le costasse fatica, la lasciò fare. Restarono così a lungo, tenendosi strette. Olga percepì il calore di Lotte ed ebbe la sensazione di essere tornata da un lungo viaggio. *Affinché niente e nessuno possa mai sciogliere il nostro legame*, aveva scritto Olga a Lotte per il loro tredicesimo compleanno, e aveva avuto ragione. Anche se il filo che formava quel legame era stato tirato fino a far male. Raccontarle di Annemie era stato difficile, parlarle degli aborti, di Sophie e dei suoi sensi di colpa lo era stato molto di più. Ma Olga aveva l'impressione di poter di nuovo dire tutto alla sua amica, come un tempo, prima di Fritz. Sentì le foglie frusciare dolcemente nel vento, sentì il ronzio degli insetti e il canto degli uccelli. C'era un che di rassicurante, persino di liberatorio nel confidarsi dopo anni con qualcuno di così intimo.

Si rese conto che, forse per la prima volta, piangeva insieme a qualcun altro Annemie e tutte le donne e i bambini. E, per quanto fosse doloroso, sentì il cuore più leggero.

«E non hai mai potuto raccontare niente a nessuno per paura di perdere Becki?» chiese Lotte, mentre riprendevano a camminare. «Com'erano insignificanti, al confronto, le mie preoccupazioni...»

Olga non replicò. Più volte aveva rischiato di perdere Becki. Con il passare del tempo aveva accantonato la sua promessa e il diritto di sua figlia di conoscere la verità. Del resto, quale sarebbe stato il momento giusto per dirglielo? A Oldenburg, nel campo profughi? Lì Becki era troppo piccola. O quando vivevano dai Borjahn, quando suo padre era tornato e per la prima volta Becki aveva qualcosa che assomigliava a una vera famiglia? O a Tubinga, con Hans come padre surrogato? E poi, quando abitavano a Friburgo e cominciavano a pensare a un figlio insieme, come avrebbe potuto raccontare a Becki di Annemie senza suscitare in lei la sensazione di essere un corpo estraneo nella nuova famiglia di Hans e Olga? Alla fine si era separata da Hans, e il mondo di Becki era crollato perché aveva perso il suo adorato papà. E a quel punto era tardi, non poteva portarle via anche la mamma. Ma in seguito, probabilmente, avrebbe potuto rivelarle tutto, al più tardi quando Becki era a sua volta diventata madre.

Il pensiero di quanto sarebbe stata delusa sua figlia nel sapere che lei le aveva mentito per così tanto tempo le fece venire le lacrime agli occhi. «Lo so che Becki ha diritto di sapere. Ma se, una volta che avrà conosciuto la verità, non volesse più saperne di me?»

Nel frattempo avevano percorso tutto il perimetro dell'isola ed erano tornate alla riva dove avevano lasciato il *gilu*.

Lotte scosse la testa. «Perché mai dovrebbe? Tu hai fatto tutto per lei. Ah, Olga, perché hai così poca fiducia in te stessa?»

Olga si asciugò le lacrime con la mano. «Mi sembra di essere in un vicolo cieco, capisci? Qualsiasi cosa faccia, deluderò Becki. E non voglio questo.»

Lotte stese un telo sul terreno, davanti al tronco di un albero caduto, e con un cenno della mano invitò Olga a sedersi accanto a lei. Da lì potevano godere di una splendida vista sulla parte occidentale del lago, verso la locanda dei Meier.

Lotte la guardò pensierosa. «Tu hai paura che Becki ti guardi con occhi diversi.»

«Sì. E ne avrebbe tutte le ragioni, se sapesse quello che ho fatto.»

«Non è qualcosa che hai scelto di fare di tua spontanea volontà. Tu hai fatto tutto per il bene di quelle donne, non per fare del male a qualcuno. Per come la vedo io, hai sofferto abbastanza.»

Olga sospirò.

«Quello che ho sofferto io non è niente in confronto a ciò che hanno vissuto quelle donne», disse, appoggiandosi sulla schiena esausta. Dentro di lei qualcosa si contrasse dolorosamente.

«Tu credi di dover confrontare il tuo dolore con quello degli altri, ma è solo il senso di colpa che ti spinge a credere questa assurdità», ribatté Lotte con dolcezza.

«C'è una parte di me, nel profondo, che dubita che io sia adatta a essere una madre e persino che meriti di esserlo. E se non fossi rimasta incinta perché mi sono appropriata di Becki, mentre portavo via i figli ad altre donne?»

Sentiva il corpo sempre più pesante.

«Dunque volevi avere un figlio con Hans?» le chiese Lotte cauta.

Olga scosse la testa. «In realtà no. In un primo momento avevo pensato di dover adempiere un dovere biologico. A un certo punto ho capito che forse avere un figlio non era il mio destino.»

«Lo vedi?» disse Lotte. «Ma forse il tuo destino era crescerne una. Cosa che ti è riuscita benissimo.»

Olga rise amaramente.

«Credimi», continuò Lotte, «essere madre non significa essere perfetta. Chi può sapere quali delle nostre azioni rendono i nostri figli più insicuri oppure li influenzano profondamente? Siamo tutti imperfetti, e le delusioni sono inevitabili. Anouk mi vuole bene, ma al tempo stesso mi combatte, e io devo continuamente ripetermi che la vicinanza genera attrito.»

«Mmm.» Olga raccolse le gambe e cinse le ginocchia con le braccia.

Lotte le prese la mano. «Dal momento in cui Annemie è morta siete state legate per sempre. Tu per Becki sei stata la madre migliore che potessi essere. Tu sei la madre di Becki.»

Sembrava che volesse aggiungere altro, invece tacque.

Persa nei suoi pensieri, Olga seguì con lo sguardo il volo

di un airone cinerino che tracciò un ampio arco sopra il lago.

Lotte si alzò. Mentre si incamminavano verso la barca, disse infine: «Senza voler nulla togliere al tuo dolore – ti sei già punita abbastanza con i tuoi assurdi sensi di colpa».

«Avrei dato tutto per salvare Annemie. E anche Sophie», disse Olga cupa.

«Lo so», replicò Lotte. «Ma le ombre non sono sempre state una parte di te? Già da ragazzina eri convinta di doverti guadagnare il tuo posto nel mondo, come se non ti spettasse niente.»

"Perché ho mia madre sulla coscienza", voleva dire Olga, ma si interruppe. Come suonava stupido, pensò.

«Ti ricordi», continuò Lotte, «quanti inutili complimenti hai fatto quando mia madre ti ha regalato il braccialetto per il nostro tredicesimo compleanno? O come ti scusavi quando venivi a mangiare da noi, anche se insistevi per ricevere il pezzo più piccolo di carne?»

Olga corrugò la fronte. «O più tardi, quando mi accollavo sempre i turni dei miei colleghi, quando ho battuto a macchina la tesi di dottorato di Hans, eccetera eccetera eccetera...» Alzò gli occhi al cielo.

«Forse cercavi di rimettere a posto qualcosa che non doveva essere rimesso a posto. E per un motivo molto semplice, Olga.» Lotte la guardò negli occhi. «Perché non avevi colpa per la disgrazia della tua famiglia.»

Olga avvertì un vuoto allo stomaco.

Non aveva mai guardato le cose sotto quella luce. Oppure sì. Dopo la discussione tra Karl e il padre, quella volta a Oldenburg. Le tornò in mente.

«Quando Anouk era piccola», continuò Lotte, «le tapparelle nella sua camera non si chiudevano bene. A volte lei si svegliava di notte e, piangendo, diceva di aver visto delle ombre nella stanza. Allora lo sai cosa ho fatto? Ho acceso la luce e le ho fatto vedere da dove venivano le ombre.»

Olga comprese. Anche se non fosse riuscita a sbarazzarsi delle sue ombre, queste perdevano il loro potere nel momento in cui vi si puntavano contro i riflettori.

Lotte le cinse le spalle con un braccio. «Forse è in onore di tua madre che sei diventata proprio la persona che sei. Sei stata impegnata in questo per tutta la vita. Aiutare gli altri, curarli. Tutto quel bene è anch'esso un risultato della tua storia. Perché, allora, vedi solo il male? Non si può essere madre più di quanto tu lo sia, una persona non può fare di più per un'altra, Olga», disse dolcemente.

Lei fece un respiro profondo. Quelle erano esattamente le parole di cui aveva bisogno per tranquillizzare la sua anima turbata. Se Lotte poteva perdonarla, forse un giorno anche lei sarebbe riuscita a perdonare sé stessa.

Un leggero colpo di vento le smosse i capelli.

Lotte sorrise e indicò un *gilu* del cantiere navale Schneider che passava vicino alla riva.

«Sai chi manda avanti il cantiere adesso?» le chiese con ostentata noncuranza.

Olga la guardò per qualche istante con aria interrogativa, poi comprese.

«Fritz?» domandò cauta, trattenendo il respiro.

«Accidenti, Olga, è tutto il giorno che te lo voglio dire! Se avessi letto la mia lettera, sapresti che è qui, qui a Ginsterburg. È tornato dal Canada perché vuole rimettere in sesto il cantiere Schneider!»

Olga batté nervosamente le palpebre, come se le fosse entrata della sabbia negli occhi.

«Siete ancora in contatto?»

«Lo siamo stati per tutti questi anni. Per questo so che sarebbe molto felice di rivederti.»

56.

28 MARZO 1947, KÜHLUNGSBORN

«Olga?» Mentre sta ormeggiando al pontile la barca con cui lei e Becki sono andate a pescare sente alle sue spalle una voce tagliente che le sembra familiare e si volta di scatto. Trasalisce per lo spavento. Come paralizzata, fissa papà Meier. Ha gli occhi piccoli e cerchiati di rosso, che paiono sprofondati nelle orbite. Che cosa ci fa lì?

«Signor Meier?» dice, tendendogli la mano destra dopo una breve esitazione. «Buongiorno.» Si accorge di tremare e ritira immediatamente la mano.

Lui incrocia le braccia sul petto. Tutto in lui appare ostile, e Olga non sa perché.

«Guarda cosa abbiamo preso!» esclama Becki elettrizzata, rivolta allo sconosciuto. E gli mostra il secchio con i pesci che si agitano.

Curioso, Meier la scruta dalla testa ai piedi. «E tu chi sei, signorina?»

«Becki», risponde lei raggiante.

«E quanti anni hai?»

La bambina mostra un tre con le dita. «Devo dormire ancora quattro notti e poi ho tre anni.»

Olga sente un brivido correrle lungo la schiena, al vedere lo sguardo sprezzante dell'uomo.

Si china su Becki. «Corri, porta i pesci a casa. Io arrivo subito.»

«Becki?» chiede lui, strizzando gli occhi. «Diminutivo di Rebecca?»

Olga annuisce angosciata e segue la bambina con lo sguardo.

«È il nome della mia defunta moglie», dice Meier. «Lei è...» Si blocca, per poi continuare: «Sto cercando Annemie. So che è qui».

«Annemie?» Per un attimo quella domanda la confonde. Lo guarda perplessa. «Ma lei è...» Si schiarisce la voce. «È morta.»

Lui la guarda senza capire.

«Morta?» ripete con un filo di voce. «Non può essere.»

Guarda fisso nel vuoto davanti a sé per un po', poi si gira e fa qualche passo lungo il pontile. Quando ritorna, ripete: «Non può essere».

Olga fa un respiro profondo e sembra sollevata, mentre Becki apre la porta della casa sulla spiaggia e sparisce all'interno. «Purtroppo è così», dice, posandogli una mano sul braccio. «Se n'è andata nel luglio del '44 per le conseguenze di una miocardite. Mi dispiace molto.»

Lui scuote il braccio, togliendosi di dosso la mano di Olga. «E io vengo a saperlo solo ora?»

Olga riesce a leggergli in viso come lo shock lasci il posto a una fredda furia, come un tempo, quando il suo umore cambiava in un istante dal nulla e la sua rabbia si scaricava come una nuvola temporalesca.

«A quell'epoca le ho mandato un telegramma per informarla della morte di Annemie.» Cerca di calmarlo così, anche se non aveva fatto nulla del genere. «Sa, la guerra... dev'essere andato perduto.» A quel tempo le era sembrato troppo alto il rischio che lui arrivasse e mettesse in dubbio la legittimità del matrimonio.

Meier solleva un sopracciglio. «Un telegramma?» chiede, e Olga è assalita dalla sensazione di una sciagura incombente. «Per comunicarmi che mia figlia era morta?» Fa una pausa, per poi riprendere in tono sprezzante. «O per dirmi che aveva gettato fango sulla memoria di mio figlio caduto in guerra, contraendo il matrimonio?»

Olga comincia a sudare freddo. Come fa a sapere delle nozze? Quella conversazione non può finire bene, meglio andarsene. «Stia bene», dice, e si incammina.

Lui la segue.

«Non mi prenda per stupido», sbotta indispettito. «Come sindaco di Ginsterburg e presidente del SED ho chiesto assistenza amministrativa a tutti i miei colleghi nella zona per scoprire dove si trovava mia figlia. Invece di notizie su di lei, tre giorni fa mi è arrivato il certificato di matrimonio di Gero, sul quale Annemie aveva firmato come sua testimone. A meno di un anno dalla sua morte.»

Olga si sente soffocare, ma si costringe a restare in piedi.

«A che gioco sta giocando?» chiede Meier guardandola con aria di sfida.

«Avevo Becki e non volevo che crescesse come figlia illegittima.» Olga cerca di difendersi. Le brucia la gola, sta per vomitare. «Lei sa che volevamo sposarci.»

«Finché lei non l'ha piantato in asso all'altare», ribatte lui con disprezzo. «Mio figlio era un uomo d'onore e non era incline né all'incostanza né alla superficialità di sua sorella. Presumo quindi che lui non sia il padre della bambina e che lei l'abbia sposato post mortem per accaparrarsi la pensione da vedova.» Sputa in terra. «Come ha osato!»

Olga sente di aver perso la sensibilità di mani e piedi.

Tenendola d'occhio, Meier si accende una sigaretta.

«La bambina assomiglia molto ad Annemie», dice, dopo aver fatto un lungo tiro.

«Prego?» chiede Olga, come se non avesse capito. Le manca il fiato.

«Becki è il ritratto sputato di mia figlia.»

Che cosa deve rispondere? Scuote la testa.

Meier tende le labbra. «È sua figlia. Rebecca è la figlia di Annemie.»

La testa di Olga rimbomba. "Lui sa la verità", pensa con sgomento. E se volesse portarle via Becki? Di nuovo viene travolta da un'ondata di nausea.

La sua voce è velata, quando dice: «Si sbaglia, signor Meier, Becki è mia figlia».

E in effetti lo è, anche se non sono mai state legate da un cordone ombelicale.

Lui la afferra per le spalle, e dalla sua bocca esce un odore pungente di tabacco e grappa. «Annemie era incinta di quel polacco, quando l'ho cacciata. E lei sul serio vuole darmi a intendere che Rebecca sia sua figlia?»

"Cacciata via?" pensa Olga. "Piuttosto scappata, perché lui minacciava di affogare il figlio dello schiavo."

Ma prima che lei possa rispondere, lui alza la mano minaccioso e grida: «Ora basta! Rebecca è mia nipote!».

Nei suoi ricordi, Olga vede quella stessa mano abbattersi su Annemie, che cerca di difendersi con le mani sulla testa, mentre il padre si avventa su di lei. E poi vede Becki nel futuro, la sua piccola, innocente Becki. Olga teme di perdere i sensi e si allontana da lui.

«Sa quanto è lungo il braccio del partito?» continua Meier beffardo. «A chi pensa che crederanno, quando verranno rese note la sua condotta di vita promiscua e le nozze false? A un funzionario di partito o a una puttana?» sibila, e si riavvicina a lei gesticolando. «Ho delle lettere che dimostrano cosa pensava Gero di lei.»

Olga non capisce più niente di quello che lui dice, le ronzano le orecchie.

«Rebecca appartiene a me», insiste lui, deciso. «Una come lei non può crescere un bambino. Tanto meno mia nipote.»

Lei ci mette qualche istante a capire, le manca l'aria, boccheggia. I minuti sembrano allungarsi fino a diventare ore.

«Non può farlo. Becki appartiene a me», lo implora.

«Le do mezz'ora per mettere in valigia le cose di Rebecca e dirle addio.»

57.

30 MARZO 1991, GINSTERBURG

Olga non sa se siano il luogo e il momento giusto per una confessione, ma per un qualche motivo ha la sensazione di non poter aspettare più a lungo. Quando si alza, quel mattino, sveglia Becki con una tazza di caffè e la promessa di raccontarle tutto sulla sua famiglia guardando l'alba sulla riva del lago. Quando escono, Sara dorme ancora.

Ma come si inizia una storia del genere? Come si può trasformare una bugia in una verità digeribile? Come si confessa alla propria figlia che non è la propria figlia?

Becki stende sul pontile un grande telo colorato con un motivo orientale che aveva portato da Marrakech e vi si sdraia sopra, con le braccia incrociate dietro la testa.

«Sdraiati vicino a me», dice, accompagnando le parole con un gesto della mano mentre guarda il cielo, come un tempo, quando Olga le raccontava delle storie e lei cercava le immagini nelle nuvole. Solo che per ora il cielo è di un profondo blu scuro e vi si riconoscono ancora le stelle, che pure cominciano a impallidire. Olga non vede nemmeno gli uccelli, ma sente il loro allegro cinguettio mattutino. Incoraggiata da quella melodia, prende la mano di Becki e la stringe forte.

«Tu sei parte della mia storia», comincia.

Becki ascolta il suo racconto, ma non dice una parola quando Olga, con il cuore palpitante, fa rivivere il passato e narra dell'amore di Annemie per Adam, del suo amore per Fritz e del modo in cui era arrivata a Kühlungsborn, seguita da Annemie. Non tralascia niente del periodo di Kühlungsborn, nemmeno la fuga da papà Meier. Per tutto il tempo

Becki resta in silenzio e non si muove di un millimetro sul suo telo, lo sguardo puntato fisso nel cielo, che prima si colora di grigio, poi di un rosa dorato e infine di un rosso intenso. E più il cielo si fa luminoso, meno paura prova Olga. È felice che Becki l'ascolti senza interromperla. Che i suoi tratti restino rilassati, anche quando il racconto giunge alla fine.

D'un tratto Becki si alza e, invece di guardare Olga, fissa l'acqua. Forse ha bisogno del silenzio per assimilare tutto.

«Mi dispiace così tanto, per non averti detto prima la verità», dice Olga con cautela, alzandosi a sua volta. Ma a quel punto Becki si gira verso di lei, e Olga vede le sue lacrime.

Da bambina non piangeva quasi mai, nemmeno quando si faceva male. Vedere sua figlia così e non poterla prendere tra le braccia è difficile. Ma Becki non lo vorrebbe. E Olga non può fare altro che aspettare un suo gesto che le consenta di fare un passo verso di lei, letteralmente. Oppure che almeno Becki dica qualcosa che riduca l'abisso tra loro. Qualsiasi cosa. Olga trattiene il respiro. E tuttavia non potrebbe sentirsi più vicina a una persona. Le basta guardare sua figlia, sfiorare le sue guance, ascoltare la sua voce per percepire tutta la sua paura, tutto il suo rancore, tutto il suo dolore. "È sempre stato così e sarà sempre così", pensa triste. Cosa aveva detto Lotte? *Non si può essere madre più di quanto tu lo sia.* Ma Becki vorrà ancora che sia così?

Dopo alcuni minuti strazianti Becki fa un sospiro profondo e un passo verso Olga, le braccia conserte.

«Penso di capire, a poco a poco, tutte le connessioni», dice, persa nei suoi pensieri. «Ti ricordi quanto insistevo sempre perché da ogni convegno, da ogni viaggio, mi portassi un souvenir? Penso che volessi assicurarmi che così anche tu saresti tornata, quasi sentissi che ero già stata abbandonata una volta e che tu non mi appartenevi davvero.»

A Olga si stringe il cuore. Batte le palpebre per trattenere le lacrime. «Ma certo che mi appartieni», sussurra, e osserva un cigno che, alla luce rossa del sole, somiglia a un fenicottero. "Come possono cambiare in fretta i ruoli", pensa.

Senza troppo darle ascolto, Becki continua: «Con Sara faccio la stessa cosa». Resta in silenzio per un istante. «Solo per assicurarmi di non lasciarla.» Si copre il volto con le mani e singhiozza.

Olga inspira profondamente, per non perdere il controllo. Si guarda le mani mentre cerca le parole. «All'inizio non potevo dirti niente. poi non volevo che ti pesasse addosso questo marchio di figlia illegittima...»

«E perché mi hai privato di mio padre? Perché non siamo andate in Canada con Fritz?»

Eccola, la domanda che temeva più di tutte.

«A volte sono gli eventi a spingerci», disse. «Adam aveva una nuova famiglia, non aveva saputo della gravidanza di Annemie. E tu eri il suo ritratto.» Si ferma e guarda Becki. «Mi sono chiesta spesso se non ho agito per paura di perderti per mano di Adam e della sua famiglia; o perché ero preoccupata che tu potessi soffrire per le mie bugie e per la vergogna di essere una figlia illegittima e che non trovassi il tuo posto in una famiglia estranea... Che restassi un'emarginata, come me. Non ne vado fiera, puoi credermi.»

Becki si preme le labbra così forte da farle sanguinare. «O avevi paura che io mi sentissi responsabile per la morte di mia madre e mi tormentassi con i sensi di colpa come te?» Le volta le spalle. «Scusa mami, ho bisogno di stare qualche minuto da sola.»

Mami. Olga non avrebbe mai pensato che un giorno quella parola potesse tranquillizzarla in quel modo.

Guarda Becki allontanarsi. «Sarò qui quando torni», le grida dietro.

Becki si volta di scatto e la guarda con i grandi occhi verdi di Annemie. «Lo so.»

Quando Becki è fuori dalla vista, Olga puccia i piedi nudi nell'acqua gelata. Naturalmente Becki ha bisogno di tempo per elaborare il tutto. A lei non resta altro che sperare, ora che ha portato alla luce i segreti, che sua figlia la perdoni.

Ha sempre avuto paura di perdere Becki, e per questo ha perso molte altre persone: Fritz, Lotte, Trude, Helene. Alla sua prozia non ha neppure detto addio. Nessuno, nemmeno

Helene doveva sapere dove stava andando. Per fortuna il braccio del SED di Meier non era abbastanza lungo da poterla rintracciare nell'Ovest. Il senso di colpa per aver deluso e tradito gli amici la perseguita ancora oggi. Non aveva scritto a Helene neppure quando Becki era cresciuta e non aveva più nulla da temere: i suoi nervi non avrebbero retto, se avesse riaperto quelle ferite così profonde.

Si passa le dita tra i capelli. Ora comprende che avrebbe potuto uscirne molto tempo prima – le sue ombre non avrebbero avuto conseguenze per Becki. Cosa non aveva fatto per liberarsene! È scappata da quelle ombre, le ha negate, e non si era resa conto di quanto tutto ciò, sotto sotto, fosse distruttivo. Per Becki, per lei stessa, e infine anche per Sara.

È impossibile reprimere questa sensazione che preme dentro di lei per emergere. Becki sarebbe una persona più felice e più contenta se lei avesse gettato luce sulle ombre e gliene avesse parlato prima? Se non le avesse taciuto tutto? Non ha idea con quale consapevolezza tornerà sua figlia, ammesso che torni.

Ma non ha neppure terminato di formulare quel pensiero che vede Becki arrivare. Sente crescere la tensione dentro di sé. A metà del pontile sua figlia si ferma, quasi non sapesse se sta facendo la cosa giusta.

Il suo volto riflette sentimenti contrastanti. Olga sente un vuoto allo stomaco e d'un colpo le sgorgano le lacrime dagli occhi. Probabilmente in quel momento, mentre aspetta il verdetto di colpevolezza, è l'immagine dello strazio.

Quando infine Becki le si getta tra le braccia, ogni dubbio è dissipato. Olga inspira il profumo familiare dei suoi capelli e pensa quanto possa essere terapeutico un abbraccio. È travolta da un'ondata di sollievo. Becki l'ha assolta da ogni accusa, da ogni colpa, e Olga prova un tale amore per lei che non riesce a smettere di piangere.

Da lontano scorgono Sara sulla terrazza della pensione, che le saluta con la mano.

«In qualche modo ho sempre saputo che qualcosa nella mia storia non quadrava», dice Becki, mentre salgono lungo la strada che porta alla pensione. «Ma senza il tuo amore io non esisterei. Tu ha amato me e Sara anche per Annemie, questo è tutto quello che conta. So cosa ti sei sobbarcata per noi, e questo è più di quanto ci si possa aspettare da una madre.»

Olga, commossa, le prende la mano. «Non c'è stato un solo secondo nella mia vita in cui abbia messo in discussione la mia scelta per te e tutto ciò che ne conseguiva.» Ha la voce spezzata. «Credimi, essere tua madre e la nonna di Sara è il più grande onore della mia vita», sussurra. «Avrei fatto qualsiasi cosa per proteggervi, davvero qualsiasi cosa.»

Ma ora per Olga è finalmente giunto il momento di fare qualcosa per sé, di ritrovare qualcosa che ha perso molto tempo prima. O qualcuno.

58.

1° APRILE 1991, GINSTERBURG

Ja, må hon leva. Ja, må hon leva.
Ja, må hon leva uti hundrade år.
Ja, må hon leva. Ja, må hon leva.
Ja, må hon leva uti hundrade år!

Grazie all'impegno di Sara e Svea, la nipote tredicenne di Lotte, nonostante il poco tempo a disposizione, tutti i presenti hanno imparato il testo. All'ombra del loro olmo, a una tavola di compleanno magnificamente imbandita, per quattro volte risuonano gli «evviva!» per Lotte, Olga e Becki. Olga chiude gli occhi, fa un respiro profondo e si gode quel momento. Se solo pochi giorni prima si fosse immaginata di stare lì seduta in quella compagnia, si sarebbe data della pazza. Ma, come spesso accade nella vita, la vita stessa l'ha sorpresa. Ciò che ha condotto tutti lì non è solo il loro compleanno, la Pasqua o la coincidenza della riunificazione tedesca. È piuttosto la loro storia comune, che è iniziata esattamente lì, nella loro amata Ginsterburg. Lo stesso olmo ne sa qualcosa...

Fritz, il giorno prima, era andato subito al punto: «Si fa quello che si deve, e se non si fanno progressi si ricomincia da capo». Era quello che avevano fatto e, invece di arrabbiarsi per gli anni persi, avevano ridefinito i tempi. Dopotutto hanno ancora molto davanti a sé, se si vuol credere al detto svedese che i loro amici e Sara cantano un'ultima volta prima di levare in alto i bicchieri.

Ja, må hon leva uti hundrade år! – Sì, possa tu vivere cent'anni!

Cent'anni! Così lei e Lotte avrebbero ancora un buon terzo della loro vita a disposizione, e magari addirittura il terzo migliore... Senza farsi notare, Olga strizza l'occhio a Fritz, che è seduto accanto a lei e sta servendo una fetta di torta a Rosie. "Con te, Fritz, con te", pensa.

Il sole splende e il suo pensiero va a Pa, che le ha insegnato tutte le cose importanti della vita.

Pratolina, senti che sei viva? Lo senti il profumo della vita? Lo senti l'amore?

"Eccome!" risponde lei in silenzio. "Lo amerò per cento vite."

Fritz la guarda con aria interrogativa e solo muovendo le labbra le chiede: "A cosa pensi?".

Olga fa spallucce, ridendo. Lui le risponde con un sorriso, e lei sa che in quel sorriso è scritto il loro futuro insieme, e che è sempre stato lì, fin da quando lui si era appoggiato alla Horch di Pa e le aveva teso la mano sinistra come una promessa, come a dire che erano fatti l'uno per l'altra.

Tutte le frasi che si era preparata, tutti i piani che aveva fatto le appaiono insignificanti di fronte all'impeto dei suoi sentimenti e all'improvvisa chiarezza dei suoi pensieri. Ha trascorso la sua vita cercando il sorriso di Fritz. Ora che l'ha ritrovato, non lo darà più via. Pensa ai suoi poteri magici e sorride. Lui lo sa, anche se ancora non sa di saperlo.

Sara fa tintinnare la forchettina da dolce sulla tazzina da caffè. Si alza e dice: «Pa, il nonno di nonna, ha sempre detto: "Sii contenta che oggi è il tuo compleanno. Del resto, se anche non sei contenta, è comunque il tuo compleanno". Fa una pausa e fissa Olga e Becki, prima di volgere lo sguardo verso Lotte, seduta all'altro lato del tavolo tra il marito Mads e la figlia Anouk.

«Anche se non foste contente, care signore che celebrate il compleanno, noi siamo felici di festeggiare voi, e con voi il vostro compleanno e il Pranzo della mamma.» Indica la grande torta del martin pescatore al centro della tavola, che con il suo uccello blu e la macchia di cioccolato sulla nuca ha proprio l'aspetto di una vera torta di Zapfen. «Qui a Ginsterburg», continua Sara, «nella culla di tutti i Pranzi della mamma, e naturalmente con un banchetto degno di questo nome.»

Tutti ridono, e quando lei riprende, guarda Olga fisso negli occhi.

«Quello che Pa presumibilmente voleva dire è che dobbiamo prendere la vita come viene, e comunque esserne felici. E questo, cara nonna, tu l'hai fatto, più di quanto noi possiamo immaginare.» Olga si accorge che la nipote sta lottando con le lacrime.

«Tu, malgrado la guerra, le privazioni e le fughe, hai accettato il tuo destino così com'era, e ciononostante ne hai tratto il meglio.»

Fa una breve pausa prima di continuare.

«Tu hai preso una strada diversa da quella della maggior parte delle donne del tuo tempo, una strada che forse non ti ha reso sempre felice, ma di certo libera e indipendente. Chi ha un simile esempio davanti, non ha bisogno di un uomo, dice sempre Becki, per lo meno non per le necessità quotidiane.»

Mentre tutti ridono, l'espressione di Sara si fa seria. Prende un sorso d'acqua e si schiarisce la gola.

«Tu hai accettato Becki e me così come eravamo. Ma ci hai fatto sempre sentire comunque amate senza condizioni.»

Regna un silenzio imbarazzato, e Olga sente un groppo in gola. Sara era rimasta sorpresa almeno tanto quanto Becki, quando aveva saputo di Annemie. E anche lei ha bisogno di tempo per abituarsi alla nuova situazione.

Fa un respiro profondo.

«E... *last but non least*: hai preso questo viaggio nel passato con me e con Becki così come veniva, dimostrandoci di nuovo che sei la persona più coraggiosa, più generosa, più appassionata e più ottimista che conosciamo. Perché qui a Ginsterburg ti hanno raggiunto i tuoi ricordi più terribili e le tue peggiori paure, e tu ora sei seduta con noi e ti rallegri più di chiunque altro, perché pensi sia bello essere di nuovo qui.»

Le lacrime rigano le guance di Olga, e Fritz le prende la mano.

«Becki e io non potremmo essere più orgogliose, grate e felici per "il destino" che ci ha portate a te.»

Tutti applaudono.

«Ora brindiamo alle festeggiate: alla nonna, a Lotte e a te, cara Becki.»

Dopo aver vuotato il suo bicchiere di spumante, Sara si avvicina a Olga e l'abbraccia da dietro. Al suo polso destro tintinna il braccialetto che Olga aveva ricevuto in regalo più di cinquant'anni prima da Mamme. Anche la nipote di Lotte, Svea, lo porta dal suo ultimo compleanno. «A significare che il viaggio della vita e l'amicizia continuano», aveva detto Mamme allora, e aveva avuto ragione.

«Ti voglio bene, nonna», le sussurra Sara nell'orecchio. «Tanti auguri per il tuo compleanno.» Poi va da Becki e le dà un bacio, prima di dire anche a lei qualcosa nell'orecchio. Becki le dà il foglietto che per tutto il tempo si era fatta scivolare più volte da una mano all'altra. È il numero di telefono di Adam, che le ha dato Fritz. Sara fa un cenno d'incoraggiamento alla madre e la prende per mano. Insieme si allontanano dal tavolo, presumibilmente per cercare la cabina telefonica più vicina.

Chissà cosa succederà. Becki è l'erede legittima dei Meier. La sera prima, mentre tutti erano seduti insieme e lei raccontava a Lotte, Fritz e Rosie dei suoi progetti per la locanda erano tutti entusiasti. Ma qualcuno lo era più degli altri: Zappfen Junior, che era comparso al bar dell'hotel come per caso e aveva detto che Ginsterburg avrebbe ben tollerato un ristorante con hotel annesso.

«Wicca?» Fritz si piega verso di lei. «Ho una domanda.»

Lei lo guarda e fa un finto sospiro. «Non un'altra domanda, ti prego...»

«Cosa significa questa frase in italiano?» chiede. «*Il mio destino è il tuo.*»

Olga solleva un sopracciglio. «Perché?»

«Ho comprato una casetta intonacata di giallo a Ischia», continua lui, «e sopra la porta rossa c'è questa frase.»

Ischia. Il cuore di Olga accelera.

«Il tuo italiano, quindi, non è migliorato?» dice sorridendo. «Significa che il destino della casa è anche il tuo.»

Lui si picchietta con il dito sotto l'occhio sinistro. Il loro segnale segreto. Non l'ha dimenticato.

«Solo quello della casa?» le chiede, prendendole la mano.

In quel momento Olga sente un fruscio tra le fronde del salice davanti a loro, e avverte un brivido. Guarda Fritz e sa che lui sta pensando la stessa cosa.

Ma un istante dopo, quando l'uccello si tuffa nell'acqua, si accorgono che si tratta di un cormorano grande come un'oca, e scoppiano a ridere.

RINGRAZIAMENTI

Questo libro è dedicato alla mia famiglia. Grazie per il vostro supporto saggio, spiritoso e psicologico e per l'indulgenza durante le lunghe fasi di assenza mentale. Senza di voi questo romanzo non esisterebbe. Così come la maggior parte delle cose belle della mia vita. Grazie per essere come siete.

A differenza di Olga, ho una madre. Per fortuna. Grazie per il sostegno, l'instancabile piacere per la lettura e quello sguardo da lettrice materno-critico che ha soffocato sul nascere ogni elemento kitsch.

Questo è un libro su donne forti e sulla loro amicizia e io sono grata di cuore di poter contare così tante donne forti tra le mie amiche. Alcune di loro hanno conosciuto il libro fin dall'inizio, hanno riflettuto con me, mi hanno ispirato, hanno letto insieme a me, mi hanno fatto le domande giuste e hanno corretto il testo facendolo diventare come doveva essere. Grazie a Constanze Bossemeyer, Nadja Pini-Lifschitz e Ulrike Schäfer. E a Tina Storey, che vive dall'altra parte del mondo e tuttavia mi è così vicino. Inoltre ringrazio Kristina Dörlitz per la sua abilità linguistica.

Grazie alla mia cara agente Elisabeth Ruge e al grandioso team di Lübbe, in particolare a Stefanie Zeller per la revisione accurata. Fin dall'inizio si è appassionata all'idea e ha dato importanti suggerimenti creativi. Lo stesso vale per la dottoressa Ann-Catherine Geuder, che con il suo fiuto per i personaggi e la sceneggiatura e con la sua acribia ha contribuito a dar forma al romanzo.

Sono debitrice anche nei confronti di diversi esperti ed esperte la cui collaborazione è stata fondamentale per la realizzazione di questo libro. Sui lavoratori forzati ho avuto il supporto competente della storica dottoressa Silke Schneider così come della dottoressa Christine Glauning e di Guido Petras del Dokumentationszentrum NS-Zwangsarbeit (Centro di documentazione sul lavoro forzato nazista) di Berlino. Guido Petras ha trascorso molto tempo con me facendomi da guida nell'ex campo per lavoratori forzati di Niederschönenweide, spiegandomi con grande competenza le indegne condizioni di vita dei 26 milioni di uomini, donne e bambini che furono vittime di sparizioni forzate e vennero sfruttati dal regime nazista. Grazie per questo.

Ringrazio il dottor Andreas von Seggern per lo sguardo profondo sul destino dei profughi che dopo la seconda guerra mondiale si riversarono a frotte a Oldenburg. Le conversazioni con lui mi hanno avvicinato di più non solo a questo capitolo della storia della mia città natale ma anche alla storia di profughi dei miei nonni. Anche per questo gli sono molto grata.

Un ringraziamento incondizionato va poi a Carl Kaul che per un intero pomeriggio mi ha rapito proiettandomi nella Germania del dopoguerra, raccontandomi in modo così vivido e plastico la sua fuga da Głubczyce, che ho quasi avuto l'impressione di essere stata lì anch'io. Come avrei voluto potergli regalare una copia del mio libro.

Un grazie particolare lo devo anche a Bärbel Legeler e Hapu Lehmann, che in un modo o nell'altro conservano la storia della famiglia. I racconti sul mio bisnonno e sui suoi figli hanno costituito il seme da cui è nata l'idea di scrivere un romanzo su una famiglia residente da tempo in uno stesso luogo che dopo la guerra ha dovuto ricominciare da capo. Grazie, a questo proposito, anche a Uwe Thiel per la sua disponibilità.

Devo un grazie anche ai medici della mia famiglia: Christian, Carsten e naturalmente Gert Prettin: in qualità di ginecologo mi ha fatto un corso accelerato di ostetricia e ha corretto i miei errori in tempo, prima che il libro vedesse la luce. A ogni modo, adesso sarei in grado di effettuare un parto con il forcipe senza problemi. Non ringrazierò mai abbastanza mio marito Tammo, che era di turno praticamente ventiquattr'ore su ventiquattro e ha dovuto occuparsi di quasi tutti i malati del libro.

Ah, già, e vorrei ringraziare Ida per il primissimo brainstorming da cui è nata Olga, Luzie per l'osservazione intelligente che l'amore tra Olga e Fritz «non si sente ancora», Aenne per i nomi e per la domanda quotidiana se avessi rispettato il programma che mi ero proposta per quel giorno, e Siebo e Lilith per avermi quasi portato in sala parto con loro e avermi descritto la scena in modo dettagliato e molto, molto plastico.